火凤凰新批评文丛

陈思和 主编

李振 著

写给"我们"的密信

山西出版传媒集团 北岳文艺出版社
·太原·

图书在版编目（CIP）数据

写给"我们"的密信 / 李振著. — 太原：北岳文艺出版社，2020.3
（火凤凰新批评文丛 / 陈思和主编）
ISBN 978-7-5378-6148-9

Ⅰ. ①写… Ⅱ. ①李… Ⅲ. ①中国文学－当代文学－文学评论
Ⅳ. ①I206.7

中国版本图书馆CIP数据核字（2020）第025062号

写给"我们"的密信

李振 / 著

出品人
续小强

选题策划
续小强　刘文飞

责任编辑
范戈

封面设计
观止堂_未氓

印装监制
郭勇

出版发行：山西出版传媒集团·北岳文艺出版社
地址：山西省太原市并州南路57号　邮编：030012
电话：0351-5628696（发行部）　0351-5628688（总编室）
传真：0351-5628680
网址：http://www.bywy.com　E-mail：bywycbs@163.com
经销商：新华书店
印刷装订：山西人民印刷有限责任公司

开本：787mm×1092mm　1/16
字数：278千字
印张：20
版次：2020年3月第1版
印次：2020年3月山西第1次印刷
书号：ISBN 978-7-5378-6148-9
定价：48.00元

本书版权为本社独家所有，未经本社同意不得转载、摘编或复制

总序

为第二套《火凤凰新批评文丛》而作

去年，北岳文艺出版社社长、总编辑续小强先生来上海找我，希望我为出版社策划两套书，一套是贾植芳先生全集，另一套就是青年批评家文丛。对于前一套书我颇感兴奋，贾先生去世已经五年，再过两年就是他老人家的百年诞辰，北岳文艺出版社作为先生的家乡出版社，能够做此善举，是我极为高兴的事情。后一套书却让我多少有些感慨。小强先生希望我用"火凤凰新批评文丛"的名义来编这套书。"火凤凰"是我当年策划一系列人文批评丛书的品牌，但时过境迁，当初推出第一套"新批评文丛"已经是二十年以前的事情了。小强先生是"80后"的青年，他居然还能想到二十年前曾经在出版界发生过影响的一套丛书，希望能够接着这个出版道路走下去，激励今天的青年文学批评家。我觉得我没有理由谢绝他的这番好意。于是就有了这一套青年批评家的丛书。

我为此又特意翻阅了1994年出版的第一套"火凤凰新批评文丛"。前面除了有巴金先生的题词和任意先生设计的徽标以外，还有一篇徐俊西先生写的序言。序言里有这么一段话：据云，他们编辑《火凤凰新批评文丛》宗旨有二：一曰"在滔滔的商海之上"，建立一片文学批评的"绿洲"；一曰"文坛空气普遍沉闷的状况下"，弘扬当代知识分子的"人文精神"。徐俊西先生是我的老师，他这里所指的"他们"，就是我和王晓明两个策划者，这里所说的"宗旨"，肯定也是我们当时讨论的话题。但我现在一点儿也想不起来在哪篇文章里写过这样的话。我原先记忆里似乎为这套文丛写过一个卷头语，但现在翻阅一遍也没有找到，也许是我曾经写了，后来没有用上，只是给徐老师写序时做了参考。所以，徐老师文章里打了引号的那些意思，可以定论为我们当时筹办火凤凰学术著作出版基金、策划多种出版物的基本宗旨。

现在已经二十年过去了，我们整个文化工作在经济上是阔气多了，高校系统拨了大量的经费资助学术著作出版，各种文化基金、出版基金也都接受学术著作的出版补贴。所以现在高校里的青年教师要出一本书并不困难，但真正的困难还是存在的，我觉得最大的问题是，当前一本文艺批评的著作能否产生它应有的社会影响和学术影响。这个问题直接影响到青年批评家的专业思想以及价值观。

1980年代，文艺批评是显学，尤其是1985年以后，文艺批评承担了很重要的社会功能。当时整个文学艺术正处于一个逐渐摆脱政治体制制约，开始自觉、自主、自在的审美阶段。所谓自觉是指文学艺术审美价值的内在自觉，自主是指创作主体独立的精神追求，自在是指文学艺术作品在文化市场上接受检验、寻求合理生存的社会效应。这是中国当代文学艺术创作的重要转变，对后来的文学艺术发展产生了深远的影响。那时人们在主观上还没有充分意识到这一点，而转变中的文艺创作需要理论支撑才能显现出它的合法性。1985年的方法论热潮正是适应这样的文化形势的需要而蓬勃开展起来，一批年轻人懂外语，面向世界，如饥似渴地学习、引进西方各种理论思潮，消解原来一元化的"文艺为政治服务"的戒律，与文艺创作互相呼应，对实验性、探索性、先锋性的文艺创作给以及时的解读。记得我当时在《上海文学》杂志上发表过一篇谈现代主义思潮在中国演变的文章，从"五四"前后谈到当下西方现代主义与中国文化传统相融汇的可能性。那时我读书并不多，论述也有点勉强，学术性是谈不上的，但是在一批作家中间引起过强烈反响。有一个朋友说，那不是你的文章写得好，而是他们（指作家们）需要你这样的说法。我以为这个朋友说得对，文学批评理论就是要在时代、文化发生转变的时候，及时发现问题和提出问题，通过解读某些创作现象来阐释事物发展的规律。这样的批评才会引起社会的关注，1980年代刘再复先生的一本《性格组合论》可以成为畅销书，在今天真是不可想象的。

这样一种文艺创作发展的需要,使文学批评的主体力量从作家协会系统逐渐转移到高校学院,一批研究现当代文学、文艺理论的大学教师逐渐取代了原来作协的文艺官员、核心报刊的主编。本来文艺批评应该有更大气象产生,但新的问题也随之而来,随着1990年代初的政治空气和经济大潮的冲击,学院里从事批评的青年教师们遭遇到双重压力。当时真正的压力还不在主观上,因为学院批评与政治权力保持相对距离,在主观探索方面仍然有一定的空间,但是客观上却遭遇了市场的挑战。出版业的萧条和倒退,迫使原先构建的批评家工作平台纷纷倒闭或者转向,出版人仿佛在惊涛骇浪里行舟,都有随时翻船的恐惧。不赚钱的学术著作,尤其是文艺批评论文集,自然无法找到出版的地方。学术研究成果既然不能转换为社会财富,必然会影响主体热情的高扬和自觉,导致对专业价值的怀疑。那时候高校考评体制还是传统学术型体制,青年教师如果不能顺利出版著述,其职称评定、福利待遇以及社会评价都受到影响。我在1993年策划《火凤凰新批评文丛》就是建立在这样的客观形势之上,所谓逆风行驶。我当时就想试试,到底是读者真的不欢迎文艺批评,还是出版社被市场经济大潮吓慌了手脚而不肯作为?我与一些受到人文精神鼓舞的出版社同道们一起分担了这个实验,实践下来的结果是好的,书虽然有了一些经费补贴,出版社不至于亏损,但是销售和宣传的结果,反而有所盈利,文丛最后几本的出版已经不需要资助了。我比较看重的是这套丛书里几位青年批评家的著作,如郜元宝、张新颖、王彬彬、罗岗、薛毅等几位青年才俊的论文集,如果说,这套丛书多少为作为全国批评重镇的上海批评队伍建设做过一点儿贡献,也就是不失时机地稳定了这批青年评论家的专业自信。后来几年里我又策划了《逼近世纪末批评文丛》(山东友谊出版社),继续做了这样的工作。

现在回过头来看,这套丛书的意义还是超出了我当时的期望,不仅仅是对几位青年朋友产生影响,也不仅仅是对上海地区的文学批评产生影响。续小强先生在二十年之后还想借重这个出版品牌来推动青年批评家著作的出版,就是证明之一。不过如我前面所说,现在青年批评家面临的问题,与当年的问题并不相同,批评的处境也不同。现在,关于要加强文艺批评的主流声音一直不断,大媒体报刊也相应地设立批评专页的版面，稿费据说不菲，在高校、出版系统申请出版批评文集的经费也不特别困难。那么，今天的困难在哪里？我个人以为，恰恰是前面提到的编辑"火凤凰"的两个宗旨中的一个：批评家作为知识分子独立主体的缺失，看不到文艺创作与生活真实之间的深刻关系，一方面是局限于学院派知识结构的偏狭，一方面是学院熏陶的知识者的傲慢，学院批评无法突破知识与立场的局限而深入到真实生活深处，去把握生活变化的内在规律，而是把时间精力都耗费在轰轰烈烈的开大会、发文章、搞活动、做项目等等，尽是表面的锦团花簇而缺乏深入透彻地思考生活和理解生活。其实，批评家最重要的是需要有宽容温厚的心胸、敏感细腻的感觉，以及坚定不妥协的人文立场，才能发现尚处于萌芽状态的新生艺术力量，与他们患难与共地去推动发展文学艺术。在我看来，今天我们面临文化生活、审美观念、文学趋势之急剧变化，一点也不亚于1980年代中期的那场革命性的转型。但是，现在文艺探索与理论批评却是分裂的，探索不知为何探索，批评也不知为何批评，以其昏昏使人昭昭，文艺批评怎么能够产生真正的力量呢？所以我今天赞同续小强先生继续编辑出版《火凤凰新批评文丛》，但所希望的，不在多出几本批评文集，更不在乎多评几个职称，而是要培养一批敏感于生活、激荡于文字、充满活力而少混迹名利场的新锐批评家。

　　这是我的愿望。写出来与青年批评家们共勉。

陈思和

2014年3月3日于鱼焦了斋

代　序

发现边缘和批评的历史感
——李振和他的文学批评

我认识李振是 2010 年 6 月他在南开大学博士毕业的答辩会上，他的导师乔以钢教授请我去主持他的答辩。答辩之后乔教授请吃饭。乔教授诚恳热情，为人为文在学界堪称楷模。吃饭很热闹，和所有的答辩一样，像是过节。但李振好像很节制。后来李振说那天吃的包子十八元一个，是天津最贵的包子。我想了半天几乎没有任何印象——酒喝多了，天津名吃却没有给味蕾留下任何记忆，不仅遗憾，也辜负了以钢兄的美意，真是抱歉得很。还好是答辩后，如果是答辩前那李振的毕业可能就要推迟几天了。第二天李振又开车送我到车站。他毕业后到吉林大学文学院任教，我在吉大兼任博士生导师十年，也算是同事了。每次到吉大，李振都要找一些年轻同事或教研室的同事喝一场，大家都很快活。

李振平时话不多，聊天时也大多是在倾听。喝酒时话也不多，大多时间是微笑着注视那个说话的人。但无论多少人，无论有多晚，在场的一定有李振。如果有朋友去长春，李振是一定要请喝酒的，他是一个有情有义的年轻人。后来看到他的同龄人周明全在一篇文章中这样说："两年前在《南方文坛》看到李振写阿乙的评论，甚是喜欢，而且，也为我写阿乙的评论提供了全新的视角。一直想认识一下这位才俊，直到今年 4 月，才在北京结识。喝了几场酒，聊了什么却早已忘记。大概 5 月，李振从长春飞到北京，请王晴飞喝酒，我作陪，酒桌上得知，他此次到北京，没别的事，就是想念在鲁院上学的兄弟王晴飞，来京就为约晴飞和晴飞的朋友一起喝顿酒，醉了一场，次日又飞回了长春。同时参加那个局的一位广州朋友感慨万千地说，从这件小事上，可看出李振的厚道。我赞同这个说法，我一直觉得，有情有义方为大丈夫，大丈夫才能写出大文章。"[1] 后来他参加了现代文学馆第三届客座研究员，与他的同龄人们一起参加各种学术活动，文学江湖称他们是"十二铜人"。这届客座非常团结，很有活力很能折腾。我觉得这个经历对李振非常重要，在北京和各个文学中心城市，不仅拓展了他的文学视野，更重要的是他了解了同时代批评家们在关心什么问题，如何面对和思考文学问题。任何一代学者，事实上都是和同代人一起成长的。

  如今，李振博士毕业将近十年了。十年的时间不算很长，但李振已经在文学批评领域取得了骄人的成绩。他先后出版了《时代的尴尬》《地域的张力》和《思想演练》等三部专著和评论文集，发表了百余篇文章，成长为青年学者和批评家中的佼佼者。这当然和当代文学学科的性质有关，但和李振的勤奋和才华更有关。由于学科的规定性，李振写了大量的文学评论文章，对这些即时性的评论，学界历来有不同看法。不仅其他学科有不同看法，即使在本学科内，看法也不尽一致。我的看法可能略有不同，我认为当代文学现场评论非常重要：作家作品发表之后，批评家在第一时间做出反应和评价，无论对作者还是读者都是需要的。作家需要看到批评界的反应，读者需要专业批评家的引导；即便对于文学史来说，现场批评同样是文学史写作最重要的参照。不仅当代文学史如此，古代文学史也一样。比如我们评价苏轼，总要看看宋仁宗、黄庭坚、苏辙等的评价吧。因此，对当代文学评论没有分析地轻蔑、不屑，不仅无知，而且十分轻佻。如果我们极端一点说，当代文学批评要做好，甚至要比文学其他二级学科还要困难。因为做当代文学批评，不仅对本土上游的诸多学科都要有一些了解，有的甚至要非常熟悉；对西方文学和理论，也要有不是一般的了解。另一方面，当代文学批评还要受到时代环境的诸多困扰，这是其他学科不曾经历也难以想象的。特别是现在，每年出版海量文学作品，阅读和写作

---

[1] 周明全：《"80后"批评家有能力对当代文坛发声了》，《都市》，2015年第8期。

几近一种体力劳动。这些困难只有从事当代文学批评的人才会感受到。

李振选择了这一专业,他当然也难以避免这些困扰和困难。但是,近十年来,李振几乎是异军突起。他和他的同代人共同塑造了一个新的批评时代。读李振的文章,能够感觉到他的敏锐、机智和充沛的批评激情。这一点很重要。批评没有激情就不好看,文章如果看不到作者倾心的投入,读者也就失了兴趣。但是,通过阅读李振,我发现他有自己非常突出的特点,这就是他阅读的广泛。通过广泛的阅读,他发现了别人没有发现的东西。这个特点就是我称之为的"发现边缘和批评的历史感"。2018年的某天,批评家兴安问我是否知道和了解李振,他说李振写过一篇评陶正的文章发在《中国现代文学研究丛刊》上,他编辑的《北京作家》要转载。这一考虑可能与陶正是北京作家有关。《北京作家》也发表了这篇文章,这就是李振的《陶正是谁》。[1]《北京作家》是内部刊物,属于转载,这也是需要说明的。现在的年轻人大概真的不知道"陶正是谁"了,就像李振文章中说的那样:

> 那么,陶正是谁?就当下文坛而言,这几乎成了一个陌生的名字。但是,习近平在《我是黄土地的儿子》中还记得一同插队延川并写过《魂兮归来》《逍遥之乐》的北京知青陶正;延川《山花》的创始人曹谷溪还记得与白军民、路遥等共同编写了诗集《工农兵定弦我唱歌》的文学同路人陶正;从80年代走过的作家和批评家们,也许还记得曾获1983年全国优秀短篇小说奖、1985年"《十月》文学奖"的青年作家陶正……在时间的持续冲刷和历史的不断重述中,"陶正是谁"在今天可能已经变成了一个是否需要知道或是否必要记住的问题。

---

[1] 李振:《陶正是谁》,《中国现代文学研究丛刊》,2018年第2期;《北京作家》,2018年第2期转载。

李振几乎用的是传记笔法，在洋洋万余言的文字中，详尽评述了陶正的文学贡献。这种方法与即时性的评论就完全不同了。这是一种钩沉，也是一种对"边缘"的重新发现。用曾经流行的一句话就是"寻找文学史上的失踪者"。当代文学要处理大量新作和新人，有时难免顾此失彼。如果时间久了，那些有价值的作家作品可能就真的"失踪"了。在不断提及、不断论述的过程中，那些真正的当代文学经典才可能被提炼出来。李振的《陶正是谁》就是这样的文章。

　　这一方法在李振的评论集《时代的尴尬》中已经有所显示。比如他研究和讨论的从苏区文艺、延安文艺到1949年后文学新规范的确立与推广，逐渐建立的当代文学生产过程，就是很好的视角。这个工作学界已开展多年，但是，李振的不同在于，他的资料以及在资料中引出的问题是，是李振独特的发现：比如——《割裂之痛：1940年代延安的保育困境》；《骚动与规训："半公家人"的家庭内外——以〈夜〉和〈乡长夫妇〉为例》；《"当局者"的现场反思——1940年代初延安文学中的"革命婚恋"》；《从苦难书写到被动翻身——1942年后延安文学的性别话语》；《母性的让渡与异化——1942年后延安文学现象之一》等。这些选题，都显示了李振与流行研究的不同视野以及对现代文学边缘现象的再发现。

　　他的《"1985"：文学史的傲慢——从被遗忘的三篇小说谈起》和《1977—1983：文学空间再认识》，这两篇文章，也属于当代文学史的范畴。文学的80年代，经过文学史家和批评家的再建构，已经不是"历史的"80年代，它在叙事、怀念、想象和"还原"中成为另外一种"历史"。因此，讲述的80年代与讲述者对历史和当下的不同参照、不同诉求是有关的。李振当然也在这样的语境中。不同的还是，李振毕竟不是80年代过来人。这一身份有两个含义：一是李振可能因没有经历80年代而对这个时代缺乏"感同身受"；二是李振没有这种"感同身受"，面对这个时代可能会更加理性而不带情感色彩，这也是处理不同时代文学史不同身份的人都有的两重性。因此，李振开篇就说：

　　　　论及80年代文学，人们总要大谈"文学解放"，讲文学与政治意识形态的一致性和同步性。不错，80年代的确是一个文学解放的年代，也确是一个文学空间随时代变革不断拓展的年代，但需要正视的，是80年代文学进程并不像一些文学史描述的那样顺畅，文学的空间也不及描述的那般宽松。所以，谈论80年代文学，首先要面对的就是历史所提供的文学空间。1977年到1983年，是文学释放的第一波，也是旧规范松动和新规范初建的阶段，直接关系到80年代文学的运行机制和面貌呈现。在"拨乱反正""思想解放""改革开放"等有着积极色彩的政策性描述下，文学面对的是属于这一时期新的文学规约和文学诉求的不断撞击、较量与妥协，是在社会转型、经济变革等多重力量角逐的夹缝中生发出的新命题。那么，在这些相互制约的关系中，1977年到1983年文学的推进，是像对80年代文学的整体性描述那样一路高歌顺风顺水，还是路途坎坷阻力重重？所谓"开放"与"突破"，空间有多大，边界在哪里？只有对它进行具体考察，才能有效进入80年代文学。[1]

然后，李振通过"李剑事件"、"开明派"与"保守派"的对抗、对《将军，你不能这样做》的批判、对《苦恋》的批判以及对"《在社会的档案里》《离离原上草》《妙青》《人啊，人！》《晚霞消失的时候》《早晨三十分钟》等一系列作品"的批判等，李振看到了很多研究者、特别是对80年代怀有特别乐观的研究者没有看到的另外一些时代元素。他提出的问题是：

> 我们看到了这一时期文学创作的内在要求与外部制约力量的冲突。如果抱有"历史的同情"，倒可以考虑这样的问题：十年"文革"过去，无论是从中成长起来的年轻作家，还是在"十七年"就被打成右派的"归来者"，在文艺上的约束有所松动之时，他们最需要表达、记录、抒发以及反思

---

[1] 李振：《1977—1983：文学空间再认识》，《扬子江评论》，2015年第4期。

的会是什么？与此同时，那些同样作为经历了动乱与苦难的读者，他们想看到的会是什么？在这种情况下，文学去记录历史的伤痛，反思伤痛的根源，为了避免悲剧的重演战战兢兢地对社会问题做出警示，这大概是一个自然而合理的要求与实践过程。正如在对《苦恋》进行批判的时候，一位导演不禁责问："我国出了这场大灾难，难道连画一个问号都不可以吗？"但是，紧随"十七年""文革"文学规约松动之后，是属于"新时期"的文学规则的建立。虽然政治上拨乱反正，虽然第四次文代会允许创作自由反对横加干涉，但在实际操作过程中无情展现出来的却是历史惯性的冲击和文学生长的新的阻力——其中既有"歌颂与暴露""干预生活""文艺为什么人"的老命题，又有"资产阶级自由化""精神污染"的新说法，文学生长的最大难题在某种程度上成了文学的自身要求与文学之外的政治规约之间难以调和的矛盾。[1]

通过这些分析，李振看到了对80年代的"重述"究竟是怎么一回事。《"1985"：文学史的傲慢——从被遗忘的三篇小说谈起》[2]一文，是一种"翻案"式的文章。他看到"在当下流行的中国当代文学史著作中，1985年被看成是新潮滚滚的一年。这一年前后，在'寻根文学'蓬勃兴起的同时，刘索拉、徐星、残雪、马原、洪峰、扎西达娃等一批青年作家集中亮相，他们的创作一方面承接着80年代初一些作家现代派技法的尝试，一方面又从精神世界努力地走向现代主义"。这些新潮作家成了时代的宠儿。"在文学史的叙述之下，人们对'文学新潮'给予了足够的关注，却忽略非常重要的东西，甚至是中断了对一些重大问题的探讨，使变革时期主要的时代矛盾淡出了人们的视野"：

---

[1] 李振：《1977—1983：文学空间再认识》，《扬子江评论》，2015年第4期。
[2] 李振：《"1985"：文学史的傲慢——从被遗忘的三篇小说谈起》，《南方文坛》，2017年第2期。

  1985年，吴雪恼的《主人》和王洲贵的《水与火的交融》分别发表于《鸭绿江》和《朔方》；1986年，马本昌的《不平静的柳河渡》发表于《青年作家》。三部小说不约而同地选择了一个社会切实存在的题材：十一届三中全会以来，随着农村经济政策的调整，原本被剥夺了种种权利的地主分子及其后代获得了经济、政治上的"翻身"，这种社会生活秩序的变动甚至是社会角色的互换，带来了怎样的结果，在人们内心引起了怎样的波动。[1]

  李振提出的问题从逻辑上说是没有问题的，他的分析也非常有道理。或者说，在1985年的时代环境中，新潮文学带来的新气象、新景观，抢了时代的风头，为文学带来了新的前景和可能性，文学界的兴奋甚至癫狂是可以理解的——我们的文学有太长的时间没有变化了。但是，后来的文学史叙述如果还是当年的态度和情绪，还是当年的角度和状况，那就缺乏历史感了。李振看到这个问题并敢于提出，就是有胆有识。还有，李振有一部批评文集《地域的张力》，是专门评述吉林作家的评论文集。这当然和李振供职的地域有关，他工作、生活在吉林，对吉林的文学情况有更多的了解和感同身受。他发现的是，新世纪以来，吉林文学创作在独特的地域文化中不断生长，渔猎萨满、黑土地、闯关东、老工业基地与当下时代碰撞出属于这片区域的文学经验与文学现实。当我们将内地作家与吉林作家并置一起，便能发现某种属于文学、属于地域、属于这个时代的奇妙张力。这种张力来自于吉林文学内部，它个性鲜明的"本土化"色彩与文学普遍的时代性进行着某种隐秘的较量。这些看法是没有生活在吉林的批评家难以发现的。

  通过上述描述，我们大体可以了解李振从事当代文学批评的基本思路。这就是：他注意发现文学史和当代文学的"边缘处"，在边缘中看到

---

[1] 李振：《"1985"：文学史的傲慢——从被遗忘的三篇小说谈起》，《南方文坛》，2017年第2期。

那些闪烁着的文学的奇异之光。文学没有中心和边缘的等级关系，所处的地域并不与文学成就构成关系，这与政治权力是完全不同的两回事，当代文学的历史与现实都无可争议地证实了这一点。李振身处"边缘"地域，但并没有影响他成为一个优秀的青年学者和批评家，他心中的文学舞台阔大而辽远，他就生活在自己心中那个文学舞台上。

孟繁华

目 录

上 编 / 001

1977—1983：文学空间再认识 / 003

"1985"：文学史的傲慢
——从被遗忘的三篇小说谈起 / 019

"光明"如何成全"创伤"
——80年代初的文学叙事策略兼及文学史的"理所当然" / 033

陶正是谁？ / 046

当我们庆幸先锋文学没被历史抹去 / 063

知识分子的困境与书写尴尬 / 069

艰难的"时代性"
——从《收获》"青年作家小说专辑"说开去 / 080

有关"斗争"的反讽
——90年代以来女性文学及批评的几个问题 / 090

文学的"情义"及其可能 / 099

重拾可被亲近的文学传统 / 105

有什么样的语言就有什么样的文学 / 110

地方性经验、底层与成长的青年性
——2016年中篇小说印象 / 113

微缩景观或社会寓言
——2016年吉林省中、短篇小说综论 / 122

收拾归来,依旧水连天碧

——2017年吉林省短篇小说一瞥 / 127

下　编　/ 131

写给"我们"的密信

　　——读《朝霞》/ 133

抵达故乡,我即胜利?

　　——读《生命册》/ 137

放下屠刀未必立地成佛

　　——漫谈张炜 / 148

小说的"超度"

　　——田耳论 / 155

生为女人

　　——盛可以论 / 165

将爱情刺伤成诗

　　——金仁顺论 / 178

在羞于谈论理想的时代谈论理想

　　——从刘建东小说集《黑眼睛》说开去 / 183

我选择相信南京街头哭泣的少女或量子物理

　　——黄孝阳论 / 194

大厂守灵人与性的悖论

　　——读鬼金《用眼泪,作成狮子的纵发》/ 205

"马小军"的人生道路

　　——石一枫论 / 211

寻找"身份"的证词

　　——王小王论 / 218

旧梦重圆:青年的突围或狡黠

　　——从《茧》看张悦然的创作 / 226

眺望在成人世界的门槛
——周嘉宁论 / 237

一个保守主义者的冒险
——双雪涛论 / 248

时间的限度与现实之痛
——文珍小说集《气味之城》/ 256

以"冰封者"打开记忆之城
——侯磊论 / 262

市井即江湖
——常小琥论 / 267

无处安放的肉身
——宋小词论 / 275

谁是沈东武?
——读魏思孝《沈东武》/ 284

后 记 / 289

上 编

1977—1983：
文学空间再认识

论及 80 年代文学，人们总要大谈"文学解放"，讲文学与政治意识形态的一致性和同步性。不错，80 年代的确是一个文学解放的年代，也确是一个文学空间随时代变革不断拓展的年代，但需要正视的，是 80 年代文学进程并不像一些文学史描述的那样顺畅，文学的空间也不及描述的那般宽松。所以，谈论 80 年代文学，首先要面对的就是历史所提供的文学空间。1977 年到 1983 年，是文学释放的第一波，也是旧规范松动和新规范初建的阶段，直接关系到 80 年代文学的运行机制和面貌呈现。在"拨乱反正""思想解放""改革开放"等有着积极色彩的政策性描述下，文学面对的是属于这一时期新的文学规约和文学诉求的不断撞击、较量与妥协，是在社会转型、经济变革等多重力量角逐的夹缝中生发出的新命题。那么，在这些相互制约的关系中，1977 年到 1983 年文学的推进，是像对 80 年代文学的整体性描述那样一路高歌顺风顺水，还是路途坎坷阻力重重？所谓"开放"与"突破"，空间有多大，边界在哪里？只有对它进行具体考察，才能有效进入 80 年代文学。

一、从李剑的遭遇说起

"文革"结束之后，伴随着 1978 年 5 月开始的思想解放运动和 12 月中国共产党十一届三中全会的召开，文化禁锢开始松动，文学界积压已久的力量找到了一个释放的机会，大有一发而不可收之势。作为一种文学新潮流，最先引人注目的是暴露"文革"灾难的作品，也就是所谓"伤痕文学"。面对这种新潮流，一些人拍手称快，极力推动，力图由此为文学开出新路，一些人忧心忡忡，担心此风冲击了几十年形成的文学传统，更有人对这股潮流视若洪水猛兽，并且开始怀疑三中全会之后的方针政策，要在思想文化领域抵制"修正"和"复辟"。尤其是1979年3月"四项基本原则"提出之后，有人做出了政策要"收"的解读，于是对"伤痕文学"的批判开始形成波澜。

就在这时，《河北文艺》发表了《"歌德"与"缺德"》，引发了一场风波，文章的作者李剑也成了引人注目的人物。

文章由为"歌德派"鸣不平开始，继而对暴露阴暗面的人们进行了抨击，认为"坚持四个原则，在创作上首先表现为站在工农兵的立场上为无产阶级树碑立传，为'四化'英雄们撰写新篇"，而有人"用阴暗的心理看待人民的伟大事业，对别人满腔热情歌颂'四化'的创作行为大吹冷风"，不"歌颂毛主席的丰功伟绩"，不歌颂"美好的社会主义"，"大叫大嚷我们不如修正主义、资本主义的人，虽没有'歌德'之嫌，但却有'缺德'之行……"[1]应该承认，李剑很有过去年代培养起来的政治觉悟，也有很强的政治敏感，所以，他感受到文学面貌的变化对过去文学道路的冲击，发现了文学新潮的某些"离经叛道"的性质。应该注意，李剑在当时并不孤立，他代表了许多人的思想倾向和文学观念，有一个相当大的群体作为后盾。而且，在四项基本原则提出的时机，文章发表后响应者不乏其人，他们宣称文艺界的思想解放已经引起了"思想混乱"，走上了"否定毛主席文艺路线"的道路，搞不好"会出现五七年反右派前夕的那种状况"，甚至把矛头对准文艺界领导层，指责他们大都是"在俄罗斯和欧洲18世纪文学的染缸里染过的"。

---

[1] 李剑：《"歌德"与"缺德"》，《河北文学》，1979年第6期。

然而，李剑太不走运，或者说文坛的保守派错误地估计了形势。《人民日报》《光明日报》《文艺报》等主流报刊率先做出反应，发表文章对其批驳。7月16日，《人民日报》发表阎钢的文章指出，一些人"以为中央重申四项基本原则就是文艺界反右的信号，因而又操起棍子准备打人了"。7月20日，《光明日报》发表王若望的文章，认为《"歌德"与"缺德"》的发表"犹如春天里刮来的一股冷风"，文学必须为工农兵树碑立传和写四化英雄，比"大写十三年"的口号还要"左"。7月31日，《人民日报》又以整版篇幅就《"歌德"与"缺德"》展开讨论，不仅摘要转载了王若望的文章、报道了《河北日报》7月22日发表的崔承运对《"歌德"与"缺德"》的批评，而且配发了周岳题为《阻挡不住春天的脚步》的文艺短评。短评认为李剑的文章是打着"歌颂社会主义""为四化服务"的旗号反对解放思想，反对"双百"方针，抵制中共十一届三中全会精神的贯彻执行。随后是上海、北京及全国各地纷纷召开座谈会，反击这股"春天里的冷风"，与之相伴的是各地报刊纷纷发表批判《"歌德"与"缺德"》的文章。

之前名不见经传的文学青年发表于地方报刊的一篇文章，竟在全国引发一场轩然大波，想来是它触动了文艺界尚未愈合的伤口，的确在文坛引发了众怒，再加上它暴露了思想领域的问题，干扰了仍在努力推进的思想解放运动。历史的伤痕未愈，冤屈未申，肇事者的罪行远未被清算，作家们刚刚尝试把历史情景铸成文字，不想遇到这样的迎头断喝，自然是怒气满腔。如果这断喝来自不可抗拒的权威力量，早已习惯于逆来顺受的中国作家也许未必有多少勇气反抗和还击，但这断喝却并不来自最高权力。尤其让文艺界很多人无法接受的是，李剑的文章不仅把现实粉饰成阳光明媚的太平盛世，而且习惯性地用着"文革"式的大批判语言，杀伐之势让一些人不寒而栗。许多人心中清楚，历史刚刚进入一个转折时期，新旧两种力量的较量刚刚开始，自然要投入进来迎住这场"冷风"。

在高层，这场风波之所以会受到重视，是因它的确干扰着思想解放运动，听之任之就有可能向全国传递错误信号，增加拨乱反正的阻力。9月4日至7日，在胡耀邦的倡导下，中宣部主持召开了座谈会，参加者是文章的作者李剑、河北省委宣传部和文艺界的负责人、全国文联的负责人和在京的部分评论家。胡耀邦在座谈会结束时到会讲话，指出《"歌德"与"缺德"》的问题在于同"百花齐放、百家争鸣"相违背，同中央粉碎"四人帮"以后反复强调的方针不合拍。同时又补充说，文章的作者是个青年，要允许青年犯错误，要采取教育的方法，诱导的方法。李剑没有为此而受到处分。

然而，让文艺界没有想到的是，一年之后，李剑一反"歌德"姿态，在1980年第6期《湛江文艺》发表小说《醉入花丛》，又一次惊动文坛。接着又陆续发表了《暗想玉容》《竞折腰》等等。这个"歌德"的健将突然变脸，连续创作了曾被自己痛斥的"缺德"文学，而且比其他"伤痕"作品更加暴露，伤痕也更加深重。

《醉入花丛》写女红卫兵叶丽在串联的路上掉队，住进一户农民家。半夜，农民跪在她面前："俄想亲亲你们城里姑娘"，"俄今年三十五岁了，俄不知道媳妇是甚么，俄是雇农……"面对单身汉的非分之想，她想起了毛主席的教导："没有贫农便没有革命，若是否认他们，便是否认革命，若是打击他们，便是打击革命。"小说写道："她激动地把农民拉了起来……'贫下中农的痛苦，就是我们的痛苦，贫下中农的困难，便是我们的困难，我要狠斗私字一闪念，急贫下中农之所急'。"在灵魂深处爆发革命之后，叶丽成了农民的妻子，成了"两个决裂"的模范人物。不久，她却被地委书记奸污。因为她的"不贞"，加上只会生女孩，经常遭受丈夫任意的凌辱。小说结尾，叶丽一无所有，醉卧在油菜花丛，茫然不知所归。在这一组小说里，不管《醉入花丛》中的女红卫兵被奸污，还是《竞折腰》中的几百名知青葬身海底，关键之处都是"毛主席的教导"，其用意不言自明。

李剑再次受到批判。一些地方举行了大型讨论会，《人民日报》《文汇报》等发表了批判文章，批判者上纲上线，指责他恶毒攻击伟大领袖。如果说上一次批判还有一些同一阵营的人助阵的话，这次的李剑非常孤立，在文艺界的一片挞伐声中，陷入了四面楚歌的境地。

仔细想来，这种情况不难理解，之前与李剑站在一起的人们带着讨伐叛徒的义愤，批判起来是绝不手软；而支持"伤痕文学"的开明派人士，也不愿对这位昔日的论敌伸出援手。正当一片声讨之际，《中国青年》署名华铭的文章《评〈醉卧花丛〉》由小说本身说开去，肯定了它的思想价值，对那些上纲上线的批评做了回应。这一次，仍然是胡耀邦为李剑解了围。当他读到华铭的文章后，给文艺界领导人林默涵、贺敬之、张光年和冯牧写了一封信，称赞华铭文章是讲道理的，没有打棍子，希望文艺批评界形成一种"恰如其分的、有充分说服力的文艺批评风气"。胡耀邦的用意很明显，他希望批评能以理服人，而不是棍棒飞舞。

李剑所遭遇的，正是 80 年代文学一直存在的一个大问题："新时期"文学的主流何在？边界何在？ 80 年代的文坛并不只是二元对立，而是左中右或前中后的三分天下，主流在中间，"新时期"意识形态所要求的文艺，既不是"文革"或"十七年"的文艺，也不是一些作家艺术家所追求的自由文艺。在这种情况下，偏于两极都不受欢迎，因为前者意味着思想僵化，有碍思想解放和改革开放的推进；后者背离某些原则，意味着更大的危险。与"文革"和"十七年"不同，80 年代政治和主流意识形态对文艺的规约不再是强硬的、粗暴的，高层领导人一再宣称不打棍子、不扣帽子、不再把任何一个作家打成反革命。然而，规约虽然温和而且柔软，但毕竟还是规约，一些界限依然不容跨越。如若越界，作者虽然不会有生命和安全方面的危险，但艺术的影响却已无从谈起，这也就构成了 80 年代文学规约新的实现方式。

二、两条"战线"之间

1982年,中宣部主持的"文艺评论工作座谈会"在河北召开,会议结束时贺敬之进行总结,强调文艺批评要在"左""右"两条战线作战。实际上,从1977年起,这两条战线就一直此隐彼见,贯穿整个80年代,基本划定了文学的空间。然而,由于文艺界高层领导人之间认识并不一致,战线的前沿就不好确定,边界也比较模糊。正因为这样,文艺界的问题显得更加复杂。

1977年至1978年,总的来讲是文坛"同仇敌忾"的两年,虽然《班主任》《伤痕》等作品的纷纷发表已经引发争议,但整个文艺界的重心还在对"四人帮""阴谋文艺"的清算上。当1966年到1976年的文艺生产方式被当作反动文艺路线抛弃,新的文艺方向或文学范式急需建立,却并非易事,因为拨乱反正,"正"在哪里,人们的认识并不一致。那么,回到"十七年",回到"双百方针",回到文艺为工农兵服务,就成了一种安全的选择。无论是批"阴谋文艺",还是讨论30年代文艺,是从《在延安文艺座谈会上的讲话》强调工农兵方向,还是由"两结合"的创作方法出发号召创造无产阶级英雄人物,其实都是在对"十七年"文学进行着小心翼翼的评价,是文艺界在寻求一个恰当的立足之处。此时的文坛虽已潜流暗动,但其间分歧,都还在文艺界寻找一个可靠而安全的文学评判尺度中被暂时搁置起来。

1979年,邓小平《在中国文学艺术工作者第四次代表大会上的祝词》谈道:"党对文艺工作的领导,不是发号施令,不是要求文学艺术从属于临时的、具体的、直接的政治任务","写什么和怎样写,只能由文艺家在艺术实践中去探索和逐步求得解决。在这方面,不要横加干涉。"[1] 周扬也在第四次文代会的讲话中强调"创作、演出和学术研究的充分自由"。但是,不要就此以为1979年

---

[1]《在中国文学艺术工作者第四次代表大会上的祝词》,《邓小平文选》第二卷,人民出版社,1994年版,第213页。

中国文坛便扫清障碍进入了一个全新的年月。实际上，1979年恰恰是文艺界分歧激烈化、公开化的开始。也正是这些分裂与对抗，才有了所谓"开明派"和"保守派"。"伤痕文学"最终成为文坛分裂的导火索。1979年2月3日，《人民日报》发表晓风致陈荒煤的信，为新出现的新人新作而兴奋，提出"这十年是非写不可的，不写不能加速时代的步伐，不能促进全民族的提高"；陈荒煤在致编辑部的信中则赞扬青年知识分子是"思考的一代""战斗的一代"，主张为他们开辟园地，鼓励他们解放思想，突破"禁区"，开拓文学新局面。[1] 但是，也有人对这种揭伤疤的做法持否定态度，比如林默涵就以感伤主义来概括"伤痕文学"，说这是一种"腐蚀剂"，"由于受'四人帮'的折腾，我们的不少青年'看破红尘'，受伤感主义的毒害已经很深了"。在对《大墙下的红玉兰》《铺花的歧路》的批评中，有人直接讲"人民给你们纸张，是希望你们提供好的作品，而不是要这些思想和艺术都很低劣的东西……其实质是向人民散播对社会主义制度的不满情绪，搞乱人们的思想"。之后《广州日报》的《向前看呵！文艺》和《河北文艺》的《"歌德"与"缺德"》也同时把矛头指向描写"文革"的"伤痕文学"，认为这是一种"向后看"的文艺，不赞颂社会主义制度，不为人民"歌德"，不称颂工农兵，很是"缺德"。

1979年文艺界的分歧，开明派与保守派的公开对抗，在很大程度上构成了70年代末中国政治格局的一个缩影。在这里，对"文革"的评价还是一个大问题，像崔坪在《文艺报》讨论会上的发言，"对毛主席发动和领导的'文化大革命'是全盘否定，还是三七开，或者是倒三七开？我反对把造反派头头都写成坏人。亿万人民起来参加'文化大革命'，难道他们都是群盲吗？轰轰烈烈怎么解释？应写'文化大革命'中的英雄，'四五'英雄也可以写。辽宁的武斗和枪毙人，在文学作品中怎么反映？文学作品反对'文化大革命'

---

[1] 《晓风致陈荒煤的信》，《人民日报》，1979年2月3日。

可不可以？动手术要是触伤了心脏怎么办"[1]，多少隐藏着对"文革"的认同和对全面否定"文革"的不满。而以周扬、陈荒煤、冯牧、张光年等为代表的开明派，不但全力推动"伤痕文学"的发表、出版，而且尽力为之辩护。应该注意到，政策上的"新时期"已经开始，但"左"的倾向及批判思维和话语系统经过十年"文革"的"训练"，其攻击性和破坏力有增无减，这时的开明派确实显示着他们的开明。

正因如此，在主流文学史的叙述里，对这一时段批判指向的"伤痕文学"倾向十分明显。新的文学潮流被看作"具有历史阶段性的意义，也是文学自身发展的突破"[2]，或是更加强调对立与斗争的效用，比如是伴随着"权威的崩坏"和"冲决思想禁区的冲动"[3]，"从长期的窒息禁锢中解放出来"[4]。虽然1977年到1979年文坛保守势力依然强大，文学批评言辞激烈，多带有打棍子、扣帽子的遗风，但从文学史来看，保守派的文学批判是失效的——文学史的叙述更愿意把它看成是文学生长的阻力，并以之突显一种新文学现象和一个新文学时代的到来，而借此确立了开明、开放的姿态。

1980年，情况开始变化，缘由是1979年下半年一批不仅"向后看"而且看"当下"的作品接连出现。它们不是"伤感"地回忆"文革"带来的伤痛，而是把矛头对准了腐败、特权、官僚主义等问题，比如沙叶新的《假如我是真的》、王靖的《在社会的档案里》、白桦的《苦恋》、叶文福的《将军，你不能这样做》等等。这些作品引起争议，双方分歧在第四次文代会上没有解决，便留给了1980年之后的剧本创作问题座谈会和一次次讨论。

"四项基本原则"在1980年后的文学批评中成了一个重要的关键词。以对《苦恋》的批判为例，邓小平在谈及它时就说，"对

---

[1] 刘锡诚：《在文坛边缘上——编辑手记》，河南大学出版社，2004年版，第264页。
[2] 张钟、洪子诚、佘树森等：《当代中国文学概观》，北京大学出版社，1986年版，第479页。
[3] 洪子诚：《中国当代文学史》，北京大学出版社，1999年版，第226页。
[4] 朱寨主编：《中国当代文学思潮史》，人民文学出版社，1987年版，第522页。

电影文学剧本《苦恋》要批判，这是有关坚持四项基本原则的问题"。《解放军报》4月17日发表了《坚持和维护四项基本原则》的社论："有的作品公然违背四项基本原则，把我们的党和国家描写得一团漆黑，歪曲和糟蹋爱国主义，向社会主义制度和人民民主专政发泄不满，恶意嘲弄和全盘否定毛泽东同志和毛泽东思想，像这种在政治倾向上有严重错误的作品，难道不应该批评吗？"次日《解放军报》发表的读者来信《一部违反四项基本原则的作品》同样"深深感到这个剧本和党中央一再提出的四项基本原则的精神背道而驰……我们希望报刊展开批评，使人们具体生动地看到：什么样叫违反四项基本原则，怎么样才能更好地坚持和维护四项基本原则"。4月20日《解放军报》的特约评论员文章《四项基本原则不容违反——评电影文学剧本〈苦恋〉》认为剧本是"借批评党曾经犯过的错误以否定党领导下的社会主义国家，否定四项基本原则"，"它的锋芒是指向党，指向四项基本原则的"。《时代的报告》《文学报》《红旗》《北京日报》《长江日报》《湖北日报》等报刊也都发表了对《苦恋》的批评文章，批判者指责的，也是该作有违"四项基本原则"。

伴随对"四项基本原则"的强调，被批判的主要是"资产阶级自由化""人道主义"和"精神污染"等。1981年7月，邓小平就讲到"资产阶级自由化的核心就是反对党的领导"[1]，把它视为思想战线上的重要问题。十几天后，胡耀邦在思想战线问题座谈会上的讲话中又强调："对于《苦恋》的批评，《解放军报》和其他一些报刊四月间就已经进行了。《解放军报》的批评，小平同志已经做了正确的评价。但是全国文联、作协、影协这些直接有关的组织至今还没有开始。这就是思想战线的领导涣散软弱的一个重要标志，是当前思想界的一个有代表性的现实问题……《苦恋》不是

---

[1] 《关于思想战线上的问题的谈话》，《邓小平文选》第二卷，人民出版社，1994年版，第391页。

一个孤立的问题，类似《苦恋》或者超过《苦恋》的脱离社会主义的轨道、脱离党的领导、搞自由化的错误言论和作品，还有一些。"[1] 1983年4月到5月中宣部召开部务扩大会议，持续批判了《苦恋》《在社会的档案里》《离离原上草》《妙青》《人啊，人！》《晚霞消失的时候》《早晨三十分钟》等一系列作品，关键在指出这些作品"资产阶级自由化相当严重"；1983年下半年对诗歌界"三崛起"的批判，像郑伯农、程代熙等人的文章，也将问题归结于"资产阶级自由化思想"。与此同时，以周扬在纪念马克思逝世一百周年学术报告会上的讲话为导火索，引发了持续时间不长，却对文艺界有重大影响的"清除精神污染"运动。

1980年后文学批判使用的某些概念，产生于新的语境，"新时期文学"的"新"，同时也滋生着新的阻力——它相比那些带着历史惯性的批评更具权威性，更能代表着当时的国家意志。值得注意的是，在这些批判风波中，保守派与开明派虽然矛盾尖锐，冲突不断，但在很多方面是一致的，所以能够达成共识，对试图跨越主流意识形态的文学诉求进行压制。随着改革派在高层地位的确立，保守派虽然能够掀起风波，但无力控制最后的走向；几次大的批判风波都很快完结，最终是以相对温和的方式对待文艺问题。然而，尽管反复强调不打棍子、不扣帽子，不再把文学艺术家打成"反革命分子"或"右派分子"，"不能再走老路，不能再搞什么政治运动"[2]，但温和的态度与方式决不是放弃对文艺的控制，对于那些被认定为超越边界的作品，常常是不禁而禁，剧本不能继续上演，电影不能公映，小说和诗歌不再传播。1982年"文艺评论工作座谈会"对形势的判断依然是"不够敏感和清醒，甚至暴露出某些思想上的混乱"，"一方面对'左'的流毒的斗争，缺乏力量；另一

---

[1] 胡耀邦：《在思想战线问题座谈会上的讲话》，《三中全会以来重要文献选编》（下），人民出版社，1982年版，第896—897页。

[2] 《关于思想战线上的问题的谈话》，《邓小平文选》第二卷，人民出版社，1994年版，第391页。

方面，对新形势下滋长起来的资产阶级自由化倾向，没有引起应有的警觉，对其危害性估计不足"，"整个来说，文艺评论还是文艺战线的一个比较薄弱的环节"，因而"要加强对文艺评论的政治思想领导和文艺评论队伍的思想建设，以确保文艺评论同党中央在政治上的一致"。[1] 虽然开明派有一些人对批判对象抱有同情，有些批评文章也是一拖再拖，但这并不意味着文学创作就能够突破界限。

大部分文学史对1980年到1983年的讲述，相比当时文坛风起云涌的波澜要简单得多。这并非那些被略过的现象不值一提，恰恰相反，意识形态的变化、高层在文艺问题的摇摆、开明派身份的转换、文学创作多方面的尝试、突破和突破未果，实际为文学史提供了充分的叙述空间和展开可能。但是，绝大多数文学史所呈现出来的却是"伤痕文学""反思文学""改革文学"等一条流畅的文学脉络，而在1980年到1983年受到批判的诸多作品都被阻隔在文学史之外，很少被提起。当我们把1977年到1979年，1980年到1983年放在一起，绝大部分文学史的书写规则便浮现出来：这是一个开明派的文学史，在向"左"和向"右"两条战线同时开战的过程中，作为其对立面的保守派和自由派，都无法进入文学史的视野。这也造成了文学史有关80年代的一个假象：文学与政治的"蜜月期"。但这仅仅是政治改革派与文坛开明派的蜜月，是主流意识形态与界内文学创作的蜜月，而对界外的保守派和自由派，是需要与之进行"两条战线作战"的。

三、文学史面貌与当前研究

1977年到1983年，一个历史的惯性尚未消退、政治上力图拨乱反正、新的文艺规约初建的时期，其间的波动、冲突和反复可想

---

[1] 《关于加强文艺评论工作的意见》讨论稿，见刘锡诚：《1982：文艺评论关键词——文艺评论工作座谈会的前前后后》，《南方文坛》，2013年第1期。

而知。这一时期的文学批判，成为文艺界乃至高层政治动向的晴雨表。它与文学的关系是复杂而尴尬的：一方面，它对当时以及之后的文学走向影响极大，直接决定着一种文学样式、一种文学思潮的高涨、低落或是终止；另一方面，它对作品的批评主要围绕政治立场、政治觉悟的表达，是来自文学之外的政治规约而非文学的自身生产，它的起伏和波动，不全是文艺界对文学创作持续的认识和判断，而更多体现着上层意志的权衡和摇摆。

于是，我们看到了这一时期文学创作的内在要求与外部制约力量的冲突。如果抱有"历史的同情"，倒可以考虑这样的问题：十年"文革"过去，无论是从中成长起来的年轻作家，还是在"十七年"就被打成右派的"归来者"，在文艺上的约束有所松动之时，他们最需要表达、记录、抒发以及反思的会是什么？与此同时，那些同样作为经历了动乱与苦难的读者，他们想看到的会是什么？在这种情况下，文学去记录历史的伤痛，反思伤痛的根源，为了避免悲剧的重演战战兢兢地对社会问题做出警示，这大概是一个自然而合理的要求与实践过程。正如在对《苦恋》进行批判的时候，一位导演不禁责问："我国出了这场大灾难，难道连画一个问号都不可以吗？"但是，紧随"十七年""文革"文学规约松动之后，是属于"新时期"的文学规则的建立。虽然政治上拨乱反正，虽然第四次文代会允许创作自由反对横加干涉，但在实际操作过程中无情展现出来的却是历史惯性的冲击和文学生长的新的阻力——其中既有"歌颂与暴露""干预生活""文艺为什么人"的老命题，又有"资产阶级自由化""精神污染"的新说法，文学生长的最大难题在某种程度上成了文学的自身要求与文学之外的政治规约之间难以调和的矛盾。

不可否认，那些因"犯规"而受到批判的作品同样包含着某种意识形态。对此，无论是以意识形态的冲突将文学创作与文学批判之间的矛盾刻意放大，还是将其置于相同的逻辑框架中解构其突破的力量，解构其面对的阻碍和压力，都是不负责任的。离开文学载体进行粗暴的评判甚至上升并简化为阶级、立场、阵营的对抗，固然无助于深入认识 80 年代文学及其意识形态的处境，但是，把逻辑等同于内容，以抽象的理解消解意识形态的差异，把文学上包含意识形态的突破与文学之外同样包含意识形态的规约视为同质，却往往是有意顾左右而言他，离问题越来越远。

时过境迁，当年那些引起风波的作品，那些剑拔弩张的批判，在之后的主流文学史中被一带而过，出现的是一个更为流畅的文学史。它是推陈出新，是去政治化，是纯文学的生长，是新方法和新形式的胜利……于是，一种说法应运而生，那就是 80 年代文学在某种程度上与十一届三中全会之后的官方意识形态形成了一种共谋，并以此强调 80 年代文学在运行逻辑上与之前的文学样式别无二致。这似乎也讲得通，甚至我们也不得不承认主流文学史对 80 年代文学的叙述确实在某种程度上制造了这种关联——它与 80 年代"改革派"的政治诉求保持一致，与文艺界"开明派"的文学主张保持一致，并为其支持和推动。但是，有一些问题值得深究。首先，在文学史的建构过程中，因为那些与政治权威有着紧密联系的批判声音，使很多作品至今处在一个尴尬的位置，未能得到正面描述。其次，1977 年到 1983 年文学批判的存在，与"开明派"文学史试图塑造的多元、开放、一路狂飙突进的文学面貌相左，本身即从主流与非主流、官方与民间、强势与弱势对其叙述提出了质疑。再次，也是重要的一点，文学史本身就是一种意识形态的生产，无法脱离意识形态的规约，而 80 年代文学的特殊之处就在于它发生在政治体制、经济形式、意识形态的转折阶段，其中的矛盾冲突、各种势力的较量、显性的或是隐性的规则将在文学史中被怎样叙述或可不可以被叙述，是一个文学史或者说出版行业话语空间的问题。那么，前面提到的所谓"共谋"，就显示出了它的片面，因为它是建立在一个消解和掩盖矛盾并紧贴官方意识形态的"开明派"文学基础上的逻辑推衍，既忽略了作为"'文革'文学"和"十七年文学"余脉的存在，又遮蔽了文学针对现实而发的更急切的突破诉求。80年代文学的确存在与当时主流意识形态的"共谋",但那只是文坛整体中的一部分,而不是80年代文学的全部。只要理清主流意识形态下文学的边界与空间,看到文坛不同势力的较量,就不得不承认,寻求突破的那股文学力量与主流意识形态的矛盾和冲突,最终未能调和,更谈不到什么"共谋"。

20世纪90年代以来,80年代文学诸多主张面临着官方意识形态新的表达方式、历史观和方法论等多方面的解构。我们暂且不管这种解构的初衷是什么,但它呈现出的是80年代所强调的"人"的价值、启蒙和"人道主义"传统、现代化的种种尝试和努力、知识分子的坚守与挑战,都变成陈旧的、不值一提甚至是需要被讥讽的东西。我们因此看了对80年代文学新的描述,比如精英的、不切实际的、理想主义的、自娱自乐的等等,其中一些在80年代具有积极意义的词语在之后的叙述中变得轻浮不堪。于是,当80年代文学与当下发生关联的时候,就会出现两种状态,一是不断重申80年代文学理想与文学价值,其中包含着对启蒙、现代性、知识分子的责任与担当等一系列命题的强调,常常会显得艰难而孤立无援;另一种则是对80年代及其文学的消解,强调它的精英意识,嘲笑它的理想与激情,批判它的现代性追求,强调它的"去政治化"本身即是政治化过程等等,而这些说法往往大有市场,颇受欢迎。当然,这只是一个表面现象,背后是80年代文学范式的终结。80年代文学并不是处于一个趋于成熟和完善阶段的文学体系,而是在社会转折和思想文化调整期进行的种种探索和寻找,无论是有关"人性""人道主义",还是启蒙、重返"五四"等一系列问题的讨论,都在探求可以对80年代发生作用的理论和价值依靠,但它最终是失败。90年代,新写实、后现代、新左派、新国学等成为提前进入21世纪的急先锋,成全了文学与文化在意识形态或政治干预下的妥协和随波逐流。由此再看1977年到1983年的文学批判就会很有意思,形成于80年代初期的政治规约和意识形态批判却在90年代之后的时间里与文学创作有着惊人的默契。从这个意义上说,如果讲文学与意识形态共谋的话，应该是90年代文学范式与80年代贯穿至90年代的主流意识形态的密切配合。

在后学理论过于繁盛的今天，持怎样的历史态度来看待80年代文学、进行80年代文学研究，将直接影响着对80年代文学的判断及其文学史叙述。因此，对80年代文学的讲述从某种程度上演变为一个历史观的问题。一些学者认为，80年代文学的生长、突破、犯规以及80年代的文学批判，只是一种叙述，并不存在一个实体的80年代文学。这种解读方式确实为我们提供了另外一种视野，当然也是一种在90年代以来官方意识形态下更为讨好的讲法。但是，如果因此而溶解了80年代文学的血肉，把其中个体的苦难、文学尝试的波折、思想转折的要求与阻力，统统化为一种被冷漠叙述着的文本并试图以此建立起貌似公允、中立的态度，无论对于还原80年代文学样貌还是进行80年代文学史的研究，都没什么益处。比如，有的学者就对以"打捞历史"的方式进行的80年代文学研究十分不屑，认为它不过呈现了80年代文坛的某种表演，而在这场表演中包含着50、60年代的话语习惯，是一种二元对立的、陈旧的思维方式。从表面上看，这好像是一种"中立""先进"的说法，似乎也很符合90年代以来人们对于"二元对立"恐惧异常的心理。但是，这样的讨论面临着一个问题：如果我们讨论的对象本身就生发于一个二元对立的语境，本身就是思想观念或文学观念二元对立的产物，毕竟80年代的文学批判大多是以这种方式进行的，那么，强行以所谓多元进行消化，其中因错位而产生的偏差和空隙，将用什么来添补？有关80年代文学的研究出现了一些现象。在他们对文学批判的描述中，把不同层面、不同阵营、不同程度的博弈置于90年代的后学框架中，以"叙述""不存在"等方式将80年代力量悬殊的规约和突破拆解为零散的、看似可以平等对话的小冲突。这种化整为零的办法的确展现了80年代文坛的一些细节和关系结构，但是，这堆错位而生的碎片，也为90年代以来意识形态的渗透提供了众多空间。所以，很多有关80年代文学的研究，让我们看到的其实是一个被90年代以来意识形态包装出来的文学范式。在这一过程中，80年代的矛盾被消解，80年代的精神立场被庸俗化，80年代与前后的断裂被搁置起来，在历史相对主义的魔术中，80年代只能作为一种方法、一种媒介，成为勾连起90年代甚至是当下与50、60年代的工具。这让我们不能不警觉，它是以90年代以来的意识形态对中国当代文学进行的一次颇具野心也颇具政治意图的重述。

上 编

"1985":文学史的傲慢
——从被遗忘的三篇小说谈起

在当下流行的中国当代文学史著作中,1985年被看成是新潮滚滚的一年。这一年前后,在"寻根文学"蓬勃兴起的同时,刘索拉、徐星、残雪、马原、洪峰、扎西达娃等一批青年作家集中亮相,他们的创作一方面承接着80年代初一些作家现代派技法的尝试,一方面又从精神世界努力地走向现代主义。正如吴亮对他们的描述:"他们触及了新的精神层次、提供了新的经验,展示了新的叙述形式","1985年的小说创作以它的非凡实迹中断了我的理论梦想,它向我预告了一种文学的现代运动正悄悄地到来,而所有关在屋子里的理论玄想都将经受它的冲击"[1]。它意味着中国的现代主义文学走向了一个新的高度,并由此开启了中国当代文学一个别样的局面。然而,同样在这一年前后,三部如今已被遗忘的短篇小说及其引发的争论却提示着我们,在文学史的叙述之下,人们对"文学新潮"给予了足够的关注,却忽略非常重要的东西,甚至是中断了对一些重大问题的探讨,使变革时期主要的时代矛盾淡出了人们的视野。

一

面对发生于80年代农村的经济、文化变革,文学史可能会谈

---

[1] 吴亮、程德培选编:《新小说在1985年》,上海社会科学院出版社,1986年,第1、2页。

到何士光的《乡场上》，谈到从来直不起腰来的冯幺爸如何在土地承包和市场开放之后挺直了腰杆；也可能讲到蒋子龙的《燕赵悲歌》和武耕新的"壮骨法"；或者是贾平凹的《小月前本》《腊月·正月》，那些普通人在社会环境变换之中观念的冲突与变化。这些作品反映着改革开放给农民带来的益处，反映着改革时代的步伐，但在这整齐划一的颂歌和凯歌中，有一个疑问是应该存在的：在那个年代，社会是否存在更尖锐、更复杂、关乎历史恩怨与现实权益的矛盾？作家们是否因此而面临着种种矛盾和困惑？

1985年，吴雪恼的《主人》[1]和王洲贵的《水与火的交融》[2]分别发表于《鸭绿江》和《朔方》；1986年，马本昌的《不平静的柳河渡》[3]发表于《青年作家》。三部小说不约而同地选择了一个社会切实存在的题材：十一届三中全会以来，随着农村经济政策的调整，原本被剥夺了种种权利的地主分子及其后代获得了经济、政治上的"翻身"，这种社会生活秩序的变动甚至是社会角色的互换，带来了怎样的结果，在人们内心引起了怎样的波动。

《主人》中，原大队党支部书记巴咸天蒙蒙亮就爬起来，整理好犁轭、牛缆，打算按照合同去别人的责任田里干活了。可是"冤家路窄"，雇他干活的恰恰是自己的祖辈、父辈都为之打过工的地主花提的长孙长甲。而这个长甲，偏偏又曾在他手里犯下了"破坏农业学大寨"的罪，被送去劳改过五年。原来的领导者与专政对象，如今成了雇工与雇主，生活中发生的这种变化，人们将怎样面对？在王洲贵的小说《水与火的交融》里，第一句就是："我真的要到地主家里去当雇工吗？"发问的是原"贫协"组长王登强。王登强十七岁就给地主陈有德做长工，后来世事大变，陈有德被打翻在地，成了专政对象，可没想到"四人帮"倒台之后，政策又变了，"地

---

[1] 吴雪恼：《主人》，《鸭绿江》，1985年第1期。
[2] 王洲贵：《水与火的交融》，《朔方》，1985年第3期。
[3] 马本昌：《不平静的柳河渡》，《青年作家》，1986年第4期。

主分子全摘了帽子，成了社员、公民，和贫下中农一样了"。现如今，要从乡政府领救济款的王登强突然被陈有德的儿子陈自强邀请到自家奶牛场"工作"，去还是不去？《不平静的柳河渡》叙述的故事开始于1948年的秋天，保长秦万贵被判死刑。就在即将枪决的那一刻，他的小老婆抱着一个婴儿喊道："当家的，给娃儿起个名再走……"秦万贵咬牙切齿地冲女人说："勾践，这小子就叫勾践！"时光一晃就到了1985年，万元户秦勾践骑着崭新的摩托车去县委招待所参加一个重要会议。不久，他不但迎娶了当年枪毙他爹的村长石二爷的弟媳，而且决定竞选村长。那么，一个是从前伪保长的儿子，如今的专业户万元户秦勾践，一个是老村长石二爷的侄子，如今的泥瓦匠石虎——"你说，选谁个呢？"

三部小说几乎秉持着相同的叙述逻辑与情节走向。如果说十一届三中全会以后农村经济政策调整使小说中的人物关系和权力秩序发生了变化的话，他们的"前世恩怨"则使矛盾在所难免。

无一例外，阶级出身依然是这些小说展开故事的前提。巴咸承认，"自己家跟长甲家，确也很有一番阶级的仇恨在，虽然对方的祖辈父辈还没有把自己的祖辈父辈逼到家破人亡、妻离子散的地步，但血汗确实让他们榨干了，据阿普（爷爷）和阿爸的追忆，花提那家人对待长工短工的确下得狠心的"。陈有德也是一个厉害地主，懂农活，还亲自劳动，把长工们使得团团转。王登强记忆里，有次顶撞了陈有德，结结实实挨了两个耳光，还要磕头认罪。当然，这种阶级的仇恨也不是单方面的。土改之后，无论花提、长甲还是陈有德都成了专政对象。长甲油滑，不修人造平原，搞起地下包工队，因为"一个个发了大财，惹得全大队人眼红不已，影响极为恶劣"，于是巴咸"趁着那一股风把他卷进了班房"，一判就是五年。王登强坚信已经接受改造的陈有德"人还在，心不死"，不但时时监视，认定生产队病死的耕牛是因为陈有德投毒，而且向组织建议把他调到淘粪组，又脏又累也不可能搞什么破坏。秦勾践就更不必说，与石二爷有杀父之仇，又眼看着母亲被民兵连长侮辱之后吊死在屋檐下。由此可以看到，在特定的历史环境中，阶级矛盾在具体的政治斗争里被以一种个体的、私人恩怨的方式不断激化、积累，在一个阶级的政治诉求中，相当比例地裹挟着"趋势""眼红"等公报私仇的极端解决方式。在此，即便抛开抽象的阶级矛盾，仅凭"前世恩怨"，就足以使"两个阵营"的冲突难以化解。

同时，长甲、秦勾践们经济上的崛起与政治地位的翻身又被赋予了张狂、挑衅、阴谋诡计、伺机报复的色彩。原本只给工钱而不供饭食的长甲见是巴咸受雇，一定要亲自背了酒菜，"带着一种微妙的、主人的优越感去欣赏他的上司和往日的对头怎样屈节于钱财之下，为他挥汗效劳"；羞辱过巴咸之后更是得意地贴出"昔日世态炎凉磕头烧香总无益，今朝政策英明见官不拜又何妨"的对联。变成万元户的秦勾践不从城里调农机，硬是花高价雇人犁地，要的就是看他们"早些年一直拿勾践当猪尿泡踩，如今呢，却为几张大票子卖苦力"；他一个三十七岁的万元户，一定要娶石二爷四十四岁带着三个娃守寡的弟媳，要在柳河渡人"惊愕的、困惑的、难堪的、恼火的"目光下，把娶亲的鞭炮在石家门楼前放得惊天动地。在此，我们必须承认人在特定时机的微妙心理，但三部小说同时以近乎夸张的方式来描写长甲等人"今生得势"时的扭曲嘴脸却不仅仅是巧合。按理说，长甲等人作为新时期经济建设的重要力量，可能更需要某种正面的描写，但因为他们阶级出身难以抹除的烙印和"变天"式的发家历程，小说显然更倾向于以道德的劣势和人格的缺陷来消解其形象，将他们从合乎国家政策顺应时代潮流的道理层面的认可推向读者情感层面的拒斥。这不但迎合阶级出身论最基本的形象预设，而且为小说最后的转折埋下了伏笔。

事实证明，三篇小说的结局完全处于意料之中。当长甲妄想以广散钱财来制造自己"庄严又慈善"的形象反被"吃大户"时，他还得去求巴咸。而这时的巴咸，不再是长甲的雇工，而是他的支书，可以帮他"上县、上州、上省"打官司。巴咸的一句话很重要："我是这里的主人。"这是长甲必须接受的现实。王登强在陈有德的羞辱下抡起了巴掌,虽然通过调解实现了"水与火的交融",但小说最后领奖金、穿西装、坐飞机、接受外国记者采访的只有这个当年的"贫协"组长。同样,试图以金钱贿选的秦勾践最终落败,当他不知所措的时候,迈着稳健步伐走来的是石二爷:"咱村的爷们不稀罕这个,稀罕的是这里的四两肉!"——巴掌当然是拍在石二爷自己的胸膛上。

不难看出,面对农村经济结构的调整带来的现实状况,作家们及时地做出了反应,并且敏锐地捕捉到了一个重要问题。但是,我们从中也能发现作家们在处理这一系列现实经验时的摇摆、含糊,发现长期以来阶级原则至上在文学创作中根深蒂固的影响,发现他们对金钱与权力、经济与政治关系的简单理解。由此我们也可以进一步发现,时至80年代中期,人们在那场经济秩序与权力秩序的大变革之中,在那些错综复杂的利益冲突与价值观博弈之中,依然对一个未知的前景表现出来自政治与文化等多个层面的迟疑、期待、迷茫和焦虑。

二

三篇小说发表之后,引起了评论界比较激烈的争论。《鸭绿江》连续五期开辟专栏,讨论《主人》及其反映的问题;《作品与争鸣》于1985年第6期转载了《主人》并刊发了一系列争鸣文章;《朔方》杂志于当年第7期开始组织了对《水与火的交融》的系列评论;甚至到了1987年下半年,仍然有文章就三部作品的题材问题进行着讨论。如果说作家们面对改革开放之后农村经济与权力秩序的变革有意无意流露出他们的摇摆与含糊的话,那么评论家们则并不掩饰他们的态度与立场,试图通过阐释与争论使作品中的一系列问题明确起来。

如何看待农村经济改革带来的社会秩序调整和角色互换,构成了评论者们最主要的分歧。有人认为,这种让党的干部给地富分子及其后代打工的描写无疑是一笔新的"变天账";但也有人认为,作家对这一主题的选择展示了新时期农村现实生活的一个特定场景,书写着人与人之间的崭新关系,揭示着改革中出现的新矛盾、新问题。

中耀在《写什么人、怎样写?——对〈主人〉的思索》[1]中说:"我看这是地道的'反攻倒算',虽然'文化大革命'完全应当彻底否定,但是那时常用的'一语泄露天机''打着红旗反红旗'这两句话用在这里是合适的。"他认为斗争地富的记忆依然在长甲身上发生着作用,这是他的"阶级根源",文学创作要对这样的人物有足够的警惕和充分的认识:"今天,文艺界要彻底反'左',要'百花齐放',但是我们写什么样的人物?怎样写这些人物?这是每一个作者要认真思考的,像长甲这样的人物,不能让他们打着'纵横自由'的牌子为所欲为。按社会主义原则,被批判的人物始终应处于被批判的地位。"与此同时,贾捷在《关于〈水与火的交融〉》[2]中认为:"他(陈自强)是一个脱离了历史并必然脱离现实社会的人。这样的人在思想上对社会发展所做的错误判断,使之变成了一个用纯粹的农民意识去占卜历史命运的预言家——他以为社会上阶级消灭了,就等于商品生产的资本主义性质便消失了;为发展社会主义生产力而在一定程度和一定阶段上鼓励个体商品因素,就等于这种历史现象永恒化了。《水》把个体农民的暂时感觉当成民族的历史思维,陈自强把他的现状当成人类永恒的未来。"为此,对于长甲、陈自强、秦勾践等为代表的非国有经济形式的出现,贾捷坚信"国家企业与陈自强这种个体'企业'之间存在一个无法抹杀的区别","既不能由陈自强滥用的'现代化企业''企业管理者'之类以假乱真的虚讹与国家的企业混同起来,又掩不住陈自强作为个体私有者和其父在本质上相一致的身份,更抹杀不了迟早必将消灭的他与王登强之间的雇佣关系。归结为一句话,社会主义经济的

---

[1] 中耀:《写什么人、怎样写?——对〈主人〉的思索》,《鸭绿江》,1985年第3期。
[2] 贾捷:《关于〈水与火的交融〉》,《朔方》,1985年第7期。

改革本身就是限定陈式个体经济恶性膨胀的辩证法则"。

作为针锋相对的回应，汪宗元在《悲剧的终结和喜剧的开端——读〈水与火的交融〉》[1]中以邓小平指出的"贫穷不是社会主义"为重要依据，认为小说对变革中的农村有着真实而严峻的描写，"对过去我们曾经相信不疑的穷社会主义和坚定不移的阶级路线，作了极为客观有力的嘲讽与否定"，"王登强们为之辛辛苦苦奋斗了几十年的穷社会主义，确实不是真正的富裕之路，这样的时代悲剧早该终结了"。田志伟在《不以一眚掩大德——简评短篇小说〈主人〉》[2]中提出要在农村商品经济发展的语境中理顺这一问题，必须站在时代的制高点上，要摈弃对历史与社会变革简单、划一的方法，更不能重复"以阶级斗争为纲"的错误，不能动不动就强调"阶级本性不改"，毕竟"极'左'的幽灵还在我们现实生活中徘徊"。他对《主人》所塑造的长甲给予了充分的肯定和同情，认为这个过去在生活中没有地位的人，如今要凭借"自己的聪明、才智、能力、手段跻身于生活主人的位置了"，虽然他的行为带有某些"新人"的特征，但他"有文化、懂科学、会管理，巧于安排，工于心计，多少有点狡猾，甚至还不得已搞点小小的欺骗"，但不能否认的是，长甲"自觉地、不自觉地促进着农村商品经济的发展，在加速着农村中这场巨大变革的进行……从总的方向上看，他的行为是会纳入巨大的历史进程的轨迹的"。同样，李作祥的《有点酸、有点甜、有点苦、有点辣——杂议〈主人〉》[3]也积极为小说和长甲辩护，强调"地富子弟并不是地富分子"，长甲"从过去'左'的冰层下解放出来，感受到十一届三中全会以来党所实行新政的春风温

---

[1] 汪宗元：《悲剧的终结和喜剧的开端——读〈水与火的交融〉》，《朔方》，1985年第7期。
[2] 田志伟：《不以一眚掩大德——简评短篇小说〈主人〉》，《鸭绿江》，1985年第2期。
[3] 李作祥：《有点酸、有点甜、有点苦、有点辣——杂议〈主人〉》，《鸭绿江》，1985年第3期。

暖的时候，他当然会对过去所受的屈辱有一种激愤，有点牢骚，有点不满，甚至有点耿耿于怀，这有什么可以责备的呢"，这反倒让人们从中"感到了时代发生了根本性变化的信息"。因此，李作祥认为，"长甲对过去的骂也好，对现在的喜也好，对巴咸的某种盛气凌人也好，都是对我们当前农村大变动的一种赞颂，是对党的新政的一种赞颂"。

无论是立场的水火不融，还是行文中剑拔弩张的情绪与口气，都使这些争论弥漫着十足的火药味。它不似后来学术讨论的温文尔雅，也没有多少就事论事的界限，各方都在毫不含糊地甚至是急匆匆地表明自己的态度，因而更像是两个阵营之间你死我活的较量。这从一个侧面证明着当时评论界、知识界对于这一问题的格外敏感。其实从这些评论文章中我们也能够发现，有相当一部分言说已然脱离了小说本身，让争论的焦点集中在人们于当时的情境应该如何看待十一届三中全会以来经济体制的变革及其带来的不仅仅局限于农村的社会经济、权力秩序的新变化和新格局，而对小说如何讲述了这些新的问题与矛盾并不是十分关心。这甚至容易使人产生某种联想，似乎是两个厉兵秣马的军团早已按捺不住，焦虑地等待着某个恰当的时机或者导火索，而在这个时候，三部小说的出现恰恰制造了这个关键的契机，至于之后的纷争，可能就与它没有多大干系了。然而这些联想并不完全是错觉，有关三部小说的争论几乎涉及了新时期以来知识界所要清理的一些重要问题，它向前反思几十年来中国革命及社会改造的得失，向后讨论在新的社会环境与时代机遇中如何推进改革，着眼当下则关心着公民、法律、权利等一系列问题。

李书磊在《新生活新主人——〈主人〉读后漫笔》[1]从对联激起的反应和饲料厂被哄抢铺开去，讲的是平均主义的危险性。在他看来，长甲的对联在当地引起的强烈不满，正是长久以来中国农民

---

[1] 李书磊：《新生活新主人——〈主人〉读后漫笔》，《鸭绿江》，1985年第7期。

"仇狂"心态的典型反应,是小生产方式下社会人人格畸形的、不充分的发展使然。他们把这种人生形态视为普遍而合理的,"不能容忍在自己的生活天地中出现真正正常发展的人——他们把这种人的行为形象地概括为'狂'——因而要千方百计地攻歼与扼杀",而"仇狂"心理的顽固存在,"提醒着我们改造中国社会的历史使命有多么艰巨"。与此同时,"吃大户"思想也有着悠久的历史,从《芙蓉镇》中的王秋赦到《主人》中的荣富,他们代表着所有的赖账者和哄抢者,"我们必须树立起不平均的观念","使自己习惯于、安于这种不均衡状态",才能保护生活的积极性与创造性,才是"有希望的、崭新的生活"。熊笃诚的《现实与思索——为〈主人〉辩》[1]直接把小说中的情节放到现实中发问:"假若你是法官,那对书记娘子和那个叫荣富的无赖挑起的这一场趁火打劫的事件,你是依法保护专业户利益维护公民财产不受侵犯呢?还是首先将责任归于长甲,认定他'为富不仁',收债不择手段因而引起的一场'混乱'是理所当然?或者就像县里说的那样:'这是一场群众自发的,抵制变相逼债,卡扣群众正当交易的事件……'不予过问,不了了之?或者严正对待:以书记娘子的四百元债务为线索,彻底清查龙仙卿的卑劣行径?"文章进一步提示说:"到底我们应该怎样界定善恶,要怎样的道德观?公民等不等于主人?公民在法律面前是不是人人平等?"

围绕三篇小说展开的争论成了我们窥探80年代中期中国文坛、知识界和社会文化的一个通道,这些评论呈现出的是1985年、1986年直至1987年人们关心的问题。这里面包含着激烈的冲突与交锋。它是新时期以来面对长期唯革命论、唯阶级论的历史观的调整与重构,是处于一个改革的时代对个人尊严、权利与经济自由的重申,是面对新的时代难题与权力秩序所进行的不断掂量与探索。相比20世纪70年代末到80年代初文化与意识形态上的"拨

---

[1] 熊笃诚:《现实与思索——为〈主人〉辩》,《鸭绿江》,1985年第6期。

乱反正"，这个时期正是大量的历史遗留尚未解决完毕，新的问题与矛盾又逐渐凸显的时段。更重要的是，无论从创作看还是从理论批评看，一系列问题的讨论还处在胶着状态，处于一个进行时而非完成时的阶段，但有关 80 年代中期中国文学史的叙述何以一下子完全切换到了"去政治化""纯文学""市井民俗""先锋小说"的场景？也许我们应该由此意识到，所谓"85 新潮"只是 80 年代中国文艺界最热闹最显眼的一流，而在其充满新鲜感的喧嚣下，围绕重大社会性题材的创作依然在继续，同时由此引发的思想立场、价值取向、意识形态的拉锯战非但没有终止，反而呈现出更加公开、更加激烈的白热化状态。

三

　　三篇小说虽然同时注意到了农村经济体制改革所带来的角色互换及其引发的矛盾冲突，但在小说并不清晰的姿态与言语中，作家们到底想表达什么？是提醒人们仍然存在着惊天动地的阶级斗争，是地主的后代已在新的政策下卷土重来要争夺权力？是继续批判血统论，警告长甲、陈自强、秦勾践们不要异想天开？不管怎样，三篇小说在展示着一种新的经济秩序与权力格局的同时，也表现出了一种明显的警惕，它们非但没像有人所说的那样成为"变天账"，还很可能在那个年代扮演着固有阶级秩序卫道士的角色。至少在这些小说里，最后呈现的并不是"变天"，而是旧"主人"的胜利——长甲不得不向巴咸再次低头，巴咸重新找回了做"主人"的自豪感："一句话，我是这里的主人"；王登强与陈有德的矛盾在时代"新人"陈自强的调解下趋于缓和，但最后出现在外国记者面前的却还是王登强；面对秦勾践的贿选，村民们的觉悟是很高的，能够不被金钱收买。当然，情感驱使之下的虚构必然留下漏洞：替勾践送红包的妻子翠枝的那一票到哪里去了？显然，是作家们拒绝接受长甲、秦勾践这样的地主后代成为新时代中国农村经济建设的主力军和掌门人，提防他们竞选村长，混入到这个国家的权力体系之中。那么，有个问题在此就很有必要提出。试想，小说如果抛开阶级、抛开出身，将会是什么样子？如果长甲、陈自强们不是地主的后代，甚至没有"破坏农业学大寨"的劳改犯罪名，他们将会以怎样的形象出现，故事将会以什么样的方式进行？他们会不会变成"社会主义新人"，秦勾践会不会成为柳河渡的孙少安？因此，真正左右小说走向，决定小说态度的依然是阶级与出身。这些作家在当时更期待的显然是巴咸等党员干部在新的经济关系与权力结构中的自我调整，而对长甲、秦勾践等人有着先天的不信任。正如当时的评论："他对长甲不记个人恩怨的正确品评以及对形势睿智的分析，不是处处渗透着一个共产党员的高度政治觉悟、政策水平党性原则，以及对事业的乐观精神吗？！这就是当今时代的主人的品德和行为。"[1]也就难怪有人认为小说写得还不够充分，"完全可以写得更辉煌更有力一些，巴咸满可以在解决长甲与欠债者的矛盾中放射更多的光，但作者没有利用这情节上的潜力，是令人惋惜的"[2]。

1984年10月20日通过的《中共中央关于经济体制改革的决定》明确了农业在短期内恢复的根本原因就在于冲破"左"的思想束缚、改变了不适应农业发展的体制，认为"商品经济的充分发展，是社会经济发展的不可逾越的阶段"，因而要"建立自觉运用价值规律的计划体制，发展社会主义商品经济"，并允许和鼓励一部分人先富起来。但是，从发表于1985年、1986年的这三篇小说及其引发的争论中，却让我们看到了现实政策与人们思想意识之间的落差，暴露出在改革开放的时代之音下，一些根深蒂固的意识成规依然在影响甚至左右着人们对现实的判断及相应而发的社会行为。小说中由社会角色互换以及新经济秩序引发的激烈矛盾，其实也让人不难推断出那个时期从高层到地方、从政治理念到日常生活

---

[1] 张有仁：《荡荡君子意 拳拳小人心——读〈主人〉，话巴咸》，《鸭绿江》，1985年第5期。

[2] 李作祥：《有点酸、有点甜、有点苦、有点辣——杂议〈主人〉》，《鸭绿江》，1985年第3期。

显露或隐藏的较量，它作为整个社会经济体制改革的缩影，暗示着一个时代多重思想意识、经济及政治力量的角力。事实上，1984年到1986年波澜起伏，从明确经济体制改革到重提政治体制改革再到后来的反对资产阶级自由化，各方博弈从来就没有停止，一方面是如何突破"左"的束缚，打开经济与政治调整的新局面，另一方面是认为经济体制的变动与经济理论的新走向是"高层次的精神污染"和"典型的资产阶级自由化"。在此，如果我们以文学与现实的关系来考虑这个波澜起伏的时段，那么，作家们更有可能拿出什么样的创作？如果我们面对中国文坛于80年代初就开始了的现代派尝试，依然把恩格斯认为巴尔扎克的创作"汇集了法国社会的全部历史，我从这里，甚至在经济细节方面所学到的东西，也要比从当时所有职业的历史学家、经济学家和统计学家那里学到的全部东西还要多"理解为一种正面的、肯定性的评价的话，那么，中国作家是不是错过了一个可供多方面重述与想象的纷繁复杂波动万千的现实，或者是错失了向巴尔扎克看齐的时机？历史当然不能假设，中国文学于1984年到1986年间显然没有呈现出"社会的全部历史"，《主人》等作品虽然满载着历史的惯性触及了新时期中国经济体制改革的新问题，但围绕这些重大社会问题的书写与挖掘却并没能继续下去。而这时，有个问题就无法回避了：面对如此激烈的社会矛盾与力量纷争，大量的作家怎么就不约而同地走向了寻根，走向了先锋？后来的文学史对80年代文学状况的描述又何以成了整体性地"向内转"？

　　于此就不能忽视1983年的文学境遇。进入新时期以来，文学创作往往是直接干预生活，它以文艺的方式"拨乱反正"之后继续关注社会改革。它固然因此使得文学为全社会所关注，获得了某种特殊的光彩，但就文学来说，这种现象并不完全正常。尤其是在那样一个阶段，离政治太近往往也就为其所累，政治上的一点风吹草动，文学状况就会大受影响。1983年上半年对《苦恋》等一系列作品的批判、下半年对诗歌界"三崛起"的批判、年底的"清除精神污染",让一些作家受到严厉批评,虽然严峻的态势很快结束,但对文艺界影响很大。就当时的情况看,文学好像无法继续沿着原来的路走下去了。那么,文学应该如何继续就成了摆在许多作家面前的问题。虽然现代主义同样受到了冲击,但坎坷之后,似乎这样一种"超越政治、淡化现实"另起炉灶式的创作之路在1983年一连串的事件过后就成了文学唯一可能的出口。在介入现实或者说追求"写什么"的创作与当时的社会氛围发生了紧张关系的时刻,回避"写什么"而尝试着"怎么写"的一批青年作家可以说十分偶然地获得了一个破土而出的机会。

因此,从这个角度看,在中国当代文学史的叙述中存在着一个显性的"1985"和一个隐性的"1985"。前者当然是在文学史中被迅速经典化的先锋文学等,后者则是从70年代末延续过来的文艺政策与意识形态的冲突。显性的"1985"作为80年代一种不安分的文化力量,固然对新时期以来文学紧贴政治的写作思路构成了强有力的消解,对更早的文艺规范形成了巨大的冲击,后来在心有余悸的叙述者与被叙述者一整套的80年代情结和话语合作中,在特定情感期待和理性与价值选择下,自然而然地分享了对80年代理想化的叙述果实。但是,从隐性的"1985"所呈现出的80年代中期意识形态冲突来看,显性的"1985"无疑是回避了当时激烈的文化对垒与现实的经济、政治矛盾,一方面是被1983年以来的文艺状况所迫,另一方面也是顺水推舟地走向了一个所谓"去政治化"的新领地。而作为隐性的"1985",它对改革开放以来新的社会矛盾的反映与挖掘在被一种更新潮的文学潮流所掩盖的同时,也因为种种原因没能够继续深入和拓展。虽然寻根运动、先锋文学、民俗市井小说吸引着人们的目光,但在隐性的"1985"止步的地方,被文学提取的那些现实矛盾愈演愈烈,而这一切也在之后1987年1月中国政治格局的变动中得到了印证,甚至直到今天,这些问题的存在也时常使不断推进的时代肌体隐隐作痛。

三篇小说及其引发的争论如今已被人们遗忘,但它的存在却证明着一个隐性的"1985",证明着历史的复杂与多面,证明着一个风光无限的文学潮流背后隐匿的坎坷之路,证明着文学史叙述本身所具有的强烈的意识形态性。既有的文学史叙述在此不断显示着它的傲慢,它可能来自国家主流意识形态的调整,来自文学史叙述在一个"新潮滚滚"的时代处理此类问题的难度,甚至仅仅来自文学史叙述者单纯的审美偏好。因此,这些作品与争论的价值可能并不完全存在于它们自身,而是为之后还原一个相对完整的文学与历史场景提供了重要参照,映衬着时代荣耀背后的江湖险恶,呈现出文学转折期与新局势下历史的惯性与持续的意识形态纷争。

"光明"如何成全"创伤"
——80年代初的文学叙事策略兼及文学史的"理所当然"

一般的文学史叙述中,伤痕、反思等一系列文学潮流在显示着其接续、拓展、深化的同时,时代的创伤如影随形,贯穿其中,亦被视为文学实现"突破"的重要标识。时至今日,我们依然能够感受到其中鼓舞、振奋的气息,却也不得不去面对这种叙述对一个时代的文学过于乐观甚至是简单粗暴的理解与评判。80年代初一些文学作品对时代创伤的揭示往往很尖锐,暴露与批判的问题也颇为敏感,但这并没有阻碍它们的面世甚至获奖。于是,从这些作品中,我们不难发现属于80年代的某种叙事技巧或是"成功"经验,它为作家们竞相仿效,并形成了特定的叙述模式。那么,经由这些"突破"如何发生又如何被成全,便可反观80年代文学的空间及其限度,发现80年代文学史叙述的局限和一厢情愿。

一

《犯人李铜钟的故事》是一篇有幸被主流认可、也被后来的文学史接纳的作品,大多数文学史著作对它都有相当篇幅的评述。然而,这篇小说被认可的过程却很值得回味。

据当时活跃于文坛的批评家阎纲回忆,他在《文艺报》的职责之一就是发现新人新作,所以常有报刊界的同行请他介绍好的作品以便向读者推荐。他向若干报刊力荐过《犯人李铜钟的故事》，却都因为该作涉及"动公仓""抢皇粮""讴歌抢劫犯"而未敢发表推荐。后来是冯牧率先在发表于《上海文学》的《关于近年来文学的主流及其它》一文中给予了肯定，《文艺报》第6期在"新作短评"以一篇千字文推荐，继而阎纲才一气写成了长文《高尚的圣者和殉道者》，郑重为作者辩护。

众所周知，《犯人李铜钟的故事》在发表之后不久获奖，也就意味着获得了主流的认可。但是，小说获奖的过程却颇多坎坷，恰恰说明了80年代文学的生存环境，也透露出规约边界的某些弹性。

1981年初《文艺报》主持进行的全国第一届中篇小说评奖中，初评小组一致推举《犯人李铜钟的故事》。然而，当时某些部门的领导人认定《文艺报》是"右派骨干掌权"，需要进行人员调整，搞得人们小心翼翼。接着是"文艺部门党员领导骨干会议"，林默涵在会上就《文艺报》发表沙叶新的《扯"淡"》提出批评，亮明了他与周扬、陈荒煤、冯牧等人的分歧。在这种情况下，《文艺报》的领导及其支持者对于"人性""人道主义""揭露阴暗面"的作品十分敏感，生怕被人抓住上纲上线，也就对《犯人李铜钟的故事》评奖一事举棋不定。与此同时，作者张一弓所在的河南省也纷纷提出反对意见，有的甚至加盖公章以单位意见的形式转送上级有关部门，反对小说入选。这些意见认定小说"暴露黑暗面"，丑化了社会主义的历史，并揭发张一弓是"文革"当中的"三种人"。为此，《文艺报》专门派人前往河南进行调查，证明小说暗指的"信阳事件"确有其事，且事实比小说所描写的更为严重；而对所谓"三种人"，也早已做出结论，此时重提不过是为了阻挠小说获奖。如此情况之下，到底能不能让《犯人李铜钟的故事》获奖，《文艺报》却仍然难以决断，最后是评委会向评委会主任巴金详细汇报了情况，请巴金定夺。事实上，也就把责任推给了巴金。巴金在听取汇报之后，不但认为该作应该得奖，而且力主列为一等奖的第一位。然而，评委会还是出于种种考虑，将《犯人李铜钟的故事》排在五个一等奖的第四位——一个不太引人注目的位置。

《犯人李铜钟的故事》之所以能被认可，说到底还是因为作家自己在作品中做出的妥协，留出了足够的余地。小说一开始便对主人公的身份进行了充分的交代："这个出生在逃荒路上、十岁那年就去给财主放羊的小长工，这个土改时的民兵队长、抗美援朝的志愿兵，这个复员残废军人、李家寨大队的'瘸腿支书'李铜钟。"虽然"出身决定论"在小说创作的年代已有所松动，但这样的设定无疑为故事的继续系上一条安全绳，甚至在某种程度上预设了这个出身穷苦也没有历史问题的人不至于犯下反党反人民的滔天大罪。同时，小说并没有按照时间的顺序任由故事一步步展开，而是以倒叙的方式让时间开始于事件发生十九年后田振山去参加李铜钟的平反大会。这是一种不留悬念的讲述方式，在小说刚刚开始便先声夺人，"历史又作出新的判决：李铜钟无罪"。它有效地回避了读者在等待故事漫长铺开的过程中可能生出的猜疑，努力地让人们带着对"无罪"的确认进入小说，同时也为作者在人物的塑造和情节的设计中一定程度地解放了手脚，使小说能够更大限度地完成对历史灾难的叙述，确保"暴露黑暗面"在一个合乎当时政治与历史"判决"的前提下进行。

当小说真正开始李铜钟的故事，也进行得分外谨慎。断粮数天，李铜钟在向公社求援再次受阻后，做出了宰杀耕牛的决定。被饥饿与悲伤击倒的李老汉，绝望又怯怯地询问儿子："党还要咱不要啦？"李铜钟的回答是"党要咱……党不知道咱忍饥"。而这个"不知道"的原因，也来得模糊不清："兴是年前风老大，电话线刮断了，……上头跟底下断了线。"张一弓为那些相信毛主席会来救他们的村民找到了一个很有说服力的理由，但又没使其言之凿凿，而是用"兴是""大概是老杠叔说的"含混带过，让它成为小说中一个不必追问的谜，让故事中的问责只到达公社和县一级，却又在言辞闪烁中使小说不致确切地沦为对历史现实的悖反。于是，小说为爱护它的人们提供了足够的理由，因为它不仅反映了极

"左"路线给人民带来的灾难,而且塑造了一个不顾个人安危把村民从死亡线上拯救出来的英雄。而在这英雄背后,又有一个无私的、能及时发现问题、纠正错误的党的干部田振山,即便他为此付出了代价,他的忧伤和歉疚"却不是因为这个通报,而是因为他已经没有能力来改变李铜钟、朱老庆的命运了"。这种写法逐渐成为一种叙述模式,直到李存葆《高山下的花环》等,很多作品都用它解决问题。这种模式为作家提供了某种方便,不管是记述历史灾难,还是揭示当时社会的种种不正之风,均可以很大限度上放开手脚,只要作品中存在一个正面的共产党人,一身正气,与黑暗与丑恶进行着不懈的斗争。这样一来,小说中便有了代表主流和本质的光明面,而文学对现实生活的描绘也就不至于被理解为漆黑一团。

除此之外,李铜钟在小说里的结局也显示着作者颇为用心的设计。县委指示卫生院全力抢救昏倒于审讯室的李铜钟,也没能阻止他离开的脚步。张一弓把一份诊断书摆在人们面前:"过度饥饿和劳累引起严重水肿和黄疸型肝炎。"这固然是一种无可挽回的悲剧,却因此规避了更大悲剧的发生——小说里没有出现对李铜钟明确的判决,他的"病故"自然也就避免了判决之后所一定要面对的执行问题。一个隐藏着的尖锐矛盾在此被十分谨慎地化解掉了,虽然小说提到了十九年后的平反,却并没有具体情节使人们眼睁睁地看着县委和县法院让悲剧继续下去,也就不存在假使矛盾激化无形中迫使读者在李铜钟与国家机器之间进行选择的可能。因此,小说又在人物命运上保全了一个相对"光明"的尾巴。

回顾那个年代的创作,"光明的尾巴"是很重要的一个标准。如果缺少了代表主流和本质的光明面,不管一部作品所触及的问题是否足够严重,不管它对现实的描述是否真实,往往都会被很轻易地否定。从刘克的《飞天》、徐明旭的《调动》到白桦的《苦恋》,之所以被否定得比较彻底,至今难以以一个相对合适的面貌进入文学史,其重要的原因就在于小说"光明面"的缺失。而后来的文学史叙述又常常是简单而轻率的,基本上是哪部作品在当时受到了严厉的批判，对它的叙述就一带而过甚至只字不提；那些"有争议"的作品常常在文学史叙述中被悬置起来；那些有着微妙的叙事策略甚至因此获奖的作品，就会"理所当然"地成为一个时代的文学主流，获得了文学史举足轻重的地位。

二

从某种意义上说，《高山下的花环》比《犯人李铜钟的故事》走得更远。它所讲述的，与其说是对越自卫还击战的故事，不如说是一个高级干部如何腐败退化、以权谋私、大搞不正之风，高干子女纸醉金迷、骄横自私与农民子弟如何在思想和感情上格格不入，或当年的革命者如何忘恩负义把人民的疾苦置于脑后的故事。

小说很值得注意的是指导员赵蒙生与连长梁三喜所构成的对比。赵蒙生是高干子女，锦衣玉食，讲究享受，饭菜不好就随便倒掉。他出身高贵，生活条件优越，因而看不起连长梁三喜。梁三喜是来自沂蒙山区的农民子弟，生活贫困，忍饥受饿而且负债累累，爱妻连件像样的衣服也没有，所以他不能不节俭，大衣总是舍不得穿，牙刷用到只剩几撮毛也不舍得丢掉。正因如此，当梁三喜看到被扔进猪食缸里的馒头，大动肝火，命令全连集合开现场会，要求各班好好议一下这种少爷作风。当他得知事情系指导员所为，怕影响团结，只好通知取消班务会。即便如此，赵蒙生也无法理解梁三喜，认定他是小题大做。小说所透露的，是高干子女与平民子弟两个阶层的现实状况。赵蒙生与梁三喜的生活有天壤之别，但作家最后告诉我们，这两人曾经亲如兄弟，他们是吃着同一位母亲的奶水长大的——在革命战争年代，赵将军和吴爽夫妇生下赵蒙生，因为形势严峻无力扶养，便交给了沂蒙山梁大娘，直到革命胜利才被接走。小说由此展开历史的回顾与反思，带来了更深广的历史内容。这种构思延续了茹志鹃《剪辑错了的故事》和李国文的《月食》《冬天里的春天》所开创的主题，却因为特定场景的设置而使批判性更为强烈。梁三喜与赵蒙生本该相识而不相识，吴爽和赵将军一家竟对梁大娘在革命胜利后的生活一无所知，这些情节的设置无疑在强化着无情、冷漠、忘恩负义等批判性的主题。吴爽整天吹吹拍拍、拉拉扯扯，成了"外交家"，为自己圈子里的人跑关系、走后门，热心周到，有求必应，因为她懂得"外交关系按惯例都是对等的，有来无往非礼也"，然而几十年过去，他们夫妇却从来没有想到沂蒙山的梁大娘过着怎样的生活。

与此同时，小说对于靳开来的描写也有许多突破，甚至充满了对当时军队政治工作的批判和嘲弄。靳开来战前争带尖刀排，把最危险的任务抢到手，却没有一句政工干部常常挂在嘴边的"豪言壮语"。他与梁三喜争任务，摆出的理由也让政工干部觉得拿不上台面："我靳开来兄弟四个，死我一个，我老父老母还有仨儿子去养老送终，祖坟上断不了烟火。"而梁三喜却是母亲最后的儿子，他死了，家里孤儿寡母怎么办？战斗前夕，他拍着口袋戏弄以搜集豪言壮语为能事的高干事——"我的豪言壮语就装在这里，写了一小本子，字字句句闪金光"——牺牲之后，人们发现那"豪言壮语"只是一张全家福。靳开来并非牺牲于进攻或防御，而是队伍在烈日下坐以待毙，他宁可受处分也要为战友们砍回一捆甘蔗。当战友们回国一个个立功受奖，靳开来却连三等功也评不上，只有在九连战士的心里"永远是一个大义凛然的英雄"。这些，无疑都在触动着军队的政治工作。

小说的这些描写，无疑是存在风险的，因为丑化人民军队之类的帽子随时可以扣到作者的头上。就当时的情况看，虽然小说创作经过几年的拨乱反正，歌颂与暴露的关系得到一定调整，但军事题材由于某些特殊的原因，依然少有暴露军队本身问题和矛盾的作品。从这个意义上，我们必须承认《高山下的花环》是一次成功的突破，为军事文学广泛反映社会生活拓展了道路。它没有掩饰现实的阴暗面：高干子女与农民子弟生活的巨大悬殊；大战在即高干子女要求调离前线；特权阶层走后门走到前线指挥所；真正的英雄死后不能评功；战士死于自己生产的臭弹；革命老区的后代留下一串账单……这一切都多方位地显示着小说批判现实的锋芒。与同时期那些发表之后即遭受批判的作品相比,《高山下的花环》所触碰的问题有过之而无不及,批判的态度也并不温和,但它却十分顺利地获得了主流的认可。这种"幸运",依然来自叙事上的"用心"。

《高山下的花环》与《犯人李铜钟的故事》采取了相同的倒叙手法,先行确立了主人公赵蒙生的最后形象:"三年前在对越自卫还击战中,他荣立过一等功。三年多来,他毫不艳羡大城市的花红柳绿,默默地战斗在这云南边陲。"同时,小说还就军事题材的小说发言:"当前读者对军事题材的作品不甚感兴趣。我看其原因是某些描写战争的作品却没有战争的真情实感,把本来极其尖锐的矛盾冲突磨平,从而失去了震撼读者心灵的艺术力量。"这种铺垫当然不是作者要借机谈论对文学创作的理解,更关键的是要为小说后来所呈现出的尖锐矛盾找寻某种理论支持与书写的合法路径。倒叙在同时期描写时代创伤的作品中无疑成为一种有效的创作模式,它不仅契合人们回味"伤痕"的时间秩序与情感逻辑,更为回避某些不必要的麻烦提供了保护。这是一种文学诉求与时代意识形态相互妥协、共同选择的结果,既为文学介入现实开辟了更大的言说空间,又在一定程度上顾全了文学外围的种种规约。它护佑着一种文学的声音能够相对安全地进入人们的视野,不致船未启航便触礁沉没。

赵蒙生是将军的儿子,父亲地位显赫,母亲也是"三八式"的老干部。因为这种条件,他参军入伍自然"进步"很快,而在中越战争爆发前夕也就有了"曲线调动"的可能。小说用了大量的笔墨来实现"曲线调动"的破产与一个战斗英雄的养成,其中既有被动的无可奈何,亦有主动的选择。战前,军党委做出一项决定:凡在连队的高干子女一律不准调入机关,特殊需要必须经军党委批准。做出这样的决定,军党委决不会是没事找事,而是透露了一个具有普遍性的问题:大战在即,高干子女们要求离开连队进机关。赵蒙生也毫不例外,即使在战士们慷慨激昂纷纷请战的时候,他心里想的依然是怎样离开连队，回机关，回政治部，并为此费尽心机找关系。不过，母亲吴爽的能耐非但没让母子如愿，反而激起了雷军长的雷霆之怒——"我的大炮就要万炮轰鸣，我的装甲车就要隆隆开进！我的千军万马就要去杀敌！就要去拼命，就要去流血！！可是刚才，有那么个神通广大的贵妇人，她竟有本事从几千里之外，把电话要到我这前线指挥所！此刻，我指挥所的电话分分秒秒，千金难买！……她来电话是让我给她的儿子开后门，让我关照关照她儿子！奶奶娘，什么贵妇人，一个贱骨头！……走后门，她竟敢走到我这流血牺牲的战场上！我在电话上把她臭骂了一顿！我雷某不管她是天老爷夫人，还是地老爷的太太，走后门，谁敢把后门走到我这流血牺牲的战场上，没二话，我雷某要让她儿子第一个扛上炸药包，去炸碉堡！！……"于是，军党委的决定和雷军长的态度彻底堵死了赵蒙生的回调之路，逼迫他走上战争——这是一个被动的结果。而开战之后，司号员小金、副连长靳开来、调来的战斗骨干"北京"以及连长梁三喜的死激发了赵蒙生的英雄气，使这个被骂上战场的懦夫成了战斗英雄——这可以被看成是一个逐渐走向主动的过程。在这被动与主动之间，一方面竖立起雷军长铁面无私的形象，映衬甚至消解着军队中的腐败与特权，另一方面以一种主动的选择与成长最终保全了战斗英雄或者说高干子女的形象。而且，在塑造赵蒙生成长的同时，作者还设置了牺牲在战场上的战士"北京"。他在小说中隐姓埋名，直到最后才被发现是雷军长的儿子。因为他的存在，小说进一步解除了丑化高干子女的隐患，也就避免了只让平民子弟去流血牺牲的嫌疑。所以，从小说开端赵蒙生的忏悔到他成为战斗英雄——作家并没以梁三喜、靳开来等人为主线，而是站在赵蒙生的角度写起——再加之战士"北京"的特殊身份，故事中高干子女的形象完成了一个由低到高的变化，这已经不是赵蒙生"将功补过"那么简单了。这里甚至谈不上某种社会问题所面对的现象与本身、个例与主流的分析套路，它在小说的人物格局中已经实现了对高干子女全面的覆盖，虽然某些现象在小说中被抨击被批判,但作品所呈现出的具体人物最终无一例外地建立起光辉形象。因此,小说中干部腐败、高干子女贪图享乐为虚,将军一身正气、老干部幡然悔悟、高干子女为国捐躯为实,在批判与讽刺的调子下又奏响了一曲颂歌。这也就是《高山下的花环》被认可的过程远比《犯人李铜钟的故事》顺利得多的重要原因。

虽然特定的叙事策略为《高山下的花环》发表与获奖提供了通行证,但为此付出的代价也十分明显。小说在故事情节的铺展中留下了过多的人为痕迹,赵蒙生的转变,吴爽的悔悟,都没有多少坚实可靠的依据。"北京"这一人物的设置更是停留在观念层面,很容易使人觉察这只是为了实现某种是非黑白式的平衡而刻意制造出来的,包括他那封遗书,与梁三喜相比充斥着观念上的拔高,正如雷军长后来对吴爽的一番长篇大论,从延安传统、党的天职、防范"资产阶级腐朽发霉的毒菌"一直讲到"民族之魂",因为缺乏具体的生活依据,无论作家如何充分调动自己的想象,也无法使其蕴含着源自现实的活力与弹性,始终游离在小说浓郁的情感与紧张曲折的情节之外。

三

《犯人李铜钟的故事》与《高山下的花环》有着共通的叙事方式,并先后获得全国优秀中篇小说奖而成为一个时代的文学主流和标识性作品。但是,两篇小说也存在着微妙的差异,或者也可以说正是这种差异导致了二者在接受过程中的不同。正如前文所述,《犯人李铜钟的故事》被主流文坛认可的过程颇费周折,而《高山下的花环》则显得顺风顺水,如果我们要从其叙事结构与逻辑中寻找某种隐秘的差别,那么两篇小说在"光明"与"创伤"关系上所进行的选择则是不可忽视的。

不管怎么说,《犯人李铜钟的故事》讲述的是一个既成事实的历史错误,至少在十九年里,李铜钟的身份是"勾结靠山店粮站主任,煽动不明真相的群众,抢劫国家粮食仓库的首犯",而及时醒悟实施补救的田振山被调往农场当场长去了，他的审查结论上写着"擅自提高本县统销粮指标，未经批准而动用国家粮食库存，这在组织上仍是一个错误"。在这些白纸黑字并被落实执行的判决与结论面前，李铜钟或田振山都更像一个孤胆英雄。这个形象是无援的，是处于既有秩序或体制之外并与之发生冲突的，而作者的叙事视角、情感所向以及历史与政治的评判显然倾向于这些个体。当一个孤胆英雄在与国家决策所带来的历史灾难中扮演起救世主的角色，作家的态度与选择也就无法继续隐藏或者回避，而那个"被大风吹断的电话线"则在叙事的平衡里显得越来越力不从心。相比而言，《高山下的花环》讲得更多的是觉醒和悔悟，它是更含糊和更富有弹性的心理斗争与成长，而且在小说里也并不存在由此引发的现实损失或历史错误。于是，一切都是可以被原谅的，是可以"将功补过"的，小说最终呈现的结果也是值得大书特书积极赞颂的。同时，小说里那些既成事实的创伤全都被精确地限制在"文革"的范畴内——让战士"北京"不幸牺牲的臭弹"一九七四年四月出厂"，"批林批孔的年月里出的东西，还能有好玩意儿"；二喜死于一九六七年"反逆流"，为的是保护受批斗的老干部；三喜爹死于批林批孔那年上面派来的"割尾巴"小分队，他们逼着伐了枣林修大寨田；即便是并未带来实际伤害的吴爽，由"人民的勤务员"到"外交家"的转变也发生于"十年动乱"——这本身就是那个时代"拨乱反正""正本清源"的政治主旋律，种种社会疾症亦是"文革"遗毒，而小说所面对的未来，就像梁大娘所说："好啦，现在好啦！听说是毛主席过世时留下话要抓奸臣，托他老人家的洪福，共产党总算把奸臣抓起来了，一个个都抓起来了！往后，庄户人又有盼头，有盼头啦！"因此，《高山下的花环》比《犯人李铜钟的故事》有着更切实的"光明的尾巴"，作者站在为国捐躯的战斗英雄和铁骨铮铮的老干部一边谴责在小说的叙事结构里相对模糊又相对抽象的社会不正之风，不像张一弓那样选择相信一个孤胆英雄而将"光明"仅仅寄托在那条似有似无的电话线上。阎纲先生曾这样评价《犯人李铜钟的故事》："在作者的笔下，忍饥挨饿的农民们，一没有暴动，二没有逃荒，三没有饿死，四没有忘记党和毛主席。他们肯定地认为电话线让风刮断了，致使下情不能上达；而党和毛主席，绝不会见死不救。作者为了谨慎起见，不但不让他笔下的农民们对自上而下发起的'大跃进'啧有烦言，而且连李铜钟复杂矛盾的心理活动也多少有些讳莫如深。"[1] 这当然是一种"大胆"和"谨慎"的叙事选择，但事实证明，它所承载的"光明"还远远不够，毕竟小说因此招来了诸多麻烦，其"成功之路"也远不如《高山下的花环》来得顺畅。

由此可见，文学在新时期的所谓突破存在一个隐形的边界，对创伤的书写也有一定限度。从《犯人李铜钟的故事》和《高山下的花环》所采取的特定叙事模式和被认可过程中的微妙差异看，"创伤"的有效表达需要"光明"的成全。这不仅仅是一个时间顺序上由"创伤"走向"光明"的过程，更重要的是"光明"在叙事结构中的比例配置。回味并申诉"创伤"无疑是80年代初的时代话语，但其中也存在着表达和叙述的方式方法问题，那就是如何在保证"光明度"、保证"本质"和"主流"、保证"无伤大雅"的前提下巧妙地将其限定在一个能够被接受的范围。在这种情况下，以对战斗英雄、老干部的赞颂来反衬社会的歪风邪气无疑是安全的；将"创伤"的产生局限于"文革"亦不会面临多大问题，但超越"文革"，像《犯人李铜钟的故事》那样把笔触伸向更远的"大跃进"，或者对"光明"的叙述没有实现压倒性的优势，即便能够侥幸"突围"，其过程也往往是困难重重，在此也就更不用提那些忽视了这种潜在规约而一味强调"创伤"的作品了。由此，这种策略性的叙事方式与80年代初的主流政治话语在某种程度上形成了互动，在相互试探、对抗、妥协与磨合的过程中，逐渐成为那个年代主流意识形态的一部分，也便在日后的文学史叙述中具有了某种得天独厚

---

[1] 阎纲：《姹紫嫣红又一年（一九八〇年的中篇小说）》，《读书》，1981年第6期。

的权力支持和话语资源优势。

在文学史的普遍叙述里,作品的获奖无疑是一种有效的参照,它能在较短的时间使作品获得足够的重视,更为其被看成一个时代的经典增添某种确定性因素。但是,任何评奖都无法回避其中明确的意识形态性,评选标准的设置以及评奖活动本身无不隐秘或旗帜鲜明地表达着某种既定的文艺乃至政治诉求与规约——标准自然也就指涉着它的单一性或是局限性。对于各类文艺潮流风起云涌的80年代来说,以历届文学评奖作为文学史叙述的一个重要标准自然是稳妥而安全的,但其中是否也包含着某种意识形态的共谋或文学史叙述的"理所当然"？其实,在80年代文学史与80年代文学评奖之间存在着某种微妙的矛盾。每每讲起80年代的创作,绝大部分的文学史都会将其与题材的拓展、主题的深化乃至对当时政治规约的突破联系在一起,并以此来彰显"新时期"之"新",就像张光年1983年在全国四项文学评奖授奖大会讲话中的判断："它们及时反映了当代生活的重大变化,新人物、新性格、新道德的成长,浓重凝练的情感内容,尖锐泼辣的战斗风格。"[1] 但是,从获奖作品《犯人李铜钟的故事》和《高山下的花环》所透露出的80年代初文学评奖的潜在规约来看,所谓突破是十分有限的,而那些无论在思想内容还是创作手法上真正实现了某种突破的作品,即便没有受到批判也绝无获奖的可能。周扬在第一届茅盾文学奖授奖大会上的讲话表明："旧时代的优秀作家常常是批判现实主义者,对旧社会采取批判态度,有时甚至是十分激烈的。现在我们的作家也批评我们社会的缺点和阴暗面,但是根本立场不同,出发点不同,我们不是要否定这个社会,而只是要不断改善它,改革它。"[2] 只有将对"社会的缺点和阴暗面"的批判置于一个有限的空间内,其表达

---

[1] 张光年:《社会主义文学的新进展——在四项文学评奖授奖大会上的讲话》,《人民文学》,1983年第4期。

[2] 周扬:《在茅盾文学奖授奖大会上的讲话》,《文艺报》,1983年第3期。

才是合法的，才具备了获奖或是被认可的最基本的前提。

显而易见，后来的文学史叙述者更愿意将80年代描绘成一个开放、革新、狂飙突进的时代，而文学于其中扮演着急先锋的角色，它或是勇闯政治禁区，或是推陈出新、去政治化，仿佛80年代就等同于文学主体性的胜利、新方法和新形式的胜利。但是，在这些围绕"突破"展开的80年代的文学史叙述里，那些显然走得更远的作品到哪里去了？大多数文学史全然无视这些作品在那个年代突破的限度和难度，无视它们在审美与形式上的开拓与创新，无情地将其一笔带过，在相关评述中讳莫如深。于是，80年代初的文学史"理所当然"地成了获奖作品的评述史，成了80年代文坛绝对主流的光辉形象史。有意思的是，就在《芙蓉镇》逐渐成为当代文学经典的同时，我们已经很难在文学史中见到同为第一届茅盾文学奖获奖作品的《东方》的身影。这部以朝鲜战争为背景，经由一位普通志愿军战士的战斗与情感历程讲述朝鲜战场和中国农村生活的长篇小说，显然在文学史所呈现出的80年代的文学氛围中变得不合时宜。那么，当这些被有意淡化或抹去的有着不同叙事方式和意识形态诉求的作品同时摆在我们面前，80年代文学史叙述的局限和边界已是不言而喻。

对获奖作品"理所当然"的着重叙述其实只是80年代文学史种种叙述局限的一个方面，它们以那个时代的政治主流覆盖了80年代文学的多样性，回避了政治体制、经济形式、意识形态转折时期文学活动中复杂的矛盾冲突和各种势力的较量，使一系列能够反映80年代文学与文化状态的作品至今处于一个尴尬的位置，未能得到充分而恰当的描述。长期以来建立在消解和掩盖矛盾并紧贴80年代主流意识形态的文学史叙述，凭空制造了一个"自由""开放""文化繁荣"的文学时代，而这个日益远去又被不断简化的80年代，如今更是沦为了"复古"或"怀旧"等文艺腔调的温床。

陶正是谁？

临终前的路遥曾在病榻认真地说，陶正是他导师式的启蒙者，是陶正让他知道了世界上还有一项营生叫写作。那么，陶正是谁？就当下文坛而言，这几乎成了一个陌生的名字。但是，习近平在《我是黄土地的儿子》中还记得一同插队延川并写过《魂兮归来》《逍遥之乐》的北京知青陶正；延川《山花》的创始人曹谷溪还记得与白军民、路遥等共同编写了诗集《工农兵定弦我唱歌》的文学同路人陶正；从80年代走过的作家和批评家们，也许还记得曾获1983年全国优秀短篇小说奖、1985年"《十月》文学奖"的青年作家陶正……在时间的持续冲刷和历史的不断重述中，"陶正是谁"在今天可能已经变成了一个是否需要知道或是否必要记住的问题。

一

1969年1月，经历了从创建到终结整个红卫兵运动的清华大学附中学生陶正赴延川插队。[1] 运动中的狂热和运动过后"受愚弄的委屈"都在新的生活环境中以另一种方式呈现出来：

---

[1] 1966年5月29日晚，骆小海、卜大华、邝桃生、王铭、熊刚、张承志、张晓宾、陶正、高洪旭、袁东平等17名清华附中的学生聚集北京西郊圆明园遗址开会，决定成立红卫兵组织。

我当时的全部感受只用一个字就可以概括：干。嘴里还得说"接受再教育"，心里念叨的是改造农村改造中国。……志同道合的十七个人编成一组，专挑荒僻穷困的地方落草扎寨。延川县关庄公社鸭巷大队偏远闭塞，好地方！一个工分两毛多钱，三口人一床棉被，好生活！贴春联不会写字用月饼模子扣圆圈儿，有味儿！种地要走出二十里，砍柴要走出三十里，赶集买盐要走出四十里，提神儿！这是一块被革命遗忘了的土地，这是一块革命者大有可为的土地。干！有了虱子才痒痒，找到虱子才兴奋，掐死虱子才痛快！于是，玩儿命地干农活之外，我们建广播站，办扫盲班，组织青年突击队，搞农业科学实验……我们以无私无畏的卖命精神很快地取信于民，当上了饲养员、赤脚医生、保管、出纳、会计、队长、书记、教师，全面篡夺了庄里的党政财文大权……我们与全国各地交流，借它山之石攻玉，手刻油印小报，发往黑龙江、内蒙、山西、云南……[1]

　　几十年后，在陶正这篇名为《自由的土地》的回忆文章里，我们依然能够感受某种扑面而来的"革命热情"。但这种热情却是某种理想与现实挤压出的结果，在那些"改造农村改造中国"的豪情壮志里又能让人读出无奈的"玩儿命"和同样无奈的自我解嘲。作为红卫兵创始人之一的陶正在此不无坦诚地记录了一个群体面对历史、政策、地域、处境的转变所普遍生出的复杂心理与精神状况。然而，在黄土般的现实生活中，那些狂热的想象"也在不知不觉中被乡风民情淡化、软化、世俗化了"。正如陶正记得开会批判庄里唯一的老地主，会有人从会场中走出给他披上一件羊皮袄；"一打

---

[1] 陶正：《自由的土地》，孙立哲主编《情系黄土地——北京知青与陕北》，中国国际广播出版社，1996年版，第28页。

三反"中有个青年喊错了口号，公社书记轻描淡写地说："那人是个二杆子，算逑了！"于是，某种转变来得悄无声息，"我们竟主动提出把窑前窑后的果木分到农户养育；竟怂恿队里放出闲余劳力外出经商，把'资本主义尾巴'抻得更长；竟嘻嘻哈哈看一个雇农老光棍和一个地主的老寡妇搞阶级调和，合二为一做老伴儿"。也许这便是日常生活的力量，"革命不是请客吃饭"，但在请客吃饭或柴米油盐里，"我们在抗拒'接受再教育'的尝试中受了教育，在改造农村的努力中改造了自己"。

在陕北改变着知青们的同时，知青们也在有意无意中以他们的存在影响着陕北。"他们穿着又短又窄的裤子，操着广播喇叭里的声调，拿面包喂毛驴，用布衫换鸡蛋吃，男的女的当街上就勾手搭背！庄稼汉们谁也没想到这伙人将对自己千年不变的生活方式会产生多大的冲击。"于是，新鲜与冲击过后，"没过多久，村里的社员也学着知青，每天早晨起来刷牙；一些女社员还学会了用香皂、卫生纸和塑料布"；"在知青住的窑洞里，每天都聚集着许多年轻人，大家都喜欢听知青讲故事，在村里人的心中，这些知青知识渊博、见多识广，无所不知，连孩子有个头疼脑热，谁家里出现矛盾都去找知青咨询"。[1] 而陶正的特殊之处在于，下乡时既没带多少衣服，也没有像样的被褥，却在军大衣里包着一台油印机，在山沟里办起了一份联系北京知青且影响广泛的《红卫兵报》。从文学的角度看，这份报纸本身所提供的内容也许并不重要，收工回窑，点上油灯写稿、编辑、刻版、印刷，这在陶正看来仍不是"搞文学"而是"干革命"，尽管"这革命却又一反过去，露出了随意、即兴、我行我素的性情"。然而，写作、办报、编辑、发表这一行为却影响着身处黄土高原并试图通过文学创作来改变命运的文学青年王卫国。陶正和北京知青们的到来无疑为正值迷惘与困顿的他打开了一个从未

---

[1] 田志荣：《我们村的北京知青》，北京知青与延安丛书编委主编《苦乐年华——我的知青岁月》，中央编译出版社，2014年版，第63页。

碰触过的世界，他们成了一个身陷闭塞之境的青年眺望并走向既有生活之外的某种桥梁和通道，也由此逐渐形成了有关内部与外部或中心与边地最初亦影响深远的认识——无论是他的个人生活还是其之后的作品《人生》《平凡的世界》等，无不包含着由乡村出发向外的征服和在乡村之外寻找身份认同的坎坷之路。

1972年被推荐到北京大学中文系学习的陶正在两年后以主要创作者的身份与北大中文系七二级工农兵学员高红十、张祥茂、于卓共同创作了长诗《理想之歌》。回顾这首描写"上山下乡，彻底革命"并在当时引起极大影响的作品，陶正曾说："今天回头看看那些'理想'的内涵是些什么？有没有'农民造反'或'皇权主义'成分在内？有没有封建主义的酵母？那个'理想'是否完全符合时代潮流的大方向？……这一切都要重新地、冷静地思考和估量。20多年过去了，人到中年了，应当比年轻时减少点蒙昧，添点聪明。"（吴过《红卫兵档案》）而面对一些年轻人对那个激情年代所流露出的羡慕之情，"陶正看着我，一字一顿地说，假如只有激情而没有理性和理智的约束与节制，那么，人就不是正常状态的人。我倒是很羡慕你没有生活在那个年代"。（张艳茜《我们是毛主席的红卫兵》）陶正这些言论大多来自网络访谈或他人的记述，并不一定确切或词句之间尚有出入，但大体还能反映他后来对那个年代的基本认识，并在之后的文学创作中逐渐得以印证。更重要的是，这并非是对此前经历简单的"否定"，从红卫兵陶正到作家陶正的变化本身就是一个极其繁杂与隐秘的过程，这是旁人甚至是本人也无法完全厘清的切实的生命历程，正如他在《自由的土地》里所说：

  我并不想说陕北的一切都是美好的。起码，贫穷本身就是一种丑恶。

  我只是要说：陕北对于我的情感操练是美好的。它使我在自由的呼吸中明白了自由的可贵，建立了自由的信念，开始了对自由的殷殷追求。

我也并不想说知识青年上山下乡运动全然正确，不想说什么青春无悔。这总有一种替什么人文过饰非和自我宽释的意味。

我只是要说：尽管我如果不到陕北，可能还会有一条自我发展并造福于人的路，尽管另一种选择有可能使我们这一代更有力地推进历史的车轮，我毕竟是到陕北去了。毕竟是陕北的生活指引了我的事业和人生。[1]

二

1982年9月，陶正重新回到离别十年的延川，在当年插队的鸭巷村一住就是一个多月，回到北京之后便有了中篇小说《女子们》[2]。如果说路遥的《人生》和《平凡的世界》是乡村青年们为改变命运而面向城市的探索或征服之路，那么陶正的《女子们》则可以被看成是一个乡村的过客基于城市对高加林们的理想、野心、困境乃至悲剧的回望。

《女子们》描写了参加知青夜校的四名乡村女子在知青离开之后截然不同的生命历程，其中尤为刺痛人心的便是爱爱。爱爱是"我"在村里教夜校时最喜欢的学生，在她始终羞涩如一的神情中，又有时常投向来自京城的知青们的充满期冀又怯生生的目光。她是村里出了名的"巧女子"，手巧，心更巧，听课的时候仿佛不敢抬头似的绱着鞋或在腿上搓着麻捻子，却能在不经意间把教过的东西准确无误地记在心底。特别是在她最喜欢的"谈天说地"课上，"绝不再做针线活了，托着腮，屏声静气地倾听"，那偶尔一亮的铜顶针的光亮，是她被山外的世界触动了的心。然而，这个被知青们称作"山沟里的小天使"的女孩，却早早地离开了人世。爱爱的死成

---

[1] 陶正：《自由的土地》，孙立哲主编《情系黄土地——北京知青与陕北》，中国国际广播出版社，1996年版，第33页。

[2] 陶正：《女子们》，《当代》，1983年第3期。

了梗在重返山村的"我"心中的一块石头。让他几乎不敢正视的不是人们口中的心脏病、高烧或肺炎,而是"心里难活"——那是一种被给予了希望又被剥夺之后的绝望。知青们接踵离去之后的爱爱像失了魂,曾在大雪纷飞的夜里蹲在别人窑外听来自山外的人"讲稀罕","留下的那两个脚窝子足足有四指深";她总是悄悄地躲出去,躺在柴垛里或坐在娘娘庙前,默默地接受来寻她的人的责骂,直到人们无意中发现了她带在身上的几张照片。"我"还记得当初把那些照片送给爱爱时的情景:在"我"接到北京大学的录取通知坐上卡车走向一种新的生活时,爱爱一直偷偷地跟在后面,鼓了六七里路的勇气,终于开口恳求"我"留下那组曾在课上介绍北京的"教具"。在那些即将离去的知青和那组照片之间,爱爱更留恋的显然是后者,因为"最后一次回头仰望时,发现她并没有目送我,正低头摆弄着那沓照片"。不管怎样,爱爱的身体就那么不可挽回地坏了下去,最后只留下一双鞋垫。在这双本应绣着吉祥图案并送给心上人的鞋垫上,爱爱绣出的却是北京城里的华灯、昆明湖上的游船和情侣。

  毫无疑问,爱爱是小说中最富悲剧性的存在,因为知青的到来为她打开了一个从未预见也难以抵达的外部世界,但这个成为心结的"北京"让她再也没法心无旁骛地继续原来的生活。于是,一种心灵上的急迫渴望与现实生活中"不可能"的绝望不断撕扯并最终摧毁了一个年青的生命。这也是最让"我"倍感愧疚的地方,仿佛"我"俨然成了杀害爱爱的凶手。但是,又有谁能轻易地否定那些火热的理想和单纯的初衷?"我希冀这夜校里的盏盏灯火能点燃他们理想的火种,并自我陶醉地认为,我就像那高举心的火把,把人们从林莽中引上大道的丹珂"——这十年后的陈述已然带上了近乎忏悔式的自省,但在那个物质与精神双重贫瘠的情境,他们所做的或唯一能做的也只不过是把自己所见识过的不一样的生活讲给山村里的孩子们听。谁能想到那远在北京的电视、华灯和昆明湖能够如此残酷地终结一个并没有真正开始的人生?或者像小说所问:"我们这些曾经立志扎根黄土高原的热血分子,为什么终又纷纷遁去了呢?"又或跟这些都全无关系,问题的症结出在到底是什么让一个年轻女子憧憬别样生活的理想变成了现实中绝无出路的"不可能"?在小说创作时那个全面拨乱反正的年代,在陶正直铺纸面的悲怆背后,倒有着一份难得的冷静,这让小说呈现出的不是一个时代过后急匆匆的自我否定,而是身处其中作为一个当事人或见证者面对既有现实最可靠也最坦诚的尴尬与无奈。也许只有这样,才是文学对现实世界最有效的记述,它让人看到某种单纯而善良的理想,或仅仅是一个城里人的"好意",也让人看到这"好意"如何在现实的扭曲与局限中变成一个乡村过客无法卸下的沉重十字架。这与北京知青王小强一篇名为《来婵儿》的回忆文章有着共通之处。当事人八年后重回志丹,早年十一岁的学生来婵儿已到了嫁人的年龄,可就在"我"再次告别时,来婵儿向他索要一张照片留念。可事实是,如果念想能够成为现实,有谁会把全部的情感寄托在一张照片之上呢?然而不可改变的现实却横亘在那里,"我肯定还会去看她的,但是,对于她们的情感,我只能做一个旁观者,我无力改变她们的命运"。[1]

爱爱的同学香妹彻底地改变了自己的生活,五年前就到地区医院工作了。她烫起村里绝无仅有的卷发,穿起西式罩衣和高跟鞋,一改千百年的规则让男人烧火自己陪客,毫不客气地纠正着男人嘴里的"土话",就连名字也变成了张美华。面对这样的"成功者","我"心里又充满担忧:香妹为了地区招工名额,即便被她爹用牛鞭狠狠地抽了一顿然后关进地窖,也要嫁给当大队长的暴烈汉子银庄;而为了把银庄办到城里,如今又打起了现任队长大贵儿的主意。在这个几乎无所不能的香妹眼中,爱爱"没出息",是"自己把自己窝囊死的","整天想着进城过好日子,就是不想个出去的办法,

---

[1] 王小强:《来婵儿》,北京知青与延安丛书编委主编《苦乐年华——我的知青岁月》,中央编译出版社,2014年版,第309页。

还说要是早点死了，说不定能早点托生个城里人"。面对这个高加林式的人物，我们不能以简单的道德判断来进行某种粗暴的认识，甚至在小说里，陶正所流露出的情绪也略显苛刻了。尽管"我"认为香妹实现了爱爱没有实现的梦想，但对于她实现梦想的方式，却还是引发了"这就是她们唯一的道路吗"的疑问。好在小说及时生出一些自省式的言说："庄里的人看不惯是可以理解的，而我，在北京早看惯了更'洋'的发式和更时髦的装束，为什么也产生了一种九斤老太的情绪呢？"陶正在小说里的姿态不像路遥那样来得决绝和富有征服性，或者说陶正对香妹远没有路遥对高加林那般热爱，这里也包含着作为下乡知青的陶正无法切身感受到返乡知青路遥或高加林们所面对的现实困境，所以他对香妹的态度反复不定，但这恰恰隐藏着某种体谅与宽容："她背叛了些什么，又顺应了些什么？她是真正的叛逆形象吗？我无从判断。其实，顺从还是叛逆，都是相对的，谁又能完全背叛生活中的那些铁的法则呢？"

还有印象里有着"小菩萨般的善良和宽恕之心"的改锥儿，让重返山村的"我"一时无法辨认。这是长期辛劳的结果，或说"幸福生活"的代价：她生下大大小小四个孩子，每年抓来猪崽、喂出一百二三十只兔子、二十多只鸡，晾着枣种着老梨，槐树上架着两个蜂房，在碾子里装上轴承，把粮食装满五六个囤子，整齐地码起一垛白菜，还有堆在冷炕上的蓖麻籽、小麻籽、一排扎好的扫帚和一摞纳好的锅盖……然而这就是"好光景"的全部吗？"陶老师，你不是说过，让我当个科学家吗？"——当年玩笑般的鼓励在改锥儿心里生根发芽，只不过在现实中变成了"等我生下个儿，就让他照你的话办"，"等冬梅儿他们这茬人起来，还不能把我们这搭建得跟北京一样一样的？"还有"野女子"哈啦，为了自己钟情的长远，不惜以身相许，以"野"的方式保全了他们的爱情。在婚后，他们又在长远不变的生物本能之外，发现了看似幼稚甚至透着某种荒诞意味却在山沟里闪着理想之光的《奥秘》或《环球》所代表的人生另一面——精神生活。当年在山沟夜校里谈天说地的"我"可能不会想到，那些郑重其事、又透着天真甚至幼稚的理想行动，竟对一边做活或带娃，一边有一搭没一搭听着课的年轻女子产生如此巨大而深远的影响。它真的成了点燃她们理想的火种，即便是在并不适宜的环境中也悄悄地以不同的方式燃起。当这种理想或渴望跨越了时间，一以贯之地被保留下来并切实地在那些女子们的日常生活里发挥作用，有关理想本身的命题也就变成了在时代与社会格局的不断变化中这种理想是否应该被成全及如何成全的问题。

  相比后来一些在文学史中占据重要位置的伤痕文学或知青小说，《女子们》有着很强的在场感与反思性。这种反思不是对一个时期或一场运动非黑即白的重述，而是以十年后对某个地点、某种理想、某种流动的生活场景的重返，完成了更具当事人情感矛盾与现实尴尬处境的充满理解与温情又隐藏着严厉自我拷问的文学记述。在小说中，传统与现代、城市与乡村之间的冲突固然十足尖锐，但我们又能于其中发现某些使之趋于含糊或软化之处。比如对改锥儿"幸福生活"的遗憾，那些关于财富与生活、手段与目的等颇具现代性的思索，却在夏梅与秋梅、麋草中的玩闹、改锥儿哺乳时的安详恬静中变得无足轻重。而对于来自北京的"我"，这本身又是一次有关美与生活丰富性的触动："这种劳动是艰辛的，但她们却能在这艰辛之中得到一种我所不熟悉的欢乐。我刚才的怨艾和指摘或许不无道理，但那是我的道理，幸福并不是一个固定的模式，在各不相同的时间和空间中，在各不相同的人和心中，它有着各不相同的内容。"于是，相比那种自信满满、自认手握真理而建构起来的城乡或现代与传统之间势不两立的矛盾，陶正并不掩饰自己的游移、困惑甚至是无知，他让这种关系不仅存在于一个完全受控于作者之手的故事，而且将其放置在作者与文本或文本与文本之外，因为那才是有关历史相对可靠的描述，才是对历史的欲望和文学的欲望更具生活性和人情味的表达。

三

老开——"他喜欢这绰号,知道它的缘起和诠注:开通、开明、开化、开放……这正是他的个性和风貌"——一个上任不久的歌舞团团长。任职于北京市歌舞团的陶正,似乎对这个行业在改革大潮中所面临的变动产生了强烈的兴趣,对当时与"时髦""新潮"自然捆绑在一起的青年演员这一群体的生活及精神状况有着很大的书写热情。

在中篇小说《假释》[1]里,老开的登场方式就很有一些"现代派"的意味。"他撩起眼皮,看着天空走路,那暗淡的。昼夜交替的天空……"在很长一段时间里,我们不知道"他"是谁,不知道"他"想的到底是些什么。一种意识流式的思维轨迹,闪烁不定不断游离的场景、对话,那些曾经出现或即将出现的生活片段,于辗转腾挪之后才明确了一个"开通、开明、开化、开放"的改革者形象。"老开"似乎真的是老开,他一反"领导"惯有的威严与稳重,倒像个玩世不恭的时代弄潮儿:"其实我也正在为你们的穿着打扮奇怪哩。从台上一看,灰乎乎一片,像做梦……你们的奇装异服呢?非得谈恋爱逛公园时才穿出来?全团大会又不是追悼会或做礼拜。年轻人嘛,文艺团体嘛,就应该花枝招展。这也是一种精神面貌……"在歌舞团的工作中,他向"以前任团长为代表的守旧势力发起了势如破竹的冲击";在生活中,他不但自己十足"新派",还不断以此敲打着台柱子宋燕儿年轻又羞涩的心,一度在团里激起流言蜚语。但是,就在小说前后穿插、意识流式的叙述中,老开开明、开放、一副誓将革新进行到底的改革者的形象逐渐明朗的过程,也是其轰然倒塌的开始。当他偶然发现自己并不看好并将之逐出编外的歌手吴蕾蕾在歌厅里被倒儿爷们竞相追捧;当被他不断启迪的宋燕儿真的突破了内心的界限;当原本是交响乐团骨干的两个儿子悄悄组织

---

[1] 陶正:《假释》,《十月》,1985年第5期。

起电声乐队在华星饭店伴宴……老开再也"开"不起来,"他要同这魔鬼决一死战,即使是同归于尽"。

小说并没有给老开的转变过程留出丝毫的空间,或者说陶正在《假释》里根本就不承认转变这回事。老开先前的"开明、开放"和之后的"殉道"并不构成因果或某种时间上的承接关系,它是并置乃至紧紧纠缠在一起的。无论有没有宋燕儿或儿子们的激将,不管他是不是坐在了歌舞团长的位子上,他对艺术的判断和对青年们生活方式的态度终将以小说最后呈现出的那种方式传递出来。毕竟老开是一个整体,他既不是被视为改革路程中"一枚钉子"的50年代歌唱家方老太太,也不是路光那类活跃在时代激流漩涡中心的"年轻的品种",他只是一个普通的"改革者"或"摆渡人",他无法在某个节点抹去大半生的经验和对世界的认知,也无法掩饰在变革的时代"全面革新"的决心、理想与热情,其特殊性在于他不可能改变历史的轨迹,却又在一定范围内影响着某个团体的命运。在这种情况下,如果我们愿意相信他有关"革新的关键是打破文艺桎梏,这也包括释放古的、洋的,那些被关押了多年的无罪的囚徒"的判断,就必须接受他对方老太太那种"不愿直视的敬服之情"。正如托克维尔在《旧制度与大革命》中所说:"他们不知不觉中从旧制度继承了大部分感情、习惯、思想,他们基本甚至是依靠这一切领导了摧毁旧制度的大革命;他们利用了旧制度的瓦砾来建设新社会的大厦,尽管他们并不情愿这样做;因此,若要充分理解大革命及其功绩,必须暂时忘记我们今天看到的法国,而去考察那逝去的、坟墓中的法国。"[1]《假释》并没有简单地把批判的矛头指向老开或其他什么人,而是在复杂的历史与社会环境下描摹更为复杂的人心,写下一个改革者自己都不愿面对又无法扭转的心结。小说面对的不是理想化的改革激情或宏大的时代政治之音,而是既成事

---

[1] [法]托克维尔:《旧制度与大革命》,冯棠译,商务印书馆,1997年版,第30页。

实的现实生活,"在春情醉人之时又预示了'倒春寒'的可能"[1]。

在陶正的长篇小说《重叠的印象》[2]和《旋转的舞台》[3]中,80年代不同类型的青年便成了主角。小说弥漫着极其浓郁的时代气息——从青年们挂在嘴边的存在主义到作家梦;从球场上吹响小号的狂欢到一知半解的"性解放";西餐、歌厅、伴宴的小乐队;铃木摩托、组合音响、迪斯科——这些如今被当成标签以示怀旧情调的东西,在那时无不代表着"先进"的文化方向,代表着前卫、新潮的生活方式,同时也以十分张扬的姿态显示着来自城市或某些社会阶层的优越感。但是,在这两篇洋溢着时代新貌的小说里,在那些新派男女放浪不羁的故事背后,又若隐若现地摇晃着"文革"或上山下乡的影子。《重叠的印象》中,那个时刻被男青年围绕的"大姐"周克美盛气凌人、喜怒无常,几乎终日沉浸在烟酒和聚会的喧闹中,却时常在舞会渐入高潮时,让人们清楚地看到她越发冷峻的眼神——这些与"大姐"共舞的年轻人所不知道的,是他们狂欢的这幢房子曾被贴了封条,"大姐"的父亲还在干校的时候,她便从插队的山西"荣归故里",于是便有传言说,她在这幢贴了封条的房子,天天恭候那位革委会主任大人的光临。因此,在那玩世不恭的躯壳里,深藏的是一颗几乎被搅碎的心:"我坏,喜欢耍弄别人,通过耍弄别人来填补自己同样空虚的灵魂。又岂止是耍弄!我嫉妒!我憎恨!恨!要报复!那些行尸走肉,有什么资格享受美好的生活?有什么权利得到我得不到的、失去的、用屈辱和痛苦换来的东西?"与此同时,周克美的哥哥周克津与周父手下的青年业务骨干许矛在小说中构成了两股相互制衡的力量。一心想成为出色作家的周克津更富理想主义色彩,他无法面对时代的变化,不能接受生活中的拆台、利用和铜臭气,不能容忍"售货员可以买到紧俏

---

[1] 陶正:《自由的土地》,孙立哲主编《情系黄土地——北京知青与陕北》,中国国际广播出版社,1996年版,第33页。

[2] 陶正、田增翔:《重叠的印象》,中国青年出版社,1985年版。

[3] 陶正:《旋转的舞台》,中国文联出版公司,1987年版。

商品，医生可以开出贵重药物，芝麻大点儿权力也被用来牟取个人利益"。他始终认为自己是"一心补天"的，却只是把梦想寄托在"弥漫着淳朴、亲切的气息和泥土清香的遥远的"陕北。而许矛同样是下乡知青，到旅游局工作之后一心扑在观音洞的开发上，从最初的勘探到后来与当地农户的谈判、跟其他部门之间联合开发的协调，直到最后闯到省委副书记家中进行了一场起决定作用的辩论，可谓一路坎坷。在许矛看来，自己之所以能够爆发出如此的能量与韧性，是因为"现实生活帮助我们从半空中回到了地面上……直到现在，我们那拨儿人也还在各自的岗位上开创事业，谁也没有蝇营狗苟地混日子，这就是那段历史赋予我们的性格"。《重叠的印象》反复曲折的故事中，周克美、周克津、许矛相互之间形成了关系小说精神内核的重要参照，它不是要去追问一段历史的来龙去脉或是是非非，而是在讨论这段历史投射到一个新的社会环境中所蕴含的多种可能。因此，小说始终在面对着一个新的时代发言，而那些插曲式的背景成了观照这个时代、考量一代人在时代转折期精神历程不可或缺的遗传基因。同时，林星茹、狄小沪、俞新平等人的存在，又补全了历史之外更多处于现实社会关系中的青年人的生活状态，从而带着"历史的同情"，最终辩证、全面地组织出一幅透视时代精神的丰富庞杂的社会图景。

当我们把《假释》《重叠的印象》以及《旋转的舞台》结合起来看，便会发现陶正试图整体呈现 80 年代文化冲突的野心。他没有走上一条急匆匆地配合或顺势歌唱政治转型巨大成就或光明前途的快车道，反而选择了一种并不轻松的方式来讲述他所置身的那个年代。他带着源自历史的切身疼感和依然为之骄傲的纯真理想，带着以文学的形式表达社会变革欲望的使命感，将一个时代已然呈现出来的复杂文化格局与可能隐藏着的文化危机略显焦虑地摆在人们面前。他似乎抱着一种率先自我解剖式的心情，将其能够预见的或自知无法克服的心结拿出来晾晒。就像我们能够在《重叠的印象》里周克津的身上、《旋转的舞台》里彭川的身上，不时发现陶正的影子,他仿佛在说,我是这样,我们这代人也大致如此吧。

四

可惜的是,1987年后,陶正基本停止了小说创作。三十年后反观陶正的作品,他对前后两个时代的敏锐与不激不随的态度在今天看来依然弥足珍贵。

面对那段充满理想主义与革命激情的岁月,陶正并没有随着时代大潮陷入简单的"伤痕"与"反思"之中。相反,他对上山下乡的描述既有对当事人的体谅,又带着某种旁观者的警觉:

> 看到一些"伤痕"作品,我就想,我们当初只是受排挤受折磨被压榨被奸污吗?那我是在揭露丑恶还是在亵渎美好?难道我们是软体动物是毫无骨甲当时只能忍受践踏之嘤嘤泣泣的可怜虫?
>
> 有些作品开始了浪漫主义,描写返璞归真的新形象,新意向。我也挑剔:真实吗?反映生活的真实和你本人的真实愿望吗?潮水般地上山下乡,潮水般地返回城市,真正留下来的,是已经浸涸在工地里,或搁浅在沟沟洼洼里的。大潮已退,非要再摘几朵浪花洒向河滩,未必有益,也未必美好。[1]

小说《天女》中,知青们为了一个被当地农民按照惯例抛弃在泥塘边的女婴奋力地寻找门路,最终在知青点把她养大。于是,在那个充满"伤痕"的年代也闪烁出人性之暖和道义之光,而那些被时代塑造出的冷酷与决绝也在一个婴儿的逐渐成长中变得柔软起来。我们没法把《天女》看成是一种浪漫的或趋于理想的想象,因

---

[1] 陶正:《信天游——浅谈〈女子们〉》,《女子们》,农村读物出版社,1988年版,第259、260页。

为小说最终上演的依然是一幕令人绝望的悲剧。虽然在情节设计或结构上还存在一些问题,但这不妨碍小说摆脱了"伤痕文学"中个体任人摆布的无力感甚至是刻意追求的王晓华式的悲剧,在时代的困境与一个人决不放弃的行动中建构起个体与那个年代进行对话的另外一种方式——它不是旗帜鲜明有意为之的对抗,而是源自本能或善的无须商量的举动:我不能让一个婴儿留在危机四伏的泥塘,我既然把她带回来就要让她活下去。

而在《女子们》等系列小说里,陶正将"那个年代"与"这个年代"通过一次重返捏合起来,没把知青作为描写对象,倒是将与知青发生关联的本地人作为小说的主角。在这种关联中,陶正摆出的既不是情感纠葛的"孽债",也不是被时局愚弄的"伤痕",而是于某种历史的必然中,一次偶然的、被迫无奈的城市与乡村或现代文明与传统生活的冲撞。在这场由乡村外来者伴随天真或理想又近乎无意识地进行的"启蒙"里,那种来自城市或现代的文明无疑是带有某种侵犯性或威胁性的,因为它所引发的是惯常生活与平静内心的崩溃,是在一种封闭又自得其所的文化肌体上开了一个无法弥补又无法愈合的伤口。所以,小说让人看到的是理想如何毁灭了生活甚至生命,是为了"走出去"不计后果不计代价的挣扎。但是,陶正没有把这种"启蒙"或"侵犯"看成是两种文化或两个群体唯一的相处方式,就像在改锥儿院里见到的从未改变的震慑人心的生活之美,又揭示着传统的稳固与"时代主人翁"的尴尬:"我发现,对于陕北这片广袤的土地,我们从来都只是一些客人。尽管我们曾自以为是主人,却没有什么以我们为主体的业绩;尽管我们是受欢迎的,被怀念的,但也只是受欢迎被怀念的客人而已。当我悉心寻找'回力'鞋或'懒汉'鞋的印迹时,看到的只是被'实边纳'踏平的山路,我想捕捉知识青年上山下乡的回声,它们却淹没在'信天游'那个性鲜明，兼收并蓄也无改本色的古歌中了。"[1]

面对激越人心的社会变革，陶正对那些开时代之先的"改革者"与令人憧憬的"新生活"都有所保留。如果我们仔细考量80年代文学中那些反映改革的作品及其创造的一系列改革者形象，乔光朴、丁猛、车篷宽、陈抱帖、刘钊、李向南……他们的性格非常相近，而且都带有理想化的倾向。这里并不一般地反对理想化，毕竟文学无法排除创作主体的主观愿望和感情。但是，这些新时代的改革者往往在有意无意间被描绘成"青天大老爷"，他们雷厉风行、敢作敢为，却无处不透露出某种专制家长的做派。这可能是现实决定的，似乎只有那些强硬的改革者才能有所作为，但这同时也显示着作家们对改革一厢情愿的想象，仿佛所有的问题都会随着某个"闯将"的降临迎刃而解。但事实是，没有谁是从天而降的"闯将"或"强硬派"，他们总有自己的特定的历史与有限的经验，也必将带着无法回避的矛盾与局限进入到改革中。于是，《假释》以及《旋转的舞台》则从不同的角度提示着那些"改革者"所必将显露的复杂性与矛盾性。

在对时代青年及其生活与精神状态的讲述中，陶正笔下的人物相比刘索拉的《你别无选择》或徐星的《无主题变奏》在保持了相同的"新派"之外又显丰富厚重。可能从彰显属于那个年代的个性或叛逆来讲，周克津或彭川显得拖泥带水有所牵绊，而夏露、彭岳又显得单薄或缺少某种精神意义的指向。但是，也恰恰是这些不完满与不纯粹更为切实可靠地投射出一种转折时代或过渡期的精神样貌。有谁能说自己是没有历史的？又有谁能说自己不为环境所制？那么在陶正的小说里，似乎所有的时代青年都有一份有据可查的历史档案，所有的青年都处在现实关系的约束中而不能恣意妄为。因此，陶正不是那些新鲜抽象的时代精神或文化理想的宣

---

[1] 陶正：《信天游——浅谈〈女子们〉》，《女子们》，农村读物出版社，1988年版，第260页。

扬者，或是因为他经历了太多的理想与热情，自然而然地带着历尽沧桑吃过见过的平淡、冷静与警觉，以文学的形式记述着他眼中的80年代。

  至此，一系列问题就不得不被提出。为什么在有关80年代的文学叙述中找不到陶正的名字？为什么在80年代中期的文学史叙述里先锋文学一枝独秀，成了时代精神独一无二的代言人，就像《女子们》《假释》《重叠的印象》等同样优秀的创作从来没有出现过？或者是否可以回答最初的问题：陶正是谁？这是否是个需要知道或必要记住的名字？可能时间越长，人们越容易陷在对80年代过于理想化的想象里，而那些在中途被遗忘了的人和作品将越藏越深，至少在当前"伤痕—反思—改革—现代派"的文学史叙述框架里，没有陶正及其创作的容身之处。因此，我们有必要审慎地看待当前对80年代文学流于片面的描述，重新打捞起那些尚未完全沉没的航船。也许此刻，我们应该记住陶正这个名字：一个被理想激荡的青年；一个陕北乡村的过客；一个历史的反思者与时代的警示者；一个本该被记住却在文学史里失了踪影的作家。

当我们庆幸先锋文学
没被历史抹去

三十年后,回头看"先锋",其中滋味实在让人难以表述。这当然不是说我们已经跑到了"先锋"前面,而是所谓先锋,已然成为挂在历史之中的标本。这里不是要抠字眼,我们似乎也总能找到一些理由证明先锋不死,但无论如何都让人难以克服回到历史去讨论一种先锋的荒唐感。当然也可能有另外一种解释,那就是剩下的这些年里,大家都相安无事,天下太平。

1989年5月,朱大可、张献、宋琳、孙甘露等几位的对谈《保卫先锋文学》想必是泥牛入海打了水漂。但二十几年后,当先锋文学已经登堂入室成为当代文学的经典,那么一个问题就不得不问:先锋文学在当时何故需要兴师动众地保卫?按照朱大可的说法,"近来对'先锋文学'和'先锋批评'的各种'反思'和指责突然变得繁闹起来,使我关注的有两种立场,第一是超级先锋,觉得'先锋'其实不怎么'先锋';第二是反先锋主义者,在斥责现有先锋小说的同时,'呼唤现实主义复归'"。

围绕事情前后,有些声音大概不能忽略。范大灿在《两种不同的战略方向——卢卡契与布莱希特的一个原则分歧》中套用卢卡契"反现实主义文学"的概念,认定"先锋派文学所以是反现实主义的,并不是仅仅因为它抛弃了过去的传统,而是因为它要任意地强奸现实"[1]。《文艺报》记者对田中禾的访谈也曾这样提问:"这几年小说创作呈现喧闹缤纷,多元竞存的活跃局面,当然可堪称道。但令人憋气和困惑的是,评论界对现实主义关注、首肯不够,甚至有些漠然。而对现代派(或曰先锋派)大唱赞歌,聒聒盈耳……有些号称'玩文学'的现代派的作品,读之无味,冷涩,故作玄深,貌似高雅,实则生吞活剥,庸俗空虚,可偏要一个劲地胡吹滥捧,冠以'领潮''超前'等。这种评论家与读者效应背道而驰的现象何时休?"[2] 刘华在《放弃对社会的承诺:先锋派文学的误区》认为先锋派"对文化感的淡漠;在题材上由文化依托转向内心经验和超文化的神秘体验;在语言上唾弃高雅语言使用口语包括粗话和下流话","一窝蜂地涌进西方现代派的大潮之中忘记了空间方位虔诚地扮演起精神浪子和文化叛逆的角色"[3]。陆先高在《文学价值的选择性忽略》中断言:"先锋作家们越过审视生命意义、价值的'中介'——现实人生,而把目光投向虚幻的生命终极意义及个体的偶然性感觉;摒弃和反叛大众文化价值规范的逆反心理的加剧导致思维过程的失控状态,而先锋文学理论家们以其善辩姿态为之喝彩和张目……对文学价值的追求仅限于在形式和语言的密林里左冲右突,这种主观上的选择过程本身就意味着文学价值追求的倾斜:迅速滋蔓的形式主义批评将形式张扬为文学存在的终极价值,导致文学价值的必然性失落。"[4]

历史的演变当然要比此处的叙述复杂得多,但作为结果呈现的就是先锋文学的销声匿迹和先锋作家的纷纷转向。然而令当年的批判者们颇为尴尬的是,先锋文学与先锋作家非但没有被历史抹去,反而在随后的文学史叙述中被迅速地经典化,成为一个时代的文学

---

[1] 范大灿:《两种不同的战略方向——卢卡契与布莱希特的一个原则分歧》,《外国文学评论》,1989年第3期。

[2] 田中禾、周熠:《作家应有自觉的社会责任感》,《文艺报》,1989年9月9日。

[3] 刘华:《放弃对社会的承诺:先锋派文学的误区》,《文艺报》,1989年9月9日。

[4] 陆先高:《文学价值的选择性忽略》,《光明日报》,1991年1月4日。

主流和巅峰。于是，当我们庆幸于这种满含反叛与实验性的文学样式得以留存的同时，也不禁对先锋文学乃至1980年代的历史充满了怀疑。正如对1980年代那种蓬勃、开放、狂飙突进的常见叙述，先锋文学作为其中一种不安分的文化力量，自然而然地分享了之后对1980年代理想化的叙述果实。然而，就像很难用一路高歌来想当然地概括充满摇摆、对抗和博弈的1980年代，我们同样不能以意气风发的突破与水到渠成的胜利来描述先锋文学的坎坷之路。在此，我们必须意识到的一点是先锋文学在1985年前后的集中喷发可能是1980年代一连串事件过后文学唯一可能的出口。自1977年，一系列针对历史、针对现实的文学突破力量开始在文坛酝酿，对"文革"伤痛的短暂回忆过后，是对腐败、特权、官僚主义等问题针锋相对的批判，也就有了沙叶新的《假如我是真的》、王靖的《在社会的档案里》、白桦的《苦恋》、叶文福的《将军，你不能这样做》等。这些作品引发的争议持续数年，直到1983年4月中宣部召开部务扩大会议，批判了《苦恋》《在社会的档案里》《离离原上草》《妙青》《人啊，人！》《晚霞消失的时候》《早晨三十分钟》等一系列作品，指出这些作品"资产阶级自由化相当严重"。1983年下半年则是对诗歌界"三崛起"的批判和以周扬在纪念马克思逝世一百周年学术报告会上的讲话为导火索引发的持续时间不长却对文艺界有重大影响的"清除精神污染"运动。在这种情况下，针对现实或者说追求"写什么"的创作与当时的社会氛围产生了异常紧张的关系。那么，回避了"写什么"而尝试着"怎么写"的一批青年作家可以说十分偶然地获得了一个破土而出的机会。当然，这种尝试也像之前所说的那样面临着种种阻力，但由于1980年代末一系列争论被迅速终止，在保守与越界之间，"开明派"的文学叙述成为一种代表着权威力量与主流意识形态的有效声音。于是，在心有余悸的叙述者与被叙述者一整套的80年代情结和话语合作之中，先锋文学在特定情感期待和理性与价值选择下意外也并不意外地于硝烟散尽之后完成了它的

"保卫战"。

因此，从某种意义上说，先锋文学的经典化所提供给我们的价值要远远大于先锋文学自身。先锋文学的经典化是由当时的先锋批评和后来的文学史叙述共同完成的。在这一过程中，先锋文学之于中国文学的意义被成倍放大，大量盲目的、无意识的文学活动被赋予了重要的理论价值。就像先锋文学对语言、形式或方法的追求，当这些无关意义的外在元素经由阐释变为"叙述圈套"时也就与"观念"发生了关系，成为一种带有主动性和社会性的价值判断与选择的积极力量。久而久之，原本更具实验性、无序性、无意识和非逻辑的先锋文学经过层层过滤、重述和再解读，反而被打扮得目的明确、意义非凡。在这种文学事件与文学史叙述的悖论中，零碎的、相对的、不确定的、热衷于瓦解和冒犯的先锋性被固定下来，成为文学史中具有特定文学更迭意义的创作样本。所以，很难说先锋文学如今的境遇到底是荣耀还是不幸，毕竟我们看到的仅仅是文学史的丰富，而先锋作家们则随着经典化的招安走入朝堂，于悲喜中完成了对自身的背叛。

接下的事情变得更加有趣。那些转向之后的先锋文学当事人，往往很少公开谈起当年的创作，但在很多场合，我们又常常听到、看到一些作家讲自己如何受到先锋文学的影响，讲很多年前的先锋阅读又怎么在他们的创作中依然发挥作用，"传承""继承"之类的词层出不穷。每每这个时候，一系列疑问便不由自主地生出：一个大讲"继承"的作家会是先锋的吗？如果是，他们又继承了什么？

在张清华早年的著作《中国当代先锋文学思潮论》中，从黄翔、食指、白洋淀诗群到王蒙、张贤亮、寻根文学和新历史主义小说，都被纳入先锋文学的范畴。他将先锋文学理解为一个从启蒙主义到存在主义的动态演变——在启蒙主义框架内是对人的基本价值的凸显与重申和对百年中国历史悲剧的发掘与文化重建；而在存在主义框架中，个体本位的价值被不断强调。然而，自1990年代以来，启蒙主义逐渐退潮，各类小说对启蒙理想的讥讽屡见不鲜。与此同时，相对于个体本位的彰显，新一代作家似乎也没有产生多大的热情，他们对个人意志的表达常常要被置于某个群体或想象的共同体中才能获得充分的话语自信。因此，广义上的先锋文学显然没能明显而集中地延伸到后来的创作中。那么，所谓继承，剩下的可能就是我们通常所说的先锋派。不得不承认，先锋文学之后，无论对于老一代作家还是年轻一代作家，中国文学整体的语言和叙事方式都发生了变化。但是，这种外在形式的转变到底与先锋文学有多大的关联？杨小滨曾对"先锋"有一个基本的判断："真正的先锋性存在于反价值的行动中，包括清除那种为大众建立起来的，维护现状的价值体系。先锋主义的唯一特征就是用语言瓦解现实性的整一状态和伪饰状态，它的唯一姿态就是对现实语言的无条件的叛逆。"那么，如果我们以此来衡量先锋文学之后文学形式的变化就会发现，即便有着相同的外在表现，其内在动因及指向也是不尽相同的。而且，在反叛的尺度之外，实验性也是先锋文学一种不可忽略的气质。当年中国先锋作家对西方现代派的模仿、基于本土经验的摸索和后来的转向，其实都是以最初青涩、笨拙又狂妄的实验为基础的，这一过程充满了未知，就似一场豪赌输个精光也没关系，当然也没什么可输。恰恰是这种未知的实验让先锋文学具有了开放、生长、变异与流动的可能。但是，随着先锋文学的经典化，不少作家最想从先锋文学那里获取的却是一种能够被认可、接受甚至通往经典之路的有效经验，他们极少敢于放手实验，却多了"谦虚谨慎"和世故老道，就像孙甘露曾讽刺的那样，有些人在构思自己处女作的时候，连同自己在文学史中的章节都构思好了。结果，在对先锋文学同宗同源的"继承"中，一批作家呈现给我们的只是相似和雷同，而不是走向开放和新的文学生长可能的实验。

直到这时候，也许我们才有更多的理由来讨论先锋文学之于当下的意义。面对复杂的历史事件与文学史叙述，面对纷乱的文学观念与价值立场之争，可能有必要试着跳出形式与内容，脱离具体的文学选择来重新考虑先锋文学给予我们的启示。先锋文学创作上的生涩和不成熟并没有妨碍它被匆忙地经典化，这似乎证明着文学样式上的突破相比一种完善、成熟的文学样本更为人看重。从这个意义上说，先锋文学应该是始终存在于"当下"的开放的营盘，而不是固定在文学史中仅供后来者顶礼膜拜的某种一成不变的概念。就像整个20世纪中国文学所呈现给我们的——从《尝试集》对白话诗笨拙又懵懂的尝试到普罗文艺对革命加恋爱的创造；从伤痕、反思、寻根对新主题的探索到先锋文学对别样表达方式的追求——被记录在册的往往是那些在未知中带着冒犯之心寻求新路的探索，整个文学史也因此变成了对不成熟的文学萌芽的采摘。在这些急促的转换中，固然有浅尝辄止的草率，却也无法掩饰一种持续的突破热情和对一个崭新的文学世界的渴望。因此，激活先锋文学乃至其他一切文学样式在当下的突破性力量，这里不是对外在形式照猫画虎的"继承"而是将其中的反叛与实验性置于新的历史时空进行重新理解，才是先锋文学存留下来的最大意义。

当然，文学突破的主观努力不能回避的始终都是文学空间和话语空间的问题。任何阶段文艺创作的繁盛局面都是内在突破与外在空间共同作用彼此成全的结果，先锋文学的生发消退和后来的转向正是通过一系列的波折、反复和偶然全面演示了二者之间复杂而频繁的互动。三十年后回头去看，单就各方而言，先锋文学观念、形式的突破和实验与它存在并遗留下的问题同样明显，而1980年代在文化繁荣与开放的叙述之下同样存在着文艺政策的不断摇摆和文学规约的频繁收放。可以说双方都未调整到一个最佳状态，但就在这种充满缺憾的错位关联中，犹如齿轮交错，却偶然咬合出当代文学的蓬勃生长。历史当然无法假设，我们也没有必要去推测先锋文学如果处于一种更为宽松和通畅的时代空间会呈现出怎样的面貌，但眼前可以去做的，是努力呵护新鲜路径上的文学尝试并捍卫文学表达的权利，是努力维护和拓展文学生长及繁衍的合适空间。

上 编

知识分子的困境与书写尴尬

20世纪90年代以来,知识分子话语失去了它原有的影响力,处于一种时刻被解构甚至是被讥讽的境地——很多人开始过度阐释它的精英意识,嘲笑它的理想与激情,批判它的现代性追求,而这些说法大有市场,颇受欢迎。在这种知识分子话语的失利背后,是关于人性、人道主义、启蒙、重申"五四"精神等1980年代价值理想的退潮或是中止,是20世纪提前结束的一个结果。随后而来的新写实、后现代、新左派、新国学成为提前进入21世纪的急先锋,成全了文学与文化在意识形态或政治干预下的妥协和随波逐流。从这个意义上说,1990年代以来的文学创作,有相当大的一部分与主流意识形态密切配合,总体上呈现出意料之中的平淡、稳妥和驯服之态。在这个前提下,近年出现的几部长篇小说就显得别有意味,像刘心武的《飘窗》、刘醒龙的《蟠虺》、刘庆邦的《黄泥地》以及阎真的《活着之上》等。这并不是说它们在大文化语境中产生了多么强烈的突破力量,而是对知识分子的关注和书写呈现出比较清晰的现实介入感,让知识分子话语有了被重新谈论的可能。

一、知识分子的生存困境

通常的知识分子书写,往往离不开"穷则独善其身,达则兼济天下",关注的是知识分子的精神世界,强调的是"独善其身"或"兼济天下"的情怀,唯独缺少的是对如何"穷"和怎样"达"的讲述。1990年代以来,随着知识分子参与的知识生产方式的变化,一方面是机遇、待遇的不断丰富,另一方面是国家针对知识分子新的管理和引导带来的种种限制和阶层分化。虽然《活着之上》并非意在揭露大学黑幕,但它以细致具体的描述,展示了一批中国知识分子在新历史条件下的生存状态。

聂致远的学术之路开始于硕士导师的选择。心机颇重的同学蒙天舒考取了研究生,却提出跟聂致远交换导师。交换的结果在三年后显露出来,蒙天舒留校工作,而聂致远只能去麓城郊区一所中学做了历史教师。在这里,聂致远要面对的是如何挽救爱情。恋人赵平平的母亲提出了一个很实际的问题:"你们在麓城怎么安家?"被理论充实着的聂致远第一次感到了自己的空洞,在现实生活面前,"钱才是硬通货,才是底气,才是骄傲",而他去考博最主要的动机,不是学术的需要,而是以一个"未来"暂时掩盖无法安家的窘态,正如他的恋人所说:"你明年考上博,我也给我妈一个说法。"在此,聂致远所追求的,亦被小说作为一种精神标尺的清贫寂苦中"从容、淡定"地做一件"伟大而不求回报的事"的人生信条,与现实生活的要求和法则碰撞出尖锐的矛盾。当然,这也只是一个知识分子的精神诉求被"活着"胁迫的开始。

且不说精神追求的实现,仅仅是"活着"就困难重重。当聂致远博士毕业到高校任教,整个人就如同安置在转笼里的仓鼠,无论如何奔忙,都是徒劳。妻子的工作编制长期不能解决,论文的发表、科研项目的申报没有门路,女儿的出生让聂致远在生存规则中感到恐惧,副教授、教授,职称评定像是时刻伴随他的紧箍咒……阎真虽然以一种合并同类项的方式把现实的生存困境集中于聂致远一人身上,但并不影响故事的可靠,依然逻辑顺畅,细节翔实。究其原因,"君子喻于义,小人喻于利"的信条触发了聂致远生存的多米诺骨牌,其中生存的种种可能,转机发生的种种可能,都一块块接连倒下。虽然我们清楚地意识到这是一个被作者以身边人身边事拼凑起来的故事，却并不会因此产生太多"偶然性"的质疑，反而更愿意去接受聂致远的生活被一步步卡死的"必然"。

作为小说里人格理想崩塌的映照，蒙天舒的"成功之路"更有力地揭示出当下高校知识分子的生存困境。然而，蒙天舒的生存状况并不比聂致远轻松，在大学毕业的二十年里，就像下着一盘漫长的棋，处处算计，处处小心。本科毕业论文调换指导教师以获取考研时的特殊照顾；硕士导师选择上的盘算直接带来了毕业后的留校工作；博士毕业时不计成本地运作，直接获得大笔的资助并伴随着职称、住房等多方面的优待；外出参加学术会议，义务承担起会务的工作，为的是接近那些学术界的权威和重要刊物的编辑；跑项目，拉关系，最后坐到副院长的位子上。蒙天舒的选择在小说中成为高校知识分子唯一的生存法则，成为如何"活着"的教科书。作为"成功者"的蒙天舒，虽然心机满满，处处抢先聂致远一步，又何尝不是一个应该被同情的角色？他全部的所得都隐藏着交易，这是一种变相的代价，他远远不是这套生存法则的制定者，而只能削尖了脑袋去迎合、去适应。后来九十周年校庆的聚会上，做生意的凌子豪那句"谁没见过几个处干，小萝卜头来的"，无疑构成了对蒙天舒钻营之路和最后成果的尖利讽刺。因此，如果我们仅仅以一个反面形象来理解蒙天舒大概会辜负了这样一个人物的存在，毕竟他也是那套生存法则的受害者，仅是一粒看上去光鲜亮丽的炮灰。他在导师、在童校长、在项目评委和刊物编辑面前唯唯诺诺、俯首帖耳，在聂致远们面前却是趾高气昂——他的分裂和痛苦，他所面对的生存困境，都藏在小说背后。同样道理，在权威刊物做副主编的周一凡，看似已经处于食物链的顶端，但当他拿着厚厚的一叠酬金看也不看丢进包里，却还要在路上补充一句"一个人生活在北京，他就没有办法"的时候，我们也就不得不承认他处在同样的困境中无法脱出。

当我们以普遍的同情关注聂致远这样的"失败者"和蒙天舒、周一凡这样的"成功者",就可以把问题引向深处。有的人拒绝道义上的让步,在生存面前成为规则的牺牲品,有的人参与交易,获得利益,但同样要付出代价。在这些浮于表面的待遇、职称背后,在一种被简单化的人格让步与否背后,到底是什么造成了所谓失败者和成功者共同的牺牲?这样的知识分子的生存困境,仅仅是人格力量、人生抉择的问题,还是在异化的学术、教育体制之下根本不存在选择的问题?《活着之上》不同于之前的《沧浪之水》,后者虽然貌似官场小说,但在情节的发展中,池大为心理的转变成为左右故事走向的关键。池大为前期的清高与拒斥跟后来的妥协与迎合,发生了明显的断裂,小说也在这种心理变化上颇下功夫。所以,《沧浪之水》因为这种心态的转折而具有了超越官场的普遍意义,它在讲述人与人之间的关系,同样的姿态调整置于商界、学界乃至日常生活都会产生相应的结果,而不会出现难以运转的生涩局面。而《活着之上》更多呈现出一套不为小说人物所控制的规则或制度性弊端,它依靠结实的细节来推动。小说里的人物既没有出现心理或生存状态的急剧转折,也不可能允许这种情况的发生,即便出现例外,那套规则依然运转如故不受影响。因此,相对于《沧浪之水》发掘出的心理与人情世故的普遍意义,《活着之上》有着更强的针对性,它是具体的、实在的,是可以对号入座的。

虽然阎真一再强调小说的写作不是指向揭露学术黑幕,但其间对高校科研、教学、教师生存状态的具体讲述,切实地把人们的目光引向这例大家心照不宣的时代顽疾。阎真在这套异化的规则中,带着切肤之痛,以具体的细节、片段铺开高校知识分子的生存困境,并进一步发出了"活着之上"如何选择的质问。当然,这样的质问可能无法回答,整部小说也因此显露出它残酷的一面,这种残酷和小说的批判性融为一体,以致有人说,我讨厌这部小说,看着小说中的人走过的路,就像看清了自己悲剧的下半生。

二、启蒙或知识分子人格的坍塌

从某些角度看，对启蒙的反思似乎成为 1990 年代以来知识界的一个共识，但在这一共识之下，却隐藏着截然不同的取向。对一些人来说，反思启蒙是对启蒙方式的思索，其中的期待是如何使"启蒙"在新的历史条件下产生更大的现实效用，它是对 1980 年代启蒙理想的延续和启蒙方式的纠偏。但对另外一些人来说，即便不完全是怀着窃喜看启蒙的落寞，至少也是将反思变作消解，试图从启蒙之外另寻道路。刘心武的《飘窗》和刘庆邦的《黄泥地》则以不同的方式介入到对启蒙的反思之中。

薛去疾的住所临街又是四楼，他对这里有着特别的偏爱，"既有一定的安全感，又可以很方便地观察外面街道的动态"。街边的摊位，租住于附近的各色人等，虽然给薛工这样的中产人士带来种种不便，但他常常请来访者欣赏窗外的"清明上河图"，并强调正是因为这些"社会填充物"的存在，楼上的生活才变得丰富多彩。如果这仅仅是一个孤立的桥段，那么它充其量不过是"小布尔乔亚的无病呻吟"。然而，当街面上的江湖人物与楼上的退休工程师发生关联，"飘窗"便产生了某种隐喻的可能。

庞奇本是江湖人物麻爷的保镖，吃香喝辣过着有今天没明天的日子。因为一次偶然的机会，这个街面上的人一下子把自己的困惑摊在了楼上人的面前：目标在哪里？终点在哪里？哪里是自己的家？家里有哪些自己的人？于是，街面上的人变成了奇哥儿，楼上的人变成了薛伯，先是漫无目的的闲扯，后来就成了《悲惨世界》，成了平等、公正、尊严、自由、正义、人道，成了谅解与宽恕。从庞奇的变化看，薛去疾似乎实现了对他的启蒙，但是戏剧性的转折发生在小说最后，为了这间有飘窗的房子，楼上人跪拜在麻爷面前，而从街面上庞奇嘴里喷涌而出的是"人活一世，尊严为上"。这对翻转的矛盾在最后被完全激化，庞奇"我先杀了你"的怒吼让所谓启蒙烟消云散。

小说似乎在警示着启蒙的困境，当它发生在阁楼之上，一切运行良好，街面上的庞奇不但把薛去疾视为精神上的父亲，而且后者也获得了某种被接受被尊敬的满足。但是事情终归要落到地面，飘窗后的薛去疾不可避免地要去面对麻爷、面对夏家骏等有着现实强力的江湖人和伪君子，还要面对顺顺、小电工这些被困于现实无比服帖的小人物。于是，这些无力拯救和无法拯救都让飘窗后的人与事就变得空洞无力。从这个意义上讲，"飘窗"是饱含讽刺与尴尬的，那些高尚而美好的设计因为一层玻璃无法落到地面，将楼上的人悬置起来，而在楼上发生的"启蒙"一旦落入街面的现实，却要先从启蒙者而不是被启蒙者那里不可挽回地坍塌，由此引发的连锁反应可能让后者从之前的迷失陷入加倍的绝望和疯狂。在这里，刘心武以"飘窗"为喻，完成了对知识分子启蒙理想的反思，而这类知识分子在现实中的无力与自身人格的缺陷则在很大程度上成为作者设计中启蒙失力的题眼。

相比《飘窗》对知识分子及启蒙自身的反省，《黄泥地》更关注外部现实带来的启蒙困境和对知识分子的挤压。房国春只不过是县里的一个中学老师，却在房户营有着至高无上的话语权。房守成曾为房守现分析房国春在村里产生巨大影响的五个条件：一是辈分高，二是村里唯一上过大学的人，三是性子耿直爱打抱不平，四是在县城教书多年不少干部都熟悉，五是乡党委书记是他的学生。这些条件不见得是房国春自我认定的标准，对他来说，"为生民立命"和"兼济天下"才是他在村里为人行事的信条。但对房守成等人来说，这些条件却是搬出房国春笼络村民反对村支书的重要筹码。房国春知识分子的自我认同或者说中国传统"士"的精神与房守成等人盘算的外在因素相互碰撞，才促使房国春成为乡村权力斗争的枪尖矛头，也由此展开了他悲剧的人生。

小说一步步铺排开房国春如何在村民们的哄抬、利用下，实现了部分人争权夺利的目的，却将自己逼上上访之路，落得家破人亡。关键是，当他落难之际，那些曾经视之为"精神领袖"的村民所表现出的冷漠、嘲讽，又一次让事情回到了百年前的文化命题：有关国民性以及如何启蒙。房国春固然有他坚忍的一面，即便被折磨到失语也不曾妥协，但当宋建英喊着他的小名叫骂时，房国春在房户营的时代结束了。当然，这也只是一种象征，乡土中国早已土崩瓦解，原本由宗族、乡绅维持运转的伦理秩序只剩断壁残垣，传统士大夫阶层尽数斯文扫地。在这种情况下，新的乡村秩序与权力规则对以房国春为代表的有着中国传统文人色彩的底层知识分子的无情碾压，注定了他们只能沦为时代与坚硬现实的牺牲品。他们在表面上似乎还维持着乡绅或领袖的体面，但这层窗户纸一旦捅破，不必说与权力对抗的可能，就像农妇宋建英的谩骂，也只有硬着头皮聆听而后殴打儿子出气的份儿。小说里，现实政治运作的残酷与复杂，不断撞击着房国春们以传统文人品格获取自我认同的渴望，不断粉碎着"为生民立命"的人生诉求，唯独剩下一份孤零零又空荡荡的悲壮和凄凉。雨天的回村路上，"泥巴起来得可真快，看着地还是原来的地，路还是原来的路，可房国春的双脚一踏进去，觉得往下一陷，就陷落进去，稀泥自下而上漫上来，并包上来，先漫过鞋底，再漫过脚面，继而把他的整个脚都包住了"。脚与黄泥地的纠缠正是底层知识分子精神与生存困境的双重写照，强烈的人格与精神追求胶着在新的乡村秩序和权力游戏之中，挣扎越是激烈陷得越深，难以自拔当然也就难逃悲剧命运。

1990年代以来启蒙思想的退潮和知识分子话语的没落，与知识分子自身的问题密切相关。在作家眼中，那个被悬置起的"飘窗"，那个高高在上的精神牢笼，让启蒙如同飘浮于空中的海市蜃楼。同时，1980年代到1990年代政治、文化氛围大幅度的扭转，在很大程度上抽掉了启蒙及知识分子话语的生存土壤，知识分子的精神诉求也只能做困兽的挣扎。《飘窗》和《黄泥地》相去甚远，一个发生在城市，一个发生在乡村，一个讲高级工程师，一个写县里的教书先生，但两部小说犹如硬币的两面，实现了对启蒙和知识分子话语坍塌失力的全面呈现，它们合力拼凑出转变发生的复杂图景，并以一个当事人的身份，进行着一种属于1990年代也属于当下的思索。

三、转化方式与书写尴尬

无论是《活着之上》对知识分子生存困境的讲述，还是《飘窗》《黄泥地》对启蒙和知识分子话语困境的反思与清理，它们在总体走向上都是清晰的。但是，如何将其转化为具体的人和事，转化为可靠的情节，如何让它在小说里产生恰当的作用，则是另一个需要仔细考量的问题。

《活着之上》在揭示高校知识分子生存困境的同时，更热衷于以此树立起某种理想的知识分子品格。聂致远虽然处于纠结、挣扎之中，但在小说里还是责无旁贷地承担起这样的职能。于是我们看到，小说在开头结尾都以曹雪芹写《红楼梦》作为一种象征和旗帜。大学毕业二十年后，聂致远再次回到西山，面对曹雪芹生活过的地方，心中感慨万千："时势比人强，这是放弃的理由，又不是放弃的理由"，"我只是不愿在活着的名义之下，把他们指为虚幻，而是在他们的感召之下，坚守那条做人的底线"，"毕竟，在自我的活着之上，还有着先行者用自己的血泪人生昭示的价值和意义，这是真实而强大的存在，无论有什么理由，我都不能说他是他，我是我，更不能把他们指为虚幻"。然而，这更像是作者的画外音，我们不可能将作者的声音与小说的人物生硬地牵连起来，它唯有以具体的方式化为情节、化为语言和行动，才能被视为作者态度的有效表达。很可惜，我们从聂致远身上并不能发现这种有效的转化，小说呈现出的更多是人物欲求不满而产生的愤恨。其中，有一些细节值得注意。蒙天舒到北京跑优博，颇费周折，于是聂致远安慰道："折一折腰是暂时的，头上有了光环是永久的，只要出了门头上有光环就可以了"，同时又提醒说，"提烟酒的袋子里有红包，你告诉人家没有？人家明天烟酒送人了，还不知道里面有东西。"这俨然是一副老江湖的面孔，是无法与作者预期的"价值和意义"相对接的。等到聂致远入校任教的第一次课，指着黑板上的方程式调笑，"人家学习那么枯燥，将来工作又那么烦躁，可能还有化学辐射，人家多拿点钱，那也是应该的，那点钱我宁可不拿。"小说围绕"君子喻于义，小人喻于利"演绎出聂致远的课堂教学，但字里行间让人读出的却是教条的灌输，是对学生齐声回答"能——够"的简单期待，是"聂老师这个博士，可不是只有一个头衔"的虚荣。此类种种，小说悬架起来的品格、价值和人生抉择非但没有成功能投射到人物，使之产生由内而外不断辐射、扩散、映照的精神力量，反而不自觉地让聂致远面对蒙天舒等在言谈举止弥散出酸溜溜的醋意。收入、项目、职称，包括冯教授不看春晚的段子，都带有把生活的表象作为知识分子品格象征进行简单化处理的倾向，这种观念到叙述的无效转化，在很大程度上削弱了小说所能企及的精神高度。

《活着之上》也在为我们出着一道选择题，那就是在利益与品格之间如何抉择？当然，它也试图回答这个问题。小说详尽地呈现出当下高校教育、科研体制的弊端，并以此成全聂致远们的无奈。但是，文中随处可见的道德与市场、人格与金钱的简单对立，却无助于问题的解答。它把制度性的弊病与市场经济混为一谈，殊不知市场才是对抗这套体制的唯一砝码。市场的存在为个人"活着"提供了可能，它破除了聂致远们被绝对地束缚于体制的危机，让人们拥有了选择的权利，让学者、教师与体制之间存有了一段疏离、弹性的地带，而如小说所流露出的对市场的拒斥，只会让人陷入更无可奈何更绝望的境地，使"活着之上"成为一道无解之题。

《黄泥地》和《活着之上》不约而同地选择了中国传统文人的精神诉求来激活现实主义创作针对当下的批判功能。但是，这种精神与现实变化的对接却常常出现问题。这两篇小说大概要从两个层面看。一是故事层面，中国传统文人的精神诉求被安置在一个具有强烈现实对照意义的情节里能否实现它全面具体又细致的渗透。在这个问题上，《黄泥地》采取了一种相对机智的处理方式，它将中国传统文人的品格、追求置于一个封闭的个体中，并以它与外界的冲突来达成对它的强化。就如我们无法将房国春完全看成房户营的一员，他在房户营辈分很高，却有一个县中学教师的现实身份，他之所以能够在乡村发生作用，主要是因为他与乡村之外的关系。因此，房国春能够自由地游离于乡村与乡村之外，他既有县里人的身份，同时具备乡绅或中国传统文人的自我认同，所以他的"为生民立命"、他的上访与上访受挫、村民对他的景仰和利用，都有着可寻的逻辑线索。于是，当它进入到故事层面，也就显得自然、顺畅。《活着之上》在这一方面就略显生硬艰涩。阎真在小说开始就有一种强烈的预设：知识分子应该怎样，高校应该怎样，知识分子在这样的环境里应该怎样。问题是，当作者这种精神追求全面地笼罩故事，它就会处于一个理所当然无须辨析的自循环中，人物和环境只能生硬地撕裂才能制造出矛盾。那么这时候，作者在小说中的行动就会异常尴尬，读来便会让人不时发现一个忙乱、失措的身影。故事之外，还有小说的现实指示层面。我们相信《黄泥地》《活着之上》不会把关注的目光仅仅停留在完成一两个独立的故事，它是针对当下问题发言的创作，包含着相当大的现实期许。两部小说都在张扬着中国传统文人的品格，似乎想以此来重新激活现实主义的批判功能，重建一个时代的道德伦理与精神信仰。但是，中国传统士大夫的理想和乡土中国的士绅情怀，能否担此重任或能否在当下产生预期的效用，则是一个值得考虑的问题。正如陈福民先生在《〈活着之上〉：天问的回声》中所指出的："小说中主要人物精神世界的关键词，多与气质、节操、风骨、淡泊明志宁静致远等中国古典文人的精神信仰有关。而西方知识分子那种对世界本体认知的狂热、对社会结构分析的痴迷等特性，在《活着之上》的知识分子那里基本没有痕迹。知识分子个体的道德精神自我完善、知行合一，对于阎真的知识分子观来说是首要功课。"时代道德伦理与精神信仰的重建，不是依靠某种单一信条便可实现的，它更需要制度、市场、文化、思想等多方面的共同协作，而无论《黄泥地》还是《活着之上》，似乎都把它简单化、单一化了。

刘醒龙的《蟠虺》也尝试以知识分子为轴展开叙述，将知识分子的不同选择作为故事推行扭转的动因，小说为此把郝嘉、曾本之、郝文章、万乙与马跃之、郑雄等人在学界、官场进行了阵营化的处理。早在二十多年前就自杀的郝嘉一直贯穿小说始终，他与曾本之好似分别扮演着灵魂与肉身，郝文章与万乙的存在则暗示着某种文化人格的香火不断。郝嘉自杀的时间又恰恰是时代转折的关键，这无疑是对1980年代知识分子理想的缅怀与重申。郑雄则在小说中由之前的溜须拍马、急功近利走向了最后的突变，成为作者故意留下的一个缓冲空间，当然这本身也是一个非常理想化的设计。但是，这些精神理想的追求将以什么样的方式被讲述，同样困扰着刘醒龙。于是我们看到了一个非常诡异的局面——考古、青铜重器、曾侯乙尊盘、甲骨文书信，都成为营造悬疑氛围的密电码，一个不需要时间背景、不需要历史语境的悬疑故事与1980年代知识分子精神理想实现了同样虚幻的嫁接。

　　面对《黄泥地》《活着之上》《蟠虺》等作品，我们不难发现其中知识分子书写的尴尬。人格理想、精神追求，不可避免地带着时代印记，这些重申理想之作，让一个时代之精神在另一时代之现实发生效用的设想当然没错，甚至是值得尊敬的。但小说毕竟是小说，良好的设想如何变成一种有效的文学表达，则依然是值得继续探讨和继续尝试的问题。

艰难的"时代性"
——从《收获》"青年作家小说专辑"说开去

不知从几时起,我们常常要面对这样的疑问:为什么这个时代产生不了伟大的作家?与此同时,又有另一种说法:这个时代是最有可能产生伟大作家的时代。这一问一答并置一处,倒让人有些无所适从。一个伟大的时代与一个伟大的作家之间,是不是一定存在着某种刚性的关联,还是说从时代到作家的伟大,更依赖某些有力的催化?对当今中国青年作家们来说,他们可能面临更加复杂的局面:前几代作家合力形成了一种异常牢固的文学格局和讲述时代的方式,青年作家将如何从中突围,开创属于自己的时代和讲述方法?但不管怎么说,一个听上去很残酷的事实是,相当一部分前辈作家已经抵达到他们创作领地的边缘,真正去实现超越和蜕变,难上加难,这也就注定了在当今时代,如果真有伟大作家的出现,必自青年一代。2014年,接连两期,《收获》以青年作家小说专辑的形式让近些年活跃起来的年轻作家做了一个集体亮相。这让人不由地想到《收获》在1988年、1989年两次以青年文学专号的形式推出了马原、余华、苏童、格非等先锋作家,开辟了中国文学一条新的道路;2010年同样以青年作家小说专辑推出的葛亮、路内、徐则臣、笛安、周嘉宁等已成为当今青年作家阵营的中坚。这并不是说《收获》的青年作家专号一定是未来文坛势力的大赌局,但它确实显示着一种创作的潮流和力量。那么，这些青年作家们，是否能够在这个丰富多变甚至超越作家想象力的时代，生产出"伟大"的迹象和可能？

一

城市与乡村之间的错位始终都是这个时代难以消化的命题。城市的扩张，城乡之间的人员流动，特别是经由学校完成的面向城市的年轻人的转移，使城乡之间产生了新的书写可能。对于一批进入城市的年轻人来说，能否融入其中，能否找到自己在城市存在的理由和证据，如同一声声尖锐的、伴着刺痛的提问，是一个时代的话题，更是一个群体的日常生活。

甫跃辉的《秋天的声音》和他之前的《走失在秋天的夜晚》放在一起，故事才变得完整起来。两篇小说像齿轮一样镶嵌在一起，互相带动着，把李绳的秋天和甫跃辉的青年们绞得粉碎。

初中毕业的李绳决定离开家乡，"大学都不包分配了，还不如趁早找份活干"。李绳的远走让曹英心里空得很，"不读书了？不读了"。两个做出同样选择的年轻人，却被城市和乡村生生地拉开。两篇小说分别呈现了走进城市的李绳和留在家乡的曹英各自的生活。打工仔李绳谎称自己是名校大学生，获取了一个城市女孩的心。但好景不长，李绳的谎言很快就被揭穿，面对自己试图由此融入城市的努力的惨败，他陷入了一种歇斯底里的疯狂和贯穿脊骨的凄凉。他一面给那个城市女孩发着诅咒的短信，一面发现自己在这座城市里没有一个可以一起喝酒，说一说失恋痛苦的人。不读书了的曹英很快在家门口开起一家杂货店，守着杂货店的她每天面对的就是一包盐、一瓶醋，直到屠元犀出现在她面前。开始的时候，曹英还在心里不停地张望，张望着李绳所在的大城市，但没过多久，她便投入了屠元犀的怀抱。然而，曹英很快就发现屠元犀还跟其他的女人搅在一起："骗子！都是骗子！"当两个人同时陷入生活崩坏的时候，他们如何再次发现存在的证据？甫跃辉用一架红色的电话机又将两个被强行分离的人连在了一起，一边是长时间的沉默，一边是由谩骂到好奇到依赖到毫无保留的诉说。小说最后的凶案其实并不重要，它只是一个悲剧的象征，而将两篇小说紧紧扣在一起并互相证明的关键在于长时间不平衡的对话。虽然我们不能说它是一个刻意的隐喻，但这不平衡却在无意中形成了两种场域对话的艰难。

甫跃辉的写作常常游走于城市和乡村之间，《走失在秋天的夜晚》《巨象》《晚宴》《动物园》《秋天的声音》等都在讲述青年在城市面前的惨败。它有时是生于城市的某个女孩，有时是藏在城市某个角落的一间房屋的所有权，有时是"毕业时你能有二十万吗"的质问，归根结底是无法在城市找到归属感和存在感的灵魂挫伤。在小说将人们引向同情和忧虑的时候，房产、二十万、意味着城市的种种，这到底是谁在提问？城市不会提问，它只是一个冰冷的存在。或者，是哪个姑娘？其实一切都来自李绳、李生、顾零洲们的自问自答。他们是城市的闯入者，是乡村的背叛者，同时又是一群看上去最无辜的受害者。在他们身上，我们找不到安分守己，又找不到抵抗与侵犯的力量，他们既贪婪又可怜，与其说城乡之间的距离制造了他们的悲剧，不如说他们的失败让城乡之间的对立愈显激烈。人们经常泛泛地谈论时代令人扭曲、时代出了问题，却忘了是谁制造了这个时代；一边忧虑着、同情着甚至诅咒着，却又很快露出谄媚的笑容，拒绝问责。于是我们看到了比李绳、顾零洲的窘相更大的悲剧：这是一个悉心培养起来的陷阱，人们排着队跌入其中，却在里面奋力地把它越挖越深，越挖越大。在这里不禁想起网络上流传的某个段子：当别人炫耀他百万豪车的时候，你能不能跷起脚，瞧，这双鞋才二十块。这是一个并不简单的选择题，它事关如何抵抗诱惑，如何面对欲望，如何在一个时代建立起属于个体的尊严。

在这里，时代与作家的矛盾变得越来越尖锐起来，时代、作家、小说三者之间建立起一种异常纠结的三角关系。一个作家应该如何面对时代，是置身其中还是超越其外；是身陷其中呈现并默默接受一切规则，还是努力突围，留下一个挑战者悲壮的身影？而在作家和小说之间，是同情还是批判，是仅仅止于人物的贪婪与可悲，止于一摊双手的无可奈何，还是向前一步，在一个扮演着吞噬者的时代里，剖出可怜人被蛀空的心。这一切都将是青年写作者们需要面对的问题。甫跃辉的城乡系列不但精准地抓住了一个时代的难题，抓住了一批年轻人生存和心理的困境，而且塑造出顾零洲等一系列在当下具有典型意义的人物形象，在当今青年作家中实属难能可贵。他以同代人的声音讲述着同代人的日常生活和精神世界，而问题在于如何从这种对时代的敏锐和对生活的忠诚下，在趋于"伟大"的道路上，推进一公里，再推进一公里。

二

在前辈作家那里，时代更倾向于被阐释为国家、民族、政治、历史，大视野与大叙述几乎成为一种专属的方式和习惯。而在青年作家们眼中，时代更具体，更平易近人，它更多地被看成日常生活，或者说，被削减为日常生活。然而，日常生活相比对国家、民族的讲述并不逊色，何况任何一种脱离了常识、脱离了生活细节的宏大叙事非但是虚无的，还极易成为某些特别企图的寄居处。当然，问题的关键还在于日常生活将被怎样讲述。

这些年轻的作家抓住了一个让他们，让我们，让这个时代都颇感棘手的问题：为什么生活中满是空洞，而又怎样才能将其填补？它是《无人之境》里柴柴对一个父亲的需要，是楚源看着生命在逐渐耗尽的挣扎；是《素人》中需要古琴和茶道来伪装和充填的干枯日子，是《秘密》中被偷偷接近或拍摄的陌生人；是《刘琳》中早已死去的刘琳；是《让他停止打呼噜》里一个女人以为自己可以成为的那个另外的人。

楚源觉得柴柴出现在自己的意料之外，而柴柴又坚定地相信"你不会舍得我走"。两人之间的吸引来得突然又带着些奇怪的偏差。好像什么事都不能提起柴柴的兴趣，她的童话只写给成年人，用她的话说是让他们因童话的黑暗而发觉现实的美好。楚源就真的什么都无所谓了，得奖、会议、饭局，让他获得的只是疲惫，他偷着捏捏自己的赘肉，"变形的身材让他觉得羞耻"。但两个人就那么撞在了一起。参加真人调解节目的柴柴只是希望父亲能在什么地方看到她跟妈妈过得不好，而楚源，恰好是个孤独的父亲。霍艳很好地把握了二人之间空洞而又有依赖性的需要。柴柴的存在或者说他们的肌肤之亲让楚源发现了能够对抗衰老的力量，他想"掌握主动"，他会因此而"忘形"，但当他发觉柴柴才是老虎而自己只是一只发了疯的猫的时候，碎掉的眼镜、文珊、妻子交代的物业费、杂乱而无趣的生活都毫不留情地向他挤压过来，他又被打回自己所想象的那个样子：苍老、猥琐、颓废、充满恐惧……无论柴柴和楚源想怎样把自己填满，结果终究是徒劳。小说最后那个恍惚而富有寓意的梦，道出了一个可悲的事实：柴柴就像不曾来过，他的世界依然并且终将如无人之境。楚源的"无人之境"落到陈幻的《人生规划》里则变成了蒋子东与孔莎莎的故事。蒋子东始终生活在自己的优越感中，这种优越感来自事业上的成功，来自家里被闲置起来的漂亮太太，来自情妇和他的私生女，来自他永无休止找来的女人们。可是，这种优越感突然被儿子的同性朋友所打破。他买回了送给孔莎莎的奢侈品，蹲在路边一件一件地烧掉，让过路的人以为这是什么人的祭日。小说完成了一个奇妙的转换，那就是蒋子东用那些所谓的优越感弥补起来的生活再次出现裂纹的时候，他要以毁掉这些优越感来获得另一种弥补，正如他烧掉那些昂贵的皮包和衣服，却获得了少有的好心情。可是，这些好心情又将被什么打破，又等着什么来弥补？似乎陷入了一个死循环。

霍艳和陈幻的小说不约而同地盯住了那些在这个时代被称作成功人士的中年男人，但令她们感兴趣的却是他们光亮外壳之中的那些恐惧、虚无、不可阻挡的衰老和无法抗拒的无聊。这构成了一个具有时代性的发问，那就是他们从哪里获得了一个时代和一个社会的认同，这认同又怎样在某个小小的契机中变得不堪一击？他们从饱满的生活中觉察到自己体内空洞的存在而因此做困兽斗般的挣扎，为何又露出一副特别的面孔？在这两部小说里，霍艳和陈幻难免是悲观的，因为在她们看来，一切为时已晚。

朱个和张忌似乎对这种事情更有信心，他们企图让笔下的人物找到某种充实起来的办法。"左辉一直认为，收藏一个秘密，就像揣着胀鼓鼓的性欲，是很压抑又有快感的事情。"这个男人在《秘密》里无聊又有趣，没有人知道他是谁，是个浪荡子，或者根本就是个骗子，甚至，左辉这个名字也不一定是真的。他揣着红包出入婚宴，甩下一句"我知道一个秘密"便开始享受人们克制的好奇。朱个构思了一则充满巧合的故事，左辉与黑衣姑娘，新郎张广生与黑衣姑娘，新娘崔莺与黑衣姑娘，他们纷纷以最无聊的方式化解着无聊，其中不断迸发出惊奇，倒也把日子搞得有趣且生机盎然。《素人》中古琴和茶道之于赵一新犹如救命的稻草。作为公务员的赵一新每天都要面对繁杂枯燥的文件，她在白日里把自己当成一台机器，下了班却要去学古琴学茶道，不但为了消化工作上的烦躁，而且以此来对抗母亲催婚的压力。教授古琴和茶道的苏老师、何老师被张忌描摹成不食人间烟火的世外高人的样子，他们的存在仿佛给赵一新指了一条明路。小说反复地强调着"悦己"——古琴可悦己，茶道可悦己，那些"无用的东西"可悦己——它试图在悦己与悦人的选择之间找到一种可以为人信服的活法。

当然，也有人选择了逃离，比如郑小驴的《可悲的第一人称》。小娄从南方来到北京，他对这座城市，可能比对家乡还要熟悉。他在这里被一些无形的东西紧紧控制，"一天到晚，我必须都开着机，证明着自己的存在和存在的价值"，要是没有几个短信或是电话，"我就会心慌，感觉自己遭到了全世界的抛弃"。他留起长发，把脚塞进高筒马丁靴，就像靴子里的安全感一样，对外有着深深的怀疑和警惕。直到有一天，小娄逃离北京，住进了拉丁的原始丛林。他在丛林中劈柴伐木，钓鱼或者打野鸡，并以此战胜了长期以来充满阴霾、追杀、犯罪的噩梦。《我们的塔希提》同样有关追求、出走或逃离。春丽辞去家乡留州的公职来到深圳，不管她是追求文学梦还是什么，春丽的出现让麦思和高羽的生活发生了变化。他们以为自己学乖了，以为长时间的理智、经验以及对和平的渴求能够抵御春丽带来的"不安定"的气息。可是，高羽还是决定离开，而这时候的麦思才开始真正面对自己空洞的生活和灵魂。

  我们可以看到作家们意欲解决问题的努力，但无论是那些填补空洞的企图还是肉身或心灵上的逃避，都是乏力的。小娄最终无法切断自己与北京的关联，他开始怀念城市的喧嚣，怀念那些忙碌而曾让他痛苦不堪的日子；开始种植药材，所期望的是大赚一笔，这是属于北京而不是拉丁的生活法则；而且，他不得不回到北京，因为小鸟怀孕了，一定要给他生下这个娃。小娄的出走到底化为一个属于北京的片段，一切都是徒劳。《素人》逃向古琴和茶道大概成了相当尴尬的选择。琴与茶这两样东西太具典型性，好像任何人都可以把它们拿来说事儿，以显示自己的"悦己"和超脱。于是，小说就有了两种读法。一种是赵一新用琴与茶获得了某种自我满足和安慰，小说写破庙里后枯死的老蜡梅上结出几朵极小的花，而赵一新鼻子里满是花草的鲜香。但如果我们较较真儿，故事大概会变成另外一个样子：无论你赵一新怎样附庸风雅，你耳边的惊雷，你眼前那段禅黄色的破墙，你家里那把仿唐的独幽，你杯里那不倒的"瓜子绿"，都无法掩盖你内心的空洞和生命的干枯。《素人》的模棱两可，是张忌在这里想法有余而笔力不足。茶也好，琴也好，不过是打发时间的借口，没让人读出悦己的境界，当他点破"悦己"二字的时候，这盘棋就死了。

三

  当事人始终是尴尬的，因为他们所有的自我辩护都将受到怀疑。这如同作家与时代的关系，被搅入小说，搅入故事，搅入时代，勉强地进行着自我辩护，却也难以掩饰他们满脸的窘态。读这些青年作家的作品，这种感受尤为明显。与一些年长的作家不同，年轻气盛的他们似乎难以或者很不情愿把自己隐藏起来，他们想当好汉，却常常把自己暴露在光天化日之下，而盯着他们的眼睛，都在暗处。他们习惯于紧紧盯着自己的生活，抚摸着生活的细枝末节，想为自己以及故事的存在寻找一个恰当的理由。可是他们与这个时代的关系呢？时代可以被讲述的事情太多，可跟这些人又有何干？所谓大时代爆炸式地存在于他们的微博中、微信里，而现世的生活却平安无事。于是，他们发现了纷乱之中万事大吉的趣味、无聊和空洞，而这在很大程度上构成了属于一批作家的"时代性"。

有意思的是，无论是常小琥的寄情梨园还是甫跃辉在城乡之间的无所适从，抑或霍艳、陈幻、郑小驴在空洞之中的打趣、消遣、逃离，这种群体性的生活样貌和精神状态让人不禁想起1920年代末的茅盾，想到章静或是孙舞阳。"我讨厌上海，讨厌那些外国人，讨厌大商店里油嘴的伙计，讨厌黄包车夫，讨厌电车上的卖票，讨厌二房东，讨厌专站在马路旁水门汀上看女人的那班瘪三……真的，不知为什么，全上海成了我的仇人，想着就生气！"而这讨厌和气愤又毫无力量，"你不得不舍弃一切的理想，停止一切的幻想，让步到不承认有你自己的存在"。章静说不清为什么无聊，哪些事无聊，只觉得所在的生活只是"敷衍应付装幌子"，远没有想象中的热烈。她面对生活的烦躁、无力、疲惫和由此而生的冲动、尝试、挫败，不正是柴柴或楚源、左辉和黑衣女子所必须面对的吗？慧女士、孙舞阳、章秋柳在男人丛中的游戏，那些带着消遣之心的满足和宣泄，到了陈幻那里便成了蒋子东不断追逐女人，获取优越感也获取存在感，填补生活也打发时间的习惯性冲动；章静选择躲进医院，正如小娄躲进拉丁的丛林；强猛对战斗中单纯刺激的需求就像赵一新要在古琴和茶道那里找一点"悦己"的理由——似乎一切都暗示着时代的轮回。

1927年到1928年，茅盾自认为"经验了动乱中国的最复杂的人生的一幕，终于感得了幻灭的悲哀，人生的矛盾"，在这种消沉孤寂的境况之下，"想要以我的生命力的余烬从别方面在这迷乱灰色的人生内发一星微光"，便有了《幻灭》和《动摇》。尽管他在《从牯岭到东京》中反复强调自己与这几篇小说的疏离，"不把个人的主观混进去"，要使其中的人物对时代的感应"合于当时的客观情形"，但我们还是会发现，小说始终翻滚缠绕着茅盾受困牯岭流亡东京仓皇无措又前路渺茫的噩梦。一年来所呼号追寻的"出路"成了"绝路"，成了他一时间无法逃脱的"时代性"。其中的问题在于时代提供了什么，而作家又选择了什么？章静、孙舞阳的故事只是茅盾所捡拾的一个时代碎片，是他迷茫境遇的一个变相投影。章静们其实无法像文学史叙述的那样代表"一代青年知识分子"，她们只不过是一个时代片段中尴尬的存在，是1920年代的李绳、顾零洲或者曹英、楚楚。虽然茅盾很快就在《读〈倪焕之〉》中显示了相当的自信，似乎"出路"重现，一方面批评这一时期的作品没有表现出"思想界的混乱，社会基层的动摇，新旧势力之错综肉搏而无显著的进退"的"社会性"，一方面大力鼓吹"时代给予人们以怎样的影响"，"人们的集团的活力又怎样地将时代推进了新方向"的"时代性"。但是，他对"当时客观情形"的判断和截取，他的经验和他的视野，都牢牢地限制着他的"时代"。

　　对当今青年作家来说，的确面临着更加艰难的处境。茅盾从牯岭到东京的流亡是以1921年从上海共产主义小组到广州国民党中央宣传部再到武汉中央军事政治学校武汉分校和《民国日报》为前提的，他的挫败与迷茫不能不说是一个时代弄潮儿被挑落马下的"壮士悲歌"。而当下的时代却与青年作家们有着切实的疏离，虽然它热闹非凡，却很难提供给作家真实的参与感，我们看到、读到的是作家和人物面对时代无从插手也无力插手的窘境，是被疯狂旋转的时代电机甩出或不得不蛰伏于边缘的漠然。时局变幻，茅盾能迅速找回自己的角色，依然呼风唤雨或是兴风作浪，可这些青年作家又能怎样？这是个热闹非凡的时代，亦是个戒备森严风平浪静的时代，他们不得不日复一日地重复着昨天的生活，书写着昨天的生活,所以无聊,所以空洞,所以茫然,所以寻找生活里的零碎玩意儿解闷。与此同时,茅盾的局限亦是他们的局限。当茅盾讨论"社会性""时代性"的时候,就把自己禁锢其中,这也就无怪乎瞿秋白在《多余的话》里只谈《动摇》而绝口不提自己参与创作的《子夜》。文艺腔,小怀旧,打发无聊的性与爱,孤独、逃离,在青年作家的"时代"之外,是否还有值得坚守哪怕是可以多看一眼的东西?在时代的迷魂汤里乐不思蜀是一回事,抵抗、超越又是另一回事,这关乎视野,关乎选择,关乎一种决裂的胆识和魄力。雪上加霜,他们也只能在这时代里艰难跋涉。

有关"斗争"的反讽
——90年代以来女性文学及批评的几个问题

一

80年代末90年代初,中国主流意识形态出现了一个突然而重大的转折。80年代知识界、文化界的主要精神诉求,那些基于精英立场的、启蒙的和理想主义的文化突围在90年代几乎销声匿迹。正如"反右"过后"新民歌运动"的大张旗鼓,如何在90年代制造出萧条之上的文化繁荣则成为一个紧迫问题。伴随着现实主义在中国文坛的没落和"新写实"的兴起,中国女性主义在这个特殊的时刻获得了新一轮的生长契机。

长期以来,女性一直没能获得一种独立的属于女性自己的话语方式,女性真实的生存状态也因之长久处于被遮蔽的混沌模糊的状态之中。从"五四"时期寄居于"人的觉醒"的时代主调到三四十年代被国家、民族、阶级话语覆盖,女性话语始终与男性话语的基本步调保持一致。1949年后,女性的声音又被嵌入工农兵文艺,沿着意识形态主导走了下去。而女性文学在新时期的复苏又是更多地以社会角色参与了对中国社会、对人性失落的深刻反思。这种深刻的嵌入造成女性话语与男性话语的难以割离,女性文学史在整体上缺乏鲜明独立的话语品格,其直接的后果是女性真实生活状态一直处于被遮蔽、被他人书写的混沌、模糊的状态之中。

80年代后期，意识形态的分裂，导致文化的表达形式上的分裂。这个时候，西方女性主义理论被陆续译介过来，为中国女性文学的探索提供了思想资源。女作家的写作重新对性别事实变得敏感而关切并将之付诸叙事实践。以翟永明、伊蕾和唐亚平为代表的"女性自白诗"坦然地提出"为女人写作"。伊蕾的《被围困者》第一句便是"我被围困／就要疯狂地死去"；残雪则较早显示"被围困"中突围的努力，她的一部长篇便定名为《突围表演》。但是，伊蕾迷失于被奉为生命的最高价值和全部意义的爱中无法自拔；残雪惊心动魄的创造实则压抑过后的本能的反弹，很快显出一种重复的苍白。

她们的突围固然存在种种局限，却为90年代的女性写作架起了一道桥梁。先是理论界的先锋们勇敢地浮出历史地表，接着是狂欢般的话语实践。较之80年代，90年代特殊的文化语境恰恰为女性文学提供了空前自由的空间，使它能在多个向度上展开，营建出一种不同以往的话语品格。正如徐坤所说："1995年，中国女性在亿万世人瞩目之下经受了一次空前绝后的女性集体狂欢，中国女性文学也经历了一次前所未有的'高潮体验'。"[1] 的确，90年代的中国批评界女性，最值得骄傲的一件事，是为"女性写作"命名。而"女性写作"之所以成为话题成为概念，显然是经历了文学演变中女性化特征艰难聚拢和浓缩的过程。于是，在90年代的义化框架中，女性文学才真正变得身份清晰，它开始以明确的女性意识介入对时代和现实的文学讲述，开始旗帜鲜明地对男性中心话语发起挑战。它一方面以女性视野、女性经验为基点，从根基上不断冲击男性视野下的话语垄断局面，一方面挖掘超出男性理解女性和期待视野的女性经验，实现对男性世界的叛离，以构造出具有自身完整性的女性经验世界——这也就决定了90年代之后的女性文学在一开始就是一种斗争性的文学行动。

---

[1] 徐坤：《女性写作：断裂与接合》，《作家》，1996年第7期。

但需要注意的是，中国女性文学及批评并没有形成一套本土化的理论体系和叙述方式，这一点在女性文学批评方面尤其明显。因为对"斗争"的有意识的强调，西方女性主义中那些最前卫、最激烈、最具"后"色彩的理论和方法成了中国女性主义批评直接而有效的武器。它非常迅速地让中国女性主义批评成为一个文化热点，使其与世界批评前沿有了对话的可能，同时也就无法回避其"文化左翼"的身份。

关于他们的理论也许不必详细讨论，这里更值得关注的是来自西方的"文化左翼"对中国文坛的影响以及在中国文坛的表现。它首先表现为消解和颠覆。他们弑父、渎神、嘲弄一切，而且富于流氓无产者精神，它的破坏是无限的。在中国语境中，它的价值在于提出问题，怀疑、挑战，消解僵死的教条和沉重的传统。但是，消解如果没有限度，当然非常可怕。比如人打开枷锁或许是好的，但连枷锁带人一块砍掉就值得警惕。他们还有一种"抹平"的策略。反对居高临下，反对启蒙姿态，号召人们放弃精神立场，完全融入大众，获得"平常心"……用句中国人熟悉的话说，仍然是大众化。与这种抹平策略相关，就是竭力诋毁启蒙。批判现代性的重要策略之一，就是宣布现代性神话的破产，启蒙在中国已经破灭，而且宣布中国的语境是一种后现代语境。他们不仅虚构了告别启蒙、告别现代性的必然趋势，而且通过对某些现象的夸大描述，宣布了告别新时期的必然趋势。为了解构启蒙，他们首先突出强调知识分子对大众的批判姿态，设计出启蒙者与被启蒙者、批判者与被批判者的对立关系，然后打出大众至上的旗帜，奉大众为上帝，并以大众解放者的姿态出现，代表大众控诉知识分子对他们的精神压制和歧视，宣布他们不再需要启蒙。为了解构启蒙的合法性，他们刻意夸大了大众的觉悟，然后质问：启蒙？谁启谁的蒙？谁有资格对大众启蒙？一些言说很容易让人想起20年代末创造社、太阳社的人对鲁迅的批判，他们那时候也认为阿Q时代已经死去。在这里，女性主义当然是"文化左翼"中不可或缺的一部分，现代性、启蒙等都被其轻易地视为一种男性话语的权威，它在挑战男性话语的同时，也就成了批判现代性和解构启蒙的急先锋，成了 90 年代主流意识形态的重要组成部分。

那么，当我们在 90 年代后的中国谈论伍尔芙、波伏娃、米利特，讨论女性体验和性别立场的时候，是否对我们的讨论对象有足够的认识。这里涉及一个角色转换的问题，那就是在西方作为文化左翼、政治左翼的女性主义到了中国实现了怎样的身份演变，它们如何由西方世界的斗争力量进入中国文坛却与 90 年代主流意识形态达成某种共谋，它在中国的意识形态演变过程中到底扮演了怎样的角色？

二

从文学的角度讲，女性主义理论、女性问题、立场、诉求等，最终要通过恰当的表达才能得以呈现。因此，如何表达更是女性文学的关键所在。

2014 年某期《花城》非常巧合地把两部中篇排在了一起，一个是光盘的《他的名字叫白》，一个是乔叶的《黄金时间》。两部小说本无关系，并置一处却形成了有趣的对照。

《他的名字叫白》可以被看成是乡镇版本的《等待戈多》。整个春节，沱巴镇都在谈论一个叫白的人。白之所以有这么大的魅力，是因为但凡见过他，甚至只见过他徒弟的人，都发了财，转了运。于是白就成了沱巴的一块心病，所有的人都在打听白，寻找白。最后，经历了混乱、离别、生死的沱巴人谁也没能见到白。也许白再也不会回到沱巴镇，也许白只是被无聊人编造出的故事，也许白根本不存在，也许每个沱巴人都是白。白在小说中的指向是不明确的，但从沱巴人对白的索求看，他似乎暗示着一个群体生活状况的改观。在《等待戈多》这样一个富有哲学意义的框架中，《他的名字叫白》将中国乡镇、将沱巴融入其中，从某种程度上暗示着乡村中国在新的历史时期重新寻求价值标准、寻求身份认同的命题。或者简单说,是乡村人如何能过得更好的渴望。

在这里之所以想起它,只是因为里面的张净。张净是"我"也就是小泥婆的情人,相处快八年了,虽然小泥婆的太太在他们之间设立了很多障碍,但从来没能阻断他们的感情。小泥婆相信,张净是个好女人,否则"怎么会连年带她回沱巴过年呢"?在沱巴,张净只是人们眼中的野女人,每年小泥婆的母亲都会说,以后你不能再来沱巴。张净只是回答,沱巴是我家。除了一句"你真是个赖皮货啊",小泥婆的母亲也没有办法。在沱巴寻找白的骚乱中,张净倒是在闻讯人潮涌动时关了大门,杀了鸡,做了饭,让家里井然有序。然而小泥婆父亲的消失让一家人慌乱起来。张净急得大哭,觉得如果不一直陪他喝酒就不会如此。小说里写,"我知道,此刻她和我一样心尖在滴血"。在不得不离开沱巴的时候,张净跪在大门口,磕下三个头。贯穿张净故事的是非常纯粹的情感,这个情感并不是指张净与小泥婆的婚外情,而是作者在推动故事时所依靠的力量。张净在小说中形象的逐渐完整,在沱巴身份的慢慢变化,以及小泥婆母亲对她态度的缓缓改观,整个过程没有道理可讲,这是一个非常中国化的故事,那就是怎样把冰冷的石头焐热。在光盘以情动人的过程中,他让我们逐渐相信张净真的是个好女人。小说实现了婚外情的胜利,不仅小泥婆的父母接受了这个"野女人",就连他在上海读大学的儿子,也突然在某天归来,出其不意地问,张净阿姨呢?当这一线索处于寻找白这个荒诞而无望的氛围中时,一个非常西方化的追问便与一个非常中国化的故事发生了碰撞,这种碰撞几乎摧毁了小说原本要表达的东西。张净在小说中所向披靡,于是,有关婚外情的道德评判乃至小说有关身份与价值的哲思都在这"野女人"磕下的三个头面前变得不堪一击。

《黄金时间》对语言的控制和对情节发展的引导力可以说相当出色。但是,它注定只适合一部分人的口味,而这种适合与小说的书写形式关系不大,更多是为着它极度张扬以致走向扭曲的性别姿态。贯穿小说始终的是女人焦躁而又冷漠的等待。为了丈夫能够彻底死去，女人需要等待丈夫倒在卫生间之后的三个小时，因为她清楚错过抢救心肌梗塞的黄金时间是四分钟而脑出血是三小时，索性按最长的算。同时，为了这一天的到来，女人从四十岁开始，等了整整十一年。谁也不会料到一个年过半百的妇人在这个"不但已经青春相伴，还大有指望白头到老"的完美三口之家，竟然用十余年的时候酝酿出一场以生命为代价的阴谋，起因只是丈夫的冷淡和他靠在沙发流着口水打呼噜的样子。小说有两个细节值得注意，一个是女人在等待丈夫彻底死亡的过程中慢吞吞地洗澡，抚摸着自己衰老的身体想，"就要这么文艺，这么幼稚，这么矫情"，"谁能把她怎么样"？另一个是当她熬过了三个小时，突然"咯咯咯"地笑出了声，想着再过几个小时，丈夫就会躺进太平间，而之后在"纯属于她的有限的黄金时间里，她确信自己会更有趣"。

从女性主义的角度来看，《他的名字叫白》当然是一个"政治不正确"的小说，里面充斥着男性中心的想象甚至是意淫。但是，整部小说却能够在它"不正确"的语境里实现某种完满，把一种男性的期待或是想象寄存于一个群体或一种社会关系的微妙变化之中。它用一个好女人化解了婚外情的尴尬，甚至由此塑造出了男性世界中的完美情人，这个形象可以让绝大多数的男人心生向往，并可以让绝大多数的女人深恶痛绝。无论从男性还是女性的角度讲，小说都具有强大的情感调动力且不会偏离于作者的掌控，这些都得益于恰当的讲述方式和表达的分寸。而对《黄金时间》来说，乔叶显然是想以这样一个极端的故事表现婚姻中女性的困境。女人确实在一步步有条不紊地完成她的计划，但小说却在一系列类似的细节、情绪表达中走向失控。这里存在两种可能，一种是在将某种情绪、某个情节不断推向极致的情况下，作者被小说反控；另一种就是作者本身就抱着一个失控的态度。人物的狂热，放纵，对道德准则的突破，并没有伴随着作者对它的犹豫和反省，我们看到的是一个完全封闭的场域，里面是个人的狂欢，情节的狂欢，是不节制的、失控的表达。当然，这不仅仅是乔叶的问题，它同时也表现为一种思潮的排他与偏执。梁实秋在《文学的纪律》中曾经说过,"文学的纪律是内在的节制,而不是外在的权威"。自女性百余年前的觉醒到1949年后"男女平等"的政治推手,再加上近三十年西方女权主义的理论强化,让有关女权的合理讨论也有了顶雷的风险,使之逐渐成为一种新的话语霸权。当女性体验在小说中被赋予绝对的权力,甚至不惜以消耗两个生命为代价,一个原本扭曲而荒唐的故事就在乔叶的讲述中变得理所当然了。本来,生发于两性平等初衷的女权是如何走向了它的反动已成为一个急需反省的问题,但是,乔叶即便展示了它存在的危机,却没能走到反省的地步。

三

在女性主义理论与批评中,人们对文化意义上"性别"的强调已经远远超越了生理范畴的"性别"。那么在这种情况下,对性别的强调犹如在种族、宗教、阶级的划分中,"斗争"既是这些分类的原因也是这些分类的结果,是"身份政治"必然的思维路径和产物。

正是因为女性主义对女性身份尤其是其文化身份的强调,使得"性别"或是"女性"不再仅仅作为一种符号存在,它已然成为一种切实的权力。这有关话语权、有关话语空间,有关一个群体分享社会权益和获得社会资源的理由和凭据。那么当权力和利益出现,我们首先意识到的当然不会是团结和睦其乐融融,而是直接且无情的"斗争"。当然也有人在"身份政治"的概念上耍花招,比如讲"一方面,在人的心灵本性上,身份政治应该肯定差异,号召人作为人,去争取一种更完善更美好的生活理想与人生境界,去实现一种如金子般品质的高端价值追求;另一方面,在社会(城邦)的关系定位上,身份政治应该宽容沟通,摒除狭隘短见的私人利益或者特殊团体的争斗与暴力,去争取一种普世主义的全球正义和全球团结",认为"身份政治并非只是一个现代心理／文化的形而上学问题,也不仅是为权利而斗争的群体利益之争,更是有关我们对人之本性的一种根本认定"。但是，身份政治之中强烈的界限和身份壁垒本身就包含着对改变权力与利益困境的攻击性，其中躁动不安的是取而代之的野心。

2000年，曾经的老牌托派分子希钦斯就在《致愤青》一书中告诫那些试图保留独立性的青年们：不要和身份政治有任何关联。作为一个老牌托派分子，他把"身份政治"看成是1968年后左翼阵营遭遇种种挫折和失败的一种反应和对怀念那个年代的人们的一种补偿。他越来越意识到"一种真正糟糕的思维模式已经进入思辨领域"，"人们只会站起来大声说出他们的直接感受，而不是说出他们思考的内容或是如何思考的，他们会谈论他们是谁，而不是他们做了什么或者代表了什么"。这种思维和言说模式我们一定不会陌生，无论是女性主义理论、批评中对女性体验的极力强化和推动，还是像《阴道独白》这样的戏剧在反暴力反性侵背后那种封闭的、排他的女性话语，都习惯以宣言或是宣战而不是对话来解决问题。这种对某一群体独有经验的过分强调恰恰就隐藏着他们所反对的话语霸权的危机。"身份政治"之所以好用，正是因为它来自最基本的常识和判断，毕竟每一个身份群体都会派生出具有基本特征的亚群体，而一个亚群体又会同样繁衍，这从概念上来说是自然而无须过多质疑的。但是，"身份政治"用起来有力，则与对某些群体性特质的过分关注和强调有关，是一种基于斗争企图而人为刻画出的文化形象，或者借用希钦斯刻薄却又准确的话说，"一种差别不大的'自恋癖'的相对乏味的形式"。于是我们庆幸地看到，希钦斯那样一个"经历过'五月风暴'的头发灰白的倔强老头"，一个"革命年代的幸存者"，发现了革命的"安慰奖"正从激进迅速走向极端的保守，转而相信"人道主义的基本成分在任何地方都是一样的"，他与"五月风暴"的自己进行了决绝告别，"承认我有一个愿望，那就是在精英主义和平民主义这个问题上能够实现二者共存"。在此，希钦斯的转变是否能为女性主义围绕"身份政治"进行的斗争产生些许提醒？

卢卡奇将阶级意识理解为"被赋予的阶级意识",是对化为意识的阶级历史地位的感知和认识。这里最重要的是在特定的社会关系中思想、情感、文化与社会权力结构甚至是具体利益的互动关系,也就是卢卡奇将历史与阶级意识视为一体的阶级意识与阶级行动之间的关联。那么,性别意识何尝不是"被赋予的性别意识",它不会是理论上的头脑风暴,而是将被付诸实践的有关权力、有关利益的性别行动。那么在今天,在当下的社会环境中,阶级斗争的尴尬是否也可以引申到性别斗争的尴尬?诚然,不平等的性别秩序有待改变,男性中心的话语结构也有待破除,但其中的艰难则在于理论、意识甚至是文学书写与切实社会行动之间的隔膜与断裂。女性文学的特殊之处在于它不仅仅是一种文学形式,它不是简单的文学表达方式或是叙述视角的变革。它从现实的社会问题、权力秩序而来,却因为种种限制和局限无法回到现实中去,使得女性主义及相关文学书写中的斗争成为空中楼阁,成了对斗争的巨大讽刺。

在90年代以来的文学表达中,"斗争"可谓处境艰难,这似乎并不是这个时代这种意识形态所倡导的力量。此间出现的种种文学现象,从"底层写作"到"80后怎么办?",问题意识是有的,唯独不好说的就是"怎么办"。作家也好,批评家也好,谁也难以大张旗鼓地号召"斗争",同时又不能提供"斗争"之外的有效途径。于是,"斗争"变成了小圈子,变成了一部分人的自说自话,表面上看热闹非常,实际上却隐藏着空洞和乏力。这正如90年代以来女性文学及批判所遭遇的"热"与"冷",在理论与表达的繁华背后又隐藏着怎样的悲凉?那么,如何以恰当的形式和方法实现有效的文学表述和文学表达,如何在社会权力关系层面实现性别诉求的有效斗争,这可能是新世纪女性文学及批评所要解决的迫切问题,尽管我对此悲观异常。

文学的"情义"及其可能

当下小说写作中的"情义危机",事实上依然是一个文学与现实关系的问题。现实的宽广我们固然无从把握,所能明确的是现实所承载的事件的边界,或者说,只有当现实承载着某个与我们有关的故事时,它才会产生意义。文学在有限的时空里书写着无限的记忆与想象,或因它们的过分美好而映照着眼前的局促与乏味,或因它们的理想、道义、责任而映衬着现实的单薄、日常与卑怯。当然,文学也绝非要在广袤的现实里去衡量孰轻孰重或辨明是非,那本是一个充满遗忘、漠然、无奈又同样存活着坚守、珍视与理想的空间,构成了需要以小说去展示其复杂与弹性的现实所在。但是,不少作家却热衷于将复杂的现实化为简单的文学,以现实的无情代替小说的有情。

近年来的一些小说几乎成了悲剧的集结地,故事情节的发展在很大程度上要依赖于人世间无情无义又最残酷的巧合,难免让人觉察其中拼凑的刻意和应对复杂现实的草率。例如东西的小说《篡改的命》中,校园静坐、顶包坐牢、武力讨薪、工伤索赔等等,近十年的社会新闻在汪长尺各个人生阶段对号入座,为了制造他的个人悲伤无所不用其极。高考失利的汪长尺只有到工地出卖体力谋取生路,而这具躯体还要屡次三番遭受重创……直接针对肉体的伤害回避了某种精神创伤的弹性,而坐落在肉体上的真实的、血淋淋的伤口却能让现实的艰难与残酷以最直白有效的方式拨动着人们痛感的神经，让人生的选择与冲突化成飞溅的血沫和崩裂的肌体。

宋小词的《直立行走》中，历经坎坷最终如愿以偿嫁给周午马的杨双福再也没法感慨自己命好，因为等待她的是突如其来的登记、狗窝一样的婚房、粗陋掉色的床品、拆迁办的频频来访、被藏尸的公公……让人无法不相信她对周家来说只是意味着那多出来的三十平方米补偿。可能这个时候，什么爱情、婚姻都不再重要，甚至尊严也变得虚无缥缈，被欺骗的狼狈和守住公公已死的秘密才成了直刺杨双福的利刃。至于误伤警察和出狱后身亡，几乎成了小说里额外的赠予，如果结果不是这么坏，还可能更好吗？这当然是一种现实，但文学对现实的回应却常常出现问题。一些作家在此全然放弃了某种介入性的使命感，以夸张甚至是浮夸的方式不约而同地将情感或心灵与现实的关系变得越来越简单、越来越狭隘，似乎小说意欲讲述的现实只有冷漠、阴谋、为富不仁，财富的集中、权力的滥用，是个人被社会环境和所谓客观条件束住手脚、反复倾轧的惨相。而这些刻意拼凑的事件在小说中零碎又力量涣散，既没有明确的责任人，相互之间也没有可靠的现实关联，它只能泛泛地指向所谓现实，把责任统统推向变化的时代。

在另一些小说中，对现实的逃离或对灵魂的驻守都变成了不可饶恕的野心，那本是日常生活或生活之外最普遍又最微妙的人心，但作家们却在用力阻挠着这些"野心"的兑现，在人们与其"野心"或理想之间，不断加剧着他们的窘迫。孙频的《我看过草叶葳蕤》和祁媛的《眩晕》很有一些相似之处：李天星与杨国红和湖畔的女子，"他"与"白发女"和继母，那些跨越年龄、跨越阶层甚至跨越人伦的性与爱，其实包含着一种类型化的对社会安全感的需求。李天星们是现实世界里的可怜虫，又是想象世界中的野心家，他们把现实中的挫败交由性爱聊以安慰，但他们在其中又是发泄的、征服的。虽然两篇小说都讲述了往事，却并不呈现出某种时间性，它们更多地在讲状态而不是过程，在写这些人处于怎样的萎靡、绝望、虚无和狂妄而不是如何一步步走向惨败。甚至小说里都少有真正意义上的情绪波澜，无论是小说的语调还是人物的动态，都那么平静地享受着这种枯萎衰败，仿佛一切与生俱来，跟李天星们的经历或处境不发生丝毫的关联。

那么作家应该如何面对现实？是置身其中还是超越其外？是呈现并默默接受一切规则，还是努力突围，哪怕仅留下一个悲壮的身影？是同情的还是批判的？是仅仅止于人物的贪婪与可悲、止于一摊双手的无可奈何，还是向前一步，在一个扮演着吞噬者的现实中，剖出可怜人被蛀空的心？更重要的是，在那种被文学不断无情化的所谓生活中，人们经常泛泛地谈论现实如何令人扭曲、时代怎样出了问题，却忘了是谁制造了这个现实。他们一边忧虑着、同情着，甚至诅咒着，却又很快露出谄媚的笑容。这是一个悉心培养起来的陷阱，人们排着队跌入其中，却在里面奋力地把它越挖越深。正如有的小说一旦进入具体的生活，就如同带着"历史的必然"一般以死亡、道德的沦丧、出卖肉体、被交易的爱情等方式草率地呈现出一个"冰冷的现实"。

在这种情形下，石一枫《心灵外史》的出现无疑是寒冬大雪里的一壶热酒和一顿火锅。你不能说它是雪中送炭，因为那过于道貌岸然，毕竟石一枫不想板起脸来教训谁或感化谁，"大姨妈"也不是圣母玛利亚，而只是令人哭笑不得的"亲爱的教友"。

"大姨妈"是老辈里厨娘家的女儿。时值运动四起、家道中落，原来的小姐和佣人的女儿也就一时情同姐妹分不得贵贱了。大姨妈在父母忙于离婚时进入了"我"的生活，随之而来的还有令人忘了娘亲的羊肉烩面。然而，烩面没有实现大姨妈把"我"喂白喂肥的理想与使命，于是便有了清晨树林里的"采气"和千里迢迢的省城"授功"。一场庄严、虔诚、肃穆的授功盛会就在"我"的"傻球"行径下让一场闹剧呈现出了它该有的样子，同时也触动了大姨妈的"信仰"。毫无意外，小说在闹剧的道路上一路挺进，"我"如何与母亲形同陌路，如何证明了自己不是"傻球"，如何为寻找大姨妈混进传销团伙又如何被大姨妈救下……但闹剧是伴随着眼泪一起翻滚而来的，当大姨妈与母亲之前的恩怨真相大白，当被遣返劳教之后的大姨妈为了不拖累"我"而选择在信仰的名义下与教友烧炭自尽，我们便不能用"愚昧"或"无知"来轻薄地描述这个近乎伟大的女人。

大姨妈曾在三四年里追随着师父跑遍了大半个中国，目的只有两个："其一是她没有孩子，想借助师父的能量疏通输卵管；其二则是想替我道歉，请师父不要计较我的瘤上拔毛之仇。"但是，此时的大姨妈对师父早已没了以往的虔诚："我信师父是不是信错了？"那么三四年的奔波大概都是为了替那个并无血缘关系的孩子"免灾"。这一辈子，大姨妈总要信点什么，年轻时相信出卖了姐妹的"革命"，后来相信被"我"冒犯的师父，再后来相信用蜣螂炼金险些害"我"性命的传销组织，最后相信会背了上句没下句的盗版《圣经》的瞎子，她充填内心的过程永远伴随着愧疚乃至赎罪。在"我"与母亲那颇为纠结的关系里，几乎所有的秘密都被打开："大姨妈史无前例地出卖了母亲，却又一如既往地豁出命来保护了母亲"，母亲"不原谅那个世道，但也没怨过那个世道里的任何一个人"。而母亲与大姨妈的关系也在某种轻描淡写里变得充满了德行与情义的光芒——"除了我，她再没家人了；除了她，我也没人能说句话"。当大姨妈解除劳教无依无靠，母亲想带她离开，大姨妈则另有盘算，为了不拖累孩子，"母亲想拉上大姨妈为我做的，恰恰是大姨妈想为母亲做的，那就是：用情断义绝来证明有情有义"。

大姨妈的故事不免让人想起许地山《缀网劳蛛》里尚洁的一生，但《心灵外史》更有酒肉气，更愿意相信人生在世的荒唐与无知，也更愿意相信基于世俗生活的宽恕与救赎。它不拒绝现实生活中沉重可笑的肉身，也不拒绝圣徒般的灵魂，它在一场场时代的闹剧里让人看到了艰难而沉默的自我审判和可被信任的善与心灵之光。这就像"我"突然强光透顶一般懂得了大姨妈，懂得了相信革命必须牺牲的大姨妈和带我去省城拜师父的大姨妈以及把"我"从死神手里拖出来的大姨妈融在一起才成了真实、完整的人生。

我们很难讲它事关"信仰",即便是在小说里,这个"信仰"也早已被"我"看透:"不是宗教,不是政治,不是人类文明衍生出来的一切宏大、光辉的精神产物,而是一位猴儿一样的师父,鼻头上一个黑瘤,瘤上生毛。"《心灵外史》完全是世俗的,是一个人怎样才能在现实的困境中找到那么一丁点儿的心灵依靠,是人们在看似伶牙俐齿恶语相向的日常生活里所隐藏起来的体谅与情义。也许小说还在讲人是不是该信点什么,只是这个被语言表达或落实于行动中的"信"与人真实的内心所向并无干系,又或这种内心所向本就无法讲述。这无疑构成了真正意义上的"心灵外史",而此刻的石一枫也俨然露出巍然大物的迹象。

与此同时,作家黄孝阳自解遗传密码:"你不能强迫我去做一个西方人。"他的《乱世》将一个极富传奇性的故事摆在人们面前。英雄复仇,袍泽兄弟肝胆相照,弱女子深藏血泪身手不凡……情义恩仇不断催动故事一路奔袭。刘无果与蒋白的关系显然不能置于现代性的框架中加以理解,今天的身份、地位、阶层等概念根本不能将其全面呈现。那种过命的交情,如兄弟又似父子,一个看似冷静多疑又常常被困于某个心结,一个刚硬鲁莽又上演了舍命救主的大戏。这是情义而不是契约,对这种关系的讲述自然也脱不开传统中国对男性关系那种手足与情义的想象。小说中的袍哥老大罗秦明不但能飞檐走壁双枪灭烛,还出资办学为乡人称道。为了学堂规划区里一位孤寡老妇的祖居,罗秦明"四次折节",瞎眼老太上吊自尽,把祖产捐予学堂,罗秦明披麻戴孝,如子嗣般在坟头摔了瓦盆。来来往往之间,情义于此淹没了逻辑或现实,这无疑是传奇的力量,人们明知是说书唱戏却依然选择相信并对此无比期待。

正如孟繁华感叹《三国演义》的多情重义,那种富有传奇性或趋于中国传统的讲述方式在表达人之情义上似乎有着某种先天的优势。现代小说纠结于人的理性与非理性,中国传统文学却热衷于讲述情义与人伦——前者如法医,仿佛容不得风月;后者是磕过头的兄弟,但求同年同月同日死——这几乎成了文学以形式动人还是以情动人的两条道路。

即便于现代社会,文学中的情义问题也不是什么光明的尾巴,更不是要在那个现实的规则中颁发一个并不解决实际问题的"安慰奖",而是如何把那些无法回避的现实之痛带着生活的温度坚实可靠地筑进故事里,从而塑出那些身处困境无望奔忙的人们,揭出这个时代难以克服的社会顽疾。它是对既在现实的书写不充斥着自负的代入感而又绝不置身事外,也是某种无法克服又恰到好处的情感或心理悖论的自然流露。正如人们对积极、活力和乐观主义的无限崇拜往往源自对自身或现实不可言说的沮丧与绝望,文学在讲述现实之痛时也同样可以形成对虚无、断裂等当下精神症候与现实困境反向的牵引和警示,它在将情节、语言、氛围组织成为文本的时候,即已实现了对自身的反叛,从而蕴生出某种可以持续生长的力量。

重拾可被亲近的文学传统

梅光迪在《评提倡新文化者》中曾这样看待新文化运动的倡导者:"彼等非思想家,乃诡辩家也";"彼等非创造家,乃模仿家也";"彼等非学问家,乃功名之士也";"彼等非教育家,乃政客也"。此番说法未免有些刻薄,却也在很大程度上触及了新文化运动自身的问题。在如何看待中国文学传统上,梅光迪认为新文化运动"在以新异动人之说,迎阿少年","顾一时之便利,而不计久远之真理",进而从中国传统文学的变迁讨论新文化运动对其全盘否定式的态度:"吾国文学,汉魏六朝则骈体盛行,至唐宋则古文大昌。宋元以来,又有白话体之小说、戏曲。彼等乃谓文学随时代而变迁,以为今人当兴文学革命,废文言而用白话。夫革命者,以新代旧,以此易彼之谓。若古文白话之递兴,乃文学体裁之增加,实非完全变迁,尤非革命也。诚如彼等所云,则古文之后,当无骈体,白话之后,当无古文,而何以唐宋以来,文学正宗与专门名家,皆为作古文或骈体之人?此吾国文学史上事实,岂可否认,以圆其私说者乎?"

这场争论至今已过百年,那些激进的或基于权宜之策的考虑自然也逐渐淡化。这个时候,也许我们没必要重新回到那个具体的语境为二者断一个是非,倒是着眼当下,重新对这一命题加以审视,可能更有现实意义。正如鲁迅的《故事新编》,那些被重新叙写的神话、传说非但没有因"故事"的"传统"而显得不合时宜，反而在一个截然不同的环境中产生了特别的意味。即便不去深究其间颇具针对性的讽刺，单就小说在几近凝固的传说里"只取一点因由"而铺展开来的巨大想象就是弥足珍贵的。它不仅是一个重申小说而非史传的过程，而且经由想象让那些传说在一个风云变幻的年代产生具体而又活跃的不断翻腾的文学内力，其凶猛、凛冽、诡异、俏皮、滑稽相比那个时代正襟危坐的创作更加显现着小说的属性和魅力。而后观新文学百年，很大一部分创作似乎自然免疫式地将中国传统文学的资源排除在外，以后知后觉、奋起直追的方式在短暂的时间里重现了西方文学的演变。这固然是文学发展的一种方式，但从其结果或文化多元的角度看，又难免令人心生遗憾。那种拿来主义式的写作，在当时固然显示着它的新异，但这种新异同时又成了它自身的牵绊，那似曾相识、大同小异的文学"现代化"在完成其时代使命之后便昙花一现般地杳无踪迹。这其实也在提醒着穷追猛赶式的"创意"或"实验"难以逃脱的宿命。这当然不是要否定中国文学对西方文学传统与资源的模仿、吸收与再创造，而是避免其进入某种单一循环的尴尬处境。因此，在不断向外汲取养料的同时，整理、调动中国传统文学的资源，使其在新的时代语境中激发文学的生长无疑是必要的。

　　李敬泽借《诗归》的序文在《咏而归·跋》中道出了新作意欲"引古人之精神，以接后人之心目，使其目有所止焉"。咏的是"古人之志、古人之书，是自春秋以降的中国传统"，而归则是归家，是心和眼的去处，当然也可以理解为身处当下某种心灵可被安放之地。比照之前的评论文章，李敬泽在《咏而归》里似乎显得更加自由放纵，行大道而不拘小节，嬉笑间把事情摆摆清楚。在这种"只取一点因由，随意点染"的叙述里，其实有着颇具匠心的文体意识，它是语言也是态度，正如弟子在孔子面前各陈其志，最动人的却是沐浴、吹风、唱着歌尽兴而归，所谓生活或生命的真谛本不需要过于一本正经或多费口舌，更多时候是我们自己把它弄复杂了。比如在《中国精神的关键时刻》，尊严就是在山穷水尽的时刻"烈然返瑟而弦"，乱世之患、大寒将至，于道何干？再如《孟先生的选择题》里，孔子比孟子的可爱恰恰在于其人性的弱点，在于"好商量"，而孟先生手握大是大非，政治正确，但现实生活却不是仅凭道义与是非便可以大而化之的选择题。《一盘棋》里，宋闵公与南宫万的一盘棋下得血肉横飞，凭空为人世添了一缸不知去处的肉酱，也下出了"面子、荣誉、风度、胸襟"等等虚文——"但人类生活如果虚文不讲或者讲不好，那么剩下的也就是硬的暴力、软的酱"。作家李敬泽在古人的志趣里为当下的灵魂寻找一个归处，它是现世的文学想象，也是重申那些不该被遗忘的老理儿，它不是将人们引向远方，而是把古人那些早早参悟却与高深艰涩无关的情怀与哲学带回人群之中。这就像我们已然起早贪黑不可挽回地加入了早晚高峰，但这也没什么，只要心里装着"迎曦而出，沐夕而归；伴虫入眠，闻鸡起寝；循天时而动，不负光阴华灿"就不会觉得太悲催。

还有一些青年作家重新捡起了志怪的传统。但此时的"志怪"却不同以往，它更多地指向一种文学意义上的再创造。传统志怪小说往往带着弘扬神道之心来记述鬼神的传奇，如《搜神记》是要发现"神道之不诬"；《洞冥记》旨在"洞心于道教，使冥迹之奥昭然显著"；《列仙传》是为明确"铸金之术实有不虚，仙颜久驻真乎不谬"。但在赵志明的《无影人》《中国怪谈》和阿丁的《厌作人间语》等作品中，修仙成佛、降妖除魔或人鬼情谊皆不指向鬼神本身，而是更多地继承了志怪小说在故事曲折婉转、气氛渲染以及天马行空的虚构与想象上的文学经验。志怪将小说内在的矛盾推到了一个更紧张又更奇妙的层面，因为它的奇与怪，大概在今天人们已然先行预设了它的"不真实"，但它本身又竭尽全力地追求着"真实"，至少在读者合上书的前一刻，它不能先行破坏了那种被营造出来的真实感。这种尖锐的矛盾在很大程度上对小说的故事、语言、氛围、场面提出了更高的文学性要求，毕竟在这一逻辑里，只有信其为真,小说才能更有效地与阅读者发生关联,才能由文字、文本转化为可以形成对话的经验,才能让人跨越时间,跨越空间,跨越具体的环境,可以突破肉身所在的种种局限,遇见从未遇见的人或非人,体验从未体验的生活,可求生,可求死,一念成佛,一念成魔。《中国怪谈》中的《庖丁解牛》显然已与"养生"无关,赵志明大篇幅地续写了"解牛"之后的故事。备受优待的庖丁最终接到了魏惠王"解人"的要求,人们像迎接盛大的节日一样怀着战栗、好奇、又隐隐乐于以身试刀的心情等待着这一天的到来。但出人意料的是,没有谁可悲或荣幸地成为那块试金石,庖丁手起刀落,在一瞬间将自己肢解完毕。"在这方面他显然是自私的,他让在场的人看到了绝唱,却转眼带走了杰作,徒留深深的遗憾"——庖丁的"自私"无疑成就了大德,他以自我献祭的方式终结了某种技术性自负所隐藏的道德危机。小说因而指向人心,指向了人的自负,也指向了不受约束的权力及其秘密。阿丁的《厌作人间语》是对《聊斋志异》诸多篇目的重述,"重述聊斋——这是我认为的,向蒲留仙老先生致敬的最佳方式",但阿丁的重述不仅把基本的故事情节安置于当下,而且在一些重要关节进行了颇具时代感的改写。其中的《乌鸦》源自《聊斋志异·席方平》,原本魂入城隍庙为父申冤的故事在阿丁那里变成了更具现代意义的虚无。种种酷刑在《乌鸦》里似乎成了必须经历的繁杂又恼人的过程,而真正使"我"感到绝望的是那个没有时间、没有空间、没有声音和语言的什么都"没必要有"的存在,这种没有来由或固执地发于内心的绝望与虚无构成了对阿丁笔下的席方平最彻底的摧残。《聊斋志异》中那个由恩怨推动的轮回故事在重述里以相似的曲折情节变成了现代人难以抗拒的精神困境,相比阿丁自认为的"狂妄",这更像是一次对原作极具深情的致敬。

不可否认,中国传统文学的诸多重要资源与经验远远没有充分地进入到当代文学的创作中来,而这不仅仅是一个关乎写作技术的问题,还与情怀、趣味以及心灵归属有关。所以,当我们重拾那些因为种种原因被无辜地淡化、隔绝、排斥的中国文学传统,让它在新的环境里重新焕发生机时,也许会发现它是可被亲近也易于亲近的。

有什么样的语言
就有什么样的文学

　　语言之于文学，似乎是一个明显到不必去谈的问题，什么文学不是由语言构成？然而我们发现，它却成了当代文学创作和批评中十分严峻的问题。文学常常脱离语言，被孤立地谈论。在这种没有根据的文学里，语言被渐渐抽空，像一具失了灵魂的皮囊被四处滥用，它被简单地视为工具，可以完全不负责任地成为某种文学方式的铺路石。语言表面上的花团锦簇实际上隐藏着它的扭曲、单一、狭窄和空洞，这正如文学爆炸式的疯长背后是难以掩饰的乏力。

　　在过去的大半个世纪里，我们不止一次地经历了语言的变异。平和、理性、逻辑、常识在语言中消失不见，甚至在这句话里我们可能更愿意使用"驱逐"和"流放"，但这本身就是问题。我们何以习惯性地在语言中扮演着一个暴君的角色，何以让语言表现出不受控制的强力，何以对语言的暴躁沾沾自喜而视之为文采或战斗的精神。语言足够强大，强大到可以讲述一个民族全部的历史，可是语言又是那样脆弱，脆弱到可以被任意地构造、生产和污染，且须付出数十年甚至上百年的时间才有分解和净化的可能。

　　随意翻开那几十年的小说、诗歌，不时让人脊背发冷。语言被烧得滚烫，像发红的通条或是烙铁，不断地向外散发着暴戾的气息。在城市、在乡村，"斗争"是对生活唯一的修饰，语言本身以及语言的表述在这里保持了高度的一致，就是如何讲述和表达仇恨。在书写"最高理想"的作品里,"打倒""千刀万剐""死心烂肺""放毒水"成了日常用语,描述并强调着坚定与意志;在反映一个时代的"经典"中,代表着觉悟和热忱的孩子可以叫骂自己的婶子"贱货";一位"进步"中的"纯真"新女性,要用"去掐、去唾"来获得证实。如果说这仅仅是一个时代的语言,那么更让人感到恐慌的是,几十年过去,即便是那些最急于展示叛逆的作家,最想表现自己特立独行的作家,甚至最年轻的作家,会在不自觉中让它任意地流淌。那些令人恐惧的语言展示出了顽强异常的生命力,它们在一代又一代的作家那里流转,被一次次地激活,变成一块酵母,足以使另一个时代的文学发酵、膨胀直至面目全非。

　　我们还看到语言如何成为豪迈的谎言,它可以脱离逻辑,可以毫不负责地游离于日常经验之外。花前月下,青年男女的对话时而冷酷、时而激昂、时而伴随着不属于这一场域的号角和步伐声,唯独没有含情脉脉,没有属于那个年纪的俏皮和温暖。田间地头,乡里乡亲之间学会了说大道理,谈的是觉悟,讲的是路线,可那些太阳底下散发出热烘烘的泥土味的家长里短和零零碎碎到哪里去了?语言被悬置起来,让我们无法使它与人物、情节发生切实的关联,它不提供经验,不提供身份,也不提供时间和地域,如同天外来客凭空进入一些归属于日常的生活,其中晃动着某个左右并蹂躏着语言的隐秘身影。同时,被架空的语言让那些熟悉的人和事变得形态可疑,像拴了线的人偶被牵引着做出奇怪的动作,而这些动作同样演绎着欺骗。

　　时代在变,语言也在变,我们很快遭遇了它的又一次变异。不知从什么时候开始,我们不再相信语言,因为它变得越来越不可靠。人前人后,纸面上与纸面下,我们能够强烈地感受到语言的撕裂。一个在日常生活里满嘴粗话的作家可以在小说里毫无障碍地制造出无比冰清玉洁的文字;一种似是而非的语言足以应对绝大多数的提问而不会暴露出内心的尴尬和窘迫;一段满含血泪的历史可以被轻佻地讲述直至烟消云散如同一个无关紧要的笑话。语言已经失去了它自身的承载力，当然，也不再为文学负责。

　　相比之前扭曲的负载，语言变得异常空洞。它不进行判断，对价值没有兴趣，对现实无感，倒把自己装扮得精巧又似是而非。于是我们常常碰到这样的情况：一个作家不动声色地完成某个复杂的故事，可能有关历史，可能有关现实，它讲述人性的复杂，讨论某个群体的困境，但当书合上的那一刻，人们总会不由自主地发问："然后呢？"总会觉得在完整的故事之外还缺点什么，会隐约地察觉小说里的声音与故事之间的距离是那么遥远。为此我们广泛地使用"冷静"这个词，并把它当成对作家、对语言积极而正面的评价。但是，在这种"冷静"之中，是否有内容，是否存在必要的辨析和自省，它到底是从冲动走向冷静，还是根本就是冷漠。如果我们相信语言仅仅被使用着，那么是作家们出了状况，而如果我们承认语言是一个自在的体系，那么当下所面对的语言到底来自何处又指向何方就成了一个无法回答的问题。更重要的是，语言的冷漠和空洞是不是让文学呈现出了相同的面貌？

　　在很多作家那里，语言越来越像是单纯的腔调。之所以这样或那样去讲，不是因为他们相信语言所包含的伦理或秩序，而是它更容易被辨识，更容易被打上一个看上去有些来头的标签。可是，矫情、有趣、调侃，何以成为语言当下最重要的属性。它固然有着相当的吸引力，可以让人把故事读得飞快。但是，飞快之后怎样？它们貌似色彩纷呈，但一个时代的语言仅显示出这样一种姿态，又何尝不是狭隘和单一的？语言总是躲躲闪闪，那些情调和趣味背后是它的茫然和无所事事，又唯恐碰了什么，唯恐沾染上什么麻烦，它所感兴趣的只是如何热热闹闹地凑成一则无关痛痒的故事。当这样的语言被理所当然地接受，甚至成为一个时代文学的通行证，我们也就很难相信它能够讲述复杂的历史和现实，能够应对风平浪静又激流暗动的时代，能够创造出伟大的文学。

地方性经验、底层与成长的青年性
——2016年中篇小说印象

有些时候，我们会焦虑于文学创作的稳固，那些被反复书写的主题，频繁出现的面孔，似曾相识的言说，让人难免对文学的活力生出几分担忧。但是，如果我们考虑到时代经验的共同性，也许就没必要为文学幅面的宽度过分忧虑，而更应该将目光置于对这些共同经验的开采深度上。相比近些年的创作，2016年的中篇小说固然不会风云突变，但平静并不意味着平淡，其中既有单篇佳作亮眼，亦有《人民文学》《当代》等刊物青年作家专辑的群体展现。

一

城乡冲突下的地方性经验依然是作家们的书写热点。罗伟章的《冉氏春秋》以一个人的历史告别了从此无人的千河口。对于"我"来说，老家应该是一个有趣的地方，它映衬着城市的枯燥与无聊，它的诱惑让"我经常在城市睡去之后，爬上楼顶，望着东北方向"。但是，没人能阻挡时间的力量，"那些有趣的人，一个个都死了"，"他们一死，村庄就枯了，甚至没了村庄"。冉大娘是"我"贴在案头墙上村里常住人口那张字条的最后一个名字。说来与"我"还有些过节，因为她总是与"我"母亲吵架。她们吵架的场面常常让"我"心情复杂，又讲不出缘由，"我感觉我母亲跟冉大娘是两只有血海深仇的狗，本来各自在好好地走路，突然身子一别，就咬起来了"。但母亲的离世让冉大娘从此失去了对手，她瞧不上别人吵架的能耐，只能悄悄坐在母亲坟前，在寂寞中酝酿起对母亲早早离世的怨恨和怀念。久而久之，冉大娘决定"自我拯救"，那就是培养一个新的对手。然而，千河口的男女老幼总是让冉大娘失望，苟兴菊咬破了她的手指，只是哭，桂成国也不跟她吵，动了手。于是，直到冉大娘去世，也没找到能跟她吵架的人。也许在现代文化的视野中，吵架终究上不得厅堂，但在《冉氏春秋》里，冉从邮俨然成了某种古老技艺的守护者。在这种技艺的施展与没落间，呈现出的是最朴素的人情。它是有趣的，这不仅仅是小说在语言叙述上的表现，更因它本身就是活生生的语言，是乡村生活艰难中的调味品，是人们在农闲或饭后最期待的乡村大戏。那些毫不留情的谩骂伴随着乡邻羞于表达的亲密关系，它无法用一种简单的或浮于表面的人际关系来衡量，它是柔软的甚至是液态的，在它的渗透与温润下，乡土中国的秘密才得以揭开，才让那些置身城市的"我"产生了如此的怀念。

当然，小说也没有止步于纯粹的民间经验，溢出的那块同样分量十足。吵架者还担负着传播乡村秘密的重任，"就麻雀脸恁大个村落，世世代代喝同一口井的水，种同一块土地，拥有同一片天空下的白天和夜晚，哪家祖上长过痔疮，哪家女人生过死胎，哪家亲戚说话结巴，都一清二楚，至于偷汉养奸，就更清楚了"。这样一来，吵架似乎就不仅仅是吵架了，吵出来的就成了一部地方志，是最深沉的文明，是被不断重提的往事与不断重写的现下历史。罗伟章并没有把《冉氏春秋》变成冉大娘一个人的历史，那些旁逸斜出的故事完全都是经由她的吵来实现的。冉大娘在"我"母亲坟前吵的那一架，让人看到了饥荒年月里的耻辱与尊严。李中平在饥饿中钻进了杨大双的屋，找出十二根红苕，先是往自己包里塞了六根，又抽出两根，而不知什么时候出现在身后的杨大双笑了："我晓得明娃子得了水肿，你就拿六根走吧。"结果李中平一根也没拿，回家便上吊死了。而杨大双至死也不能释怀，弥留之际大喊："不信你们去问李中平，我不但没骂他，没打他，还叫他拿六根红苕走，六根哪，一半哪！他没拿，是他自己不拿的！"罗伟章固然在这个故事里耍着"阴间警察"的贫嘴，却近乎含泪般地讲完了知道"害耻"和"让一个人羞愧是多么可怕的事情"在那个年月是如何地艰难。而桂成国羞于启齿的秘密也最终在冉大娘的挑衅中暴露出来："老子上了战场,第一仗就把这玩意儿废了……跟素英结婚我后悔,我害了她，但我不能害她一辈子，她跟我过了九年零七天，我再不能昧着良心把她累下去。"于是，冉大娘的吵也就成了饥荒年代中的控诉，成了千河口尊严与德行的见证。更重要的是，她完成了对历史另一种形式的记录，小说貌似信口开河玩世不恭，却在这"有趣"里埋藏了几多深沉与苦楚。

这种民间经验的溢出又让人想到肖江虹的《傩面》。秦安顺是傩村最后一个傩师，而颜素容是从傩村走出又归来的年轻女子。两人本该无关，却因着死亡的临近而被傩面绑在一起。秦安顺一板一眼地完成着他傩师的使命，在面具背后更是看到了别人不曾见过的场景——那是通往另一个世界的坦途，是他父母青涩的往事，是翻冤童子和延寿仙姑的踟蹰。而得知自己身患绝症的颜素容为了了断父母亲朋对她的怀念，不惜摆出一张令人痛恨的嘴脸，却唯独在秦安顺那里流露出自己的恐惧和软弱。于是，小说在民俗的框架下摆出了一个完全凌驾于民俗之上的故事。在此，秦安顺面对死亡的坦然与颜素容的恐惧和纠结形成了对话；秦安顺的前世今生在伏羲面具后于死亡和诞生的瞬间完成了对接；傩面即将终结的命运又在颜素容举起面具的那一刻有了某种重生的可能；而颜素容与秦安顺母亲眼角的那颗相似的黑痣又让人浮想联翩。因此，与其说《傩面》是在讲述一种民间文化的终结，不如说是在呈现生命的轮回与现世之外的秘密世界。相比肖江虹之前的《蛊镇》或《百鸟朝凤》对地方民俗或手艺的叙述，《傩面》显然站在了一个更高的层面，它没有把故事简单地置于消费时代传统文化的去向而刻意制造某种文化上的冲突。相反，秦安顺根本不把镇子上没开光的面具当回事，就像他也没把自己的死或傩师的消亡看得多么了不得，在现世的尴尬中，他更愿意相信面具背后的那个时空。这就让小说在技艺或物质化的世界中找到了一个可以继续生长的领地，这个领地是神秘的，不足为外人道的，无法考证却蕴含着一种天然的力量，它既可以被看成是对现世生活的反讽，亦可被理解为德行之外的另一种敬畏。《傩面》由此形成了对现世逻辑的拷问，而这恰恰是审视文学的容量与作家精神世界的重要维度。

二

西元《枯叶的海》不同于以往的军旅小说，那发生在军营中的陈年旧事好像离"政治正确"十分遥远。二十年前的王大心，刚刚从军校毕业，"临毕业时装了一肚子政治，但回想起来，自己似乎又一点也不政治"，作见习排长即带领老兵打架，老兵新兵都变得服帖起来。无论是行文的腔调，还是几件小事为王大心做出的铺垫，几乎注定了小说不会按照惯常的道路继续下去，而此时的王大心也带上了那么一些准军官少有的江湖气和传奇色彩。所以，小说讲的既不是军队里的政治，"你跟老兵们讲这些，这是找挨揍"，也不是部队大政方针如何发生了变化，"当时王大心真没觉得这些事情和自己有多大关系，更没觉得耳光打在自己脸上"，小说要讲的是一个刚下部队的小军官不好公开的秘密。

王大心宿醉醒来发现自己躺在一个陌生女子的床上，虽然之后牢记着连长的敲打，但每隔十天半月，就会收到丫头群发的短信。渐渐地，王大心心里生出了一些微妙的东西，"他不回，却总是偷偷看了又看，好像这世界上真有个人在牵挂他一样"。但不管他们怎样继续，现实生活的困境终究要把他们分开。丫头需要的是一个不再回到浑河南边那间小砖房里的立足之地，而部队里的王大心，什么都没有。《枯叶的海》不同于李佩甫《城的灯》，后者是一个农村人如何通过参军扎根城里的故事，冯家昌只有通过对刘汉香的背叛才能完成他在部队提干、把整个家族带进城的理想。而《枯叶的海》显然没有那种无奈之下的悲壮，或者说王大心和丫头更明白自己的处境，他们只有蜷缩着才能让自己渡过眼前这一关。也许这个时候，冯家昌的故事会显得比较理想化，毕竟小说中有一条可以以代价来换取的通途，而王大心和丫头"都是烂命一条，谁也别怪谁"。十几年后，人到中年的王大心似乎也看明白了一些事情，即便再次面对丫头，面对当年酒后的豪言壮语，面对中年丫头依旧窘迫的生活，那些波澜也只是波澜，刺痛也早已变成钝痛。

　　王大心的失意在文珍的《张南山》和宋小词的《直立行走》中变得更加决绝。这种决绝自然离不开更大的野心——快递员张南山悄悄地迷恋上了音乐学院的学生谢玲珑，杨双福忍气吞声把自己留在武汉的筹码押在了周午马身上。然而，小说似乎在用力阻挠着这些野心的兑现，在他们与他们的"理想"之间，事故、病痛、意外无不加剧着他们的贫穷；城里姑娘的高不可攀和城里生活的陷阱，无不嘲讽着他们被城市拒之门外的身份。除了拼命，徒劳的拼命，还有什么出路？进入快递行业的张南山对一辆电动三轮的渴望就像祥子渴望着能拉上自己的洋车，可房租要付，电话费要交，每天除了盒饭，只能吃一个灌饼。即便如此，张南山还是想象自己是一颗能发芽的种子，要一点一点地扎进北京坚硬的土地里，要想方设法长出一棵苗来，"在北京城扎根"。也许蹬自行车还是骑电两轮或电三轮还不足以击破张南山的梦想，腿伤了可以养，工资被扣了可以慢慢攒，张南山们最不缺的就是吃苦耐劳的本事。直接给了张南山一"耳光"的是谢玲珑，这几乎让他重新认识了北京："钱钱钱钱钱。连谢玲珑这样的姑娘都缺钱，这就是北京城。"他陷在自己的美梦中，想着把辛辛苦苦攒起来的一万块借给她，结果等来的却是"十万"，是"神经病"。《直立行走》中，让杨双福摸不透的是周午马的心思。杨双福跟了周午马三年，付出情感，付出肉体，到底还是怕他瞧不起她。她在床上乖乖地接受周午马的摆布，每次约会都花上大半天的时间提前赶到，永远没有甜言蜜语和鲜花巧克力,有的只是被欺负的感觉。在她的同事们眼中,抓住周午马就像抓住了救命稻草,抓住的是武汉的房子和少奋斗二十年的光阴,可是这一切在杨双福那里都没有底。直到那天元宵节,杨双福才如愿以偿。可是愿望实现得又出乎意料,就在她感慨自己命好,城里人好的时候,等待杨双福的是周午马破败、肮脏、拥挤的家和拆迁户挂出的大横幅。突如其来的登记、狗窝一样的婚房、粗陋掉色的床品、拆迁办的频频来访、被藏尸的公公……让人无法不相信杨双福对周家来说只是意味着那多出来的三十平方米补偿。可能在这个时候,什么爱情、婚姻都不重要了,甚至尊严也变得虚无缥缈,被欺骗的狼狈和守住公公已死的秘密才成了直刺杨双福的利刃。至于误伤警察和出狱后身亡,几乎成了小说里额外的赠予,如果结果不是这么坏,还可能更好吗?

更重要的是,即便小说中那些遥不可及的"理想",具体地可以看作张南山的谢玲珑,杨双福的周家,又哪一个不是深陷在现实的窘迫之中?谢玲珑在张南山的注视下向歌舞团的副总赔着笑,转头又听她向闺密哭诉:"妈的第一次见面就想拉人上床。"谁能分清受伤的张南山和受伤的谢玲珑哪个更可怜?而周家亦无须多说。周父肺癌晚期死死撑着,就为那落实在每个人头上的三十平方米,可到底也没能挺住。尸体被藏在屋里,撒上石灰,挂起腊肉腊鱼,而此时的周母还要小心地藏起悲伤,藏起对老伴不能安葬的愧疚,演戏给街坊邻居看。即使没有后来的周折,此时作为武汉人的周母和想要扎根武汉的杨双福,哪个更配谈尊严,哪个更配讲自己"直立行走"?

尽管《枯叶的海》以十几年间军队状况的变革化解了往事的悲伤,但它所呈现的那道无解难题与《张南山》和《直立行走》并无二致。这些小说丝毫不提供什么光明的尾巴或改观的可能,甚至无法找到《涂自强的个人悲伤》中的好人遍地或《篡改的命》中汪长尺的后代终于能够变作城里人的"安慰奖"。它们把无法跨越的城乡、阶层的鸿沟刀砍斧剁般地筑进故事里,塑出那些身处底层无望奔忙的人们，揭出这个时代难以克服的社会顽疾。《张南山》和《直立行走》给了那些想扎根城市的人以最惨烈的结局，这不仅仅是文化或精神上的冲击，因为这一切在小说中或现实中都还是奢侈品，而是根本性地毁灭着他们活下去的条件。小说非但没有让人生出对其偶然性的质疑，相反，那些形象的、坚实的、来自我们即在的那个现实中的细节和规则，逼迫我们更愿意把他们可能存在的绝望生活中的出口理解为偶然。可能在这时候，我们的发问将更多地指向现实而不是作家的写作。

三

2016年《人民文学》和《当代》均推出了青年作家专号，以群体的形态展示着当前青年作家的创作及精神世界。这其实从一个局部映照着近年来青年作家在创作上的突破：一方面是题材、言语、方法的分化，这不同于前些年青年作家写作同质化的状况；另一方面是青年作家写作视野的不断扩大以及精神层面整体性的成长。

肖江虹的《傩面》自不用多说，无论视野还是言语和格调，甚至包括对于生死轮回的参悟，都代表着当下青年创作一个新的高度。从他早期的作品来看，这种高度是年岁、经验、见识的积累，完全可以将之视为青年作家成长的佐证。而南飞雁的《天蝎》以官场的钩心斗角与情感关系的纠缠呈现出作家对现实的另一番理解。小说中，副处级悬空待定的竺方平官场失意，家庭也走向破裂，好在他并没为此过分介怀，才有了后来云山雾罩的职场风云。初到八处的新人丁婧蓉是副厅长的女儿，除了副厅长老丁，还有熟识的高巡视员相助，这难免让竺方平心里起了波澜——"竺方平眼前的高巡视员猝然绽放成花火，这花火聚敛成团，明明又成了丁婧蓉"。竺方平好似在丁婧蓉身上看到了自己的仕途，本不知如何把握，却不想丁婧蓉有备而来，时刻掌控着节奏、把握着分寸，恰当得体得让竺方平有些慌张又有些得意。接下来便是情路上的纠结和仕途上的坎坷推进，但就在竺方平情场官场双丰收的时候才发现，丁婧蓉的主动接近与援助是自知将被组织调查的老丁为女儿铺设的一条后路。小说虽然涉及官场，却并没因此变成厚黑学教科书式的心机故事，反而更用力地去营造人于不同处境中微妙的心理动向。相较蜻蜓点水式的官场沉浮，丁婧蓉的分寸和节奏、竺方平的得意与失意、老冯假离婚后面对前妻的风流韵事欲盖弥彰的憎恶，乃至老郭在办公室踏步的笑点，都构成了小说揣摩心理而不是铺陈故事的用心之处。

同样，孟小书的《猴子纹身》并不涉及多么庞杂与漫长的故事，却能在庞大奔和拉拉的人物交替中施放出一个个孤独的灵魂。离了婚的庞大奔坐在路边被迫感受着炎热，绝望地发现自己不但失去家庭、财产，就连一个可以诉苦的对象也没有。他鬼迷心窍扑向了一个过路的姑娘，"当我裤子脱到一半的时候我应该是哭了，而且越哭越厉害，上气不接下气，以至于让那女孩一溜烟儿地跑了"。在庞大奔回到住处之后，意外发现姑娘就住对面一楼。于是，庞大奔不断躲在窗帘后偷窥，直到他悄悄在姑娘的房间留下第一张字条。而在路上受过惊吓的拉拉遭遇了心理上的重大创伤，变得抑郁、恐慌、分不清现实还是梦境，外出散心归来把偷窥者的字条当成了最大的心理安慰。二人通过夹在纱窗上的字条互诉衷肠，直到那个曾令拉拉魂飞魄散的猴子纹身击破了她灵魂伴侣的幻想。孟小书通过结构上的错位实现了结局的意外，但如果没有这些，小说是否就会黯然失色呢？大概不会。那些楼群中孤独的灵魂，可能都不如庞大奔或拉拉更幸运，他们虽然经历着现实中的落魄，却意外地寻到了一个陌生的对话者。面对字条，面对那个从未出现的面孔，所有的倾诉都变得百无禁忌——这几乎是都市病的良药——而《猴子纹身》似乎在窃笑，这良药与这病症，已然陷进了鸡生蛋还是蛋生鸡的怪圈。

除此之外，孙频的《我看过草叶葳蕤》和祁媛的《眩晕》又有异曲同工之处。李天星与杨国红和湖畔的女子，"他"与"白发女"和继母，那些跨越年龄、跨越阶层甚至跨越人伦的性爱，其实包含着一种类型化的对社会安全感的需求。李天星们是现实世界里的可怜虫，又是想象世界中的野心家，他们把现实中的挫败交由性爱来聊以安慰，但他们在其中又是发泄的、征服的，"是在搞这个高于他的阶层，甚至在搞近来总是和自己作对的世界"。然而可悲的又是最重要的，他们只能在那个"被搞"的对象那里获得罕有的支援。虽然两篇小说都讲述了往事，却并不是要呈现出某种时间性，它们更多地在讲状态而不是过程，在写这些人处于怎样的萎靡、绝望、虚无和狂妄而不是如何一步步走向惨败。甚至小说中都少有真正意义上的情绪波澜，无论是小说的语调还是人物的动态，都那么平静地享受着这种枯萎衰败，仿佛一切与生俱来，跟李天星们的经历或处境不发生丝毫的关联。

不难发现，青年作家们已经普遍地从之前的那些青春故事中走出，虽然面对的依然是当下的日常生活，却已将对现实过于单纯的、理想的、文艺青年的认知痕迹逐渐擦拭干净。他们在努力地呈现一个更复杂的现实，这个现实不是青春时代的非黑即白，不是年少轻狂的是是非非，而是充斥着无奈、承受、沉默而没有那么多清晰的错与对的现实。在这个现实里，我们能够看到青年作家们并不轻快的成长，其中伴随着告别与背叛之痛，包含着尴尬中对他人、对自我难言甘苦的体谅。

然而，当青年作家们纷纷告别"青春病"的同时，似乎又相继落入了"成长病"，我们甚至可以将其看成是不同阶段的青年性。所以，在此可能引发的提示是成长或成熟是否意味着绝望；对心理挖掘的深度是否一定与扭曲或异化等同起来；所谓现实指涉的是否仅仅是底层……也许青年作家们对这些问题反复不断的文学性表述与思索就是成长的过程，但成长仅仅是一个开始而绝非结束。

微缩景观或社会寓言
——2016年吉林省中、短篇小说综论

很多时候，人必须面对自己的无力，比如我们很难说清世界到底有多大，世界上的事情到底有多复杂。但是，我们又无法克服自己的野心，试图全面而深刻地认识这个其实远远超越了我们认知能力的世界。这就会产生矛盾，让人为难，当然也会产生一种积极又自然的念头，那就是想办法或另寻出路。正如签约作家们的几部中、短篇小说，不讲大世界，转而带着归属于日常的近亲说起一件件熟悉的小事，或为隐喻，或为见证，却使人由此发现小事之外的巨大空间。

王怀宇《司令的枪》完全是一副忆往昔讲趣事的口吻。"司令"只是个"小孩头头儿"，势力所及不过是左邻右舍、街头巷尾，那些手下也无非是方圆几百米内的同龄孩子，起哄似的"司令，司令"地叫着，前呼后拥只是孩童的热闹和游戏的快乐。孩子也自有孩子的规则："我会制造最好的烟火枪。我除了免费给毕胜利做，给别人做我是一定要收手工费的。我的手工费不是现金，而是实物。不多不少，永远是一节车链子。"你可以把它看成是孩子们的小智慧和小把戏而会心一笑，但也可以认定其中大有文章——为什么对毕胜利免费？手工费到底如何进入了孩子们的视野和生活？现金更实在还是一节车链子更实在？哪个更像稀缺资源？什么促成了权力的萌生和最基本的权力关系？当这一连串儿的问题摆在我们面前，小

说似乎产生了骤然增长的厚度与广度，谁也不能继续说孩子们的游戏无足轻重。于是，在这种孩子与成人世界的朦胧交替中，一件件趣事才逐一展开。好学生李大平也逃脱不了烟火枪的诱惑，自然也就不能无视五节与十二节所映衬出的"荣耀"与"权力"——即便多一节也是好的。因此就有了李大平手握六节车链条还"赊账"的幻想；有了"司令"宁可多费好些功夫调整"枪栓"和"撞针"也概不赊账的"规矩"与"远见卓识"；更为"司令"丢枪和"嫌疑人"的诞生埋下了伏笔。

在那方圆几百米的小王国里，"司令"丢枪只能是"内鬼"所为，而清查"内鬼"的任务非毕胜利莫办。毕胜利何德何能扮演起钦差大臣的角色？小说讲"毕胜利不仅有着一身野蛮的力量，同时还是个一肚子鬼点子的好战分子"。相比其他人物，毕胜利无疑是小说的丰富性担当。除却"司令"的"技术垄断"，毕胜利是故事里的实力派，却又颇识时务，"公开场合，他一丝不苟地称我'司令'；人群背后，他则情同手足地喊我'老大'"。他既是"司令"权力与威信的有力保障，又为自己"谋求"了独一无二的现实利益——"司令"为他做烟火枪是免费的。他处于小王国权力关系的次顶端，或者可以说是"一人之下，万万人之上"，因此无论是小说对这一人物的设定与处理，还是在这一权力关系中该位置所具备的某些近乎必然的做派与行为，都有力地打通了由儿时童趣到权力厚黑的可靠路径。这一重要路径结合清查时的"刑讯"与二十年后才被揭开的"编了一个故事"的真相，从某种程度上建构起一个属于成人世界权力运行机制与秘密的微缩图景。这就让《司令的枪》具有了多重意味，一边是紧扣时代气息的童趣，这也包括孩子眼中那些一知半解的"反标"和"阶级斗争新动向"；一边是以细微情节不断验证的普遍的权力关系及其运行机制。它以小见大，两种视野与不同世界交织缠绕，让人从不必深究的童趣里发现了某些严肃又重大的时代命题，使复杂而诡秘的人类关系在轻描淡写的儿时记忆里变得一目了然。

在《公鸡大红》里，王怀宇转而去写一只公鸡的生命历程。相比《司令的枪》，《公鸡大红》更带有某种复杂关系的隐喻，毕竟孩子的世界不可避免地在文学创作中呈现出趋于温和的天真与趣味，而对鸡的讲述则自然而然地使其动物性突显，与外界关系也就因此脱去了含情脉脉的外衣。对于一只鸡来说，大红的一生是光辉的一生，谁能想象诞生于普通农家炕头上的一只再普通不过的小鸡崽能有几年后的荣耀？这一方面是生命本身之不易。在这并不算漫长的时间里，大红眼睁睁地看着多少兄弟姐妹说不见就不见了。世间险恶，活下来仿佛就是一种了不起的胜利。另一方面是属于鸡的权力之路。当初那么一群让人分不清谁是谁的小鸡崽，怎么就它大红偏偏成了族群的领袖？它躲过了狸猫鹞鹰又如何躲过兄弟争权的明枪暗箭？最重要的，还有人，他们掌握着家里任何一只鸡的命运。因此，无名鸡雏之所以能成为公鸡大红，实是天时地利百里挑一的幸运。但小说讲的就仅仅是一只鸡吗？在这个被充分人格化了的"大红"的故事里，人与鸡又有多大区别？鸡有鸡的战斗，人有人的盘算，当大红为了"王位"与"芦花"或者也可以说为了权力与爱情奋战的时候，主人张玲玲不也正向村长赔着谄媚的笑？大红和张玲玲，谁比谁更权威，谁比谁更可怜？倒是"大红"对"芦花"一往情深，张玲玲的丈夫刘长顺却隐隐地惦念着邻家春秀。当然这也只是"大红"猜不透人心的一方面，因为人类世界的复杂远远超出了它的理解范围，于是"大红"穷其一生对人的追问也就汇集于此："对鸡来说，这个人杀不杀鸡已经不是衡量这个人好与不好的标准了，好人和坏人都是有权利杀鸡的。对鸡来说，不仅坏人可以经常做残忍的事，好人也一样可以经常做残忍的事。"问题是，"大红"想不明白的，我们人就真能想明白吗？

景凤鸣《卢续的身后》选择了一个颇具新闻性的社会话语。在洪水中英勇救人并因网络传播为人所知的卢续迟迟不能赶到省表彰晚会的现场，工作人员心急如焚。当来自卢续自身的种种顾虑都被一一排除，晚会顺利闭幕之后，人们才恍惚觉察："卢续的身后还有三个工友呢,被墙体遮蔽着。他们一个抱住卢续的腿,一个拽住卢续的腰,还有一个一边攥紧他的脖子一边伺机提醒。至于卢续站到了窗台上,是因为工友堆儿里,他最年轻也最体轻。这是个不约而同的合理安排。"小说花费了大量的笔墨像攻坚战一样逐步将卢续送到晚会现场,却以最后这个不经意的发现将之前的铺垫拆解得一干二净。这当然不是叙事上的失误,我们甚至可以把它看成是景凤鸣在这篇小说里的精明之举。这种消解促成了小说本身以及某种具有相当普遍性的社会问题的强烈反讽。它一方面以一种特别的方式探讨着小说的真实,另一方面又以小说情节的逆转试探着社会新闻乃至我们"眼见为实"的社会现象的真实。在这篇充满讽刺性和寓言性的小说里,一个时代的主流话语及其叙事逻辑的秘密便在不知不觉中浮出水面。

王小王的《倒计时》犹如陷入秩序错乱的时空,不但在形式上"倒计时",其思维脉络也呈现出某种逆向的追问。小说的主人公为父亲和受难的病人结束生命,这本身就是一种游离于普遍现实之外的惊奇故事。但论及生死以及生死所指涉的道德或人伦,它又毫不含糊地将世间万物包纳其中。小说因此成了一个寓意大于具体情节或形式的深省性文本,它在刻意制造的平实可靠却又充满试探性的语句与人物关系中将日常生活无法回避的难题导向对心理、人伦及造物意志的揣摩。

除此之外,还包括孙学军的《各色》《喝酒》,江北的《杀羊》,高君的《老猫再见》等,这些中、短篇小说不约而同地以"微缩景观"的方式映照着人们不得不面对的那个纷繁复杂的世界,并与那些讲求宏大叙事的长篇发生着某种隐秘的承接。如果说《精神》《心藏黑白》等采取了一种正面强攻式的方式,那么签约作家们的中、短篇小说就如同实验室里理想环境下的推演——那些羞羞答答的人情、伦理、权力关系在"微缩景观"或"道具模型"的细致作用下反倒拨云见日变得清晰分明;那些纠结缠绕的社会秘籍也在孩童的游戏甚至一只公鸡的见闻里水落石出。更重要的是,作为文学对现实生活的讲述，这些"微缩景观"在虚虚实实中避免了正面强攻的诸多棘手问题，它更富寓言性，更具日常生活的趣味性，让小说具备了从不同层面与不同角度被阅读、接受和阐释的可能，它并非告诉人们一个密不透风的漫长故事，而是为人们的无限遐想提供了某种生发契机——中、短篇小说的活力与魅力便酝酿其间。

收拾归来，依旧水连天碧
——2017年吉林省短篇小说一瞥

2018年几近过半，这时才来谈2017年吉林省的短篇小说创作，多少有些凉了黄花菜的嫌疑。踟蹰之际，不知怎么就想起道济和尚圆寂前的那几句："六十年来狼藉，东壁打到西壁。如今收拾归来，依旧水连天碧。"于是也便释然，有了继续放一些马后炮的勇气。其实文学何尝不是如此，对于写作者来说，它自是一个苦苦求索的过程，但对文学自身来讲，它又是自在的，不管人们搞出多少奇奇怪怪的名堂，它自有其矜持与傲慢。

事实上，去年的短篇小说的确有值得跨越时间而被重新说起的重要篇章。有的疏离于我们普遍所在的日常生活去写草原、牧民，写他们粗粝憨厚却剔透如冰的情感与信念；有的徘徊于当下，在那种不经意的小举动中去触摸人心或把某种特别的情怀放在太阳地儿里晒一晒；有的揪住现实的龌龊牢牢不放，非要掰出个是非曲直；有的困惑于生活中的无解之谜，而将文学的笔触伸向一个更为广阔的心理、精神乃至某种"不可说"的神秘时空。

朱日亮的《哈巴河》带着长调般的悠远悲怆飘然而至。小说开始得没有丝毫迟疑——"塔梁海，过来抽支烟吧"——你可以想象蒙古草原上牧民说起汉话时那种特殊而又令人踏实的口音，也正是这支烟，让一个外来人与塔梁海平静的生活发生了关联。放牧、照顾永远长不大的妹妹，塔梁海的生活就是这么简单，即便是面对陌生人的到来，他也要先把奶热好，把饼子摆在妹妹面前，即便不少愿意嫁给他的女人因为这个妹妹的存在而选择离开，他也从没动过别的心思。外来人老普是来买马的，但心里更加惦记塔梁海手中祖传的银器。这大概是改变兄妹俩生活状况的好机会，但跟随自己多年的马或祖传的银器对图瓦人来说到底意味着什么？也许在以田园牧歌的方式呈现塔梁海们平静自在的生活与精神世界之外，小说所要回答的正是这个问题。在塔梁海纯朴、憨厚的言行中又透露出他的倔强或者说坚守。这不是一个自然而然的状态，而更像是一种有意识的选择，至少在小说里朱日亮还设置了一个必要的参照也就是从小与塔梁海一起长大的乌热图。乌热图充当了这次不成功的交易的中间人，他的想法、他已有的生活状况在某种程度上预示着草原人另外一种生活的可能。然而，就像面对老普的越野车塔梁海依然选择骑马，守护并不健全的妹妹与守护祖传的银器也就成了一种关乎灵魂、关乎一个民族生活方式、文化以及信仰的艰难而又具有悲壮色彩的选择。虽然小说也曾让塔梁海发生摇摆，但就在他把妹妹送到福利院返回家中的路上，"他哭着，为阿斯加玛丽，也为自己"，"他并没让马停住，可是它突然就停住了"。小说由塔梁海、乌热图和老普并不成功的"交易"映射出更为复杂的文化冲突。它一方面是具体的，由图瓦人的日常生活、白马、银器以及与妹妹并不相容的一个家庭必需的女人构成，但另一方面它又是极富象征性，是有关民族文化及其面对的无法回避的挤压、良心乃至信仰的并不轻松的抉择。

翟妍的《长河长》是两个孩子的故事，但又不全是。当榆村的孩子们几乎都开始骑自行车上学的时候，李黑蛋不行。他不会骑，也没有自行车，奶奶说了，"钱，得留着给爸爸治病，等爸爸病好了，就能再成个家"。好在李黑蛋还有个伴儿，可没过多久，秦小路就悄悄趴在李黑蛋的耳边对他讲："我妈要给我买自行车了。"于是李黑蛋就只能一个人跑下去，因为他觉得"骑自行车的和走路的，怎么说也不是一路人"。至于为什么秦小路的自行车比最有钱的赵大鹏的还好；为什么下雨的时候那个外村的光头或本村的张大个子会来接秦小路；为什么奶奶说秦小路的妈妈"不正装"……李黑蛋看在眼里，记在心里，却始终想不明白。那就都是大人们的事儿了——后来的榆村也真是不太平，先是张大个子的老婆把秦小路家的玻璃砸了个精光，接着就是秦小路的妈妈因为"亲嘴事件"不但打了李黑蛋一耳光还整天追着书记"打官司"。反正到了最后，李黑蛋也没能实现他骑上自行车的理想，但更要命的是，秦小路也被她妈领着搬走了，他真的成了孤家寡人。小说写得干净清亮，孩子们的友情和那些微妙的小心思都被极其精练又切合儿童世界的笔调叙述出来。因为小说的视角无限地贴近李黑蛋，这也就省去了对大人们诸多复杂关系与问题的交代，反而凸显出"心照不宣"这一成人世界的重要属性。但这又是一个让人"细思极恐"的文本，李黑蛋和秦小路之间的隔阂、大人们的种种矛盾以及小说那个令人颇感忧伤的结尾，无不来自某句不经意的话——言语可杀人，这也就让《长河长》那浸染在童趣中的故事产生了很强的寓言性。

  肖达的《笛卡尔的迷墙》和赵欣的《哥哥和我》有相通之处，无论是那个神秘的"四舅"还是那个文着黑龙驾着悍马扬长而去的"哥哥"，这当然可以被看成是情绪的或心理的某种偶然甚至是病症，但我更愿意相信它是冥冥之中某种不可抗拒的力量，至少它在文学世界中带来神秘，带来好奇，带来小说不可缺少的故事性，也映衬着人类自负的"确定"和"无所不知"。其实高君的《过去式》在一定程度上也可以归入这个行列。老巴逐一探访老相好和旧情人的计划在第一站就宣告破产，但它的成功与否并不影响老巴"所谓知天命，就是人开始往回活了"的人生顿悟。尽管小说的结局不无讽刺意味，但又有多少期待或壮举是十足真实的呢？就像肖达用笛卡尔的话为"四舅"的故事做结，"人通过意识感知世界，世界就是被连接感知的，世界可能是真实的，也可能是虚假的"。

  除此之外，还有王怀宇的《叫唤雀儿没肉吃》、格致的《虎啸图》、江北的《石子》等，都是 2017 年吉林省短篇小说中不可忽视的一抹亮色。一年里,一个地方可能浮现许多令人欣喜的作品,但一年对于一个作家或一个区域的文学来说可能只是某个一闪而过的镜头。也许文学创作本身就是包含着瞬间与永恒的矛盾体,它更应该被看作一个不断探索的过程而不仅仅是大浪淘沙之后的收成。所以,待到收拾归来,之于文学,我愿什么时候谈论都不算晚。

写给"我们"的密信
——读《朝霞》

吴亮的《朝霞》在形式上无章可循,读来艰难,却也可以读得放肆。小说就像烧荒的野火,浓烟滚滚之中,不定从哪腾起一片,又随即隐去。故事、对话、梦境、笔记、自言自语……你永远不知道下一段将出现怎样的跳跃,但也许会因此而渐渐适应《朝霞》的颠簸,如同乘上长途巴士,也不急于到达那个所谓的终点,就任凭它晃晃悠悠跑下去吧。

邦斯舅舅的故事被突然打断,当然它原本也没有开始或结束,而一个"我们"的出现让人不觉哑然一惊。为什么是"我们"?小说里潜伏着太多的"我们",可以是邦斯舅舅和朱莉,"我们之间什么也没有发生";可以是阿诺、马立克、李致行、孙继中,因共同的生活被绑在一起,分不开;可以是沈灏妈妈和李致行爸爸或者翁柏寒和翁史曼丽,掩饰起各自的禁忌和秘密;也可以是何乃谦、浦卓运、马馘伦,深藏不露,却又忍不住似的对起"八奸"的暗语;还可以被"他们"称作"社会寄生虫","不劳而获剥削阶级,我们最不体面,虽然他们脚上有牛屎,他们还是比我们干净,我们生命意义在于赎罪,重新做人,我们权利应该被剥夺,我们心甘情愿丧失不应该属于我们的一切,我们必须卑怯地苟活,遭蔑视,我们理应厌恶自己,我们的原罪就是因为我们比他们有钱,现在我们一无所有,我们等待着地狱的火焰";甚至可以是耶稣、马克思、韩非子、弥尔顿、马基雅维利,在不停地对话、辩论。仔细想想,这些"我们"大都存在一个非常严格的边界,有的是日常,有的是欲望,有的是思想,有的是他者或复仇之心。它们凑在一起可能会拼出一个"70年代",但又有谁能狂妄地独自代表一座城市或一个年代?毫无疑问,在吴亮那里,《朝霞》仅写给那个属于他的"我们",当然每个人都有可能从中认领一个独有的"我们"。不同的人群、不同的组合,不同的时代境遇,在小说中建构起多种属于70年代特定人物的独有经验,它们从整体上呈现了一种年代的复杂和小说的开放式应对。但是,一个坚硬的"我们"又让小说极其封闭,因为里面有太多心照不宣的言语,它就像携带着一个异常隐蔽的标记,对视,沉默,不动声色地在人流中发现自己的救命稻草。

在属于"我们"的70年代和"我们"的上海,一个人的身份、视野、思维方式和日常生活都是特殊的。它在挑战着某种所谓的普遍,成为一个被叙述的时代的反例,在"我们"和世界之间生成了饱含拒斥又颇带暧昧的政治与文化的张力——"旁观者态度就是这样逐渐形成的,他许多经验都由观察得来,还有良莠不齐的阅读,饥不择食的阅读,沉溺在形形色色的书里,世界消失了,世界在书本中,世界在世界里,所有关于世界的概念与描绘,用来掩盖世界的另一个世界,被这个世界封锁的另一个世界"。也许在有的人眼中,阿诺、马立克们就是70年代上海的旁观者或局外人,他们貌似游离于70年代革命的热浪之外,形单影只或三五成群地在"文革"的躁动中"忙里偷闲"。时代的整齐划一非但没有让他们丧失个体的存在感,反而使其得以在一些封闭的环境中毫无顾忌地表达、对话,在一张病假条中发现着日常生活的策略和乐趣。然而,到底有没有真正的旁观者或局外人就成了一个问题。无论阿诺还是马馘伦,他们成为"旁观者"的前提并非是主动的游离,而是无可奈何地被驱逐出时代的权力和话语体系之外,他们看似自生自灭,却又不得不面对着各种有形与无形的监管、控制。而对于他们来说,其实也并没有把自己看成是真正的局外人,他们从来没有停止对这个国家的观察和思索,他们不仅仅满足于一种"我们"的自在,更想向这个国家和这个时代最终证明"我们"的正确和"他们"的荒唐。也正因如此,带来了外界对他们更加尖锐的刺痛和他们向外的异常敏感。就像十岁那年困扰着沈灏的问题——"女人的身体会不会背叛她的阶级属性,背叛她的自尊和恐惧"——这些被强加的话语将不断地敲击着一个孩子或一个年轻人对世界的自然认知,他后来固然可以通过欧洲爱情小说和笛卡尔的灵魂假设来验证自己的判断,但这个过程必然是艰难而痛苦的。可问题是,沈灏的判断何以需要经过如此艰难的验证?在别的地方,别的年代,他的问题也许不能成为问题,他的判断也仅仅是最普遍的常识,一切都是自然而然的。

1976年以后,文学同样经历了自身范畴的"拨乱反正"。但是,我们也逐渐意识到其中那个让人不怎么乐观的逻辑。这里说的不仅仅是它们以十年前的思维方式完成对阶级斗争、路线斗争的简单颠覆,而是在政治理想与日常生活之间建立起某种强硬的关联。在这种情况下,政治上的转变带来了文学世界中日常生活的"翻天覆地",呈现出的是一个类似于负片式的时代场景,而从主义到日常"上传下达"的链接安然无恙。于是,在各式各样逆向书写的催动下,再次制造出另一个时代的谎言,仿佛对历史的认识不过是手心手背的游戏,所谓现实和日常仅仅是主义变幻的必然。就像《朝霞》中凭空降落的声音:"必须把这个隐藏着的历史从光天化日之下再次以文学的方式隐藏起来,不是揭露和控告那些早已作古的偶然性,也无须追述他们的过犯,推翻他们的定论,只有这样一个观念才是符合文学伦理的:将芸芸众生从记忆的瀚海中打捞出来,即不是个人诉讼更不是集体纪念,遗忘不可能被复原,遗忘必须由想象去替代,这里没有所谓的真实,所有的真实都带有必要的谎言,这里也没有绝对的谎言,谎言不过是一种无法面对的真实之求生策略,它是一种失去乐园之后的倾其所有,交出去,交出你的一切……"伴随着《朝霞》情节与故事相互断裂、冲击又浑然一体的形式，我们不得不去接受小说里因果相生又拒绝走向"必然"的自负的那个世界。在这个世界里，斗志昂扬的时代掩盖不了用一张病假条自我放逐的暗自得意，劳动模范八级技工阻止不了"以专业态度玩物丧志"，无产阶级的荣耀取代不了咖啡馆里的浓香和一只浪琴表的诱惑……光天化日，潜流暗动，它可以是消解，可以是嘲弄，却不是彼可取而代之的盲目。相反，小说呈现出的是硬壳和硬壳之下最柔软坚韧的部分，改天换地的政治理想同样包裹着人情的狡黠与酸涩。《朝霞》拆开了让一个时代更顺畅或更体面的文学权力的包装，主义的归主义，思辨的归思辨，故事的归故事，即便以谎言描述谎言，人们也不会对谎言信以为真。

对于《朝霞》，与其说故事中穿插了大量的议论，不如说是这些议论、札记、自言自语需要故事的润滑和稀释。其实在小说里我们也能隐隐感受到，讲故事的吴亮向来都是从容不迫的，但在那些故意切断故事的字句背后，却坐着一个澎湃飞扬甚至有些杀气腾腾的吴亮。几年前读《我的罗陀斯》，总觉得里面有一种欲言又止的尴尬，待到《朝霞》，虽说不是百无禁忌，至少要畅快得多。70年代在有些作家那里可能是块沃土，它提供了所谓历史或现实的资源，可以用来讲故事，但它在吴亮这里却不仅仅是记忆，更像是讲坛或沙龙，变成了一个可以充分表达的话语空间。吴亮显然不满足把笔触停滞于记录或想象70年代上海的生活片段，那些沉积了半个世纪的记忆终究会化作可以和盘托出的态度、思辨和见识，缺少这一部分的70年代不可能是完整的。但70年代也在延续，即便有了《朝霞》，我们也说不清吴亮的70年代还将会如何生长。不得不承认，《朝霞》是一部让人为难的小说。其中的议论、札记相互交错、前后照应，大张旗鼓又暗度陈仓地完成了对小说的阐释，仿佛让人看到此时的吴亮已经轻松地躲到一边，叼起雪茄，看热闹。而我们只能从一个小小的切口成为吴亮的"我们"，但最终也只能做一个心藏热情的旁观者，就像在偷窥别人的通信，你无论如何都要压抑惊喜压抑共鸣，而装成一个若无其事的局外人。

下编

抵达故乡，我即胜利？
——读《生命册》

当梁五方让筷子竖起来的时候，我很想知道它在锅排上写下了什么。李佩甫或是那个叫丢的孩子在《生命册》里问："在21世纪的今天，你信吗？"这当然会有一种很科学的解释准备在那里，不过在平原的乡村就有人信，"是真信"。也许这就是"不科学"的魅力所在，试想一片没了巫婆神汉、没了磷火狐鬼、没了小把戏和吹牛喷空儿，只有科学和一清二白的土地将会多么贫瘠和无趣。也许正是这些猜不透才让一个地方成为故乡，让人迷恋而纠结，正如我们猜不透土地，猜不透人情，也猜不透生命，却从未停止去理解它们的努力。

一

一个人在无梁村叫丢，进了城就被叫作吴志鹏，这很容易把人搞乱，尤其是把自己搞乱。这个人想象自己是一粒种子，被移栽进城市；又觉得自己是一个楔子，一根强行嵌进城市的柳木楔子——这本身就带着一种浓浓的敌意。他是作为一个征服者而来，却背负着"五千七百九十八亩土地，近六千只眼睛，还有近三千把不住门儿的嘴巴"。于是，就会陷在"丢"与"吴志鹏"的战争中，让自己疲惫不堪。

初到城市的吴志鹏看着马路上的灯火和潮水一样的人流，心里充满了暖意。他并没有乘车,慢慢地走在街道上,他是想"用脚步丈量一下这座我很有可能就此扎根下来的城市"。这个时候,整个城市都让他幸福,因为他以后就是城里人了,他甚至想用一种胜利者的口吻跟城市打个亲切又粗野的招呼:"你大爷的,我来了。"然而,吴志鹏来自城市的"幸福"又迅速地被城市击得粉碎。真正让吴志鹏困在无力和危机感之中的是来自无梁的电话和梅村的出现。乡亲们的电话再一次将他与试图逃离的无梁紧紧地拴在一起,小到几瓶农药,大到招生、贷款、打官司,到了省城的吴志鹏俨然成了无梁的代言人。而城市姑娘梅村的美好和优越又不断刺痛着他,让他对自己来自乡村的身份生出深深的耻辱和厌恶。与其说无梁的乡亲和梅村构成了一种乡村与城市、历史与当下的冲撞,不如说它们形成了一种反向的拉力,它们在不断撕扯吞噬着吴志鹏存在并生活下去的证据。在这种反向的牵引中,吴志鹏离双方越来越远,他不是疲惫地喘息于夹缝之中,而是痛苦地辜负或是背叛了那些本不可辜负的人们,孤零零地被置于一个不属于他的城市。

  骆驼简直就是吴志鹏的救世主。不管以什么样的方式,骆驼把吴志鹏拖出了让他尴尬而痛苦的泥塘。与背负着无梁的吴志鹏不同,骆驼看上去无牵无挂,也正是他的无所牵挂促成了他的"抢"和决绝。但说他无所牵挂也许太过绝对,可能只是背负的方式不同。李佩甫让骆驼在小说中避免了吴志鹏所有的弱点——他拒绝回忆他的出处,那些仅能证明他来路的"花儿"反倒成了吸引女人的武器;他疯狂、不计后果,为了从老万那里讨回应得的酬劳不惜重重地把刀插进自己的胸口,而在此之前,苦闷的吴志鹏只能走丢在北京的夜色里;他无凭无据地意识到"一个伟大的时代来到了",应该到南方去,而"伟大的时代"却让吴志鹏胆战心惊……两个不一样的人放在一起才会催生出更多的戏剧性和种种可能,而这一过程本身就是从乡村到城市不同方式的集中呈现。当吴志鹏初到上海几乎被生活的窘迫压垮的时候,远在深圳的骆驼送给他的是:"你就是富贵人?"这句话其实在二人的处境之间画上了等号。同样的出身寒微,"还有什么苦不能受"?在小说不断强调吴志鹏背负着土地,不断强化吴志鹏与骆驼之间的差异时,骆驼背后沉重而苍凉的西北也正在隐隐地现出轮廓。所以,仅仅把骆驼的疯狂与自负理解为一种单纯的性格或者一个时刻准备沸腾的灵魂被困在残缺身体里的副作用,可能会辜负李佩甫对这一人物的良苦用心。骆驼一直保持着吴志鹏初到城市的感触,只不过当陷入困境时,吴志鹏的无力变成了骆驼更具侵略性的反扑。为了证明自己可以建立起一个让城里人再也不敢轻视的王国,任何阻力在骆驼那里都不成问题。当吴志鹏满足于股市涨涨跌跌每日进账五百的时候,骆驼想的是翻倍,再翻倍;账户资金有限,骆驼可以违规贷款;为了提高中签率,骆驼直接买断了打新期间所有通往镇江的船票;他不相信自己有弱点,睡不着可以不停吃安定,但他相信别人总会有弱点,用一粒来自美国的纽扣就撬开了省里的门路,四个月后他收购企业的上市报告被送到北京。骆驼的失控那是后话,在这里更重要的,是什么让他具有了如此的能量和野心?性格决定命运对骆驼来说简直就是鬼话,他有他埋藏至深的秘密。

骆驼的身世始终蒙着一层迷雾。虽然在北京时骆驼借着酒意向吴志鹏透出了因为"作风问题"不得不出走的经历,但这并不是最隐秘的骆驼。骆驼一步步走向自负走向失控的过程,也正是骆驼的身世和骆驼背后的人浮出水面的过程。股市获利之后,骆驼心中的目标数字不断放大。当他燃烧着说出十个亿,"就像燃烧尽了似的,显得很疲惫",靠在沙发里忧伤地说:"我四岁那年,吃大食堂那年,我哥哥从远处跑来,气喘吁吁的。……他手里握着一个'面疙瘩儿'。那是一碗稀饭里最稠的东西……我哥在大食堂里喝完了一碗稀饭,剩下了一个'面疙瘩儿',没舍得吃。他吐在手里,给我拿回来……"[1]我们在小说里很少看到软弱伤感的骆驼,他几乎时刻保持亢奋,眼睛里闪着慑人的亮光,而此时的骆驼早已泣不成声。

---

[1] 李佩甫:《生命册》,作家出版社,2012年版,第166页。

骆驼另一次泪流满面，则是厚朴堂即将上市："我手里要是有十个亿，我会拿出五个亿，给我们西部山区的父老乡亲，每家每户修一个水窖。我手里要是有一百个亿，我会豁出来，拿出五十个亿，修一个大水库，让西部的乡亲们祖祖辈辈都不缺水吃。我要是有五百个亿，我就炸开唐古拉山口……"[1] 这里当然有骆驼夸张的表演，在他为公司上市焦头烂额之时，记得乡亲缺水无疑成为一种很能调动人的武器。但是，这又何尝不是骆驼让自己保持动力又为自己的疯狂和贪婪做出的最能够被宽恕的交代？临死前，骆驼在给吴志鹏的最后一个电话里说："兄弟，咱们是老乡啊。最近，我让人查了家谱才知道。当年，咱们还是一个县的，我们家是逃水过来的。"[2] 这个时候，骆驼是不是流泪已经无关紧要，因为他的身世变得清晰，也就完成了他在小说中的使命。他的魄力、仗义和先知先觉，他的疯狂、贪婪、不择手段，就像他账户上仅仅意味着数字的金钱，统统化作了一个乡村苦孩子也能在城市中呼风唤雨的条件和代价。

犹如修仙成魔，骆驼是百无禁忌的吴志鹏。几千亩土地和几千双眼睛，吴志鹏所背负的沉重流于情感和字面之上，而把全部身家都押向城市疯狂豪赌的骆驼，却把背负着的西北掩藏得更深，也发力更狠。从这个角度讲，吴志鹏更像是小说的安全绳，他让故事不会失控，让小说里那些决绝的情绪和力量不至于压倒小说道德和伦理的天平，而骆驼作为一种极端的存在，却更能说明问题。因此，走向绝路的骆驼和后来风轻云淡的吴志鹏只不过是一棵藤上长出的两颗果实，骆驼所经历的一切，又有谁敢保证它不会在某个时候从吴志鹏心里隐隐露出头来？

二

李佩甫无疑是了解乡村的，也了解当代农民和乡村文化的奥

---

[1] 李佩甫：《生命册》，作家出版社，2012年版，第238页。
[2] 李佩甫：《生命册》，作家出版社，2012年版，第349页。

秘。他花了那么多的心思去写柳树、榆树，写翎子花、抓地龙，却让人猜不透他是不是要成全吴志鹏对于故乡的想象。但更多的时候，李佩甫对吴志鹏并没有多少怜惜，《生命册》向我们展示了一个逐渐异化并走向破败的无梁，一个吴志鹏的被毁坏了的故乡。

> "运动"这个词，在一定的时期内，加上前置定语……是有特殊含意的。这样说吧，在某种意义上，它几乎可以说是"人民"的盛大节日。就像是西方的假面舞会，是一种精神意义上的狂欢，或者说是庸常日子里难得的一次放纵，是爆发式的疯狂。[1]

无梁当然逃脱不了"运动"，吴志鹏记忆中的那些人——老姑父、梁五方、虫嫂、杜秋月——都在"运动"中被编排起来，成了压在他心头最躁动也最恶毒的一块石头。

虫嫂好偷，在村里自然也就坏了名声。开"斗私批修"大会，虫嫂常常被揪出来。站过桌子，游过街，但一点都不残酷。虫嫂满不在乎，人们似乎也对"娃饿了"有着格外的宽容，于是"虫嫂就成了人们日子里的'盐'"，一天劳动下来在村口上拿虫嫂逗逗趣，人们倒在很苦的日子里找到了快乐。但是，当虫嫂突破了"底线"威胁到村里的女人，事情就没有那么简单了。由村支书的老婆吴玉花带头，虫嫂被众女人按在地上剥光衣服。她们醋意大发，下手狠毒，"先是撒她、掐她、'箩'她……等她号叫着好不容易逃出炕房时，女人们又嗷嗷叫着追出来，四处围追堵截，把她赤条条地包围在场院的雨地里"[2]，抄起木棒、桑叉、牛笼头、扫帚等等一切随手能够抓到的东西，一边追打一边叫骂。"运动"赋予了人们以群体身份任意使用暴力的权力和习惯。如果说对虫嫂的施暴还是因

---

[1] 李佩甫：《生命册》，作家出版社，2012年版，第121、122页。
[2] 李佩甫：《生命册》，作家出版社，2012年版，第212页。

为她对别人切实的侵犯,那么梁五方的遭遇则来得有些莫名其妙,唯一的原因就是"傲造"和"各色"。工作队进村后,凭着一己之力盖起三间瓦房的梁五方被揪了出来,二十四条"罪证"摆在面前。不知谁灭了汽灯,漆黑的牲口院里只听人高喊:"箩他!箩他!"小说在这里呈现了一场狂欢式的集体行凶。有人因为没能用鞋底扇到梁五方的脸而面目狰狞,有人手里一闪一闪地亮着,是绱鞋的锥子藏在袖中;有人面上是应付着推,下边的手却是发狠地拧和掐……全村的人都被调动起来,"在一连串的口号声中,我看见唾沫星子漫天飞舞;我看见在漫散着红薯屁味的牲口院里人头攒动;我在风中还闻到了一股股臭脚丫子的气味(好多人都把鞋脱了,脱了鞋就用鞋底子扇他)……我看见人们的手臂起起伏伏,真的成了箩面的机械手了;我看见人们的眼角里藏着恐惧和喜悦,眼睛里泛动着墨绿色的灿烂光芒;我还看见,就在梁五方倒地的那一刻,他的二哥五升偷偷从袖筒里掏出了一个驴粪蛋,塞了他一嘴驴粪"。[1]

  我们无法否认人性之恶,但问题是它会在什么时间以什么样的方式被激发出来并毫无节制地宣泄。相对属于当下的进了城的吴志鹏,恶的释放被寄存在属于历史的乡村;相对于城市里作为个人的孤零零的存在,人性之恶又以群体的名义得以表达。在这里,我们应该能够感受到小说刻意制造出的某种断裂,它不是所谓文化传统的截流,而来自小说的结构及其传达出的情绪。虽然在历史与现实之间,也就是吴志鹏的城市生活与乡村生活之间,小说用人物的"背负"来进行牵连,但我们依然能够发现其中沟通的困难。立足于城市的吴志鹏对故乡美好田园的想象完全无法与"运动"迭起充满暴行的乡村对接,那么他后来在商场中的节制难道来自他背负的无梁?当看到梁五方被围殴,看到这个跟自己没有任何过节,没有任何仇恨,甚至是如偶像一样去崇拜的人倒在地上的时候,"我只是、只是兴奋,我的手忍不住发痒,发烫,有一种指甲里想开花的

---

[1] 李佩甫:《生命册》,作家出版社,2012年版,第124、125页。

感觉"[1]；当看到虫嫂被追打，"我必须承认，那时候，我无比快活"，抢先爬上了场院边一棵老柳树，为的是看得更清楚一些，相比虫嫂的呼救，更关心的是她"胸前晃悠着两只跳兔儿一样的'枣山子'"。这个时候，老姑父的存在则成了事情走向至关重要的一环。他曾经顶着雷瞒产私分，给村里保住了几十亩的胡萝卜，曾经抱着吴志鹏一家一家地寻奶吃，近乎以一种强迫的方式让全村人养活了这个无父无母的孩子。然而，这个入赘无梁的女婿自然成不了白嘉轩，当然也没能成为呼天成，他渐渐成了无梁的"第一陪客"。当他因为"作风问题"在全村人面前"谷堆"下去的时候，也就意味着无梁村秩序的崩坏。所以，他面对围起梁五方发泄愤怒也发泄快感的村民只能毫无回应地喊"不要打，不要打"，只能在辈分最长的句儿奶奶发话之后才敢站出来让民兵把赤裸的虫嫂送回家。老姑父原本是面对洪水的最后一道堤坝，却没想到这堤坝竟是如此松垮无力。那么，无梁风树花草的静谧和无梁人的骚动与聒噪；"背后有人"的遐想和对来自无梁电话的真切恐惧——种种断裂、错位和悖论揭开了一个秘密：在吴志鹏离开无梁之前，他的乡村已经陷入疯狂和混乱，早已是一个被毁坏的是非之地。

《生命册》由此为理解中国乡村与城市的关系打开了一个别样的路径。我们往往习惯于在城市与乡村之间建立起一种直接的冲突，把乡土中国的崩溃与中国城市化、现代化的进程置于一个同步的互为因果的逻辑中，但《生命册》所呈现出的断裂和错位恰恰让人发现了那种抽象的逻辑推演的漏洞。绝大多数情况下，乡土中国及其权力秩序、伦理关系等一系列价值体系的崩溃并非是来自我们今天所理解的城市与现代的冲击，正如小说对"运动"的特别强调，吴志鹏的故乡毁坏于被"运动"激发出的隐秘而狰狞的人性之恶，毁坏于权力的滥用和底线的丧失，而这个时候，吴志鹏也好，无梁也罢，跟城市与现代并没有发生多少关系。鲁迅曾以"侨寓文学"

---

[1] 李佩甫：《生命册》，作家出版社，2012年版，第125页。

来界定那些立足于城市对乡土中国展开想象的创作。那些作家建构了一个乡土中国的乌托邦，建立了一整套基于乡村、土地、农民的价值观念和审美情趣。但是，"运动"的来临让那种心无旁骛的乡土情结陷入了尴尬境地。就像无梁之于吴志鹏们，所谓故乡不过是一个仅供自我原宥和慰藉的诗意幻象，至于那个出生地和那群把他拉扯长大的人们，早已在"运动"中斯文扫地。于是，在小说整体性的城乡对立中，"运动"如何先行摧毁了乡土中国则成为《生命册》提供给我们的重新审视历史与时代、审视社会生活转型的重要经验。

三

无论吴志鹏和骆驼在心灵深处是如何相同地扎根于故土，但他们向外的表达方式和最终结局的巨大差异却让我们不能视而不见，它在情感上诱导甚至是逼迫着我们做出某种选择，在吴志鹏与骆驼之间，也在城市与乡村之间。在这选择中，我们要回答的是有关价值、有关审美、有关心灵归属的一系列问题。

其实这样的选择一直在进行着，但长期以来，我们对城市、城市生活、城市文化始终有所保留。从某种程度上说，乡土文学构成了中国新文学传统最核心的力量。基于知识分子视野和启蒙立场对乡土中国的审视贯穿乡土文学始终，并由此剖出乡村文明、乡村秩序的肿瘤。但是，那些被赋予了现代性和启蒙的理性叙述其实是建立在对乡土中国的深厚情感之上，正是因为对乡土中国的爱与留恋才会让人"哀其不幸，怒其不争"。

1949年以后，农村题材成为中国当代文学创作的主流，在城市与乡村之间的选择更是毫无悬念，甚至对代表城市的生活与文化进行了批判和改造。《我们夫妇之间》就是一个很好的例子。小说中的妻子出身贫农，而丈夫李克则是一个知识分子干部。在"抬头湾"的时候，两人相安无事："我"在油灯下工作，妻在哄睡孩子后默默写大楷；闲时，妻教"我"纺线、织布，"我"给她批仿或是教她打珠算。但等进了北京，一切都变了。高楼大厦，丝织窗帘，那些街道、霓虹灯和舞厅里传出来的爵士乐让李克感到强烈的诱惑，那才是他离别十二年的熟悉生活。而从农村走出的妻子却时刻警惕着身边的一切。夫妻两人的分歧无时无刻不爆发出来，这让李克分外恼火也分外尴尬。小说由此引发了1949年后文艺界的第一次批判运动。陈涌、冯雪峰、丁玲等在《人民日报》《文艺报》接连发表文章，批评它"是把知识分子与工农干部之间的'两种思想斗争'庸俗化"[1]，是"玩弄人民的态度"和"低级趣味"，[2] 讲"作者只要李克的爱人——就是女主人公——改造，所以胜利的还是原封不动的李克"[3]。然而，这是一篇知识分子丈夫最终被工农兵妻子感化、改造的小说，其中妻子对丈夫的质问至关重要："我们是来改造城市的；还是让城市来改造我们？"在这里，城市是与资产阶级捆绑在一起的，城市文明无疑是资产阶级的糖衣炮弹。这其实是很长一段时间中国文学所建立起来的"城市想象"。对城市以及城市文明的怀疑和抵制配合着对阶级意识明确的农村题材的大力推广，形成了当代文学特殊的乡土情结和价值观念。当然，几代中国作家又与乡村有着或深或浅的关联，当他们离开乡村进入城市，最熟悉的生活日常来自乡村，最需要抒发和表达的情感来自乡村的剥离。于是，作家们的故土情怀与那种意识形态化的乡土叙述轻易地组合起来，形成了一种不可动摇的文学主题和审美趣味。当时代发生着急剧的变化，城市不断扩张，大量人口向城市迁移，而那种有关乡土的文学趣味依然如故。我们几乎可以任意轻薄地对待城市文学，把它说成是肤浅的、时尚的、毫无历史感的，而厚重、深刻等等依旧是为乡土叙事所独享的光环。这个时候，审美趣味就变成了审美需求，甚至成为某种权力。

---

[1] 陈涌：《萧也牧创作的一些倾向》，《人民日报》，1951年6月10日。

[2] 李定中（冯雪峰）：《反对玩弄人民的态度，反对新的低级趣味》，《文艺报》，1951年第4卷第5期。

[3] 丁玲：《作为一种倾向来看——给萧也牧的一封信》，《文艺报》，1951年第4卷第8期。

李佩甫当然也绕不过这种故土情怀,从《羊的门》到《城的灯》再到《生命册》,城市与乡村在小说中反复纠缠不停碰撞。但李佩甫显然不满足于追忆乡间风情,他更想在城乡的流动间发现那些更能刺痛人心的力量,比如权力、代价、身份的异化和无处可去的绝望。当然,李佩甫也在这一过程中被迫进行着选择,其中不乏无奈与伤感。《城的灯》里冯家昌经历背叛、挣扎,几乎带着整个家族挺进城市,但他是最后的胜利者吗?同样,《生命册》中吴志鹏与骆驼的一生一死又怎会是走哪条路的单选题?

当骆驼从十八层楼上跳下,吴志鹏与骆驼的"较量"似乎有了一个结果,仿佛城市的"抢"与乡村的"慢"有了一个了断,仿佛骆驼是在为他背弃了乡村的宽厚与内敛付出了代价而吴志鹏的全身而退则完全得益于他不敢辜负的无梁。但这也许只是我们一厢情愿的想象,是我们试图用乡土情怀和乡村道德解决问题的自欺欺人,是我们对乡土中国凭空的坚守和留恋,是我们的自我安慰和麻醉。事实上,没有什么能够阻挡骆驼的步伐,一个骆驼从楼上跳下去,不知又有多少骆驼从乡村挤进城市。正如骆驼的焦虑和膨胀、他的不计后果与不择手段,这可能是他们进入城市唯一的道路和不可避免的副产品。这个时候也许会说,还有吴志鹏?但这种提问本身就没有底气。如果没有骆驼,吴志鹏大概还在省城的学校里备受煎熬,他会在梅村那样的城市姑娘面前无尽地自卑并萎靡下去,他会在无梁乡亲们的电话和不知来自何处的老姑父的字条里把自己逼疯。更重要的是,即便有了骆驼,背负着无梁的吴志鹏又能往何处去?这其实是我们始终不愿面对,不敢做出有力回答的问题。失去了骆驼的吴志鹏似乎更坚信自己道路的"正确",却失去了方向和走下去的力量。这时候,他开始想念童年的时光,开始怀念家乡的牛毛细雨,怀念瓦沿上的滴水,怀念家乡夜半的狗叫声,怀念藏在平原夜晚里的咳嗽声或是问候语,怀念蛐蛐的叫,怀念倒沫的老牛,怀念冬日里失落在黄土路上的老牛蹄印,怀念静静的场院和一个一个的谷草垛,怀念钉在黄泥墙上的木橛儿,怀念门搭儿的声音,怀念家乡有风的日子……可是除了怀念呢？"四顾茫茫，满脸都是泪水"，只有对自己说："家里没人了。真的。没有一个亲人！"[1]

骆驼和吴志鹏有着相同的根系，但后者更多地承担着小说的审美需求。我们需要在城市化的滚滚浪潮里找到一方净土，需要用吴志鹏一生背负的无梁自我安慰。但是我们也必须意识到，吴志鹏只不过是被理想化了的骆驼，他在小说中可以成为一面飘扬的旗帜，但却不能阻止旗帜下无数的骆驼被城市化的战车碾得粉碎。这就是一场角逐的残酷，即便是无所不能的叙述者在此也没法给出一个明确的答复。老姑父迁坟的时候，蔡思凡问吴志鹏，真不打算回来了？吴志鹏在心里说，"我得找到一个能'让筷子竖起来'的方法"。李佩甫让这种情感上无法舍弃的选择笼罩在神秘和不确定之中，但他心里其实清楚，"一片干了的、四处漂泊的树叶，还能不能再回到树上？……也许，我真的回不来了。"[2]

《生命册》完成了一次在城市中有关乡村的痛苦吟唱，它让我们看到了怀疑，看到了留恋，看到了早早被毁坏的乡土中国，看到了那些挤入城市寻求认同的乡村孩子如何悲剧地牺牲。如果说《城的灯》以一种痛苦的抉择从行动上为"进城"提供了可能，那么《生命册》则从心灵归属上证明了"归乡"的不可能。它在彰显一种精神传统的同时，也颇为残酷地摆明了我们无法选择无法拒绝的现实，那就是故土与家园的崩溃和重新获取身份认同的艰难与代价。叶赛宁曾豪迈地宣布：抵达故乡，我即胜利。也许叶赛宁的时代真的过去了，我们不得不直面某种绝望——不是我们无力抵达，而是故乡早已不知去向。

---

[1] 李佩甫：《生命册》，作家出版社，2012年版，第399页。
[2] 李佩甫：《生命册》，作家出版社，2012年版，第433页。

放下屠刀未必立地成佛
——漫谈张炜

一

1986年,张炜的第一部长篇小说《古船》发表之后,在文坛引起了不小的震动。在很多人看来,《古船》几乎打开了一种重新认识历史、认识现实、认识人自身的有效路径。在这条"场景阔大,气势恢宏,具有史诗的气度和品格"的文学之路上,四十年前的老区土改,三十年前的"大跃进",二十年前的"文革"浩劫和作为小说当下的政治经济变革,在人的生与死、人性的沉沦与压抑之中被串联起来。而在这个时候,我们看到的已经不是对中国历史与现实最"正统"或是"正确"的表达。正因如此,有人将《古船》看作是对哲学、伦理、生命意识一种更高层次的思考,"它充分地表现了善与恶都是推动历史前进的杠杆","以超人的感觉能力把握和再现世界","它给文学十年带来了特殊的光彩,显示了长篇创作的重要实绩"。但在另一些人看来,《古船》是"卖弄知识,卖弄技巧,故弄玄虚",虽然用《共产党宣言》作为隋抱朴人生转变的依据,"却没有把握好《宣言》的基本主题:阶级斗争",对土改以来几十年的政治、阶级斗争经验与教训没有做出全面的总结,没有把握"历史的主流"。

也许我们没有必要把自己局限在三十年前的判断与是非之中,因为在今天看来,这些说法似乎都有一些问题。比如我们如何让一个作家来把握"历史的主流"?这可能是一个在抽象层面很好解释却在具体的写作中难以操作的事情。我们可以抽象地谈《古船》深刻反思了一个政党、一场革命乃至一个民族在历史上的失误,这本身是可以当作一种积极的经验与教训来讨论的。但是,张炜的小说从何写起呢?他曾在档案馆整理过成千上万种山东省历史档案,既看到了胶东地区土地改革的一般流程,也看到其中乱打乱杀的严重事件,当然也看到了为纠正这些失误而采取的种种措施。可问题是,一个作家到底应该如何把这些事件或是片段变成一个故事。故事当然有多种讲法,正面的,负面的,满怀热忱的或心怀叵测的,但是唯独不好把握的就在它到底是不是主流。我们甚至也可以不谈故事的讲法,单就这千万种档案,或者说整个胶东乃至山东,它是不是可以成为"主流"?也很难说。也许这时候,"主流"本身就是一顶只有别人才能给你戴上却又无法拒绝的帽子。

那么我们还是回到故事层面。《古船》其实是在几十年的历史之中建立起一组一组的对立模具——赵多多承包粉丝厂与粉丝总公司易手隋抱朴,隋抱朴苦行僧式的"修行"与隋见素怀着复兴或是报复心的奋斗;赵炳、隋不召、含章、闹闹等各色人物也能在小说里映射出一副别样的面孔。于是,在这一组组的对峙之中,张炜反复地强调着无私和宽容,好像《古船》所讲述的历史就是一个多行不义必自毙的历史,就是一个人不能考虑自己的私欲、不能把生活当成自己的事情去拼命的历史。这当然是一种伟大的理想,但如果仅仅以善与恶,贪婪与无私来理解、评判几十年甚至上百年的动态时空,大概就会变成一种空洞的说教,变成对现实与历史过于简单和理想化的文学叙述。事实上,《古船》恰恰陷入了这种尴尬。小说几乎是在一种错综复杂善恶交汇的历史氛围中建立起一个绝对的、类似真空的理想环境,只有在这个环境里,隋抱朴的道理才行得通,也只有在这个环境里,隋抱朴的作为和不作为才变得有效。因此,感化的力量和好人政治成了至关重要的前提。可我们需要的不是一个前提,而是一种能够提供丰富经验的故事,即便是在简单的善恶对决之中，我们也更期待在没有前提的情况下经由一种可靠的叙述生发出某种扭转乾坤的力量。

那么，还有什么可以让人期待？刘再复于三十年前所提出的问题可能有利于我们去理解《古船》，理解张炜。他说："经过一百年的大动荡、大斗争之后，我们应当怎样对待过去发生在自己土地上的历史——一百年的历史，甚至是几千年的历史。对待自己的历史，是用一种'追究罪责'的思维方式，还是用一种'同情和理解'的思维方式？而对于未来的道路，是了结旧债的方式，还是'变本加厉'的方式？"这些选择题在《古船》里都能找到明确的答案——同情、理解、了结旧债全部都在隋抱朴身上得以表达。但在此之所以把这一问题重新提出，是因为小说会让人隐隐感觉到作者本身的选择与故事的不同。伴随着隋抱朴的了结旧债，《古船》却让人读到了一个不断问责千里追凶的张炜，仿佛来自中世纪骑士铠甲的叮当碰撞在这个不宽容、不和解的男人身上不断作响。

二

六年后，曾经写下《古船》的张炜发表了《九月寓言》。这部小说的出现不免让人感到惊讶。《九月寓言》细碎、零散，如呓语般絮絮叨叨，当然也有人称之为"诗意"。一个几乎与世隔绝的小村，有着再普通不过的日日夜夜和男男女女，他们在这里生老病死。生活似乎是苦的，当老天决心让小村在晒瓜干的日子里淋上几天雨的时候，他们就知道接下来一年就只能用变黑发苦的东西果腹。但生活似乎又有些滋味，每当夜幕降临，一群年轻男女就会从不同的地方钻出来，他们像夜晚的精灵一样玩耍、跳跃，互相打斗也互相慰藉。当然，对于小村也有一个全然不同的外界，这个外界是有黑面肉馅饼的工区，是有鳖子会摊煎饼的山的那一边。外界既是诱惑又是压力又是救赎，但它的存在几乎并不影响小村按照自己的节奏缓慢地展开生活。按照张炜自己的说法："我一直对读者中的两种人十分重视。一种是真正的知识分子——这种人心气高，不自私，常常关心一些远远超出他自身能力的大问题，而不仅仅是有好的学养。另一种人就是喜欢读书的普通劳动者。因为他们一直投身于劳动，所以往往能葆有那份质朴，汗水洗掉了偏见。他们的直觉一般讲来是不错的，可惜他们的真实看法常常被人歪曲或被人覆盖。"[1]《九月寓言》是写给他心目中一部分人看的，那么这一部分人更多是后者。《九月寓言》证明了生活的无解，而这本身就是一个接受的过程。在这个过程里，管它什么生生死死、永恒和暂时、喜剧或悲剧，管它什么城市乡村还是平原或山麓，管它什么道理和原则、公平和正义还是是非非，接受下来就好。这是一个不需要疑问的世界，至多唉一口气也就那么着了，就像小说里男人征服女人的方式，只要把人压在大碾盘上，心也就定了。

于是，有人就在小说里发现了"民间"，发现了"地气"，发现了生活的"完整"。这里更有意思的是，也许对他们来说，这不是生活的样子，而是生活该有的样子。张炜在《九月寓言》里毫不避讳生活的苦难：即使是发苦的瓜干也十分有限，一双胶鞋就可换取一个姑娘的贞操而且还被视为最慷慨的馈赠，一个被婆婆相中的媳妇最后被逼得吞下拌过砒霜的毒饵，被私刑逼供的刘干挣让打红了眼的金友一口咬下脚趾……但这一切都被淹没在一种"寓言"式的男欢女爱和生活琐碎之中。小说里也有传奇，比如金祥跋山涉水为了找回鏊子，挨冻受饿，磨破脚板，遇上"黑煞"从此活着和死了没什么两样。在这个富有传奇性的故事里，金祥换来的是小村人身体和心理的全面改观——老婆婆有了笑容，小伙子再也不吐酸水了，小村的年轻人也敢跟吃黑面肉馅饼的工区子弟比试摔跤。然而，即使小村人总是用金祥的例子来教育后代长志气，但直到最后，也没人再背回第二只鏊子——"它没法属于哪一家哪一户，而是在全村流动着"——小说仅有的一个传奇就这样被以最慵懒的方式终结了。虽然张炜以及一些批评者努力地让《九月寓言》与"新

---

[1] 张炜：《九月寓言》，作家出版社，2013年，第271页。

写实"划清界限，但放弃抵抗已是《九月寓言》对生活与现实最直接的姿态。

  此时，我们看到的已经不是葡萄园里苦苦思索的张炜，他已经用回归乡土、融入野地消解了切实的苦难和不公，转而在一个寓言化的乡土想象中考虑"现代化"的代价，却在有意无意间走向了宿命和精神的萧条。正如小豆再也不敢走近热水池："她本该是一个土人，这是命定的呀！她偏偏要去大热水池子，偏偏要洗去千年的老灰。……今后她再不会去大水池子了，不去寻找一个鲢鲅女人不该强求的东西，不存非分之想。她将老老实实地、一辈子做个土人。她躺着，泪流满面，恨不能即刻化为泥土。"[1] 我们当然可以体会张炜在时代变幻中对"现代化"的担忧，但把问题的思路或是解决方法放在所谓的民间，将一种无可寄托的理想置于"土人"、置于"命定"，这固然可以回避《古船》里那种知识分子化的精英立场和道德优势，可以躲过"政论式小说"的帽子，可回避之外它真能回答自己的提问吗？也许在迷恋的故土和为之痴迷的旧事中，他早已忘记了自己的问题。

三

  从《秋天的思索》到《古船》，再到《柏慧》《家族》以及《你在高原》，总是游荡着一个无法融入小说的身影——在《秋天的思索》里他是老得，在《古船》里他是隋抱朴，在《柏慧》里他是"我"，在《家族》里他是父亲……"我不代表谁，不代表那个英俊高大神采飞扬的男人，但我可以崇拜一匹红马。它的嘴巴和鼻孔从来没有发出过世俗之声，含蓄完美到只剩下一个精神。这难以消逝的激扬鼓励只有一次我就会牢牢地记住。那个不同凡响的人，就让它飞起的蹄子把一个精致的窝踏碎了，扬长而去。"[2] 那个跨在红马背

---

[1] 张炜：《九月寓言》，作家出版社，2013年，第51页。
[2] 张炜：《家族》，作家出版社，2013年，第44页。

上脸庞模糊的身影几乎飞奔着穿过了张炜绝大多数的故事,它成了张炜小说一个热烈的、高昂的、不驯服的精神象征,是张炜小说家族的族徽和图腾,而高原上猎猎舞动的马鬃也就如同一面叫战的旗帜。这个形象非常切合地与别尔嘉耶夫对俄罗斯人的理解呼应起来:"朝圣是一种很特殊的俄罗斯现象,其程度是西方没见过的。朝圣者在广阔无垠的俄罗斯大地上走,始终不定居,也不对任何东西承担责任。朝圣者追求真理,追求天国,向着远方。"张炜小说中那个充满悲壮、抵抗和理想主义的身影,在很大程度上成了对中国历史以及中国现实一种俄罗斯式的批判和追问。知识分子的角色和精神在当下中国已然成为一个越来越不讨人喜欢的话题,但是张炜始终以知识分子命运来完成他对当代历史的评判。在小说中,他们被迫害受打击,被侮辱被损害,这不仅是中国当代知识分子过去的命运,而且张炜所呈现出来的〇三所又包含着一个残酷的现实:"这是在流血,而且这血直到今天还在流,流个不停……"

　　我们不难发现张炜对历史与现实问题的关注,对于公平、对于正义、对于人格的追问。同时我们也能非常强烈地感受到他在讲述这些问题的时候还隐藏着一种道义上的复仇之心。当然,复仇与否并不影响我们要谈论的问题,那就是一个写作者将以怎样的方式表达他的态度——"我一开始,一直到现在,我的一生都会专注于一个最基本的问题:我的立场。在越来越多的人羞于谈立场的时候,我却要在自己的内心深处死死咬住它不放,一直到把它咬出血来。"[1] 我们不能否认张炜的小说存在着大量没有经过恰当处理的说教,但是,他小说中有关美与丑、善与恶、理想与现实、纯洁与肮脏、驯服与抵抗、禁锢与自由,等等,都是在这种生硬的、不含糊的对立中表达出来。很长一段时间,我们对于文学创作的要求越来越倾向于文学形式的重要性,似乎在诗性与知性之间刻意地树起了一面难以逾越的柏林墙,仿佛包含意义传达的文学必定是失败

---

[1] 张炜:《柏慧》,作家出版社,2013年,第193页。

的、可怕的、缺乏艺术性的、值得怀疑和批判的。于是在这种环境下，很多小说家开始把冷漠当成全部的态度，或是不带有目的地复印生活，或是以漫无目的地反讽、不加节制地夸张、求奇求偏地采样，怀着袖手旁观之心对人和世界进行着嘲讽和挖苦。问题是，诗性与知性之间是否是水火不容的关系？像托尔斯泰式的作品如果缺少了他那种带着撕裂感的说教，是否还依然震撼人心？莫里亚克曾谈到现代小说的危机，他认为小说家丧失了对善与恶的关注，不但让语言本身面临着贬值，而且造成了小说基本观念的崩溃。而张炜，至少保持了一个小说家应有的明确而高扬的态度。

鲜明的立场注定了张炜的小说会被一部分人热烈追捧，但也注定会让另一部分人深恶痛绝。就像《家族》发表之后，热情的掌声与"疲惫而狂躁的挣扎"同在。这部讲述曲、宁两家在近一个世纪中兴衰沉浮的作品被有的批评家看成是"一个充满了对当下文化的仇恨与愤怒的知识分子的绝望的战叫"，"也是一位业已由小说作者蜕变为原始自然神的膜拜者和文化冒险主义的精神偶像的人物试图抓住小说这一形式的一次最为绝望而痛苦的努力"，认为"张炜在自我陶醉和夸大中也隐含着一种强烈的攻击性，一种专断而狂暴的、阴郁的灵魂之声"，《家族》所表达的是"一种对于'他者'的极端的仇恨的心态"。有关这部作品的论争往往集中在立场、价值观、历史观等问题上，而这样的讨论其实也是永不停息也永无结果的争斗。显然，较之于《九月寓言》的相对超脱，《柏慧》和《家族》之后的张炜又一次祭起了他的复仇之剑，《九月寓言》里放下屠刀的努力或是闲情逸致最终也抵不过心中那种国仇家恨般的冲动。既然不能成佛，那就提刀再战吧，毕竟一个全是"老好人"的世界也是无聊的。

小说的"超度"
——田耳论

田耳说，在自己的小说里，最爱《独证菩提》，"我的私爱在于，我写出了信仰的状态，信仰之物也许从未出现，但却不妨碍信仰之境的终身伴随"。这个理由是否在《独证菩提》中得到了十足的印证可以暂且不论，但它并不影响我们将之视为田耳的一种理想，一种文学志趣。它不仅作用于《独证菩提》和"花和尚"，还左右着田耳其他的小说，或为善恶之辨，或穿行于生死，或徘徊在江湖市井与星空尘世之间，使人感慨于小说的巨大容量和不凡气象时，忽觉有什么梗在其中，如一条锈迹斑驳的禅杖，暗藏杀机又兀自深沉。

一

从佴城到屋杵岩，田耳百无禁忌。这是独属田耳的领地，这个地方不需要一个外界的映照，也不需要来自他者的旁证。在这方地界，青皮、混子、江湖大哥、妓女、鸡头、文艺青年、黑白通吃的警察和店铺小老板乃至从塌窑里爬出的麻鬼，都是主人。他们的存在犹如打在那些"道德家"脸上的一记耳光，冒犯了又能怎样？还是在这方地界，手段、苟且、江湖义气和肆意喷洒的荷尔蒙，就是世面。要是连这都没见识过，也敢讲是在外行走的人？

《天体悬浮》里的符启明，《一统江湖》里的柯羊，《被猜死的人》里的梁顺，无不以最直接的方式践行着对禁忌的轻蔑和触犯。作为辅警的符启明对自己的身份有一套特别的认识，他讲皂吏永远不能当官，永远要处在社会底层，要世世代代贱下去，只是因为官老爷永远不给皂吏出头的机会，要保证他们永远狠毒。在某种阴谋论的逻辑里，这认识似乎有那么一些道理，但符启明显然不是一个孜孜求解的人，他更需要理由或仅仅是一套玩票的说辞，因为所有的结论在他的话语中已经先于原因被确定下来。他所要明确的只有两点：一是狠毒，如何变本加厉、更聪明地狠毒；一是底层，如何脱离这个与他的野心和能量不相符的底层。名牌大学法律系的柯羊休学习武，这本身就是一个不寻常的决定，可他又带着一手武艺混回佴城，混成一个法律工作者。借着酒力，打了老板，又考进司法局，当人们以为他会就此稳定下来，却摇身一变成了律师事务所的股东。这几进几出，柯羊成为柯老大的道路才清晰起来，"不再逞强斗狠，嘴巴子也灵活了，不再老想着干那些脱衣服摸刀子的事"。独眼梁顺本是养老院里的"好老头"，身板不成，更不敢打老太太们的主意，几乎成了"坏老头"们的出气筒，"揪着他整一整，白捡的乐子"。十几年里，他早就习惯了白眼和拳脚，似乎也就认了这个命，却在病中"抗争"了一把。还有出狱后整天把"你痒吗"挂在嘴边的老谭；《氮肥厂》里突然有了笑意的看门老苏；据说是吃了死人才活下来的狗小……田耳几乎把一个社会犄角旮旯里的那些游街串巷、邪头怪脑、鸡鸣狗盗之徒全都刨了出来，即便不说是为他们树碑立传，至少也对他们的生存方式保有着十足的好奇和讲述的耐心。

或许这可以变作所谓的底层？这几乎成了某种哀怨病，大家竞相争夺谁更惨，一齐来比比谁更尿，好像悲剧就等于现实，无奈就相当于关怀。大概在现实与文学之间还应该有一段距离，它恰好能让作家使人心被文学而不是现实刺痛，在现实的绝望中让文学不可阻挡地生出一股凝重或诡诈的力量，应该让人们发现作家的介入感而不只是一个模糊的背影。至少我不愿相信文学继续下去的意义就在于告诉人们只能混吃等死,莫谈什么权利、尊严、想象、体谅或动动歪脑筋,就连苦中作乐也要不得。但让人庆幸的是,田耳显然对那些供有闲人玩味的哀怨故事没有多少兴趣,也少有"翻身农奴把歌唱"的阶级觉悟和历史使命,他爱的是打了镇关西血溅鸳鸯楼的荡寇传奇,要的是让一个从石头缝里蹦出来的人能够呼风唤雨的俗世江湖。所以,小说世界里的田耳谈不上老实本分,他笔下的人们当然也不会自甘堕落化身怨妇,他们最大的矛盾就是不安分的灵魂、膨胀的野心、那颗藏着阴邪之气的精明头颅和满身的本事与规则、禁忌、道德、伦理的冲突。这可能是一只潘多拉的盒子,但问题在于它将被带着怎样的初衷以什么样的方式打开,或者所谓希望是否还留在盒子里。

谁能想象一个为了小两百块钱去水库偷鱼的辅警会迅速成为佴城一手遮天的人物?符启明做到了。不仅成了所长的亲信,几乎掌握着全城的色情生意,包揽了当地的"凶宅"买卖,还因为创办"杞人"观星俱乐部领奖、巡展,到处接受采访,俨然一副成功人士的模样。《一统江湖》几乎是微缩版的《天体悬浮》,柯羊从律师事务所的小帮工到和那些被他用双节棍打过的老板称兄道弟,再到三十多岁的"柯老":"你们这些生瓜蛋子,在佴城,打什么110啊?找柯老出面,哪有这么多麻烦?"曾经的受气包梁瞎子几乎成了养老院里掌管生死簿的阎罗,人人对其心生畏惧,各方的"孝敬"一路看涨,养老院也就成了他的收租院,"自己是老爷,下面三条狗腿子,还有四十来个长工"。《金刚四拿》里一事无成的罗四拿有了金刚的荣耀和村长助理的名分;被看成扫把星的老苏不但因为心中的秘密面生笑容,最后还被壮丽地"发射"到天上;差点被用桐油焚烧了的"麻鬼"狗小,到底做出了让整个蔸头村震惊却又羞于启齿的事;在看似一脸猥琐的老谭心里有一个长久的梦,是监狱办公室的王会计,使他梦想成真。

那些曾经匍匐于底层,隐藏在社会阴暗角落里的蝼蚁般的肢体,无论如何都会在田耳的催动下脱胎换骨。此时的田耳不是医生,不对症下药,不治病疗伤。田耳是巫妖,是赶尸人,他晃起铜铃,召唤起那些将死或已死的枯枝败叶迷路生灵,不断激发起他们潜藏的凶狠力量,使其羽翼丰满、无所禁忌,做困兽之斗。不管以什么样的方式,那个既定的、习以为常的"身份"都在田耳笔下遭遇了致命的重创。从个体的角度来看,它写出了绝望也写出了机遇,写出了意外也写出了宿命,更把人心之中那些最顽强、最危险又最应该被囚禁的鬼蜮释放出来。这群羞于见人又无孔不入的幽灵在田耳的"佴城"正大光明地行走,犹如补全了阴阳两界,呈现出的不是一个道貌岸然正襟危坐的庙堂,也不是一个独善其身闭塞视听的桃花源,而是一个天下大赦猛兽出笼的世界,是"去寻一个牛人"的江湖。而从群体、阶层的角度来看,小说完成了对虚伪禁忌与秩序的嘲讽,以一种捕捉漏洞、捏人软肋、不择手段的方式成就了"佴城"新贵,仿佛那些不可逾越的社会壁垒完全是庸人们画地为牢的结果。在田耳的小说里,个体的欲望、诉求、野心乃至人心善恶与我们早已习惯的那个经由社会学理论解释拼凑起来的现实形成了某种野蛮的张力,它就是要揭你的疮疤,告诉你那些冒天下之大不韪的罪孽始终在人心疯狂地生长。但田耳并没有就此满足,因为小说中又总是有那么一个模糊的身影极不和谐地杵在恶人的"佴城",以并不洪亮的声音发问:是什么赋予了他们百无禁忌的"自由"?

二

"佴城",或者说田耳的江湖,让一切皆有可能。之所以说它是江湖,因为行的都是野路子,潜规则替代了阳光下的秩序,恃强凌弱与善恶报应次第登场。从这个角度看,《被猜死的人》更富寓言性,养老院的设置屏蔽了所有来自外界的干扰,提供了最理想的实验环境。

等级或身份在这个实验室中被提前设定。有"好老头",就有"坏老头",而"坏老头"的资本就是"手黑身板大","还能撒欢",还能摸到老太太的房间里"试试"。有"公费生",也有"自费生",前者需要民政局验明正身,免费入住,后者得儿女出钱,待遇自然也不一样。"公费生"是院里的累赘,纯粹替居委会、民政局义务劳动,而"自费生"是财神爷,当然要供起来。梁瞎子,既是"好老头",又是"公费生",如果没有改变,小说就会成为无情而枯燥的秩序,成了永不翻身的苦情戏。但田耳志不在此,他是秩序的破坏者,要给人以意外,要让人看到一套更隐秘、更残酷、更具生命动能也更有趣的人生或权力路径。于是,一切从改变等级和身份开始。老黄和老朱等处在养老院的金字塔顶,所以不管梁瞎子非礼黎老太太是处心积虑还是鬼使神差,结果都是他以自己的"更坏"震撼了老黄老朱们。这种身份改变的方式成为小说继续下去的前提,而且它是养老院这一封闭模型中进入权力核心唯一可行的道路,毕竟我们无法想象梁瞎子通过做好人好事入伙。黎老太太事件犹如梁瞎子的投名状,自此可以坐进"坏老头"的牌局,但更重要的是周遭的变化——"院里大多数人开始拿正眼看梁瞎子了,甚至,还有意无意冲他微笑"———一条隐性的规则由此初显。

  牌局越来越大,梁瞎子对几个"坏老头"也渐渐有了把握,从故意输一把到放手去赢却让他们各自赖点小钱,从而收获了前所未有的恭敬。梁瞎子或者说田耳在此对人心的揣摩与把握无疑是精准而狠毒的,有了这个做基础,他才能另辟蹊径,带领"坏老头"们做一番大事业:赌谁先死。死亡,应该是养老院里最大的禁忌,而能将禁忌玩弄于股掌的人,也就意味着更大的权力。梁瞎子运气好,也有足够歹毒的心机,"安慰躺在床上的病人,其实是给病人增添心理压力,安慰得越多,越起反作用"。虽然老黄老周也竞相效仿,效果却不如梁瞎子,他身上有一股衰气,猜死从未失手。一来二去,老黄老周们都退出了赌局,梁瞎子便独自放话,俨然成了养老院里的瘟神。但这仅有梁瞎子的一厢情愿也无法实现,它需要土壤,这个土壤就是老头老太太们的恐惧和经验:"他们不是小学生,打个小报告,就算关院长揪出梁瞎子批评一顿,又顶什么事?这事情拿不出证据，若告他不倒，反过来，他晓得谁告的状，就猜谁死，谁又拦得住？"于是有了"孝敬"，一路高涨，他们太懂破财免灾的道理了。一个令人惊心动魄的社会关系模型已然浮出水面，权力在适宜的环境中完成了它的生长和集中。其中极其微妙之处在于，人们对死亡客观性的确信和对死亡恐惧毫不客观的规避使"猜死"完全无法进入阳光地带，而这对于权力来说，便是制度性约束与程序正义的缺席。

至于"孝敬"如何成了全院的"免猜费"，昔日的赌友老黄老周老朱如何代收"免猜费"又怎样分成，则可以被看作一套新秩序的建立与维持的过程。这就意味着名目，意味着分赃，又隐藏着对权力和欲望无休止地追逐的原罪。低人一等，分赃不均，皇帝轮流做，老黄他们便要"造反"。而这个时候，梁瞎子倒也清醒，"以前他还当是养了三条狗，从这天开始，自己成了他们三人养下的一头猪"。梁瞎子的死仿佛证明着权力更迭伴随着最暴虐的过程，它是不受约束的权力的宿命，必将以同样的方式为自己送葬。至此，实验完结，很多欲言又止的话也许人们已经猜到。

《被猜死的人》进行了一次几近完美的实验，它甚至让人联想到美国社会心理学家菲利普·津巴多主持的"斯坦福监狱实验"及其"路西法效应"。但不同之处在于，"路西法效应"强调的是身份、环境对人行为的决定性影响，或者说是在一个作为"常量"的身份前提下考察结果的演变。在田耳的"养老院实验"中，"路西法效应"仅作为其中的一部分，置身权力关系顶端的梁瞎子如同自己的职能所在，表征出专断、诡诈、毒辣的一面，甚至作为一个"老头"，实现了对年轻护理员小陈的占有与控制。然而，《被猜死的人》却又是一场拒绝"常量"的实验，身份、处境、关系及其衍生物在小说中全都充满了变数，绝对的"变量"带来了无限的可能——身份可以被手段改变，关系又随着身份调整，新的秩序酝酿着新的危机和新的身份，周而复始。如果说"斯坦福监狱实验"更倾向于心理学意义上的考量，证明了身份给予人心的变化，那么"养老院实验"则更具社会学意义，它抽象出人心之外一个更为庞大与复杂的权力运转过程。

作为一篇小说，《被猜死的人》又在其社会学意义与文学形式之间呈现出某种张力，有关野心、策略、权力及其土壤的实验偏偏要在养老院一群正值迟暮之年的老人身上展开演练。小说恰恰以他们的衰弱、无力映衬着权力运行规则的普遍意义，即便是那些无所事事的老人一旦被推入权力的战车，同样能够施放出让人心惊胆战的破坏力。而与此同时，他们的局限又让这场权力的游戏充满了讽刺意味，正如在养老院登上权力巅峰的梁瞎子颇为得意地带着小陈去酒店开房，却发现自己"没用"，"他难得地有了失眠，觉得小陈躺在身边简直是一种压力，是一份累赘"。因此，相比《天体悬浮》等更具备现实样貌的作品，田耳在《被猜死的人》中小心翼翼地把握着小说与现实的界限，一方面构成了对现实的有力回应，一方面又让它呈现出更大的趣味性、寓言性和反讽意义。它可以被看作田耳小说里一个具有特殊价值的场域模型和故事生长的土壤样本，委婉又巧妙地回答着小说中的人物何以具有了百无禁忌的可能。当然，《被猜死的人》毕竟只是一场理想环境下的实验，演绎的是绝对化的状态和过程，但田耳又不是一个铁面无私的法医，所以实验室的大门终将大开，他个人化的文学理想也要在《被猜死的人》之外实现。

三

"简陋的店面这一夜忽然挂起一长溜灯笼，迎风晃荡。山顶太黑，风太大，忽然露出一间挂满灯笼的小屋，让人感到格外刺眼。"——这是《一个人张灯结彩》的尾声，也是田耳的理想世界。或许可以更残酷更决绝？或许那样才称得上深刻称得上现实？但这会让田耳于心不忍。尽管对那个诡秘的现实并不抱有什么幻想，但田耳信其所信，即便于阴险龌龊的江湖也要护住一面镜子，以此映出世间百态。

《一个人张灯结彩》里，警察老黄经验丰富，眼光毒辣，是见过世面的老江湖。所以，发现试图对刚被抓进局里的小孩动手的警察，老黄知道如何巧妙地让他们免于伤人也免于伤己："老黄仍不说话，掏出烟一个人发一支，再逐个点上。几个年轻警察抽着烟，在风里晾上一阵，头脑冷静许多，不用说，也明白老黄是什么意思。"——他明白规矩，知晓分寸，越老越精明又越老越厚道，这丝毫不值得奇怪。钢渣是杀人犯，之前在街面上也是凭借狠拳头混生活，又藏着造炸弹抢银行的计划，却在遇到哑巴小于之后成了情种，成了"暖男"——"无情未必真豪杰"，这两码事本就不该放在一起说，谁都心藏大恶，但谁都有温暖柔软之处，这不奇怪。哑巴小于被哥哥说成"骚货"，但小说呈现出来的简直是个冰清玉洁的痴情人——这也没什么奇怪，叙述本来就不提供真相。懂"政治"有手段、酒店里参着暗股的刘副局在调任前把自己喝成了未经世事的小青年，哭丧着脸跟每个人说"对不起了"——这更不奇怪，"喝了酒，人就千姿百态了"。但是，这些"不奇怪"被整齐地码在一篇精巧干练的小说里，就值得思量了。

事情不该这么巧——你当然可能说人性的复杂和丰满就在这"不奇怪"中得以体现，可田耳显然不至于用这样一种别有心意的方式去验证一个大家心知肚明的道理。田耳不回避人性的复杂和多面，却也从不吝啬将笔力投入到更纯粹或更极端的境况当中，梁瞎子和狗小就是极好的例子。其实面对一个人物，我们应该始终有所警觉，他是作为一个具体而细致的形象还是作为某种类型或象征出现；是能够从小说里抽取出来开口讲话的独立主体还是情节的傀儡；是在抽象的意识中先验地存在还是需要经过复杂关系去不断定义或证明。那么，田耳用意何在？在这一系列的"不奇怪"中，任何一个环节出了故障，《一个人张灯结彩》都不可能呈现出如今的气象，因而这些普遍的人性及其面貌就在反复的叠加之后构成某种刻意而为的偶然。这个偶然对人性的多面进行了有差别的配重，让体谅、柔软、宽容、道义、自省抽象成为一种正面的或是善的象征,它先验地存在而无须证明,即便在现实中处境尴尬也能在文学世界里以理想的形态被顽强地申明。而此时望着挂满灯笼的屋子满心惆怅的老黄,又何尝不是一个需要"时间"、需要"美好愿望"、需要"天网恢恢疏而不漏"来拯救的人?

《天体悬浮》的结尾,"我用力地搓着身子,感觉自己从未有过的脏"——有人说《天体悬浮》是一个混沌的世界,善恶交织,黑白不明,可在我看来,小说的直白和泾渭分明却来得相当激烈。有时候,丁一腾的存在会让人觉得恍惚,田耳怎么能在他的江湖中容得下这么一个平庸甚至是窝囊的人?这样说当然有些委屈丁一腾,那么不把他看作一个具体的人最好。他也有私心,也有七情六欲,面对编制也眼红,也能跟旧情人到房间里去,但是,他觉得自己"脏"。他像符启明的一面镜子,照出的一切都是反的,他从最初就对符启明的那套"道理"不以为然。他又是小说里的参照物,像一把尺,但可长可短,与符启明同作辅警时可以共患难,日后一个能够混得风生水起,一个却始终握着另一个的命门,很有一番魔高一尺道高一丈的气派。所以,丁一腾在人物形象上的淡定不能构成小说或人物关系上的淡定,它是非常主动与积极的回应,是星空的隐喻对现实龌龊的映照。如果说符启明或是现实讲的是如何"收获",那么丁一腾或是小说本身即便不是十分笃定,却也在提示你这事儿可能并非如此。这就像打狗坳之外的世界永远比不上"金刚"的吸引力,天南海北走过一遭能扯到叙利亚和伊拉克的罗四拿打心底相信"我们都是人生父母养,父母死了,应该众人抬着,走最后一段路";也像努力回避自己是道士的儿子,拿了学分毕了业再也不回来的李可,不可避免地成为一个好道士,他要以父亲或者根本就是他自己的方式给亡父起水,给他做一堂。

莫里亚克曾感慨于现代小说的危机,认为作家丧失了对善恶的关注,不但让语言本身面临着贬值,而且带来了小说基本观念的崩溃。田耳大概不太相信"教化"的力量,他更爱故事和讲述的乐趣,但是他的野,他的俗,他的不着边际却并不妨碍他去接近某种先验的善或是"真理"。田耳不是朝圣者，也未必有那样的决绝。田耳是文学世界里的酒肉和尚，是游方道士，穿州过府，心属霄汉。他离不开那个诱人又百无禁忌的江湖，看遍人间百态才是他的修行，也只有置身其中才能心生敬畏。他不惜让自己变"脏"，甚至变成一个恶人，以此来拷打自己的内心，洞悉心外的世界，犹如对普遍、具体又无法抗拒的现世之恶完成了一次超度，于是"忽地顿开金枷，这里扯断玉锁"。这让他相比一些颇有理论远见的作家更趋于传统，能在小说的世俗生活中保有那么一份理想的持守，不仅仅关于善和恶，还关于信仰和现实、处境与人心；让平凡的写作拔地而起，在精神、语言、结构、素材之间让渡出足够的空间以显出作家的身影；在文学与现实之中催生出巨大而持久的张力，使读者能够反观自我所在，能读出一种文学的理想而不是照猫画虎的尘世演绎。

生为女人
——盛可以论

　　生为女人，几乎是盛可以所有小说的出发点——女人的身体、乳房、子宫，女人的情欲、性欲、婚姻，女人的经验、遭遇、命运，以及女人与男人、现实和历史的关系。生为女人，没的选，但盛可以却在小说里呈现了生为女人之后她们各自不同的人生。那些迫不得已或主动为之的出走、意欲逃离又恋恋不舍的婚姻、有名无实或有实无名的爱情，还有那些被借用的子宫，它们自己站出来说话，如一块块带着锋利边角的切片，拼凑出盛可以的"女人"。

一

　　女人的身体，是资本也是武器，如果恰好前凸后翘，又有可能多生是非。这仿佛是钱小红难以逃脱的宿命。《北妹》开篇就明确了钱小红的特殊或是恰好，却单单捡了"遗憾"二字："遗憾的是，钱小红的胸部太大，即便不是钱小红的本意，也被毫无余地地划出了良民圈子，与寡妇的门前一样多事了。"[1] 偏偏钱小红又特立独行，不像村里那些"本分"的女孩子弓着背，用宽松的衣服摆脱"浪荡的印象"，于是流言蜚语、虚虚实实，全都在姐姐发现她与姐夫偷情时的哭骂声中坐实了。为了"避避风头"，钱小红开始了她的进城之路。然而，"浪荡的印象"或者某种暧昧的信息，并不分城

---

[1] 盛可以：《北妹》，天津人民出版社，2011年，第1页。

里乡下。

从湖南乡下到县城，再到广州、深圳，身体意味着太多身外之物。发廊里，男人们的头枕在洗头妹钱小红的胸上，"顾客舒服，老板高兴，就悄悄奖励钱给钱小红，肯定她的价值和能力"[1]；偌大的拘留场地里，"皮靴"不仅单单请钱小红坐下，还直接开出"已交赎金"的通行证，显然与已经把她"放在眼里"不无关系；钱小红从发廊到玩具厂、从千山宾馆到妇幼医院，一级级的跳跃中总有某个男人出手相助，即便是面试中潘经理那样的"体面"人，也是"忽又抬头扎实地看了一眼，像离开的人遗漏了东西回头重取"[2]。于是，身体成了实实在在的奖金、价值，成了逃离困境、改变现状的可能。这不是交易，因为钱小红"不卖身"，它只是一厢情愿的想象或是某种暧昧的气味，却成就了更为残酷的现实，它让一同南下的钱小红和李思江面临着截然不同的人生，一个占尽先机，虽说艰难到底也是留在了深圳，一个伤痕累累，只得狼狈而归。说来也许让人颇觉讽刺，初到深圳，那两张象征着"自由"的暂住证是李思江用处女膜换来的，可除了把所有的第一次都留给了深圳，她最终面对的却只有来时的那个大行李包和手腕上一条泛白的伤痕。于是，钱小红身体的"遗憾"在她的人生道路上又暗暗地变成了某种"幸运"，这也正如李思江在浴室里看遍了千山宾馆所有女性裸体所得出的结论："奶子，与命运有关"，"她的两个小橘子，前路仍很波折"。

也许我们过于关注抽象的女性和抽象的身体与外部世界的关系，而忽略了有着不同身体的具体的两个人之间的差异。这里并不是要否认《北妹》在宏观的女性及其身体于某种性别权力关系中的艰涩处境上所取得的写作成就，而是要特别提出那些微妙的不同。我们大致能够猜想到那些叙写男性进城的故事将与女性在城里寻一

---

[1] 盛可以：《北妹》，天津人民出版社，2011年，第14页。
[2] 盛可以：《北妹》，天津人民出版社，2011年，第103页。

线生机的故事会有多大的不同,因为它往往难逃性别的预设和实际上颇为狭隘的性别经验。但是,《北妹》似乎对具体的事物更为关心,就像钱小红所拥有的不是一张出众的脸庞或者泛泛的好身材,而是充满隐喻、暗示又显而易见的巨大的乳房——它是不协调的,小说最后甚至让它变得荒诞起来,成为压垮钱小红的最后一根稻草。这让它可以被十分轻松地抽象为一种性别的符号,映衬着女性在贯穿时间、空间、宗教、种族与阶级的性别关系中被物化、被交易、被粗暴地视为欲望对象的现实。但是,它又是具体的,具体到只属于钱小红一个人,从而决绝地划开了同时代、同国度、同性别、同年龄、生在同一县城又在同一家发廊做过洗头妹的两个女人全然不同的境况。它是如此地具有弹性,黑白通吃,让小说在宏观的冲突下又撕开一条口子,显露出那些仅作用于一个人的无辜、无奈、辛酸、艰难与龌龊。

当然,盛可以似乎对钱小红有些过分"偏袒"了。在这个进城务工、只求活下去的过程里,李思江经历了肉体交易、强暴、堕胎、强行结扎、被恋人卷走补偿款等可能遇到的绝大多数厄运;"辛苦两三年,幸福一辈子"的朱丽野被先奸后杀,如若不是那张工作证,便是没人认领的无名女尸;精于算计、不惜铤而走险,只为搞到深圳绿卡与男友结婚的张为美最后沦为代孕者;而钱小红虽然也是一波三折,但细想却总是于关键时刻有惊无险。盛可以在《北妹》再版后记中说:"我塑造的钱小红,是一个有个性、有原则、不卖身、直率、善良、讲义气的姑娘,她和很多底层人一样,具有坚不可摧的蓬勃生命力。"[1] 固然江湖险恶才显人心可贵,在一个尽善尽美的世界里,完人可能只是无聊与平庸的代名词,但在小说的叙述中,钱小红的个性、原则以及蓬勃的生命力却在那份侥幸上打了折扣,毕竟这一切在很大程度上需要由李思江、朱丽野、杨春花她们用廉耻之心和处女之身来成全。

---

[1] 盛可以:《北妹》,天津人民出版社,2011年,第281页。

如果把《北妹》与盛可以的新作《福地》放在一起，可能会十分突兀：一个写实，湍急汹涌，一浪接一浪地把钱小红推向了那个令她无法站立的天桥；一个抽象，暗藏杀机，在充满荒诞意味的代孕基地，女人变成了带着编号的生产工具。其实，张为美沦为代孕者的结局在《北妹》里就为《福地》埋下了一粒种子，十几年后，这粒种子长成了女人的《1984》。

"168"或者"苹果"，她们在"基地"里没有名字，可能也不需要名字，因为她们只是"产品制造者"："没受孕的，穿白色；怀孕头三个月的，穿绿色；四到六个月的，换蓝色；七个月到生产的，换红色。"[1]合同、贴着照片的档案、营养配菜、广播体操、例行查房、文艺活动乃至"基地精神、基地思想、基地纪律"，代孕这种隐秘存于现实中的现象在《福地》里被正大光明地"制度化"。这一切都在小说里被直通通地摆出来，没有细节，没有血肉，就像一份必须执行的文件。它不是隐喻，是说明书，盛可以这次显然不想兜圈子，直接把皮毛血肉剔掉，骨架摔在案板上。不得不承认，这是一种十分有力又有效的方式，至少在这个小小的逻辑里，这就是代孕的规则。"基地"的"制度化"消除了天性、欲望、情感、思想等这些容易"混淆视听"的东西，就连小说的主人公也被设置成一个"又哑又傻"的流浪女，干净利落地揭出了代孕到底是怎么一回事。而在代孕的核心流程之外，盛可以又丝毫不吝惜笔墨，那些代孕者的来历、境遇、相互间的挤对和冲突，她们与"基地"的斗争以及和看守的秘密交易，都以与代孕本身截然不同的细致描写出现在小说里。在这种"简一繁"之间，《福地》建立起一个非常清晰的逻辑，那就是代孕是怎么一回事，又是什么在支撑着它一如既往地运转。"老朋友之间，最紧要是合作愉快。"[2]——没有什么比这句话更能说明"基地"与外部的紧密关系了。

---

[1] 盛可以：《福地》，四川文艺出版社，2016年，第14页。

[2] 盛可以：《福地》，四川文艺出版社，2016年，第11页。

《北妹》和《福地》有一个共通的潜台词就是女性的身体及其处境。女性身体在社会关系里包含着太多的意义，小说不是社会学分析报告，更不用将那些或明或暗的指涉铺排其中，而是以更多、更具体的情节说明它们的来路。相比两篇小说里乳房与子宫的内在含意，盛可以显然更关心这些含意生成的土壤及其具体的生长过程。因此，女性在盛可以笔下没有直接成为那些想当然的"他者"或"受难者"，她们有自己的选择、有自己的状况和处境、有自己的切身利益和追求，但就是在这种情况下，她们为什么还是鬼打墙一般绕不开"他者"与"受难"的宿命？这让盛可以的小说铺设起一条走向外部世界的越来越宽的通道，不仅仅在小说内部完成着它催动故事的使命，而且由此展开了向外的拷问。这有关女性权益、基本的性别关系、商品社会及其文化陷阱、城乡变化及其代价……一切都开始于小说，最终却要落在小说之外。

二

盛可以有足够的能力让人感到不适，这种不适来自人们试图"智慧"地视而不见的东西被无情地掀开。也许没有什么比爱情和婚姻更让人们乐于自我欺骗的了，但这在盛可以的小说里，行不通。

> 我活了三十年，算不得坎坷，父母离婚时我还小，他们搞出一些乱七八糟的事情，也不至于影响我的成长。我承认我缺少天资，有各种显而易见的怪癖，但还是考上了大学；马马虎虎地念完，到异乡找到了自由，在工作与失业交替的瞬间，与一个不咸不淡的女人结了婚，她就是我的老婆蓝图。[1]

---

[1] 盛可以：《白草地》，《可以书》，吉林出版集团有限责任公司，2011年，第21、22页。

接下来呢？按部就班的日子，鸡毛蒜皮的争吵，一家人其乐融融的幸福抹去了"不咸不淡"的痕迹。可能对于很多人来说，这便是生活的本质。《白草地》里的一切好像都在意料之中，蓝图睡前吃苹果，早起喝盐水，生活规律，混在机关；丈夫武仲冬在外企做销售，生不逢时，房价飞涨，结果是"老夫老妻了，大门没出，远门没涉，婚纱戒指蓝图也没再提过，我想是无所谓了吧"。玛雅的出现好像让武仲冬的生活有了起色，当然这也只是想想，因为他心里清楚自己是个已婚男人，性能力越来越弱，不过也没什么大不了，"我时而觉得这种生活很难到头，时而劝自己生活就是这样"，"即便是和玛雅过上了，也不会精彩到哪里去，兴许更糟"。玛雅有时会送武仲冬一些不好解释的礼物，而蓝图在结婚几年后似乎也恰好失去了好奇心，仿佛相安无事成了这个故事无趣又惯常的结局。但是，盛可以不会让一个令人习以为常的开始就那么轻易地过去：玛雅也不一定是玛雅，她有很多名字，确定的是她曾让几个已婚男人吃尽了苦头；玛雅送给武仲冬的礼物精确地出现在蓝图网店的成交记录里，蓝图好像也是话里有话。小说终结于武仲冬的诊断报告：乳房肿块，消失的性功能，长期服用雌性激素……大概谁都会想到蓝图每天递上的那杯盐水。

　　《白草地》一点儿都不"女权"，就像玛雅的"女权"只是一个幌子。小说里只有凶猛，它不是因为蓝图不动声色的盐水，而是庸常平静乃至安逸的婚姻或生活由内向外的凶猛的溃败。我们很难讲小说里谁是受害者谁又是施虐者，好像每个人都值得同情，每个人又都值得憎恶。虽然盛可以把《白草地》写出了一些"阴谋"的味道，可没有这些阴谋或意外，武仲冬或蓝图的生活就能万事大吉么？《白草地》在盛可以有关婚姻与爱情的小说里很有象征性与代表性，在那个围绕幸福、完满、安全感和归属感所展开的想象中，人们以婚姻与爱情的名义相爱也相杀。似乎在她的笔下，"幸福"的爱情或婚姻是无耻的，因为那必定有未被识破的心机。她就像要强迫那些自我陶醉自我麻痹的人睁开眼睛一样，把一种渗透日常却被熟视无睹的经验甩在人们面前。在那里，人与人的某种关系其实是要通过贬损与谩骂，压抑与无视，虚构与想象，要挟与恐惧，需要通过人性之恶的拷打才得以维系——这不是写作的游戏，可能恰恰是生活的游戏。

《水乳》中也有一个很值得注意的小片段。摇摆于丈夫平头前进和情人庄严之间的左依娜决定去庄严老家过年。当庄严三四岁的女儿庄一心在机场哭喊着扑来，左依娜感觉自己好像就此失去了情人。左依娜坚决不同意庄一心跟爸爸睡，看到她在爸爸怀里撒娇就像看到自己的领地被别的生物占领。她看不惯庄严把精力都倾注于孩子的样子，见不得庄严把庄一心架在脖子上，"她觉得孩子很烦人，甚至很讨厌"，她的心里"好像降了一层霜，万物失去了勃勃生机"。[1] 左依娜与庄严的关系更是迅速降温，她感觉自己渐渐被庄严冷落，再也不能撒着娇说出一连串自己想吃的菜。盛可以写出了一个令左依娜分外纠结的细节：

> 第一筷子菜，无一例外，庄严是夹给庄一心的，像臣仆给公主的献礼，无限忠实。然后再给左依娜夹一筷子，左依娜觉得没意义，有一回很粗鲁地打断，说，不用你夹行不行？因此，庄严的后补筷子也就消失了。可是没有庄严的后补筷子，左依娜更不是滋味了。[2]

这些不经意的举动，在庄严那里可能不值一提，但它何以使左依娜产生了那般愤怒。也许这在一些女权主义者眼里，会变成一个男人对一个女人潜意识中的轻蔑与无视，但盛可以显然没想让问题变得那么简单、那么富有理论的矫情。她要让事情变得更尖锐，更不可收拾。左依娜的失落感终于衍化为令她自己都感到吃惊的攻

---

[1] 盛可以：《水乳》，中国工人出版社，2010年，第143、144页。
[2] 盛可以：《水乳》，中国工人出版社，2010年，第168页。

击力。在一件无关紧要的小事上，她几乎是在用与庄一心故意较劲的方式激怒庄严，然后"轻轻地一笑，故意装得很平静，以显示自己的修养，衬托庄严的野蛮，然后轻蔑地瞥他一眼，扭身进房间，并把门反锁了"[1]。于是，几秒钟后，门破了，左依娜像具死尸一样被庄严拖到客厅，骨折的脆响随着一条血线延伸到她曾经躺着的地方。

我不知道人们读到这样的描写会产生怎样的感受，可能会有恐惧、焦灼，也可能会有痛快、暗爽。不管这样的情节是否被夸张或刻意放大，但它终将通过每个阅读者的经验与情感在人心里产生戳痛式的回响。盛可以在小说里似乎也对左依娜情绪的来路进行了交代，那种失落与不满被"你只是杜梅兰的公主"火上浇油般地自我煽动起来，而那些无关紧要又不能自控的较量恰恰给左依娜带来了快慰，"证明了她有操纵一切的权力"。但是，盛可以自己也未必真的相信这些理由，它只是作为理由的理由，或者说只是作为道理而存在的。道理可以清晰无比，至高无上，但生活偏偏不买道理的账，就像左依娜也知道庄严没错，自己连责怪他的理由都没有，却一定要那么做。道理说要理智，要包容，要心怀慈悲，但左依娜无法停止在心理上和行动上完成对一个小女孩的憎恨；道理说莫动怒，更不要伤人，但庄严不能不像一头野兽扑向自己心爱的女人。盛可以于此充分表达了对爱情、婚姻以及"幸福生活"的不信任，因为那些糟糕的状况往往并不来自"不得不那么做"，而是"一定要那么做"。

《无爱一身轻》《水乳》《道德颂》《取暖运动》《白草地》……盛可以用不同的人和不同的故事反复讲述着人们对爱情与婚姻的疑问。确实是疑问，小说里不曾给出答案，也许本就没有答案。小说里的人在不停地摇摆，盛可以也犹豫不决，因为她没有把握理直气壮地说出爱情或婚姻就是自由、诚实、体面、安宁与善的火葬场，

---

[1] 盛可以：《水乳》，中国工人出版社，2010年，第175页。

但对生活的忠实又让她无法把经过想象装扮过的"美好生活"像一个诱拐者一样托到人们面前。这是生活的难题，也便是小说的难题，犀利冷酷的语言遮盖不住内在的游离，甚至越是那些言之凿凿之处，越是小说精心建设的黑洞。这让我们能够真切感受到盛可以是如何小心翼翼又胆战心惊地在小说里将这些难题一一推演。在此不由地想到王安忆新作《红豆生南国》里老先生的那番感慨：很想再生，变成年轻，可是又舍不得亲历的人生。旨邑或左依娜们自然没有这般沧桑，她们还心有不甘，还在挣扎，在小说止步之处，她们的人生还将反反复复陷入希冀与幻灭的轮回。也许这个时候她们还沉醉在自己的"战争"中，就像那些看上去很女权的言辞是那么确定地钉在小说里，可她们眼下所经历的狼狈、伤痛、犹豫或失落又何尝不会成为之后的"舍不得"？

三

《野蛮生长》完全可以被看成是盛可以创作上的一个转折。这并不是说盛可以抛弃了以往的创作经验与内涵，而是相比之前那种封闭环境里绕不出的"孤军奋战"，《野蛮生长》将女性带入到更广阔的世界中。小说并不是在讲历史或是一个家族的兴衰，因为我们从字里行间并没有发现盛可以对此抱有足够的兴趣；小说也没有局限于乡土或城市，因为它们的衰败或来势汹汹在故事反倒来得自然而然。《野蛮生长》不是一个女人或一个特定群体的故事，它显得更为复杂，它将不同阶层、性格、处境的女性千差万别的遭遇扭结在一起，呈现出普遍的女性命运与时代的动态性关联。

"女祖先"是小说的源头，"辛亥革命第一枪打响，女祖先在血泊中拼掉了命"[1]——她死于难产，却留下了"我爷爷"李辛亥。小说开始便预示着某种隐秘的关联，作为重大历史事件的辛亥革命似乎与"女祖先"全无关系，但在一个共同的时间里，不同空间的

---

[1] 盛可以：《野蛮生长》，北京十月文艺出版社，2015年，第1页。

人们以同样惨烈的方式启动了另一些人的历史。这就像两条遥远河流的交汇,"女祖先"的死成全了她的儿子李辛亥以及他庞大的家族,而他们又将在辛亥革命开启的时代延续他们的生命。那么,这两个看似毫不相干的起点以及它们所隐喻的人与时空,到底是怎样一种关系?

李辛亥在小说里是个实实在在的人,"瘦高,斯文,肤白无须","三十岁上下成了鳏夫,没续弦,独来独往,衣袂飘飘",他活着只做两件事,读书和赌博。他无疑是个有趣的人,这也可以成为一篇小说极好的开始。但是,李辛亥在小说里又是虚的,他逐渐被悬置起来,成为某种象征,可以是权力,可以是秩序,当然也包括被权力与秩序加持的极端自我的生活。盛可以无心挂念李辛亥的故事,因为他的存在更像一个靶子,他只需被挑战、被冷落、被遗忘,直至显出自己的尴尬。其实,李甲戌的存在又何尝不是如此?作为李辛亥的儿子,李甲戌一方面充当着解构的力量,因为"他弄了我爹的第一个老婆",因为"我奶奶死时,爷爷正在赌博",结果是"我爹强势,音量大,我爷爷有顾虑,看我爹脸色"。[1] 但另一方面,李甲戌又轮回般地重复着李辛亥的命运,"妇孺的羸弱温驯,不但没让主人变得温和,反而助力了他的暴戾"[2],直至他受到了儿女们像他当年对自己父亲那样的挑战,然后如自己的父亲一般被彻底剥夺了权力,被逐渐遗忘。

如果说李辛亥、李甲戌两代人实现了命运的轮回,那么转机出现在第三代人身上,至少李顺秋、李夏至暴戾重现的可能被"及时"地终止了。这时候,女性才真正在小说里登场:"我姐(李春天)就在这儿跪拜,双手合十,咒我爹病死、淹死、被水牛顶死、被疯狗咬死、被汽车轧死;怎么死都行,就是别让他活着。"[3] 李

---

[1] 盛可以:《野蛮生长》,北京十月文艺出版社,2015年,第2页。

[2] 盛可以:《野蛮生长》,北京十月文艺出版社,2015年,第10页。

[3] 盛可以:《野蛮生长》,北京十月文艺出版社,2015年,第4、5页。

春天在父亲面前似乎总是默默不语，像一头能干的牲口，但她的反抗同样来得悄无声息。当李春天在婚前大了肚子，父亲高声骂着不要脸，但"我"发现她笑到抽搐；出嫁那天在人们异样的目光里，她挺了挺肚子就跨出了家门。于是，这里面似乎就有了胜利者一样的骄傲。而李顺秋的妻子肖水芹简直就像是钉入李家的一根楔子，从婚前那种主动的追求，到婚后和李家人完全不一样的生活，她的存在不一定打破了这个家庭原来的秩序，但至少像一个凭空多出来的砝码，已经让那种秩序失去了原有的平衡。她不再驯服于丈夫的权威之下，对待父辈和祖辈也是如此，她对小家庭、生育、子女都有属于自己的计划，"家长的威风在肖水芹这儿蔫了"。更重要的，肖水芹体内蕴藏着一种向外的力量，我们暂且不管结局如何，如果说李辛亥、李甲戌们建造并维护着一个封闭的、自我循环的生命场，那么肖水芹则让这个"场"与外部建立起交互式的关联。她把外界的能量源源不断地导入进来，是"向城里学习的那一套"，而且又不仅仅是把期望放在远方，为了女儿接受良好的教育，"要读名牌大学，要出国留学"，肖水芹决定从这一代就开始实施"进城计划"。至此，小说里出现了与之前几代人完全不同的女性："她已经疏远了乡下的事物，重心向城市转移"，"她时刻明白自己所处的位置，知道自己要什么"。[1]

几代人在《野蛮生长》里有着颇富深意的叙述，第一代、第二代重心落在李辛亥和李甲戌，不管早逝或一笔带过，女性是隐没的，她们更像是一个可有可无的布景，存在与否都不影响李辛亥他们耀武扬威或骂骂咧咧。而到了第三、第四代，女性不再是配角，她们开始有了属于自己的名字和故事。这不仅是小说内部叙述的转变，同时也呼应着时代的变化。我们很难条理地区分小说中女性处境的变化哪些是来源于自身的争取，哪些是来自社会环境的变迁，因为它们是拧在一起的，这似乎也在某种程度上回应着小说开头辛亥革

---

[1] 盛可以：《野蛮生长》，北京十月文艺出版社，2015年，第87页。

命和女祖先之死的微妙关系。在这一点上,二哥李夏至也是一个特殊又重要的存在。李夏至的故事很短,却一直潜伏在小说里。在短暂的一生中,他首先是一个家庭的反叛者,他跟妹妹讲自己是父亲"专制与暴力"的产物,在家庭里"我们需要开明的君主",由此也就成了第三代女性对抗父亲及其代表的社会、性别权力秩序强有力的支援。同时,李夏至的暴亡在小说里又成了一个谜,也正是这个谜隐隐地推动李小寒走出去,不断探寻着谜底。在这一过程中,李夏至的影子不断在李小寒身上浮现,"辛亥革命与女祖先"的预言也就在小说里始终徘徊不去。

李小寒作为《野蛮生长》形式上的叙述者,她与喻书中的情感纠葛并没显出多少新意,甚至因《水乳》等作品的存在,反倒常常让人生出似曾相识之感。但是,李小寒的特殊之处在于她的身份。她不再是孤身南下求生存的懵懂少女,也不是三五好友抱团取暖的小店主,她成了受过高等教育的大报主笔,她面对社会发言,公众能够听到她的声音。虽然盛可以试图把宝马碾人、陈化粮、大学生陪舞、收容制度、SARS、城管等一系列社会热点都编排进故事以致小说逐渐零散,可她在女性与社会公共事务及公共话语之间建立的关联却依然显示着盛可以在写作上的拓展与生长。其实在《北妹》里,李思江被强行结扎的片段已然使女性进入到公共事件之中,但那时它还只是某种被迫接受的沉默遭遇,而女性与社会真正意义上的对话直到《野蛮生长》才得以完成。

从《北妹》《水乳》到《野蛮生长》和《福地》,盛可以将女人从个人生活境遇推入到社会与时代的洪流之中。这当然不是《青春之歌》里林道静式的转变——个体只有置身革命或民族的时代浪潮里才能找寻并实现个人的价值——它从女性自身的基本问题与基本处境走向了女性命运与时代流转的密切关系。在盛可以的写作中,女性是起点,也是目的,这种视角或立场并不随着故事的变化发生漂移。但在她的变化里,我们可以看到某种自我封锁、自我凝固的松动:女性所面对的不再是某个或整体的男性,她们同样要面对社会与时代的难题,而且要介入、要发声、要对话,甚至要像李小寒那样在时代性、社会性和公共性的层面与男性结为同盟。这个时候,如果一定要给女人寻找一个对手的话,那么这个对手的高度也将证明着女人的高度。

将爱情刺伤成诗
——金仁顺论

十几年前读金仁顺的《仿佛一场白日梦》，如今已无法确切地记起其中的某个篇目或某个细节，却几次想起里面的那个女人。她湿着头发，急着赶往什么地方，站在路边左顾右盼，轻轻拍散头发，焦急的心情化作一声叹息。那可能只是一个普通女人，甚至不怎么漂亮，而沐浴之后慵懒的清新让整个城市为之变色，它真应该成为一个爱情故事的开始。是的，金仁顺的小说常常离不开爱情，但离开爱情的生活又有什么意思呢？那就让我们从爱情开始吧。

当梁赞回到杂志社的时候，世界简直乱了套：亦晴就那么明目张胆地扑了过去，吊在他脖子上，编辑部大仙小鬼都钻出来瓜分礼物，而那个不断收到他短信的新容却因为一个电话恍惚地站在那里，好像搞乱了时空——《仿佛依稀》给了我们一个并不清晰的开始，似乎小说将在这种纷乱之中把那些甩出的线头一个个地拎清楚。但是，小说似乎又是极端清楚的，就像梁赞在机场发给新容的短信："狠心的女人，就那么想拒我千里？"这简短的调侃却富有深情的几个字，让人们确信这里不会再有其他人的故事。他们开始得颇有些牵强和疲惫，只是因为新容在父母情感纠葛中的创伤让梁赞生出"要把她从水里打捞出来的欲望"。但几年过去，新容依然像僵住了似的无可奈何地被迫面对梁赞的追求。其中当然有无数的可能，至少父亲苏启智和母亲黄励的恩怨就成了让新容对爱情心生畏惧的理由。不过，金仁顺显然不想把小说变成一个童年阴影与情感成长的老套故事，她更愿意呈现一个将生活的波涛汹涌藏进令人心疼的平静中的女人。于是，当苏启智带着徐文静回归，迎接新容的是父亲的绝症。父母的陈年旧事游出水面，对父亲的怨恨与宽恕就像她面对梁赞的爱情，提不起也放不下。小说在此呈现出极其微妙的分寸感，对于父亲、对于梁赞，那种可靠的、现实的纠结与稍稍突破现实的诗意，糅合出爱情之于文学的独特力量。从苏启智归来到离世，梁赞时刻陪伴新容左右，让故事好像有了一个好兆头。但老段无意中问起梁赞"你老婆还在早稻田大学吗"，几乎让小说从不断升温的暖房一下子坠入冰湖。但这又能怎样呢？看似激烈的黄励将半辈子的诅咒变成了软软的白粥和苏启智爱吃的泡菜，"怕他胃不行，用刀剁成了末"。新容之前的冷漠和此时的窘境，梁赞的尴尬和难以言说的苦衷，徐文静横刀夺爱的往事，都在那切碎的泡菜前变得简单、幼稚、富于理想化，甚至少了一丝面对失意生活的真诚。但现实从来不给人反悔的时机，小说里那一颗颗被捏碎的心和那个饱含隐喻的结尾，似乎只在以伤痛证明着爱情的不可捉摸。

在金仁顺的小说里，南原府又是一个盛产爱情之地。

《猿声》不可读，需要看，当作一幅舒缓流淌的水墨画来慢慢品。南原府，天色阴沉，雨雾飘摇，老树如亭，华盖如伞，悄然遮挡起慢慢散下的细雨，一个女孩子提起的桃红色长裙，让原本素气寡淡的城厢，绣上了一丝妖媚。府使大人崔梦阳和新太太玉姬就从这雾气蒙蒙的城里显出身影来。前来迎接的官员们并不晓得，这府使的宅邸，崔梦阳熟悉得很。玉姬当然也不知，只是凭空发觉"有些忧愁似的"，或者说，是哀怨吧。十年前，走投无路的崔梦阳被这宅子的老主人权九收留。虽然事发之后，权九焦虑、暴躁、痛心疾首、借酒浇愁，但崔梦阳和小姐善媛的命运就在意料之中被绑在了一起。权九逝去，二人变卖了囤积的夏布，踏着夏布铺出的道路，崔梦阳开始了自己的功名之途——上榜、为官、入赘左相府，尽管他也曾纠结是不是留下来，"让那些功名利禄见鬼去吧"，但自从他决定成为左相府的女婿时,"他就已经把南原府的人事,当成自己年少轻狂的一场大梦"。十年后,像是为了破除这场大梦,已沦为绣娘的善媛再次出现在这座旧宅。没过几日,崔梦阳没了踪影,只听说半夜进了绣娘的房间。官差破门,见府使大人赤身裸体,头朝下,溺毙多时,而新夫人玉姬的夏布衣裙簌簌作响,"曾经的姹紫嫣红,鸟语花香,跟善媛和桔子一样,消失了影踪"。朦胧间,故事峰回路转,寥寥数人,撑起十年变迁。《猿声》有关命运、有关抉择、有关轮回、有关复仇,更有关刺骨的爱恋,在飘荡着香粉和雨雾淡淡腥气的宅邸里,又添了些鬼魅的颜色,妖娆却不骇人。其间的偶然与必然结成了崔梦阳无法逃出的梦魇,而对两个女人来讲,那如同隔世般的重叠,恰恰是整部小说的谜底。

同样是南原府的《春香》,一个故事套着另一个故事,"这种情形就像我们在春天里经常见到的那样,起初只是一朵花,后来变成了一树花,再后来,整个春天都是花",三代人的爱情就在这春光里长得枝繁叶茂。在南原府,香夫人已经成为一个传奇,或者说,没有香夫人的南原府索然无味。翰林按察副史大人在端午节的谷场被一个身有异香的女子吸引,为之挪用官银大兴土木,在其岳丈金吾郎大人的最后通牒下死在返回汉城的路上,为香夫人保全了香榭,也给她留下了春香。而银吉的身世直到小说最后才徐徐揭开,这个常伴香夫人身边的女人,曾被药师救下,以身相许,一守就是几十年。春香就更不必说,她念着从小一起长大的金洙,又阴差阳错与贵公子李梦龙相爱,而金洙成了僧人智竹,李梦龙被招为驸马。香榭里的女人宿命般地重复着没有结局的爱情,那个华贵、神秘又充满诱惑的香榭,似乎只能容得下孤独守候的女人。据说,是因为金仁顺不满足于民间传说《春香传》那"灰姑娘"式的故事,才重新演绎出小说《春香》。《春香》当然离不开才子佳人的母本,却为之添置了十足的现世风尘。它是女人的盛世,却是没有圣母的传奇,它在悲剧爱情的结局处开始,抛弃掉男性的虚荣自大和一厢情愿,呈现出的是女人在现世生活中得以存在的理想、荣耀、孤独与艰难。所以,《春香》不是男欢女爱的催情故事,而是一部女性的辛酸史,它对女性自由、尊严与权利的追问,正如金仁顺在一篇创作谈中所说,她写作的重点不是重述传奇,而是探究,探究春香何以成为春香,而传说中的那个春香"怎么可以这样可笑,符号化、模式化到失去了起码的人性"。于是,豪门梦碎的香夫人以自己的身体为代价支撑起香榭的繁荣——虽身为妓女,却从未被哪一个男人左右;给春香以最体面的生活,但并不干涉她的选择;在贵族商贾或权力与金钱中半生斡旋,心里却始终深藏着香榭最初的主人——她以对传统女性守则最直截了当的悖反实现了小说充满现代性与当下性的深思熟虑。

这也让人不由地想起之前《未曾谋面的爱情》。小说中真伊命运的转折源自城里一个少年的死。这个少年临终前恳求入土的时候能够经过黄府门前,但黄府毕竟不是平常的人家,送葬的队伍不敢妄生事端,从小路拐到了城外。意想不到的是,抬棺的四个汉子在路上同时脚疼难忍以至于扔掉了杠头。有人想起死者生前的话,于是掉转棺材,汉子们的脚便神奇地恢复了。然而到了黄家府邸的后花园门口,棺材就像被钉在了地上,谁也动它不得。街上看热闹的人越来越多,一个消息传到了府中真伊的耳朵里:那个少年是想她想死的。夫人铁青着脸让真伊出去把棺材弄走,然而还未出嫁的真伊是不能抛头露面的,她的母亲苦苦地哀求却遭到了夫人的冷嘲热讽。真伊的出现并没有改变棺材纹丝不动的状况,焦急之中,一个神秘的女人告诉她,可以放一件贴身的东西在棺材上试试。棺材终于被抬走了,而真伊的母亲也因为屈辱吊死在园子里的桃树上,而真伊在松都也成了耻辱的代名词。那么,在这个微缩的社会关系中,男权秩序的维护者并不是父亲,而是夫人,她房里的长舌妇们,甚至是真伊的母亲。《未曾谋面的爱情》显然进入了一个更深层次的思考,那就是女性长期无法摆脱的不幸,到底是男人造成的,还是女人自己为自己铸造了铁链?在金仁顺的另一篇小说《盘瑟俚》中,"我"也是从一个可怜的朝鲜女人变成了一个盘瑟俚艺人。两篇小说有着很强的互文性，黄府里的真伊死了，花阁里却出现了一个叫作明月或是太阳的艺伎。小说里的"我"几乎成了男权秩序下最可悲的女人，然而这是"我"自己的选择，"我"从此不再属于任何一个男人，可以叫作"月亮"也可以叫作"太阳"，这个世上唯一让"我"牵挂的只有那未曾谋面的爱情。月亏则盈，这似乎是在告诉人们，当"我"的路走到极致，"我"便只是我自己了。虽然作家让"我"在结尾看到了桃花和母亲如火的红裙，虽然母亲当年也是从花阁中走出，然而母亲的经历已然不可能在"我"的身上重演。其实在"我"的抉择中，"我"已经完成了对"月亮"的背叛。作家一直在隐隐地强化着自律的概念，这种自律是女性作为一个理性存在者对自我行为的责任。无论《春香》《未曾谋面的爱情》或《盘瑟俚》的结局是否一定是悲剧的，作者都在倔强地向我们说明，女性对待男权秩序，对抗也好，顺从也罢，哪怕是坚定的维护，自律都将与尊严同在，也是女人成为一个独立的价值载体进而摆脱"他者"可悲身份的必经之路。

在此，我不得不承认自己正在玩弄着一个小把戏，将金仁顺的小说从现世的爱情一步步编排进对女性选择与价值的追问之中。这固然重要，但它毕竟是额外的馈赠。也许对于一个作家来说，讲述是非黑白并不是他最紧要的工作，那些抽象的判断大家自然心中有数，更重要的在于作家以怎样的方式呈现出了现实的可能与诗学的弹性。那么，面对金仁顺的小说，即便我们抛开那些意义上的追问，也依然会感到满足。它在最普遍的爱情与现实的疲惫之间让出一线空间，不远，不近，恰好使爱情可以被肆意地毁灭，人心可以被毫无顾虑地刺痛，在这凄婉绝望之中却不可阻挡地生出一片明亮与宁静，就像风雨飘摇中的香榭，让我们不得不承认这就叫作诗意。或许这才是金仁顺的魅力，小说的魅力。

下 编

在羞于谈论理想的时代谈论理想
——从刘建东小说集《黑眼睛》说开去

1979年,顾城写下"黑夜给了我黑色的眼睛,我却用它来寻找光明",其间理想与那种不被驯服的力量不言而喻。几十年后,当这首诗出现在青年焊工郭志强手里,甚至如同一个远古的预言徘徊在刘建东的小说集《黑眼睛》中时,可能被打通的不仅仅是时空,还有某种悄无声息延续下来并悬浮于琐碎生活之上的东西。

一

《完美的焊缝》中,青年焊工郭志强手捧顾城的诗集《黑眼睛》在火车上与小苏相遇。这个颇具文艺气息的开始点燃了二人情感的火焰。分处两地,建立在等待、远方、短暂的相聚与饱含深情的诗歌上的爱情终将落入凡间,落入八方炼油厂,落入到郭志强所在的检修一队。师傅一句没头没尾的话让郭志强陷入了危机——"你们当中有一个人出卖了我"——直到从师妹林芳菲那里得知所有的徒弟都颇为默契地到师傅那里表了"忠心",郭志强才恍惚觉得事情好像进入了死胡同。但是,他又有一个能让自己坦然面对的理由,而且听上去也很有一番道理:"那个人本来就不是我呀。所以我为什么要去呀……我不去向师傅表白,师傅也不会怪罪我,把我当成一个叛徒。"[1] 于是，小苏带给师傅的石林烟和顾城的诗集一起躺进书柜里，化作了写给小苏的情诗。然而，当诗意、理想与不可动摇的内心反复浸润着故事，"叛徒"却以一种与诗意极不合拍的节奏浮现出来："我从小关家出来，深夜到派出所举报了他们赌博；我看不惯师傅窃取仓库里的国家物资，把这个消息透露给了厂公安处；我对师傅以不同的名字，拥有两个家庭，感到困惑和不解，去了厂纪委。"一切都是郭志强所为，师傅和师兄弟们并没有"冤枉"谁。寻找"叛徒"显然不是小说的目的所在，甚至我们都很难在小说里把"叛徒"简单地视为一个贬义词，因为它极其形象地说明了郭志强在那个环境中异质的存在和他艰难的处境。它正如"黑眼睛"所具有的象征意义，在固执、倔强、不晓世事里又饱含着正直、理想和对内在意志的坚守。小说最后，郭志强与师傅的和解固然让他的精神世界上升到一个更加丰富饱满更有人性味的层面，让小说从"是非"走向了"宽恕"。但是，"一个都不宽恕"又能怎么样呢？即便它可能让小说少了一些曲折，却并不妨碍刘建东试图通过"黑眼睛"来彰显的某种精神气质。

　　这种尴尬的、甚至是令人哭笑不得的处境中的"叛徒"或"异类"无疑是刘建东小说里一个可贵的存在。《阅读与欣赏》就如同一则"叛徒"与"叛徒"的故事。"我"刚刚从大学中文系毕业，本来是要去厂子弟中学做语文教师的，却被临时改派到检修车间。"我"与车间格格不入，"处处存在的混合着汽油、机油、铁锈的味道，角落里那些废弃的铆钉、螺丝、法兰、阀门、换热器更助长了味道的扩散"[2]。就在这个不时令人作呕的地方，"我"遇到了女师傅冯茎衣。师傅把"我"从人事处要来几乎与生产、检修全无关系，她有她的"私心"，"上大学，学中文，那可是我从小的梦想"。于是，在这个充满装置、设备、管线的厂区，"小说"成了

---

[1] 刘建东：《完美的焊缝》，《黑眼睛》，作家出版社，2017年，第129页。
[2] 刘建东：《阅读与欣赏》，《黑眼睛》，作家出版社，2017年，第1页。

一条紧密联结我和师傅的纽带。相比"我"因写作受到的工友的嗤笑,师傅那"热烈而凶猛"的生活更像是工业丛林中一个隐秘又满是骄傲的王国。因为"小说"建立起的信任,师傅开始让"我"为她做一些更为私密的事情,比如用自行车载着她与情人约会,为她和她的情人望风……在厂区一千米外的玉米地里,师傅放浪形骸的生活与我在望风、等候时阅读的《收获》《人民文学》《堂吉诃德》形成了某种意义上的共谋。它是对工厂以及现实生活秩序的挑战与嘲讽,它让两种风马牛不相及的行为与生活方式在那个透着些许荒诞色彩的环境中呈现出异常和谐和睦的关系。这是两个既有生活的"叛徒"秘密而直接的交流,把那些装置、阀门、法兰与沉浸其中的师兄弟们排除在外,构成了一种不安分的、明确生活本可不必如此的"理想"。

而在小说《黑眼睛》里,音乐于扭曲的生活中孤独地奏鸣。那是1965年被停建了的八方炼油厂,骆北风和徒弟欧阳炜被组织留下来看护装置。暴风雪中,骆北风为了救下冻晕在催化塔上的小炜永远地成了瘸子。但是,不幸远没有就此罢休。为了突显"时代英雄",那场师傅救下徒弟也救下恋人的意外,在记者黄楣佳的笔下成了对工厂有着满腔热情的欧阳炜不顾个人安危与对社会主义建设心怀仇恨伺机破坏的骆北风英勇搏斗保护国家财产而冻伤致残的报道。这个"组织决定"的"临时的玩笑"永久地改变了骆北风的生命轨迹,随之而来的是恋人的离去、在"文化大革命"中成了阴谋颠覆社会主义的坏分子、短暂的婚姻和妻子与未出世的孩子的亡故、聚众流氓罪入狱三年……但其中从未间歇的便是与几乎难以继续的生活极不相称的音乐。不管是批斗会前的吹奏、孤独的口琴,还是那些没有权利署上"骆北风"三个字的歌曲创作,以另外一种方式悲凉又不无体贴地成全了骆北风权且继续的生命——说起来荒唐又令人心酸,"瘸腿演奏家的美名与坏分子的角色,在那个时代,在我的身上交相辉映"[1]。正如《完美的焊缝》里的诗意和《阅读与欣赏》里的小说，音乐在《黑眼睛》里与令人无奈又本该痛苦不堪的生活构成了某种诡异而又倔强的张力，它几乎在一种自我放逐的玩世不恭的现实中树起了一面永远不能被厄运击倒的生命之旗。它是那么虚弱，犹如在暴风雪中瑟瑟发抖，却又那么充满韧劲，每每被吹弯又会在风停的瞬间弹起。

也许我们没必要继续从刘建东的小说里寻找"理想"的证据，几乎这些身处窘境的人们就是"理想"本身。他们也曾游离或消沉，却暗暗地保持着对内心、生命、是非、趣味的忠诚。也许他们看上去是可笑的、荒唐的、固执的、不谙世事甚至是不知羞耻的，但在那个与眼下的生活格格不入或是被现实拒之门外的"理想"面前，这些代价又显得无足轻重。郭志强、骆北风们虽然身处一个"理想"具有至高无上的权力又可以被无限放大的年代，但此"理想"非彼"理想"，他们不是可以被记录与传诵的英雄，谈不上生活里的强者，甚至连"我却用它来寻找光明"的没有来由的信心都不具备。他们只是在苍凉的生活与冰冷高耸的催化塔间艰难爬行寻一条生路与内心安宁的卑微的生灵，甚至不管这条生路是否走得通，更无暇顾及这安宁可能仅仅是海市蜃楼。问题在于，卑微的生灵常有，而那份倔强又不可驯服的前行是不是早已变得十分陌生？

二

你看到没有，这就是一个巨大的丛林，成功的机会多，也隐藏着重重的危险。这些装置、设备、管线，以及它们上面的每一个螺丝、法兰、垫片、衬里，甚至是管线中的每一滴油，都是这个丛林中的一分子，它们就像是狮子、老虎、大象、猴子、蛇，等等。如果它们其中的任何一位不高兴了，闹别扭了，使小性子，炸窝了，这块丛林

---

[1] 刘建东：《黑眼睛》，《黑眼睛》，作家出版社，2017年，第203页。

就不太平了。[1]

脱离了具体的处境，一切理想都是可疑的。《阅读与欣赏》里师傅冯荃衣的这段话讲的不仅仅是工厂的自有秩序，更暗自包含着人于特定处境中所要面对的机会与危险。它显示着小说基本的人物关系，是全厂最好的班长对工厂的理解，也是这种理解经由师徒不断传递的过程。

对于刘建东小说里这些基于20世纪国有大厂展开的故事来说，师傅就成了学徒工最基本也是最重要的一个"处境"。《完美的焊缝》中青年焊工郭志强的危机就来自师傅的一句话——"师傅这句话犹如晴天霹雳，让炙热的空气陡然间紧张起来，凭空多了一丝凉意，在他们的血液中奔流"。单师傅在小说里是不断变化的，小苏从生活区里看到单师傅披红戴花，"和电影里、诗歌里的工人师傅一模一样，勤劳朴实、可亲可敬"。小苏对单师傅的认识其实构成了小说的前文本，那是郭志强在"犹豫、不自信"之前十分明确的认识。但是，自从师傅突然喜欢上了徒弟们给他做寿，郭志强的处境就发生了根本性的变化。作为大师兄的郭志强内心十分厌烦做寿上礼这套繁杂事务，虽然从不缺席，但已沦为随大流的那一类人。于是，"除了进厂第二年侥幸得过一次先进之外，任何奖励都和我无缘了"。在这里，刘建东并没有为了显示郭志强在检修队异类般的存在而把问题变成生硬的对峙，相反，从师傅沉溺于徒弟们的追捧、表忠心倒是呈现出了颇具人情与世俗、不好讲是非的中国式关系。正是在这种满是暧昧、弹性、约定俗成与人之常情的处境中，郭志强的特殊性才能够被有效地显现。尤其到了师弟孟海军的女儿急需一大笔钱治病救命，师傅提议把车间仓库里那些废旧设备弄出来卖掉："虽然不能再为装置服务，不能为我们厂创作价值，如果能发挥余热，废物利用，挽救一个孩子的生命，它们也是生得伟大，

---

[1] 刘建东：《阅读与欣赏》，《黑眼睛》，作家出版社，2017年，第5页。

死得光荣了。"但郭志强的态度十分明确,那是盗窃国有资产,犯罪的警戒线不可逾越。此时的郭志强当然"正确",但这"正确"却在小说里显得那么虚弱,让小苏觉得"心里有什么东西堵着"。其实这就是郭志强所面对的最具典型性的处境,可能这在他那里并不存在选择上的难题,但关键在于选择与态度是不是能够解决问题,或者更具体地说,这个"正确"与一个孩子的性命孰轻孰重,又或二者之间是不是真的可以选择?虽然刘建东让郭志强义无反顾地做出了决定,却把这个难题摆在了我们面前。它一方面对那种持守与理想形成了有力的衬托,毕竟它是让一个青年工人与他的师傅以及所有的师兄弟们对抗。这种对抗不仅仅是个体与个体之间的,更是一个人与他所处的师徒伦理、与工厂这个封闭时空内的规则与秩序,甚至是与其中至高无上的权威展开的对决。但另一方面,这个难题又构成了对所谓理想的反讽,让人看到它的"正确",又让人看到它是多么地尴尬、无力、不识人间烟火。如果我们在《阅读与欣赏》与《完美的焊缝》之间建立某种关联,就会发现一些微妙的差异。为什么郭志强对师傅另有家室忍无可忍,径自去厂纪委揭发,而冯苤衣的徒弟却能心安理得地为师傅和她的情人望风,乃至大读《人民文学》和《收获》?如果说刘建东小说里那些既有生活的"叛徒"不可多得,那么小说所呈现出来的"叛徒"们自身的矛盾与处境的复杂同样重要。正是这些矛盾让所谓理想变得不是那么虚无,也正是那些复杂的处境与难题让一个人精神世界与现实生活的博弈变得有迹可循。

如果说生活中的师徒关系构成了小说人物一种具体的、尚有弹性的处境,那么国营大厂所喻示的时代则成了个体难以抗拒的洪流。工会的舞厅是一个极富时代特色的存在,它不仅标志性地划分出一个时间的界限,而且基本明确了一个具有特定生活态度、价值取向的人群。在《阅读与欣赏》中,舞厅为"我"打开了一个"色彩斑斓、爱恨交织"的世界,也打开了令"我"张皇失措的冯苤衣的生活。从舞厅皇后在舞场上的魅力到她频繁更换男人的故事,"像是上了一堂堂有关女人、有关社会、有关欲望的社会课",而那个头戴安全帽的师傅也渐渐成了"我"艺术想象中的人物,"美丽、奔放、放浪形骸","像是浓艳的花,开得热烈而凶猛"。虽然小说一如既往地安排了故事的反转,但对于"我"以及那个年代来说,冯荃衣无疑是一个异类,而且在内心深处,"我"把冯荃衣引为同道。这里之所以不说冯荃衣将"我"引为同道,是因为后者相比前者还显得过于虚弱。有没有一个热爱文学的徒弟都不会改变冯荃衣的生活与精神状态,而冯荃衣对"我"来说,不仅仅提供了"阅读与欣赏",而且成了"我"朝向外部世界的一面盾牌。面对自己的欲望、内心、成就与创伤,冯荃衣远远走在"我"的前面,尽管她的存在也常常使"我"困惑和不解,但正是这个人的存在让"我"在那个厂,在那个年代感到了一种有所依靠的安全。这种安全与信任让"我"在很大程度上对冯荃衣"放浪形骸"的生活保持了亲密与宽容,甚至在有些时候成为它的捍卫者与辩护人。事实上,《阅读与欣赏》中的人物与外部世界的关系与《完美的焊缝》并不一样,冯荃衣们所面对的是一个时代的生活秩序与道德规则,而郭志强所面对的更像是内心犹豫纠结最终又难以撼动的信条。冯荃衣的难题会随着时间、随着时代的变化逐渐消解,而郭志强所面对的,似乎是在任何时候都让人尴尬的难题。至于《黑眼睛》里骆北风、黄楣佳、段红霞、孟指挥的人生悲剧,更是难以抗拒的时代之痛。这种创伤是任何方法也无法弥补的,正如骆北风在给黄楣佳的信中谈起欧阳炜的失忆:"记忆路途中的欧阳炜是个幸运的人,她被历史的一个意外推上了一条光明的坦途,不管她接受与否,她都得在那条路上一路前行。这像我也被历史的意外所抛弃一样。"小说虽然让骆北风在困境中有音乐相伴,但那不过是无可奈何的苦中作乐。小说里的那些热闹、荒唐与嘲讽,从更深的层面剖开时代的创口与这种伤痛的不可逆。更重要的是,对于一个在时代的巨浪中颠簸飘摇以至倾覆的孤帆般的个体,"我已经失去了任何勇气,这样的场面足以证明,我错过了属于我的时代,同样,我也错过了属于别人的时代"。

《黑眼睛》里的几篇小说对人物个人处境及时代处境丰富而详尽的处理使人与外部的关系变得更为坚实可靠，它没有为了凸显人物本身某种特别的气质而走向想当然的"理想主义"。相反，因为这些复杂环境的存在，让小说里的"理想"变得含糊、游离、自相矛盾，它有凭有据地如一棵需要面对风霜与干旱乃至可能随时夭折的树苗根植于自己所不能掌控的土地，在故事对"理想"的不确定中生出小说本身的确定性。它让人们信，又让人们为难，这也许就是小说跨越时间掉过头来回望一个时代、一群走入历史的人的最和蔼的方式。

三

刘建东的小说集《黑眼睛》为我们提供了一种与当下文学潮流并不相同的写作。他在繁杂而具体的现实生活和时代处境中，道出了个体源自内心而为之忠诚的精神理想。尽管这种理想为现实与时代所牵绊，可能显得不合时宜或不明事理，甚至必将如空中楼阁烟消云散，但它的存在却为日复一日的枯燥、琐碎、尴尬与无奈注入了一剂令人兴奋的生机。

小说集里的多部作品涉及了人对文艺的热爱——《阅读与欣赏》里的"我"坐在玉米地的田垄上读师傅送给他的《堂吉诃德》；《完美的焊缝》中的青年男女因顾城的诗集《黑眼睛》而走到一起，他们汹涌的爱意会不自觉地化作《甘蔗林——青纱帐》；骆北风在接受批斗的过程中内心被一首首的乐曲占据，"那时候你就会被自己征服，完全没有了外界的干扰"——这多少有些文艺腔，但它却并没让小说走向虚无的"诗和远方"。相反，小说人物对文艺的热爱恰恰映射着那个年代人们普遍活跃着的精神世界。更重要的是，小说中出现的文艺作品与小说人物的性格与处境以及小说本身所透露出的精神诉求交相呼应，实现了象征性文本与现实文本的紧密契合：冯茎衣和"我"不正是八方炼油厂里的堂吉诃德吗？

小说有着很强的年代感，却没有因此而陷入怀旧的美化性想象。小说里80年代的国营大厂，没有变成热火朝天的劳动集中营，反而隐藏着不可言说的算计、投机、苟且；小说中的人物也与那个常常被怀旧情绪理想化的年代保持着异常紧张乃至对峙的关系。我们由此看到了一个被理想化的年代中，"理想"是如何变得一钱不值，看到了文化的冲突以及个体如何在这种冲突中沦为永远不会被记起的牺牲品，也看到了巍巍大厂如何尾大不掉以及在严密的装置、管线下又隐藏着怎样的暗流与孔洞。尤其在小说《黑眼睛》里，刘建东更是把时间大跨度地提前到了1965年。在那股狂欢式的社会浪潮中，个人被组织的名义抛弃，而这种时代的创伤却并没有真的随着时局的变换终结，它被无情地延续，直至摧毁了他们全部的人生。从这个角度看，小说不仅仅在谈论理想，更在谈论理想所在的残酷的、不为理想所动的现实。

这是一个羞于谈论理想的时代，小说也似乎变得格外卑微，小心翼翼地怕弄出什么响动，混进人堆里暗暗藏起内心汹涌的热情。就小说而言，也许我们见过太多似曾相识的面孔，它们匍匐前进，却不敢在某个时机一跃而起并说出自己的理想。因此，刘建东小说里那些"叛徒"的存在，他对悬浮于日常经验之上的某种尽管可悲却依然可贵的精神理想的书写，很应该成为我们反观一些文学现象的切口。他的写作不会扬起理想主义的大旗，甚至从某种程度上是反理想主义的，就像林芳菲在夜里看到的郭志强的背影："宾馆里那个不大的院子，像是一个庞大的古罗马的斗兽场，郭志强，她的丈夫和师哥，就像一个角斗士，他的面前似乎有着强大而难以战胜的对手。"[1] 但是，他却能在一个羞于谈论理想的话语场域里，巧妙地借助一个被贴上理想标签的年代，于苍凉中有所保留地擦亮个体在日常生活之外的精神追求。我并不是要否认小说对琐碎生活零度介入的表达，它其实为我们提供了一个异常丰富的文学想象空

---

[1] 刘建东：《完美的焊缝》，《黑眼睛》，作家出版社，2017年，第188页。

间。人们可以从小说中发现某种共通的经验，发现心内同样隐秘的波澜，发现自己正在活着的那种日常。但是，在那些隐秘的波动里，是否只有无聊、无助、沮丧和麻木？例如这些年，一系列作品汇成了"失败者之歌"。这无疑是一个需要深入发掘的主题，它与现实有关，与时代的变化有关，与社会阶层的分化和资本及资源的集中有关。但是，当我们进入这些文本，看到的却往往是一厢情愿的"悲剧"。那像是批量生产型号统一的人和故事，几乎坚定地应对着那些有知识、有情怀却对现实似是而非的人们的胃口。在这些小说里，没有决绝的悲剧，因为其中的人物还要感怀唏嘘，还要有那么一点矫情；也没有一种发于本能而不安分的力量，因为他们过于"文明"，不必说绝望中的困兽之斗或狗急跳墙，就连骂句无用的粗话都难以开口。于是，那些原本呛口的遭遇成了饭后的甜点，那些浓重的情怀倒像是调味的情趣。这是现实变窄了，还是写作变窄了？

事实上，这个时代为我们提供了更多的契机，而我们所面对的则是如何认识、如何讲述的问题。对当前文学状况已经有了足够多的描述，"繁荣的""多样的""空洞的""无力的"，但这些描述是否足以概括一个时代的文学？也许我们只是不断暴露着自负和独断，我们从心底里不愿意承认一种不可调和的矛盾的存在。城市与乡村，富裕与贫穷，潮流与传统，激进与保守，人性与道德，男人与女人——也许这种列举已经暴露着简单、狭隘和视野的局限——文学所能讲述的，或者说能够让文学产生力量震撼人心的，无不产生于一系列针锋相对又暧昧不清的关联。这里当然有是非，但文学的力量恐怕不仅仅在判明是非，它可能因为讲述如何是，如何非，如何辨不明是非而逐渐伟大起来。就像脱离困境的理想永远是廉价的，缺乏想象和精神诉求的生活同样令人乏味，文学不能在种种对时代、对人性、对是否"正确"的简单假设中展开。也许我们已经具备了相当的经验和教训，曾经因为说教而遮蔽了审美，因为"革命"而忽视了人性，因为想象的"乡土中国"而无视城市的蔓延和时代的变迁，因为"小资"的情趣而忘记了历史的苦难和底层的坚忍……在这些急匆匆的表达中，我们所偏好的往往是某种狭隘并过于想当然的交代，它对某种明确"目的"的追求要远远多于左顾右盼缓缓地去讲述一个故事。

我选择相信南京街头哭泣的少女或量子物理
——黄孝阳论

黄孝阳是个天生的话痨。不这么说不足以平民愤,从小说到理论批评,里里外外话都让他说尽了,严防死守,一副针插不进水泼不进的样子。不这么说也难以形容他在文学中的表达欲,由此及彼天马行空,好像只要让他开了腔,大家就可以各忙各的,半晌回来还能接着听。以上的话大可不必当真,当然信了也没什么不好,反正在"量子文学"的世界里,不存在一个稳定不变的均质,真与不真、信与不信随时都在翻腾转换,你只要把水搅混了,事情也就变得好玩起来。但直到现在,我还在心里感叹黄孝阳庞杂的阅读,这个知识控式的写作者到底还藏了多少东西至今没来得及拿出来晒晒?

一

小说里,黄孝阳热衷于把原初的叙述者搞死,最好还是自杀,免去节外生枝,责任推给某种未解之谜,却悄然接过了生杀予夺的叙述权杖。《乱世》中写下南坪故事的女人突然跳下地铁,"我"才得以看到"小说"的全貌,才能在尾声里对"小说"滔滔不绝。《众生·设计师》开始于林家有从楼上诡秘坠亡,他手里那只鸽子也便成了天使之眼;这还不够,《众生·设计师》还要生在宁强的手里,而这一切又只不过是关于彼世界系统的实验。在《人间世》

中充满着要命的"活着的人啊",不用多想,又是一部亡灵的手稿。

黄孝阳创作一篇小说的热情要远远大于讲述一则光怪陆离的故事,你可以说这是他对先锋小说的痴迷,但我更愿意把它看成是一个极其强势的作者对自己创作的钟爱。比如《乱世》,那些发生在四川小城的情感纠葛、生死恩怨、党派之争与江湖险恶,本身已完整之至且引人入胜,但这还不足以构成黄孝阳式的小说。他需要一个无比强大又看上去玩世不恭的小说的局外人,他要在完成小说创作的同时一本正经地扮演小说的第一个读者。罗兰·巴特说"作者已死",黄孝阳可能嘴上承认,心里却不大买账,他有太多的办法制造替罪羊,并且把阐释的第一棒牢牢地握在自己手里。作为一个局外人,他就可以在《乱世》中大谈海天盛筵和房价背后的推手,可以大谈文学然后再拍出一份手稿。这不是跑题,也不算恼人的抒情,因为只有这样,他才能有效地成为从文本中收割麦穗的人,而不是一个辛勤劳作却在收获季被宣判"已死"的可怜虫。我们当然清楚尾声里那个皱巴巴的作业本出自黄孝阳之手,但当它被安放在一个已故女子的身上,也就构成了形式,成了小说区别于故事的凭证。更重要的是,这个局外人的存在让小说与现实、历史与当下、具体的文本与宏大的文学理想建立起某种巧妙又坚固的关联,这也就不仅仅是文学形式上重复的、致敬的或是别出新意的实验,而成为一个作家有关认识的整体的又不乏强力的表达。

《人间世》中的黄孝阳不仅仅是一个形式设计师,相比《乱世》《旅人书》《众生·设计师》,它承载着对小说之外的世界更大限度与体量的言说。那种讲述一大段历史的雄心和在象征与寓言里故意暴露作者洪亮声音的穿插容易让人产生分裂的幻觉。为什么会有一个"榫城"?为什么"榫城"原本上为天堂,下为人间,却在某日被天堂的主管改小了入口,"宣布从即日起自己的名不再是'主管',改称'主',只有日日诵念主的名的人才能来到天堂"?为什么"榫城"又是"不平等"最通俗的呈现,而它每隔七年便会倾斜,"底层一小撮的胆大妄为者,在经过一番激烈的斗争后,一些幸运者一跃而上,来到顶层,并建立起新的对'青铜雕塑等'的阐释文本"?为什么"我"能发现扎留在囚室地面的文字,而不知去向的扎又时常出现在"我"面前?这些在一个故事里无须解释的问题却在小说的层面成为某种至关重要的精神内核。这个局外人,这个身份不明、游走于前世今生、穿梭于不同时空的"我"几乎无所不能——他好像应该无所不能——因为黄孝阳要用他眼透视"榫城",要经由他的口讲述"榫城"。而这个"榫城"与扎和娅的恋情也并无多大关系,后者只是为前者提供了寓言性的伪装,整个"榫城"其实是试图藏身暗处的黄孝阳对人性、对欲望、对伦理、对善恶、对权力、对历史、对当代中国以及看待它们的方式本身一份近乎宣言式的供词。它是黄孝阳在扎和娅的寓言里建造起来的人类社会模型,或者它更像一个魔方,在上帝之手的不断把玩下变换着模样——在那些小小的空仓,一群又一群躁动不安的生灵像活在玻璃巢穴中的蚂蚁,他们对话、建立契约,因狭小的空间而冲突直至屠戮;他们在此繁衍,并从中发明了爱情;他们眺望着空仓之外,便在心中点燃了敬畏与信仰;他们走街串巷,从一个空仓移到另一个空仓,插上自制的旗帜便以为是天下的霸主。于是,这个本来深藏不露的局外人急不可待从角落里冲了出来,如来自波斯的商贩,一手拿着亡灵的手稿,一手捏着"榫城"的魔方,机智甚至带着狡猾地搭配售卖。这当然没什么不可以,或者说局外人存在的目的本就不是止步局外,他终将以某种令人惊异的方式现身,尤其对黄孝阳这样的"文字可卡因"成瘾者,只是静观而不能发声无疑将成为精神与肉体的双重折磨。

　　黄孝阳在《写给我的70后同行:知识社会与我们可能的未来》里有一段美好的文字:

　　　　我们要发声,是想跟这个世界建立起某种联系。
　　　　我们要谦卑,我们的确无知。
　　　　因为无知,所以世界新鲜如橙。我们对这个世界的好奇与相应的创造力,是对各自栖身的洞穴的刺穿。这是一件多么美好的事啊,好像潜泳已久的人,嘴里含上了一根通向水面的芦苇管,尤其是在这个由科技构建的现实里,它让风吹入了身体里。

这是对局外人很好的诠释。而且令人欣慰的是,他小说中近乎强势的发声与言说的冲动并没有走向武断的全知全能。这是认知与讲述的局限,也是它们自然而然的样子。"我"依然身处梦境,依然是有罪的,"我"依然无法目睹甚至想象"椰城"的全貌,"就算有一位幸运的人能识破其中的欺诈与谎言,念完这篇复杂拗口的咒文,被囚于牢笼的我也不能给予他任何帮助"。是的,黄孝阳没有成为自己的敌人。

二

"你不能强迫我去做一个西方人",黄孝阳曾在一篇文章里自解遗传密码。这么说的时候,他并没有把问题落在强迫与否,而是很坦诚地去讲自己的审美趣味,讲一个属于黄孝阳的东方。这也就不构成某种政治伦理或权力界限的话语圈套,而成了一个具体的文化基因问题。但是,这对于一个喜谈科技与互联时代、热衷于形式实验的作家来说简直就是天方夜谭,或是在我们的习惯思维里就把东、西及其文化样式和政治与审美看成是天然隔绝的存在。在此,我不想继续这个大而无当的话题,因为在黄孝阳的小说中,有非常明显而具体的东方、传统或是中国,而这才是谈论一个作家最直接的方式。

抛开《乱世》的楔子与尾声,那份"手稿"依然是一个有趣的文本。虽然黄孝阳曾在不同的地方强调小说要摆脱说书人的格局,但在《乱世》内部,诱人又无法掩饰的却是说书人的狡黠。"手稿"在简短的寒暄之后就亮出了草丛里瞄准刘无果和蒋白的那支步枪。持枪者是谁,暂时不清楚。为什么要瞄准,眼下也说不准。所以得等，得焦急而又被迫耐心地等别人把故事讲下去。这不同于自然主义小说那近乎冗长的铺陈与解说，因为后者求真，从环境到细节，唯恐场面做得不够；这也不同于现代小说那份主体性的傲慢，因为那种注视自我的对话至少在表面上保持着对阅读者的冷漠与矜持。它是说书人的"揪心之术"，得让人着急又坐得住，得跟着我走，毕竟人走了今天就没有饭吃。因此，故事的叙述始终保持着一种步步紧逼的节奏，它用一条线索引出另一条线索，在一个结局拉开另一场的序幕，交错往复。如果我们仅仅把它看成是某种具有现代意义的反逻辑、反秩序的形式上的努力就会忽略了黄孝阳是个文学中的聪明人的事实，因为他此刻正牢牢地握着一根有力的绳索——对故事的好奇——我相信绝大多数阅读者在面对刘无果追查刘无因之死的复杂故事时不会把注意力集中在情节的拼接与文本碎片的组织形式上，他们急迫地追逐着那个明确的因果，最想获得的是对"到底怎么了"的清楚交代。所以，洋葱是被一层层剥开的，刘无因与刘无果是兄弟，五叔与王培伟是父子，王培伟就是罗秦明，周怜花与刘无因、王培伟是情人，与说书人是师生……他们的身份在此刻已显得不那么重要，是这些由隐秘逐渐走向明朗的关系决定了故事之所以如此。这个时候，那些被拼接或尚未拼接起来的碎片不是为了表述现实的荒诞和存在的虚无，而是要编成一辫能一下拎起可以食用的蒜头，不管味道如何、是意外还是惊喜，都需给那个隐藏着的对故事与因果的好奇以切实的交代。于是，手稿呈现出了故事最传统的而不是最现代的样子，它必须是揪心的，是可听可读的，是能证明奇迹的存在与因果报应的。

不管怎么说，"手稿"将一个极富传奇性的故事摆在人们面前。英雄复仇，袍泽兄弟肝胆相照，市井奇人，弱女子深藏血泪身手不凡……情义恩仇不断催动着故事一路奔袭。刘无果与蒋白的关系显然不能置于现代性的框架中加以理解，今天的身份、地位、阶层等概念根本不能将其全面呈现。那种过命的交情，如兄弟又似父子，一个看似冷静多疑却又常常被困于某个心结，一个刚硬鲁莽却又上演了舍命救主的大戏。这是情义而不是契约，对这种关系的讲述自然也脱不开传统中国对男性关系那种包含权威、手足、道义以及主仆的想象。身份背后也要有令人惊奇的意外："梁木不宽，妇人手足并用，行来如履平地，其身形纤细修长，动作疾速，乍眼望去，真如于林中大木上行走的母豹，偶尔露出一段足胫，白皙柔嫩，让人唇干舌燥。"这可是之前那个梳着堕马髻"五官依稀有静物之美"的妇道人家？后来发现她是军统的特派员自然是应了故事的需要，但就说她是美狐成妖似乎也在情理之中。不仅故事如此，就连描述刘周氏从救走刘无果的这寥寥数句，也沁润在聊斋气里。而袍哥老大罗秦明不但能飞檐走壁双枪灭烛，还要出资办学为乡人称道。为了学堂规划区里一位孤寡老妇的祖居，罗秦明"四次折节"，瞎眼老太上吊自尽，把祖产捐予学堂，罗秦明披麻戴孝，如子嗣般在坟头摔了瓦盆。道义于此完全淹没了逻辑或现实，这无疑是传奇的力量，人们明知是说书唱戏却依然选择相信并对此无比期待。

英雄终要落难，但又不能就此身陷囹圄，于是便有了后来的一幕：

> 少年心思敏捷，又胆大异常，自群言汹汹中听出端倪，又在屋檐上见着游行队伍朝胡子巷方向行去，于须臾间寻来利刃，提足疾奔到池塘边，再脱衣入水，口含荷茎，匿伏于莲叶底下；待躺椅沉落，在水中翻滚时，仗着水性精熟与莲叶的屏障，于众目睽睽下屏息游至两人身边。无巧不巧，这段距离也是极近，偶尔几人看见出污泥而不染的黑影，还正自诧异，少年已翻腕拔刃割断两人身上绳索。妇人当是恨极刘富贵，手脚一得自由，顾不得身上寸缕未挂，猱身扑出，手下毫不留情。只是这一扑、一刺，已然耗尽她几乎所有的体力，随即瘫坐在地，胸部急遽起伏。

这无疑是最受茶客们欢迎的戏码，一个巧字成全了人们所有的期待。仿佛故事开头那杆藏在草丛里的中正步枪到现在才真正打响，谁能想到那个像呆鸟一样晕头转向闯入故事的枯瘦少年杨二能搅起如此的场面？这时的杨二与当初话都说不全了的少年判若两人，影子一般滑过便让英雄之难灰飞烟灭。但从水中腾空而起的又不是杨二，偏偏是个赤身裸体的女人，水下的利刃也变成了一支划开仇家的脖颈如裁开丝绸般的簪子，在快意恩仇间又有了那么一些湿漉漉的诱惑。于是，一个点点滴滴之处酝酿着传奇的故事最终以更加传奇的方式趋于尾声，至于此间恩怨或许已在刘氏兄弟"无因无果"的喻示下变得云开雾散，人们的好奇心已然被这一轮又一轮的惊奇喂饱了。

　　《乱世》中的"手稿"几乎整合了中国传统故事里最能撩人心弦的元素：国恨、家仇、道义、权术，英雄与风尘女子，盗亦有道与府第小人，江湖奇术与神秘刀客，兼济天下力挽狂澜的雄心与叔嫂间不足为外人道的骚动……这个时候，我们就不得不承认黄孝阳深谙"说书"之道。待到小说"尾声"，兜了一大圈子才绕出那个秘密："你知道的，要有头有尾，尤其是在'碎片化'的今天，读者更需要一个完整的故事，这样，他们才能不那么费力地找出自己的脸庞、命运、心碎的激情，以及永远的夜晚。"但如果你真的认为这是一个充满确定性的结论就有可能再次落入黄孝阳的圈套，它更像是与读者展开的智力角力或是黄孝阳为自己开设的一场辩论。因为整部小说本身就是一个矛盾体：要让"无因""无果"去寻求事情的因果；要让一个视文学为自己与世界庄严契约的女人以死来保全并终结这份约定；要让一部被"楔子"和"尾声"架到手术台上实施解剖的"手稿"先由成堆的碎片长成一个有机体，而它存在更像是为了被分解而必须进行的前提性整合。在这种极富矛盾的现代性文学形式与文学行为中，那个必需的"手稿"却以更趋于东方、趋于传统和通俗的方式疯狂地成长起来，这绝不是对作者将小说坚定地视为一门现代艺术的悖反，而恰恰是他以现代的方式成全与整合传统文学智慧的一次具有先锋性的实验。它让人们看到的是一种不断成长与变化的文学理想,是一个人如何在现代性社会里破译自己的文化遗传密码,也是一个作家怎样从实验性的文本中带着得意的坏笑炫技式地演练自己说书人的手艺。

三

读过黄孝阳的小说,我选择认同他的"量子文学观"。这种相信不是来自他的阐释,而是依赖于小说所呈现出的说服力。可能我太保守,保守到不愿意相信一种需要借助理论尤其是牛顿力学或量子物理才能说明白的文学问题。黄孝阳的理论文章常常严肃到让人以为他在制造一个天大的玩笑,可别忘了他是个知识控和天生的话痨啊,他就应该把文章写成这样——当然要把对天空的感觉和量子物理以及花草、情人或文学捏到一起来说——炫耀知识、卖弄风情、招人憎恨又聪明可爱。也许这就是"量子文学"的态度,随机的、不确定的,相信一个人遭遇的而不是所谓生活中的偶然胜过历史的必然,相信南京街头哭泣的少女与量子物理的紧密关系要远远超越上帝和他的信徒。其实这种相信也充满了不确定性,所以我更愿意把它看成是一种选择,是选择对世界唯一答案的确认还是选择承认自己的无知,是选择一个固若金汤的历史规律还是选择 A 踩了 D 的脚 C 又吻了 G 的热闹现实。或者这些都不重要,重要的是世界的丰富性与选择的丰富性。

所以,黄孝阳小说里的"手稿"则成了某种选择或可能性的原点。即使这些"手稿"呈现出内在的封闭性与稳定性,但当它被安置于一个与之关系微妙的小说中时,小说与"手稿"的关系,小说中的人与"手稿"的关系,小说中的其他故事与"手稿"的关系,读者与"手稿"的关系以及以上关系与"手稿"的关系等等,使小说酝酿出十分庞杂的内涵。它是极其开放的,成了可以调动各类元素参与其中的智力游戏,为作者、读者提供了辽阔的表达、想象与阐释的空间。就像《人间世》的楔子:"我是在公园的躺椅上见到这份被丢弃的手稿的。"从开头那行"已从日常生活消失了的""与当下恣意放纵的时代精神颇不合拍"的隶书猜测"手稿"的主人是个上了年纪的人,可如果它的主人并没那么老,或出生于 70 年代?"尽管我是出生于 20 世纪 70 年代,对于手稿中所描述的一些历史并不大熟悉,但老实说,这份手稿看上去更像一部小说"——它是小说便成了"荒诞与梦的堆积"和"现实与内心的交锋与碰撞",但如果"我"对历史并不熟悉而导致了误判,或许它恰恰不是小说而是历史,"不具备所谓'真实'的力量,但这又有什么关系呢?"又如《众生·设计师》里那个关于"彼世界系统"的作品,到底是彼世界与此世界合成一体,还是"我所置身的这个现实,也是另一个维度的某种生物所设计的彼世界"?或者"生物"就是一种局限?至于《乱世》的尾声,其本身就是"手稿"这个开放文本的一种概率性的阶段,可它为什么又与"量子文学观"高度应和甚至重合?如果知识可能像《众生·设计师》里宁强所说的那样通过性来传播,那么黄孝阳与"我"与那个女作者又发生了什么?——以上问题的提出纯属偶然,但这个旋涡式的小说时空映衬着现实的单调、线性、无聊、粗暴和一厢情愿的自我陶醉与丧失选择的自以为是。或者现实并非如此,而是我们强行把它变成了这副模样。

　　《旅人书》更是一个奇特的文本,它不但是黄孝阳自认目前在"量子文学"的道路上走得最远的作品,而且在我看来,它对阅读方式或习惯的挑战甚至超越了文本内在的意义。《旅人书》分为两部分,其一是七十座城,其二是六十二个小故事。虽然黄孝阳用一首诗的七十个字来分别命名七十座城,但它依旧是一种偶然的序列。就像那被拆解出的七十个字不再构成诗性的关联,七十座城的存在并无什么必然联系,六十二个小故事也是如此。于是,这就成了一本可以随时拿起随机翻阅的书,如同其中漫无目的始终都在行走的旅人,从什么地方开始或从什么地方结束都变得无足轻重。"取城"人每隔十年就要烧掉自己的小屋,包括一切承载记忆的书本、恩仇、诅咒、衣物,然后像新生儿一样从头开始;"离城"人几乎具有人类全部的美德，但他们对艺术的痴迷或是偏见足以让这座城走向毁灭；"为城"满是蜂巢一样的"房子"，城里的人对身体接触的恐惧胜过死亡……七十座城以荒诞又具寓言性的方式陈列出人类存在的种种可能，它也许是异想天开的，也许是已然实现的，也许伴随着权力的肆虐，也许渗透着人心最隐秘的骚动。如果说七十座城是人类空间性或想象性的存在，那么六十二个小故事则是人类存在行为或关系的证明。更重要的是，与其说《旅人书》两部分保持着完全开放的状态，不如说它们构成了某种文学性或故事性的关系矩阵。假如随机的阅读还只是小儿科，那么当我们把六十二个小故事代入到七十座城之中，它所迸发出的形式上与故事上的可能和对人们阅读思维以及想象之局限的冲击无疑是惊人的。

  我对《旅人书》的阅读由小说页下的注释开始。仅仅是注释，已经构成了一个丰富的文学空间，它是抒情的、是富有诗意的、是哲思性的，也是呓语的、不节制的、夹带私货的。我从来不认为小说中的叙述还必须经过如此篇幅的注释才能变得足够完备，那么这种有意为之的注脚和言说则构成了小说不可或缺的表达方式。正如我们将小说中的七十座城与六十二个故事看成是有关人类生存的想象性空间与想象性行为，《旅人书》的注释则构成了一个切实存在的俗世，它不具有寓言性或开放性，它抒情是为了能以之动人，它辩论是为了免受误解，它是被急切地讲述并期待被接受的。如果说七十座城与六十二个故事里的讲述者保持着旅人信马由缰的旁观姿态，那么注释中的黄孝阳煽情又专断独行，他一边扮演着量子文学兢兢业业的授道者，一边化身俗世中掌握阐释与言说大权的国王。

  因此，在黄孝阳所进行的当代小说实验中，一切阐释都是危险的，色即是空，空即是色，难免被他算计。然而，对这种实验的阅读与阐释又是有趣的，就像跟一个聪明人玩游戏，步步惊心也是一种满足。但不管怎么说，在量子文学这个充满不确定性的世界里，逐渐清晰的是本就不能或不该给黄孝阳及他的创作以一个明确的评价，讲他是先锋的或是传统的，是设计师还是说书人。也许根本就不存在一个真实的黄孝阳,哪怕你昨天刚刚跟他打过招呼,他不是作家或出版人,不是一个儿子、丈夫或父亲,也不是一个话痨、知识控或聪明的同事,他只是匿身人群被彼世界设计至此的密探。

大厂守灵人与性的悖论
——读鬼金《用眼泪,作成狮子的纵发》

"我是吊车司机,也是作家"——你完全可以想象一个大块头说这句话的神情,也能体会到"用眼泪作成狮子的纵发"所包含的雄性的诗意和浪漫。现实中的鬼金足以用膀子把文艺青年的形象撞得粉碎,就像他的小说,硬爽如粗毛刷子或板寸头,在一个个短句里把工厂的生冷轧制成小说。小说集《用眼泪,作成狮子的纵发》里的八篇小说有着非常紧密的关联,它们相互拼接组织起一个萧条的轧钢厂和一片破败的棚户区。那个幽暗冰冷的轧钢厂从来没有现出全貌,但它始终矗立于此,构成了几篇小说神秘的圆心,犹如卡夫卡笔下那座永远无法进入的城堡,人们不断收到它的消息,却只能远远地眺望。正如鬼金在序言中所说,"我不为工人代言"。在那个永远也逃不开的轧钢厂里,我们再难找到那种带着阶级的荣耀或傲慢的工人。他们由无所畏惧的铁人变成了一个个需要面对一餐饭、面对基本的欲望、面对心灵急需填充的黑洞乃至被时代的飞轮甩出并遗弃的最普通的生命。

"2014年钢铁行业危机,之前不知道几次了,但这次好像病入沉疴。"《明莉莉》中的老朱因此要求放假,没被批准。他的心思早已不知去向何处,对于轧钢厂,"我坚持这么多年,也许就是为了有一天,来给它致悼辞"。老朱的妻子明莉莉从当初分配到车间的小学徒成了《望城日报》的主任,夫妻二人的关系却越来越拧巴起来。谁能想象眼前这个衰老的酒鬼曾经用诗打动了女学徒的心？然而生活从不为谁停下步伐，直到借酒浇愁的老朱残忍地杀死了明莉莉那条叫"诗"的小狗。明莉莉的出轨完全在意料之中，而老朱用杀死"诗"的螺丝刀又杀死了明莉莉的情人却是小说近乎决绝的推进，至于老朱和明莉莉在情人的尸体前再一次忘情地做爱则生出几分荒诞的味道。地上的血，窗外高耸的轧钢厂的烟囱，粗暴又满是肉欲的动作，让老朱实现了他"真正的结局"。这里存在一个不可忽略的前提就是国营大厂的萧条——"轧钢厂是坚硬的、冷冰冰的，它与机器有关，与体制有关，缺乏人情味。"破产、倒闭、工人下岗，当年那个炙手可热的铁饭碗在一夜之间成了泡过水的馒头，膨大却难以充饥。于是，此刻的轧钢厂显得异常冷酷，"机器轰鸣起来，人影绰绰，犹如鬼影"，"墙外的寂静让人恐惧，墙内的热闹同样让人恐惧"。老朱自我毁灭式的行动并不完全是对妻子出轨的报复，它更像一场告别，向窗外的轧钢厂，向一个曾经充满荣耀的身份，甚至是向一个逝去了的工业老大哥的时代。事实上，轧钢厂的没落也就是老朱诗情的没落，轧钢厂的停工让老朱坚定了"我只用火出版我的诗歌"的决心。濒临破产又无法逃离的轧钢厂让老朱彻底成了它的囚徒，它虽然消耗了老朱们的青年、中年、老年，却悄无声息地成了一个安稳的心灵居所，而它的突然停摆无疑在老朱们心里戳出了一个无法弥补的大洞。老朱的诗意是与轧钢厂捆绑在一起的，但这不仅仅是诗意的消亡，因为它更是现实生活的坍塌，就像韩全死后老朱再也找不到精神上的伙伴和为他念悼词的人。虽然老朱似乎已经意识到成为轧钢厂的守灵人是他无法逃脱的宿命，但守灵之后的日子将如何交代？老朱不知道，鬼金也不知道。

为轧钢厂守灵的不仅只有老朱，老朱是工人，曾经光芒万丈的国家正式职工，也许还有他根本不会看在眼里的"局外人"。如果说老朱的选择于无可奈何里还带着那么一丝主动与悲壮，那么在《芝英》《彩虹》《二春》等几篇小说里，一切都是必须接受没得商量的残局。小说里的人物与工厂保持着一种若即若离的关系,而这段微妙的距离恰恰成就了小说某种内在的张力。芝英并不属于轧钢厂,她在理发店打工;丈夫李臣在拖拉机厂倒闭后,卖起了猪肉;他们居住的楚河巷81号当年是轧钢厂的住宅区。彩虹和弟弟们在父亲的意外身亡后躲进后山废弃的碉堡,从此他们与轧钢厂的关系由当工人的父亲变为一个窃取废铁的洞口继续维系着。傻子二春自然没有到轧钢厂当工人的命,却也曾在厂区"地位显赫",这完全仰仗他在保卫科当科长的弟弟。那么,他们到底是谁?他们与即便破败也依旧巍然不动的大厂到底是什么关系?轧钢厂的萧条不可阻挡,相比老朱,芝英、彩虹和二春他们则成了面对这种萧条更加无从躲藏的人。几篇小说没有选择那些处于产业调整体制改革风口浪尖上的人们,似乎监守自盗或聚众讨薪在这个节骨眼上显得过于强势和热闹,而是把目光投向了依附甚至是寄生于大厂却永远无法触及真正意义上的工业、工厂和工人的人们。在这个对于厂区来说近乎天翻地覆的大转折里,彩虹、二春们成了最无足轻重的存在。他们的出路在哪里?他们将以什么方式存活?他们的下一顿饭到底有没有着落?巨兽翻身,有谁会在乎它身上的跳蚤?是的,跳蚤。这听上去格外残酷,但它确实是轧钢厂这头尾大不掉的巨兽给予他们的命运。然而,跳蚤也是生命,别人可能不在乎,鬼金在乎。可这似乎又是命中注定的悲剧,他们以不同的方式围绕在轧钢厂周围,如同打扫残羹剩饭一般悄然进出厂区,因为他们要从一个已然破败不堪的工厂寻求最后一点卑微的活路。他们迫不得已成了大厂最忠诚的守灵人,却又在冥冥中要做大厂的殉葬者,就像以偷窃废铁为生的二春在轧钢厂"警钟长鸣"的大钟里化作一具白骨,那么长的时间里也不曾有人过问。自20世纪末国企改革以来,中国文学几乎是对这一具有时代转折意义的重大事件不约而同地保持了沉默,在我们所能看到的如李铁、路内、双雪涛的一些作品可能从不同的侧面对其有所触碰,有的从改革中的权力关系、利益冲突颇具先锋色彩地抽出一条社会变革的鱼骨,有的以戏谑的口吻将之化成了小说人物玩世不恭的前提,却鲜有人去专门讲述底层工人甚至是底层之底层的生存状态。而这时,鬼金的小说就像他的街拍,贴着地皮,贴着墙角,在粗砺的黑白间呈现出苔藓一般的生命与生活。

性在鬼金的小说里几乎成了活着的证据。《芝英》中,李臣是个"贪货"。两人不能生养,这在他们看来倒成了一件令人轻松的事情:"这是给我们省钱了。即使有了孩子,吃不上穿不上的,孩子长大了自卑,也会埋怨我们。图啥啊?"这种解嘲式的自我安慰无奈地呈现出芝英夫妇的生活状态,即便猪肉卖得不错,再添一张嘴也是负担。在此,"保暖思淫欲"像是成了一则无效的论断,因为在芝英与李臣的生活里,性几乎成了他们唯一的乐趣。小说中,两人的温存与体贴在充满游戏性的性行为面前显得那么日常,而性则在鬼金的笔下被赋予了某种超越日常生活的仪式感,是因为在他们所处的"人肉还不值几斤猪肉的钱"的生活里,"感官欲望和爱情是一种救赎"。但是,在梦里,芝英看见赤身裸体的生子跟护士做爱——"说不出来的一种感觉,嫉妒?还是别的什么?芝英变得忧伤起来"。这固然是一场虚无缥缈的梦,但已然构成了芝英夫妇封闭生活里的不安分力量。这不是说芝英在心中隐藏着什么不安分的欲求,而是这个情节打破了故事固有的平衡。当小说营造出某种朴素、安稳、自得其乐的琐碎生活之后,那个有着别样感觉的肉欲场面以及梦里的来无影去无踪的白马让叙事的天平不断地颤抖、倾斜,它将故事引向了另一个世界。在这个无须为现实负责的世界里,压抑的欲望与生活的辛酸可以被肆意地放大,于是有了死亡,有了伴随着死亡而来的充满绝望的荷尔蒙喷发,同时也有了虚幻之中更为虚幻的"鲜花盛开的地方"和他们的"春天"。

待到《彩虹》,性的意味变得更为复杂。彩虹和弟弟天真、可爱成了孤儿,失去住所,没有收入,只能躲进废弃的碉堡靠偷铁为生。对于这个被称作"家"的地方,"四周杂草丛生,远远看去很像一座坟墓"。它曾是混混肖浪生的偷情之处,也是天真第一次目睹男女之事的地方，似乎也昭示着它终将被压抑扭曲的肉欲填满。碉堡里的性永远都有一个明确的价码：隰县偷铁的女人用它变成安全回家的保证；自从李连德常常过来把彩虹放倒在床上，天真也便开始大摇大摆地用汽车从轧钢厂把钢铁运往废品收购站；即便是彩虹衣下凸起的乳头，也能换来李梅他爸更卖力的帮忙；天真在这里强奸了自己的姐姐彩虹，是因为鄙视，也是性在此因廉价而失去了它的价值。对于正值青春期的天真来说，更是什么事情都可能通过性来表达。"我越来越喜欢躺在草地上数钱的感觉了，也越来越喜欢躺在草地上手淫的感觉了"——这无疑是一件值得庆贺的事，"有肉吃了，可爱放出的屁更加臭了"。食欲和性欲在这简单干脆的几行字里令人生出略带欣慰的心酸。是的，不管是偷还是什么，一个把被火车撞碎的父亲抬回家又被恶毒的亲戚霸占了房屋的少年终于有肉吃了。于是松了一口气，于是要庆祝一番，那么方式和途径呢？少年天真所拥有的只有自己的身体和一膀子力气，那么除了一个人隐秘的肉体安慰还能怎样？性在天真那里意味成长，他从一个不谙世事的少年成了一条懂得"死"与"舒服"的汉子；性在天真那里也意味着胜利，甚至是狠狠抽在残酷处境脸上的一记耳光，他可以夹着三棱刮刀独来独往，"就像武侠小说里的侠客"，虽未劫富济贫却自此撑起姐弟三人的光景。他几乎是"楚河巷"里唯一的硬汉，一个敢于跟身份和处境，敢于跟世事叫号的人。

性在《用眼泪，作成狮子的纵发》里无疑是被放纵的，但这放纵却构成了某种内在的悖论。在这些小说里，性的需求与性的满足从来没能进入到那种相互映照的关系。李臣"包饺子"的渴望一定要被置于虚幻的情境中才能得以实现；老朱以他所要的"真正的结局"解构了性本身所蕴含的生命、繁殖、愉悦与满足，它几乎是坚决求死、坚决告别的；天真喷薄的荷尔蒙成了他对现实发出的战书和狂欢式的庆功宴，与性无关，与欲望无关；彩虹以身体的屈辱换来姐弟生活的继续，但这种忍辱负重却被弟弟无情地践踏；傻子二春朝思暮想的是芝英却很识时务地选择了傻子二华，在这近乎苟且的结局里却意外地生出一些温暖而纯洁的真与善。也许性只是一件更能放大现实与人心错位、撕裂的装饰物，毕竟对于那些大厂的守灵人来说，一切都是被动、扭曲、所得非所求的，性与死亡在这里几乎成了同义词。覆巢之下安有完卵，在这个时候谈秩序、谈道德、甚至谈日常都是无的放矢。他们没有"日常"，或者说他们的日常聚集了生命所不该承受的苦楚，他们是被鬼金精心挑选出来的守灵人，不仅仅是陷入精神与肉体双重困境的囚徒，更是要眼睁睁地看着自己被推入墓穴的殉葬者。鬼金在小说里很不愿意流露他的悲观或同情，因为它们被置于故事中会显得分外廉价又不合时宜，这就像你无法告诉一个守灵人不要悲伤或卸下情愫，片刻的静默与陪伴也许是最体贴的选择。鬼金苦笑着用他钢铁般生冷的语言和故事掩盖起自己的疼，也掩盖起充满悲剧性的理想，因为他是当事人，或者我们也是。

"马小军"的人生道路
——石一枫论

在过去很长一段时间里,中国广告往往离不开"老少咸宜"的撒手锏,一副无毒无害、造福普罗大众、放之四海而皆准的架势。而石一枫的小说,老少皆不宜。小孩子读多了,怕是要学坏,当然学坏也没什么大不了;老年读了,大概会觉得躁,甚至动肝火,显然无助延年益寿。石一枫自然不是救世主,一篇小说更没必要老少咸宜,因为他本来就是写给大妞糙汉子们的——一群跟他一并成长起来,装作看破红尘又痴迷于红尘的同代人。不得不承认,石一枫近几年的创作发生了一些变化,越来越成熟老到,多了些一本正经。尽管这些词未必全是褒奖,但这转变也绝不是什么坏事,只是莫名地让人生出一种不好言说的滋味。基于生而为人的拧巴,倒回去重读石一枫更早的小说,那种莫名的感受反而变得清晰起来。

《不许眨眼》无异于一场语言的狂欢,小说里刚刚归国的陈青萍和"我们三个狗男人"绝大多数的时间都在耍嘴。有关生活、有关时间、有关爱情,一系列高大上到需要严肃对待的事情被玩了个底儿掉,好像什么都不值一提,于其承受一本正经的尴尬不如从中找找乐子。话说在陈青萍连个招呼也不打就跟着美国教授奔赴海外之前,吴聊、肖潇、马小军整日围绕在身旁,"上午先去和吴聊讨论经济原理,下午再听肖潇讲解学术规范,到了晚上夜黑人散,便到湖边的小树林去找我"。三个男人在当时也算各尽其用,互不干扰，但几年后陈青萍一个电话把他们招到一起"开大会"就有点故意看热闹的意思了。三个懊丧的男人坐在咖啡馆里没话找话，"基本情况是没发大财没成大师没得大病"——这很重要，因为他们依然"势均力敌"，即便各自心怀鬼胎，此时也很难把这次会面当成一场真正必要的较量。于是，它变成了一次带有表演性质的对话，当然也可以把它十分矫情地理解为三种人生观和价值观的碰撞。在这一点上，陈青萍在与不在都没什么区别。然而这里存在着一个时间的错位，尽管吴聊依然现实、肖潇依然理想主义、马小军依然玩世不恭，但问题是他们如何在一段不可抗拒的时间过后为当下寻找一个还说得过去的借口或替过去打打掩护。所以，那个看上去十分无厘头的"不许眨眼"的比赛便成了消解时间的一个有效方式，因为"眨眼让时间不经意地流逝，但又把时间封存在了人们的心中，如果没有这张照片，我们必将面对虚无的、没有意义的生活"。这场比赛必须以闹剧的方式告终，因为一板一眼显然不是石一枫的方式。他们"来的目的是爱情或性生活，这两位，却引入了哲学讨论"，但这远远不够。马小军因为跟旁边的人照眼被打；陈青萍此次回国是为了跟别人结婚；一向斯文的肖潇扑到陈青萍脚下痛哭流涕；自以为最具胜算的吴聊不得不留下来收拾烂摊子；眼看就要"重构几年前的格局"的马小军却发现陈青萍真的无法眨眼了……"就这么操蛋，怎么着吧"，这几乎成了小说面对无法追回的时间强颜欢笑式的宣言，它不仅仅是马小军"比赛失利"之后意外收获的感慨，也是"听到了一句曾经渴望过、一直没把握、现在又不能接受的话"而匆匆离开的无奈。虽然小说里的马小军使人想起王朔和他的《动物凶猛》，陈青萍也总是让人联想到王小波《黄金时代》中的陈清扬，但石一枫于此显然失去了王朔或王小波式的"理直气壮"，即使最后"敦一敦伟大的友谊"也是狼狈收场。这并不是说石一枫不够"痞"或缺少某种理性的自觉，而是他在这篇发表于2006年的《不许眨眼》中已经置身强作欢颜、玩世不恭的盔甲里暗自忧伤起来。这就像马小军在陈青萍面前仰起脖子用酒呼噜呼噜地漱口，那种"不正经"或多或少地藏着物是人非又一厢情愿的苍凉。

《五年内外》里这种情绪越发地浓郁。我并不愿意将其理解为一部《顽主》式的小说，因为它更多地在讲欲做顽主而不得——"当时我无所事事，对未来的梦想鼠目寸光，只想当一个成功的地痞流氓……但每天必须上学的现状又让我痛感英雄无用武之地：连逃学都不敢，还当什么地痞流氓啊"。但是，"那是我进入最高学府以前的事儿了"。小说在一开头就摆明了一种时间上的断裂，可它又不是简单的回顾，而成了身份、情感、境遇等斩钉截铁般的转换。然而石一枫偏偏又要在这斩钉截铁中写出某种务虚的藕断丝连，这也就使得作为小说主体的"张磊被捶记"在记述一件往事、趣事的同时，成为一种特定情绪或情怀的铺垫。甚至可以说，故事性的铺垫进行得越是玩世不恭、荒诞不经，越是能让小说最终凝结出的看似波澜不惊实且波涛汹涌的内心戏变得内敛而又动人。磕架、拍婆子、叨着地痞流氓最喜欢的"希尔顿"……"我"和张磊的顽主生涯最终在部队大院最有名的流氓"鲁泡儿"的"光环破碎"下成为泡影。事实上，"成为流氓"不过是青春期最普遍的躁动，而石一枫更是以斜视的螃蟹男、小哑巴等一干实在上不得台面的小弟，临阵脱逃的孙亮、熊伟以及他们虚张声势地"吹魔幻现实主义牛逼"使其富有自嘲的意味。当什么人都可以做顽主，张口闭口"东四六条和展览馆那边儿都是我兄弟"时，它就成了一个不可绕道而行、过后又颇有些羞于提起的人生阶段，也让"我"在五年后成了一个"退役的老乔丹"，"一个穿西服、打高尔夫球的典型美国阔佬，和下一代年轻人的爱好格格不入"。在这个不断强化着青春的虚无与挫败感的故事里，抽烟不止的小女孩几乎成了一个带有象征意味的存在。五年前，她面对这些陷在青春躁动中的人和事总是摆出一副见怪不怪的样子；五年后，"小女孩清纯亮丽，好像从来没有过冷漠的表情一般笑着"。变化不见得完全来自小女孩本身，它可能更多地来自"我"。这是时过境迁之后某种情结的另一种呈现，如同那些想做"流氓"的日子,尽管荒唐无比,却总会在一些时候不由分说地涌上心头,成为念念不忘的"阳光灿烂的日子"。这又像小说写到"我"从车窗接过小女孩嘴里的烟,令人不禁期待一个新的故事的开始。但她毕竟如另一个时代穿越过来的人,不可久留,就像一个独特的参照,以完全不同于当事人的姿态映射着那些不可避免又不是十分必要的虚张声势和兀自消沉,只是证明着短短五年所带来的天翻地覆的变化,证明着"我"从一个"流氓"变成"优等生","被烙上了雅皮士的油腔滑调、轻浮的笑以及假装推心置腹的态度","在奔向体面的道路上一往无前"。小说因此从前段的挫败感转向失落感,但这是"体面"或者说成长的代价,是一种可以自嘲却不无甜蜜的失落,它成为一个闹剧式的故事里无比真实而又普遍的一代人的心灵见证。

这些微妙的心理与情绪波动成了石一枫后来创作的一个基点,也让"马小军"得以分裂成三个人——杨麦或庄博益;李无耻或B哥;安小男或老岑。

杨麦或庄博益离"马小军"最近,这几乎是一个自然而然、水到渠成的结果。《我妹》里,杨麦"不是站在窗前发呆,就是抱着本闲书躺在床上看","益发感到自己的确是个庸人",他混迹于各种饭局,找出共同的熟人,"然后靠讲那些熟人的八卦和身边的人'熟'起来"。这也正是《世间已无陈金芳》中赵小提的常态:"我成了好几个糜烂圈子里的'常委',哪怕不是圈儿内的饭局,只要能拐弯抹角扯上点儿关系我也踊跃参加——坐下就开始灌自己,喝好了便天南地北地插科打诨。"到了《地球之眼》中,庄博益"终于变成了自己既向往又厌恶的那般模样———一个满嘴跑火车的文化混混儿"。这里其实存在着一个由来已久的内在矛盾,那就是《五年内外》中"我"目睹了鲁泡儿和他爸抱头痛哭之后的感慨,"觉得浪子回头实在是世界上最傻逼、最无聊的故事,当流氓也是一件最没劲的事了",但"奋力考取高等学府"也依然无法换来内在的平衡或对自我的充分肯定。因此,这个时候的"马小军"们只能处在一个进退维谷的尴尬境地，拒绝浪子回头，也懒得再去寻找什么意义或价值，在哪摔倒了，就地趴下，反而落得个安逸。但是，作为曾与顽主擦身而过的人，他们又藏着一种内在的傲慢，既看不上一跃进入暴发户行列的投机者，又不愿与这些人发生实质性的利害关系，"宁当帮闲，不做捐客"。他们深知所谓辉煌事业的来路，对那些成功学的大道理更有一种天然的免疫，"纵然无耻，却也还有迈不过去的坎儿"。因此，从某种程度上说，他们成了一场社会变革中的局外人和旁观者，他们不功利，不激进，你可以说他们得过且过、玩世不恭、什么都可以拿来当乐子，但这只是一个不着边际的所谓人生观的问题，而他们又鲜有损人利己道德败坏的切实污点。正如石一枫在《世间已无陈金芳》后记中所说："他们共同的特点，就是同属认清了自己卑琐本质的犬儒主义者，缺点在于犬儒主义，优点在于还知道什么叫是非美丑。"更重要的是，他们成了石一枫小说中的一个坐标，退一步就会变成李无耻，进一步则成了老岑或安小男。小说因此具有了现实的普遍性，尽管未必人人都如杨麦或庄博益们那么贫，但它在很大程度上构成了这个时代无法回避的一种文化现象或群体性心理症候。石一枫在让这些八面玲珑又无法充填内心空洞的人扮演起一个巧妙而富有弹性的旁观者与叙述者的同时，又显露出颇具自我省察式的游离，毕竟自《恋恋北京》开始，他对这一类人物的态度日趋明确，无论是《我妹》、《心灵外史》里的杨麦，还是《世间已无陈金芳》和《地球之眼》中的赵小提和庄博益，无一例外地经历了某种心灵的震颤和洗礼。石一枫让他们处于长期漂浮、游荡、悬而未决的状态，一方面是对这类人物生活与精神世界更深入、具体，同时包含着体谅、玩味、留恋以及隐隐得意的讲述，另一方面也让这种悬而未决承担起"马小军"不同人生选择或走向的可能。

对于"马小军"来说，成为李无耻或老岑则要多费一番周折。《我妹》里，曾是报社记者的李无耻离职之后开了一家专门收容俄罗斯姑娘卖淫的夜店才淘得第一桶金；《世间已无陈金芳》中，"在那些冷酷的、尔虞我诈的行当里搏杀多年"才有了后来的 B 哥;《地球之眼》里,李牧光进行的是用玩具贸易转移非法资产的勾当,事情败露之后不惜以朋友的妹妹相要挟。马小军与李无耻等人之间隔着一道需要从心理和道德上跨越的坎儿,过去了,也就从"顽主"成了"新贵",从大院里招呼小弟变成用黑话遥控多地生意。而成为老岑或安小男虽然在过程上会显得与马小军格格不入,但就从《五年内外》以结局的方式留给"我"的起点看——"我感到自己事隔五年,终于超越了一个流氓的境界,这个感觉将让我在充满幽默感的世界中无所畏惧"——它从来就不是一个曾被忽略的选择,而且在石一枫之后的创作中,这个选择被一次次地加码。正如在新作《借命而生》里,那种近乎"轴"的理想主义和道德感不仅以颇具悲凉色彩的方式成全了老警察杜湘东,也以同样深刻的形式投射到逃犯许文革身上。

当"马小军"人生道路的三种可能摆在我们面前,石一枫这一系列很有承接性的小说也就逐渐显示出其内在的动能。李无耻或老岑,这在"马小军"的人生道路上无疑是一个具有排他性的选择,但他们却能够在小说里以共生的方式存在。石一枫让他们在杨麦或庄博益含混的、犬儒的、悬而未决的世界里迸发出明晰而剧烈的冲突。正如安小男自始至终所纠结的"道德"、也如不断笼罩在杜湘东身上的"好人""好警察",石一枫几乎是在以退隐江湖多年的、具有唯一性和明确性的话语来构建了一套带有传统价值内核的叙事方式。在很长一段时间里,人们开始说服自己相信选择大于是非,相信含糊优于明晰,相信境遇胜过理想,相信玩世不恭比严肃更有"格调"……可石一枫却在用小说证明自己不怎么信这个邪。更有意思的是,他把这种泾渭分明的价值选择摆在会哭会笑擅长调侃却怎么也严肃不起来的杨麦、庄博益面前,几乎逼迫着他们做出一个选择。他曾在小说集《不许眨眼》的后记中写道:"文学对于我来说是一项有关于价值观的工作。当被社会结构和生存环境所决定的、世俗层面的价值观不那么善良、不那么符合人性的时候,也就是文学的入场之时。"显而易见，石一枫的写作受王朔影响很大，但他没让自己笔下的人物停留在那个顽主的时代，无论是陈金芳和她乡亲们的拆迁款、安小男和他的"地球之眼"，还是《营救麦克黄》里爱狗比爱人更多一点的动物保护者，以及杜湘东如白驹过隙的三十年，"马小军"所面对的终究是一个变化了的、从未有过的现实。然而，环境的变化并不意味着最基本的美丑是非也将销声匿迹，石一枫经由他的小说，经由被卷入金融资本、文化产业、城市扩张、信仰危机等一系列新的时代命题中的"马小军"的人生之路，写出的是时代之变、生活之变以及其中本不该变的东西。他不光是以文学的叙述来应对现实的变化，他还相信文学之于现实的反作用，尽管这种相信也许会像老岑或杜湘东那样换来无尽的悲凉，但就像奥威尔曾在小说里写下的，"即使这不能有任何结果，你也已经打败了他们"。于是，在"马小军"依然插科打诨、悬而未决的人生道路上，我们也看到了一个青年作家日趋严肃、越来越想在一些事上较较真儿的成长。

寻找"身份"的证词
——王小王论

王小王是个俏皮的笔名,但王小王的小说却让人不断承受着某种异常扎实的痛感。这是多么奇妙的巧合,就像小说里洪小声、宋雨冰、梅林和她们的故事,一时涌来的荒唐、俏皮却令人难以发笑。王小王从不想引人发笑,她要把那些或青涩或深沉的情感与出其不意甚至颇显怪诞的行为和处境搅在一起,调配出一种横亘心头甘苦难辨的味道。

《铅球》以格外轻盈的节奏铺开了一段充满着好奇与喧闹的青春岁月。十三年前,"我"还记得宋雨冰"好看得把你吓一跳"的笑。在那个时候,趋于成熟的好看在半大孩子眼中往往带有一些隐秘又令人兴奋的尴尬,于是"《红楼梦》里的人""骚货""狐狸精"成了同学们对宋雨冰简单而又伴着微妙恶意的称谓,毕竟"别人的尴尬都是我们的笑料,这简直是真理"。然而,铅球测试却把这个好看的女生和体育老师陈庄重绑在了一起。先是陈庄重把不得要领的宋雨冰唰地抱了起来,咬牙切齿地说"我把你扔出去算了",接着便传出了他们之间的"丑事"。所谓丑事,也不过是一个雨天,宋雨冰将一把小花伞送到了陈庄重手里,但这也丝毫不会妨碍男生们在"关键时刻"替她打抱不平的悸动的心。可这其中似乎又另有隐情,因为送伞的是"我"。当那段懵懂羞涩又藏着兴奋与嫉妒的时光被铅球测试中的严重事故打破之后,事情才变得诡异起来:"我们班原来是四十七个人,毕业照上只剩下四十五个。我查来查去,确实只有四十五个。可是很奇怪,除了宋雨冰和任晶晶,我还没有找到我自己。四十七,减去二,的的确确就是四十五啊。四十五个里面应该有一个是我啊。可是没有。很多年,我找了很多遍,都没有找到我自己。"

"我"是谁?这个问题不但困扰着宋雨冰,也困扰着王小王小说里绝大多数不知所措的灵魂。《第四个苹果》中,主人公对自身经历的想象构成了情节发展的关键。小说不断切换的人物独白是一宗杀人案逐渐真相大白的叙述形式,它当然不只是为了展现一个女人的身世秘密,而是要在某种"生活在别处"式的曲折故事里发掘人隐秘的心理需求。但是,一个家境很好、父母和睦、从小品学兼优的女孩子为什么要在男人们、朋友们面前编造农村来的打工妹、不幸的单亲家庭等一系列有关自己身世的谎言?这在小说里始终是个谜。也许这个时候,王小王还不急于把身份之于处境的奥秘在小说里公之于众,但从之后的情况来看,她已然把这个蕴藏着终极追问与文学书写可能性的命题纳入到了自己的创作视野中来。这就像《鸟死不能复生》里那对各自想着别人却因意外事故殊途同归的男女,也像《救世主》里总是不走运却意外发现自己"庄严使命"的吴学富,他们命运以及故事推进的内在动力全都来自身份、处境以及自我认知的连锁反应,如同被推倒的多米诺骨牌一发不可收拾,结局的意外全然构成了对小说人物及其环境设想的悖反。这不仅是故事内部寻求波澜与曲折的要求,也是中、短篇小说典型性和寓言性的精髓所在。事实上,王小王的小说越写越干练,越写越凶猛,她开始很不讲情面地把之前颇为珍视的内容舍弃,使身份所带来的痛感在一些更为纯粹的环境里继续纠缠萦绕、成倍放大。

《请用"霉"字组个词》是篇极富趣味性的小说。班主任辛老师是自己的亲妈,这成了一件让洪小声感到为难的事情:"辛素洁说,在学校不许叫我妈,上课不许,下课也不许,放了学没离开校园也不许,周围没人时也不许。总之,在学校我不是你妈!这很可怕，你妈，换了个地方，就突然不是你妈了。于是，在我妈的教育下，当人人都知道辛老师就是我妈的时候，我却渐渐把这件事情给忘掉了。在我心里，辛老师是辛老师，我妈是我妈，老师不是妈，妈也不是老师。"可问题是，亲妈和辛老师又会在一些时候悄然合体，这也就让"我"在有意无意间扮演起了班里的"间谍"。但渐渐地，"我"又能在如此令人摸不着头脑的事情里寻到一些"乐趣"，"我时常会不小心出卖我的同学，但是辛素洁不知道，有时候，我是装糊涂，我是故意的"。父亲好像对母亲严厉又整洁的做派一直不那么习惯，总爱搞一些幼稚的小动作，"我"虽然打心眼里鄙视父亲的"不成熟"，却从来不出卖他。可不知怎么，"我"竟把父亲和一位阿姨在地毯上的秘密告诉了"辛老师"，于是父亲好像出了很远的门，辛老师也不像是原来的"辛老师"。小说的故事一点也不复杂，但当"我是谁"的问题被代入其中，倒真的产生了一些令人意想不到的结果。辛素洁是辛老师又是"我妈"，"我"是一年级学生洪小声又是班主任的儿子，可他们偏偏就在王小王的笔下恪尽职守地遵照自己的不同身份行事，那些再普通不过的日常生活反倒在小说里上演了一场颇具哲思的闹剧。《铅球》里"我"与"宋雨冰"的执意分裂还存在不愿面对的记忆等诱因，等到《请用"霉"字组个词》，则是更加单纯的身份与角色的大戏。宋雨冰因在同学中过分显眼而遭遇的特别对待以及铅球测试中意外砸死任晶晶等经历让她"疯掉了"，这个"疯掉了"的铺垫使"很多年都没找到我自己"或多或少地具备了心理或病理层面上的理由，它让"我"对自己身份的困惑因其现实性而必然地在戏剧性上有所保留，而《请用"霉"字组个词》以一年级小学生未经世事的简单思维极力使一个人的不同身份在不受牵绊的环境里恣意登场，小说因此具有了很强的寓言性，它在一个孩子天真而顽皮的世界里呈现了身份或角色运转最基本的原理。

如果我们把《铅球》和《请用"霉"字组个词》对身份的书写看成是带有目的色彩的审视与表达，那么《寻找梅林》则将身份的交替与转换作为手段来叙写某种深情与生活的终极难题。小说中,张久死了,留下梅林,面对被迫改变的生活,梅林特别想做一个决定。渐渐地,人们发现张久的手机又启用了,张久家的电话里不时传出张久的声音,张久的牌友们又看到对面坐着一个像张久一样吐着烟雾梳着分头的人……甚至,张久的学生,当然也是怀了他骨肉的情人,突然被人照顾起来。仿佛张久真的死而复生,直到某天晚报上登出整版的寻人启事:"梅林,你回来吧!我很想你!"小说把一个女人痛失所爱的心理变化一步步展现完整,并在最后推向极致。梅林改变生活的努力变成了一个连环套,那些试图打破心结的尝试又将她牢牢地禁锢其中,挣扎越是激烈,绳索收得越紧,直到最后彻底丢失了自我。小说读来有些地方不禁令人毛骨悚然,你可以想象一个死去的人依附在他妻子身上又回到你生活里的情形:半夜里手机上突然显现一个已然离世的人的来电,他女扮男装,以逝者的方式点燃打火机……小说以一种不顾常理的劲头将故事一步步推进,原本对丈夫的情人晓闻心存怨念的梅林不但请求她生下肚里的孩子,而且托起她的手,庄严地问道:"晓闻,你爱我吗?"至于小说结尾那一整版的呼唤梅林的寻人启事,更是让人难以分辨它的发出人到底是张久还是梅林,因为它既可被理解为梅林对自我以及属于她个人的生活的绝望呼唤,也可如那场梦里"她感觉到身体膨胀,肌肉坚硬,体毛生长,胯间热辣辣地生出一根粗壮的阳具"一般,是张久与梅林心理身份的彻底更替。但不管怎么说,在这些身份与形象的诡异交替中,无论它以多么荒诞不经的形式表现出来,藏于背后的都是那无法割舍的留恋与深情。小说在此触及了一个任何人都无法回避的难题——死亡。个体的消逝不可阻挡,但它对依然活着的人意味着什么?梅林无疑是极端强势的,她的强势在于要跟一个不可改变的结局抗争。你可以说她的所作所为已经呈现出某种病态的偏执与狂妄,但也可以说这是一个为了内心所念不惜代价甚至试图让人死而复生的孤胆英雄。然而,那终极意义上的虚无让她所做的一切都成为徒劳,这也许就是身份的脆弱与虚无;或是她依旧是梅林,她所做的不过是反复欺骗与麻醉自己,用一种身份的假象来掩盖现实生活的缺失;或是她真的认定自己就是张久,而张久的归来又不可挽回地使梅林不知去向。《寻找梅林》开列了一道宿命式的单选题,或为张久,或为梅林,总之不可圆满,既写出了身份的含糊与可变,又写出了身份的局限和狭隘。这一切都是被置于一个不合常理的情理中进行的,小说因此显现出一种特别的力道,它时刻处于人们的日常经验之外,却把最深层的情感诉求与难题安放在普遍的现实生活中,所以由文本的荒诞走向情感震颤与共鸣的过程反而变得格外顺畅。

随后,王小王创作中开始出现一些具体的社会问题,比如《倒计时》中的"医患"和《愿人人都有一个悠闲的午后》里的"贪腐"。但是,你休想在王小王的小说里看到闹闹哄哄带着市侩之气的故事,相反,她用这些恼人的素材写出了某种高远的情怀和对生死的体悟。《倒计时》有着它的独特之处,因为其中有"医患",却不见多么激烈的冲突;也有广义的"安乐死",但死法也不见得安乐。小说开始于丛山和张楠含糊的对话,乍看上去像是某次医疗事故之后内心的波涛汹涌。但事情可能并非那么简单,小说零乱无序的片段最终拼凑出它的来龙去脉,丛山帮助一位病人完成了"自杀"。王小王在此显然不仅仅是要以什么特别的方式去讲述一个故事,她有她更苛刻的追问。这到底算不算"自杀",在有人"帮助"的情况下?从自杀者崔明月的角度看,似乎一切都是理所应当且值得庆贺的:"别哭。你该为我高兴。"她在临终前拍了拍丛山的脸,庄重地说了声谢谢。但在张楠那里,这似乎又意味着某种危险,尤其是当他在现场捡到那条项链:"幸好……""幸好什么!我不怕,什么都不怕!我没做错什么!"其实丛山也难以掩饰内心的忐忑与纠结,说不怕是因为真的怕,说没做错什么是因为怀疑自己做错了什么。于是,小说里的事件在此变成了一个伦理难题,而在事情的来龙去脉之外,王小王几乎调动起小说中所有的人物对此展开了一场辩论。我们看到张楠在整个事件中的变化,从那种断然拒绝的

"我，是个医生"到对丛山的担忧，再到"我就算治好她的病，也救不了她的'命'"以及"没有这件事，他们的人生在本质上不会有任何改变，一样麻木，一样空洞，一样没有温度……"的自省。这是一种身份与职能的松动，但在这种对身份与职能的背叛里，似乎包含着更大的善与体谅。而丛山与"父亲"的对话在这个具体的语境中又显得十分恰当和精彩：

"你想好要跟她说什么了？"父亲盯着她问。

丛山摇摇头。

"告诉她要挺住，人老了都有不堪的这一天，好死不如赖活着？"

丛山看着父亲，又摇头。

"说要放宽心，儿女不孝不要紧，就当没生过他们？"

丛山低声道："这是什么话！"

"劝她向前看，不要沉溺过去，再找一个老伴儿好好过完以后的日子？"

丛山犹豫了一下，再次摇头。"这不可能。"她替崔明月回答。

"给她背《圣经》，对她说她这样做神会不喜悦？"

这次丛山想了很久，还是摇了摇头，无奈地说："她不相信有上帝，没有用的。"

"那你是要跟她说你赞同她，她有权利决定自己的生死？"父亲不依不饶地问。

丛山盯着父亲的眼睛，慌乱地，更用力地摇头。

已故的父亲在小说里如同一个飘忽不定的影子，他不时在丛山陷入困顿时现身。所以，我们与其相信它是亡灵归来，不如说它是丛山自己与自己的较量。在那场与"父亲"的对话里，所有围绕现世的可能都被丛山否决，那么唯有一死才是最终的出路。"她不想再听父亲说什么,捂起耳朵,咚地用身体撞开门,疾步踏进去,把父亲关在门外"——一个丛山战胜了另一个丛山,这不同于《寻找梅林》中归来的张久和梅林的关系,因为"张久"和"梅林"只能唯一地在于一具肉体,而两个"丛山"相生相克,让人很难说清到底是谁占了上风。这种关系在《愿人人都有一个悠闲的午后》中显得充满诗情画意,你很难想象一个即将被捕的官员在决意去死时的内心被天上的白云、白云下吃草的牛和匹诺曹的故事占领。而小说的疑问落在:"他那时候是个真正的人,还是现在是个真正的人呢?"他此刻正在被"自我"折磨,或许他至死也没能明白那个生产队时代的放牛人和那个大权在握必须要做"大事"的人都是"真正的人",都是"自我"。之前王小王小说里那些分裂的身份在《倒计时》和《愿人人都有一个悠闲的午后》里终于融合到一起,这不仅是故事性的调整,也是谈论"身份"所无法回避的问题。正如世上本不存在单纯的"自我",也不存在只有一面的硬币,人们终将在不同的面貌与不同的处境里辗转腾挪,困扰着自己也困扰着别人。

  王小王的小说无疑是极具现代性的,其中很难发现超凡的英雄,即便是在《救世主》里,吴学富也不过是个偶然中了头彩的倒霉蛋。她笔下的人物在更多地审视自己,审视自己具体的处境,尽管这种审视在某些时候会变成遗忘、自我欺骗甚至是寻找一个替身式的逃避,但在他们内心的最深处,他们相信自己的难题只有通过自己做点什么才能得以解决或证明永不可解决。他们往往需要明确或隐藏一个身份,需要通过这个身份来找到自己生活的证据,但很多时候,这个身份又是极端虚无的,因为它只有在具体的环境中才会生效,而这又使其常常被某些难以抗拒的力量所左右。于是,在那根植于最普遍的日常生活的故事里,人们所要面对的却是一个看似与日常生活无关的哲学难题。由此我们便可发现王小王的独特之处,因为她的小说尽管要在琐碎生活中寻找一个奇异的出发点,却决不会成为那种止步于日常生活经验而去挂靠某种特别情趣的创作。她始终被一个处于现代社会中的人类根本问题所困扰,执着地在小说里与自己辩论,就像其中那些分饰几角的人物一样。这不是"分裂",因为它会以简单粗暴的方式掩盖更深层的思辨,而王小王恰恰要在这些形式化的分裂之间去寻找某种内在的关联——这当然是困难的,但如果要去坦诚地面对现代人的虚无,要从更深的层面去挖掘一个时代人们普遍的精神症候,这又是一个无法逾越的过程。王小王正是要将那些令人为难甚至避之不及的终极命题注入小说里,以文学的形式让具体的人在更繁杂的环境中上演她艰难的自我审视与辩论。虽然这种自我刁难式的思辨常常会令人陷入无奈的尴尬境地,但这一过程本身就是它的意义所在,至少在王小王的小说里,人们大概不再愿意相信那些不证自明的"真理"。

写给"我们"的密信

旧梦重圆：青年的突围或狡黠
——从《茧》看张悦然的创作

在张悦然的新长篇《茧》中，诗人殷正说："为什么有时候危险的事物会让人感到温暖呢，我只是觉得那种感觉很奇妙。"它几乎成了张悦然小说中的真理——那些沁人心脾的孤独，旧日的创伤和现下的刺痛，以及带着扑火之心的苦苦追寻，被张悦然兑换成毒物的诱惑和凄厉的柔情。对于一个青年作家来说，这也许是成长的必经之地，他们被迫接受时过境迁的幻灭和痛楚，恋恋不舍地将自己推入某种更为"得体"或"恰当"的存在。时间久了，假戏真做，却也会在某个瞬间燃起旧梦，有如夜深人静的炉中炭火，灰烬脱落，隐秘地闪出一丝亮红的坏笑。

一

《茧》的结尾，那碗即将出锅的炸酱面仿佛昭示着程恭与李佳栖的和解。但问题是，他们真的因为祖辈的仇恨而产生了多么深重的隔阂吗？借助程恭和李佳栖的对话，小说一层层地揭开了"文革"之中使三个家庭陷入绝境的那场命案。程守义在接受批斗后被悄然返回的李翼生和汪良成谋害，汪良成畏罪上吊身亡，侥幸抽身的李翼生日后虽说飞黄腾达，却从某种程度上失去了自己的儿子——李牧原不时表达着对一个罪犯的敌意，背负着作为罪犯之子深深的恐惧与愧疚，不断重复着一个被挂上牌子押往高台的噩梦，他试图替父亲赎罪，守护起汪良成的女儿汪露寒，最终以自我的毁灭完成了与父亲的决裂。那些心藏秘密继续活着的人让仇恨和悲剧不断繁衍发酵，那么当秘密浮出水面，作为第三代人的程恭和李佳栖将如何面对这样的现实？小说给出的当然是一种暧昧的和解，这也就为多样的阐释提供了可能。因为"文革"之于当代中国的特殊意义，小说难免被看成是青年作家以新的方式对历史的一次尝试性介入，自然也就离不开罪与罚、忏悔与救赎，离不开青年一代以怎样的视野观照历史。但是，小说中的"历史"真的是那个被阐释出来的"历史"吗？或者说小说中的"文革"是否在切实地发挥着它的作用？

这让人不由地想到此前乔叶的《认罪书》。金金利用情感换取工作，不但一生拒绝与哑巴生父相认，而且几乎害其丧命。怀了梁知孩子的金金奔赴源城，与梁新结婚，只是为了报复；梁知与梅梅相恋，为了自己的仕途不惜把她送入虎口，在梅梅绝望之际又将其逼上绝路；张小英因为早年没有得到梁文道一直耿耿于怀，人到中年，看着精神失常的梅好走向群英河却无动于衷……小说里的每一个人几乎都背负着深重的罪孽，或为凶手，或为帮凶，但最终呈现出来的却是个体情感与伦理道德的追问。而"文革"之所以能够出场，是因为金金与梅梅偶然的相像，由梅梅引出梅好，由梅好引出梁文道、张文英，引出钟潮、王爱国和甲、乙、丙、丁，最终引出一桩"文革"中的旧案。凭借一条凌驾于男女凌驾于时代的悲悯与自省之心，小说固然可以将男女之情与历史事件有效地粘合起来，让他们在一种沉重的历史场景中知罪、认罪、赎罪，最终却是以此来为金金与梁知的情感故事实现叙事上的配重。其实《茧》也是这样。作为政治事件的"文革"并没有真正进入小说，在此当然不是强求它必须提供文学通往社会学或政治学的某种途径，而是在于它并没有形成小说铺展开去的历史语境和必要的逻辑前提，没有化为时代给予人物的面目、局限与血脉生机，甚至无法为小说提供足够的细节来完成当事人最切实的日常生活。"文革"在小说中只是提供了一个可以使杀人凶手得以行凶并全身而退的契机，与其说它是所谓的历史，不如说它是将三个家庭钉死在一起的那枚钉子，成了小说中一个颇有时代装饰性的点缀。

那么，除去"文革"的外衣，《茧》还为我们提供了什么？

李佳栖一直追寻着父亲的踪影。是的，她有一个父亲，这个父亲却并没有真正进入她的生活，因此她选择进入父亲的生活。她觉得父亲的生活绊住了自己继续走下去的脚步，她必须搞清楚父亲为什么会离开那个家，为什么会辞职经商到北京去，又为什么会突然死掉。为了看清那个她并不熟悉的父亲，她接近父亲的学生许亚琛，寻找当年和父亲做生意的人，还有谢天成、殷正……直到这种近乎偏执的寻找彻底地毁掉了她和唐晖的感情："只有在他们身上才能找到激情，对吗？否则就会活得如同行尸走肉。"程恭一直和姑姑、奶奶住在一起。姑姑很多年前算过一次命，说这辈子必须守在家里，于是"这些年我一直和姑姑合用一条命，她对远方的恐惧也变成了我的"。也正是在这一过程中，程恭发现了爷爷的秘密，发现了姑姑始终无法离开的原因，也发现了奶奶为何在几十年里依靠仇恨活着。当李佳栖和程恭的言语拼凑在一起，呈现出的是几十年前毁掉三个家庭的命案。他们的祖辈、父辈，一直被那桩命案纠缠，噩梦一样的痛苦、仇恨、负罪感以及赎罪的渴望又直接造就了李佳栖和程恭目前的生活，而他们曾是那么亲密，曾在心里暗暗决定将来要在小白楼举行婚礼。

在这十八年中，李佳栖漂泊不定，而程恭始终守在原地，他们的会合，预示着这种状态的终结——"下午见面的时候，我能感觉到有东西横亘在我们之间，那个秘密，也许你早知道了吧。它可能已经在漫长的时光里消融，渗入生命的肌理。但我相信它仍旧存在着，并且你也像我一样，无法对它视而不见。就让我们谈一谈好吗，第一次，也是最后一次，把关于这个秘密的一切，都留在今晚。"——这应该是个不错的开始，关于一个秘密的揭开，关于一次彻底的了断。更重要的是，这也是一个结束，是一场未经审判的告别，它让"今晚"被迫成为里程碑式的节点，成为一个孤零零的当下，向前则可称之为历史,而向后则是未知的将来。因此,小说完成了一个关于当下的故事,它用一个沉重而漫长的秘密为我们呈现了一个切实的、有着温度和疼感,可以与之肌肤相亲也因此而困顿和沉沦的时空。它从来没有妄想去呈现一段历史的来龙去脉,反而以一种对话的方式时刻提醒着故事展开的原点。这不是以全知的眼光去寻找过去的因果,而是于无可奈何中被迫接受一个被塑造又决定与之决裂的"我们"。

也许我们不必过多纠缠于小说中有关"历史"的细节,因为它可以被看成一个作为时代难题的"文革",也可能经由李牧原辞职下海的经历化为某种政治隐喻,但它也可以是一场单纯的刑事案件、家族恩怨或是绝望之中自毁式的挣扎——无论作为什么,它所能提供给小说的只是一个使人陷入困境的往事。既然作者无意对特定的"历史"发言,那么当我们从"历史"的圈套中跳出,面对的可能就是一个更加普遍而现实的故事。那些失而复得的感情,那些最决绝的离别,那些任何人都无法抗拒的生死与人伦,它们更集中地追问着活在当下的"我们"应该怎么办。这几乎是一个老生常谈又永无结论的问题,毕竟谁也不能在历史与现实之间简单地拉起一条警戒线。它就像《软埋》中的那个女人,她到底应该是丁子桃还是胡黛云?当那些已经遭受的和可能遭受的伤害同时存在,所谓记忆,到底在人的生活里发挥着怎样的作用?当事人的历史和旁观者的历史存在着什么样的区别?一个人作用于具体生活的记忆和某种抽象的历史到底有着怎样的错位甚至是冲突?其实我们总是被迫回答这样的问题,在那些看似平常、平静却又隐藏着巨大的危机的生活背后,是追求一个他者的历史叙述,还是要在本就艰难的生活中以遗忘换取一份现世的安宁?这就像小说里吴医生反复的劝慰和警告:"忘记不见得都是背叛,忘记经常是为了活着。"一切抽象的说教都自有它的道理,但它却都很难真正进入当事人的生活,因为对于当事人来说,往事可能意味着痛苦和威胁,意味着让生活难以继续的障碍。因此,如果我们抛开《茧》中那些具有时代装饰性的关键词，就会发现小说蕴藏着更丰富的人情和对不可逆转的现实生活的体谅。那么，从小说"谈一谈"的原点向后看去，当过往的秘密都被揭开，李佳栖和程恭虽然不能再继续小白楼中举行婚礼的旧梦，但他们却从此解脱出来，不再成为李牧原或汪露寒。小说最后那些看似温情的和解会成为彻底的告别，他们面对的将会是崭新的、孤零零的开始。也许从这个时候，他们才跨进了属于自己的时代的第一步。

二

当然，《茧》也没有舍弃张悦然所钟情的情感历险，这对于她来说几乎是一种标志性的文学面貌。从张悦然早期的创作开始，这种无果的、自我毁灭式的情感就已经被深入而细致地反复强化。

《水仙已乘鲤鱼去》中，继父陆逸寒之所以成为璟理想中的情人，是因为使她免受来自外界的伤害。他阻止璟的生母对她的苛责和打骂；给了她很多她从来没有享受过的细腻的被爱的感觉，甚至在她初潮的时候去买卫生巾。然而，在桃李街3号度过的第一个晚上，璟透过锁孔看到了继父陆逸寒与母亲做爱的场面。她朝楼下跑去，"努力让自己丢开那个锁孔里面的世界，它是一道闪电，把生命里尚被遮蔽的阴暗角落劈开了……她一直相信，这伤疤已经融化在她的眼神里"。随后，璟感到前所未有的饥饿，吃掉了冰箱里所有的东西，从此患上了暴食症。而成年之后与沉和的爱情，几乎就是少女时期这种感情关系的延续，是璟对继父没法兑现的爱情幻想的发展。沉和从一上场就充当了一个保护者的角色，他同情璟的遭遇，帮她摆脱与书商的纠纷，鼓励她写作、帮她出书；他在璟需要人关心并且无家可归的时候无微不至地照顾她，并给她提供舒适的住处；和璟住在一起后，他坚持不懈地帮助她克服暴食症和抑郁症，带她出去旅行，将她从濒临身体和精神双重崩溃的状态中解救出来。事实上，无论是璟对陆逸寒一直没有改变的迷恋，还是陆逸寒去世后她对跟继父越来越像的小卓的爱，或是成年后与沉和的关系,都没有逃脱对一个理想中完美父亲的印证。而在《誓鸟》里,宵行一直迷恋着自己的养母春迟。虽然春迟对他始终冷漠如一,甚至一度想把他丢在闹市,但对宵行来说,迷恋和追随成了他的宿命,他用一生证明着童年时代的心愿:"少年毕恭毕敬地站在他的女皇面前,他的忠诚与敬慕,一如将那颗因为她而忘记节律的心脏捧在手中,献上。"同样,为了探究父亲秘密的李佳栖遇上了诗人殷正,他是父亲的同学、同事,也是出卖父亲的人。他们不断接触,在殷正的工作室谈诗歌,讲述他们所认识的李牧原。有一天,李佳栖对殷正说,"我想你要我。"那一夜在悲伤与尴尬中过去,他们再也没见,直到焚烧诗作的李佳栖发现"殷正和我爸爸好像合为了一人,所有的诗都是写给那个人的"。

类似的情节在张悦然的小说中十分常见。这个时候,将其放在"恋父"或"恋母"的理论框架中加以阐释固然有效,却难免有投机取巧的嫌疑。也许它们最终讲述的并非是一个"恋父"或"恋母"的故事,而只是青春时代最敏感和神秘的"危险关系"。毕竟把这样的心理或关系置换为其他情感历险,小说的推进也依然畅行无阻。而且,张悦然近期的几部作品似乎为我们提供了有力的佐证。

总是堵塞的麦秸秆炉子和弥漫着呛人烟雾的画室在《动物形状的烟火》和《天气预报今晚有雪》中包装出一个窘迫的画家。小说中类似的场景、心境和人物身份使两个文本产生了很强的互文性。林沛和杜川同样被所谓成功者压制着,而被收养的那个小女孩和被丈夫抛弃的周沫同时给予了这些身处窘境的画家以被需要和被依靠的安慰。两篇小说可以是并行的,但也不妨碍将它们串成一个故事来读。张悦然努力地将林沛或杜川打扮成一个永无出头之日的"失败者",他们野心勃勃又让自己处境尴尬,不时向一个他们自以为存在心灵共鸣的人展示着自己的软弱。但是,这些画家们看似无辜和可怜的"同盟者"却在进行着一场危险游戏。那个被嫌弃的小女孩最终戏弄了林沛,而周沫一直贪婪似的听前夫情人顾晨的倾诉,从不挂断电话,因为怕顾晨不再打来,怕别人的开导将她从痛苦中拖出，"她必须亲自照看顾晨，确保她乖乖地待在这份痛苦里"。这些社会生活与感情世界中的弱者上演了一场食物链式的情感狩猎，他们以对别人的安慰来化解自己的悲伤，以榨取别人的痛苦来获得自己情感上的安全感，他们每个人都以为自己是应该被同情的猎物，却在下意识里扮演起最残酷的猎手。

由此，我们也就能够发现张悦然创作中贯穿性的情感逻辑。它往往是单向的，飞蛾扑火式的，却在情节的铺陈中渐渐呈现出某种回旋式的反扑。那些童年或青春时代的心灵创伤将渐渐成为日后危险的情感凶器；那些看似渴望着同情与怜悯的苦情戏，将以同样的痛苦反馈给为之动容的人们。《水仙已乘鲤鱼去》里那些对父亲的迷恋终将显露出不断寻找替代品的残酷；《誓鸟》里为了重新赢得骆驼的感情而苦苦寻找记忆的春迟背叛了与淙淙的约定；失去春迟的淙淙不但怀了骆驼的孩子，而且以自己的死来制造更大的悲痛；被春迟收养的淙淙的遗腹子宵行又陷入对养母的苦恋之中；而为了替春迟找回记忆的宵行残忍地牺牲了自己的儿子和深爱他的嫱嫱；还有《跳舞的人们都已长眠山下》《竖琴，白骨精》《吉诺的跳马》……几乎整部《十爱》都在反复上演着这种"危险关系"的蔓延和变本加厉的回赠。也许这就是张悦然在小说中对爱的表达方式，它必须以痛苦来证明它的真诚和伟大，必须以十足的威胁来保证自己的安全。正如作者自己的陈述："爱和人的关系也许就像鞭子和被抽起来的陀螺，它令它动了，它却也令它疼了。别去看它在那里疼，你们要和我一样，都闭上眼睛，只静静听那飕飕的风声，那是鞭子和陀螺在一起唱歌。"

而眼前的《茧》，那跨越三代人的积怨，李佳栖与殷正、许佳琛等人的关系，程恭对汪露寒朦胧的迷恋，李牧原与汪露寒的情缘波折乃至最后的身亡，程恭看着陈莎莎在濒临死亡的边缘挣扎，无一不是此前张悦然创作中"危险关系"的延续。它们在小说里犹如一场挥之不去的梦魇，宣示主权般地彰显着一种张悦然式的人物结构、情感逻辑和审美的攻击性。然而，它又是一场告别的旧梦。唐晖终于对李佳栖偏执的寻找忍无可忍:"这只是为了逃避,为了掩饰你面对现实生活的怯懦和无力。你找不到自己的存在价值,就躲进你爸爸的时代,寄生在他们那代人溃烂的疮疤上,像啄食腐肉的秃鹫。你不断拜访所谓的见证人,把和你爸爸有关的碎片都拾拣起来,拼凑出他和汪露寒的爱情故事,呵,多么荡气回肠,可惜都是你虚构和幻想出来的,为了滋养你自己匮乏的感情。你口口声声说着爱,一切都是爱的缘故。李佳栖,你懂什么是爱吗?"如此严厉的质问震醒了被缚的李佳栖,也让小说逃出了飞蛾扑火式的感情魔咒,以决绝的方式迫使李佳栖们不得不面对眼前的生活。如果我们把张悦然之前的创作看成是一场纠缠不休的情感历险的旧梦,那么在《茧》中,这场旧梦可以结束了。它当然不会以理想的、英雄主义的或是传奇的方式终结,那样便会再次落入无休止的循环往复,而无力的、没有印迹的醒来才是现实中唯一的圆梦之路。这尽管是一个含泪的开始,还带着从梦中惊醒的恐慌,但它毕竟让张悦然的小说从悬浮的青春理想落入到必须面对时过境迁物是人非,必须面对现实世界的生活法则和人性局限的烟火尘世,而不再仅仅注视着飞蛾扑火式的悲剧审美和"危险关系"的情感诱惑。

三

不得不承认,张悦然之前的作品虽然有着良好的销路和读者回应,却大多集中在青年一代,而中老年读者及批评家,常常对其保持着选择性的沉默。也许这不难理解,无论是张悦然小说中年轻人的情感历险还是那种过于偏执和幻化的审美诉求,都不容易在年长者那里获得足够的共鸣。或者,这样的情感与书写只是他们年轻时的旧梦,对此,他们更愿意表现出往事无须回首的"沉稳",对于那些情感的失落、青春时代的虚无、天马行空的幻想,他们所能给予的也只是一种被称为"宽容"的理解。毫无疑问,每代人都有着属于他们自己的独一无二的时代经验和现实资源,而它将左右其面对往事与现实的态度,渐渐成为一种叙述和批评的标准。但是,这种标准却常常不能以平等的方式进行对话，它会与一个时代的权威性话语绑缚在一起，成为影响深远的话语权力。陈思和曾在《从"少年情怀"到"中年危机"——20世纪中国文学研究的一个视角》中谈道："今天主流的作家和主流的批评家都已经是中年人，作为同代人他们之间是存在着良好的沟通。而在更加年轻的作家崛起于文学创作领域的时候，文学批评和文学理论显然是严重滞后了……我们现当代文学的硕士点是1980年代初期设立起来的，博士点的设立在1980年代后期，我们的高校中文系培养了一代又一代的博士、硕士，他们都到哪里去了？他们为什么不把眼光放到与他们同代的人身上？"这确实是一个切实存在的问题，也是让几代人为难的问题，或者说在一个追求平稳与秩序、追求一团和气的关系中，人们更愿意看到的是师承而不是挑战。于是，在很长一段时间里，年轻一代广泛继承的是师长们的志趣，秉持的是师长们的标准，他们把老一辈人的历史当作自己的历史，把老一辈人的经验置换为自己的经验。这与其说是驯服的结果，倒不如说是复杂因素下尴尬的妥协，毕竟这种局面对于老一代人来说也是不愿意看到的。它几乎成了一种和谐的矛盾，双方都为之犯愁，双方都从中获益，双方都束手无策。在这种情况下，历史观的持续稳固，文学与批评准则的一统，话语权力的集中，都成了无法掩饰的事实。

那么，是否存在某种突破的可能？

也许这个问题尚未真正提上议程，但张悦然在《茧》中的转变却悄然呈现出了不同以往的处理方式。我之所以不愿意将《茧》中上两代人的经历称为"历史"而换作"往事"，是因为它们并没有真正成为当下也就是李佳栖们的历史，它提供了李佳栖、程恭故事展开的前文本，提供了他们众多情感症候的病原，甚至成了他们开始新生的关键，却始终是一个被悬置的往事。它可以被任意地替换，只需找到一个合情合理的借口。而真正意义上的历史却并不是这样，历史提供着强有力的因果关联，它会有效地渗透到当下的生活，成为左右当下的隐秘力量。当然，可能这种说法本身就是老一辈人面对历史的态度，而对于李佳栖们来说，往事就是历史，历史是用来被遗忘的，是需要被提防与消解的。如果从这个角度看，《茧》确实构成了对传统意义上历史观的冲击。小说里，历史不再是不可遗忘的当代资源，却恰恰成了人们继续生活下去的沉重包袱。无论对李佳栖、程恭等第三代人来说，还是对于李牧原、汪露寒、姑姑等第二代人来讲，程守义被李翼生、汪良成谋害，成了他们生活中挥之不去的噩梦，他们陷在仇恨、赎罪、报复和追问之中，无论陈年的秘密是否能够水落石出，被毁掉的终究是现世的生活。而伴随着李佳栖与程恭的对话，历史场景被一步步还原的过程同时也构成了它在第三代人那里被一步步接受、释怀和遗忘的过程。这样的写作是对之前史诗性文学理想的悖反，甚至也远离了"新历史主义"对叙述、权力及意识形态的强调，它完全是立足于个人和当下生活的。它不去追问历史的因果，不去考虑历史如何构成，只是在不断强化历史如何成为个人生活的负担。这也是一种现实，毕竟我们对历史的记忆如果只是单纯地转化为当下生活的悲剧也确实得不偿失。在此并非要对不同的历史叙述选择进行是非的评判，而是要提示不同的叙述和现实处境对于"他者"的触动与冲击。如果说老一辈作家对历史的书写有一种亲历者的责任感，就像贾平凹在《关于一个村子的故事和人物》中觉得一些事件"一定要写出来，似乎有一种使命感，即便写出来不出版，也要写出来"，其背后是对一个时代历史问题、政治问题连贯性、因果性的追问，是对他们这代人如何被造就的追问，那么，《茧》所传达的就是那段历史本应与"我"无关的诉说。后者对老一辈人得以成长和存在的生命证据的消解，就好像老一辈人对青年一代同样珍视的青春忧愁、现实困境、感情挫伤的不屑与轻视，难免令一些人感到冲击和冒犯。但是，只有在这种冲击和冒犯中，一代人才可能建立起属于自己的历史。

但是，张悦然为什么选择"文革"来作为小说重要的时代装饰？这里还是要回到话语权力的问题。目前我们对历史普遍的或主流的认知与判断，大概更接近"50后"的历史观，或者说它是在"50后"

的历史记忆与历史叙述基础上建立起来的。那么,对于"50后"来说,什么才是他们始终无法忘怀的?如果我们单纯地去寻找一个历史中的重大事件,并使其能够成就程守义之死的重要时代契机,可能无须太远,土改、"三反"、"五反"、"反右"、"文革",但凡政治斗争和时局动荡,程守义的案件都有可能发生且能轻易地摆脱问责。可为什么偏偏是"文革"?除去"文革"是在《关于建国以来党的若干历史问题的决议》中被明确定性的政治事件,在小说里更容易被恰当地书写之外,更重要的是它与"50后"或者说当前主流话语权力之间存在着更紧密的关联。"50后"一代不可避免地与"文革"绑在了一起,它既是国家经历的一场前所未有的浩劫,又是一代人的青春记忆。其中既有痛苦的回忆,也有甜蜜的往事,就如一些上了年纪的人,对之前的那个年代深恶痛绝,但讲起上山下乡却会流露出一丝令人不易觉察的怀念。因此,它不可能被完全清晰地区分而只能以整体性的面貌出现。这段往事被有效地转化为一代人的历史资源、文化选择和政治立场,成为支撑其话语框架的核心力量。这也就是为什么对"文革"不同方式的书写和讨论往往要面对言辞激烈的回应,而对其他历史事件的消解和淡忘却并不能引起多少波澜。那么,《茧》在一则不一定必须发生在"文革"的故事中选择"文革"作为叙事的原点,就隐含着选择背后的重要意图:它试图讲述的是一个更宏大、更有分量的故事,同时也是某种权威话语所钟情的、不敢遗忘的沉重记忆或青春往事。正如我们之前所说,张悦然前期有关残酷青春的书写无法与更广泛的读者建立沟通,也常常处于"青春写作"与"纯文学"的夹缝,这种局面的改变需要新的元素以及更有力的文化支援介入其中。虽然她以自己的方式呈现了一段并不属于自己的历史,或者说用一个与当代话语权力更密切的关键词装饰起自己并未改变的青春旧梦,致敬也好,挑战也好,妥协、献媚或是其他什么,但我们不得不承认,是这种方式让小说进入了一个更具强力的话语空间并产生了与之对话的可能。

眺望在成人世界的门槛
——周嘉宁论

几年前有部美国喜剧片叫《成人世界》，即将大学毕业的艾米深信自己会成为一个伟大的诗人，可只能在一家书店打工。她疯狂崇拜某个诗人，就像把梦想寄托在别处，却渐渐发现自己仅是一张从未心碎过的白纸。尽管电影充斥着戏谑的口吻，却也藏不住成长的艰辛与哀伤。这些随手就可以装满一箩筐的影片、戏剧、小说似乎证明着成长是一种普遍的、无法拒绝的现实，可以衍生出无数老套又令人啼笑皆非的故事，却也可能变成某个人人都能悄然观照自我的节点而蕴藏着无限的可能。

一

周嘉宁的新长篇《密林中》再一次把成长的故事抛在我们面前。年轻的阳阳混迹于文艺圈，先后见证了大澍、山丘的"成功之路"，但就在获得某个文学奖之后，却发现最初梗在心中的那个结依然如故。当大澍闯进阳阳的生活时，只是一个无所事事的年轻人，拿每小时十元的工资，住最简陋的屋子，但这并不妨碍他身上散发出的奇特气质对阳阳产生了不可救药的吸引。因为大澍的存在，一切都在阳阳心中变得恰到好处，甚至过分美好，感觉"生活中一切对自己的怀疑和对他人的讥讽都在迅速消退"，"感觉自己也像是遗落世界的末日战士，无畏，无情"。"这世界上难道还有比爱上大澍更好的事情吗"——阳阳显然没有意识到转变会来得那么迅速。她可以跟大澍整日闲逛,对自己从来没有过的集体生活兴致勃勃,可以整个春天寄居在朋友家,却无法阻止被大澍的自私和她自认为更好的生活扰得焦躁难安。真正摧毁这种关系的,是大澍的快速成名让阳阳"嫉妒"——小说里虽然这样说,但它其实是一种更为复杂的情感,是不断追赶同行者脚步的疲惫和被同路人甩在身后的无助,是对眼前的生活失去掌控的慌乱与对未知生活的不自信,是对嘴上不肯承认的安全感和确定性丧失的恐惧,也是自以为恰到好处的理想生活被击碎和被带入另一种生存规则的束手无策。阳阳与山丘的故事从某种程度上是与大澍恋情的重现,但山丘又与大澍不同。如果说大澍还在一定时期内扮演了阳阳同路人角色的话,山丘从一开始就与阳阳分属两个世界,只是那么一点点"滞后的青春期气息",就让阳阳又一次陷入了贴近他、理解他的漩涡。如果这个四十五岁了却还没写出什么像样长篇的作家还有什么地方吸引着阳阳,那就是"眼前这个毫无才华的人,却在做着她梦寐以求的事情",而她又"总是被失败者吸引"。

  小说用在西蒙身上的笔墨并不算多,山丘的出版人更只有一个模糊的影子,但他们是另一个世界的守门人。当然,我们也可以把他们看成某种象征,即便没有西蒙,也会有其他什么人或途径出现。但就在有关西蒙寥寥无几的描述中,却让人能够发现一种可以粉碎青春、让阳阳的世界天塌地陷的力量。他狂妄又文质彬彬,有理想主义的热情又头脑清晰下手凶狠,他像一个年轻的赌徒,却又实在是一个能将野心勃勃的年轻艺术家掌控在手中的老江湖。我不知道周嘉宁是否充分意识到了西蒙的魅力,或是因为小说的格局而将他置于一个有限的空间,但不管怎么说,西蒙他们成了大澍、山丘通向"成功"之路上的一个临界点,更是"滞后的青春期"与"成人世界"的楚河汉界。这也就是阳阳为何面对西蒙总会有那么一丝隐隐的、莫名其妙的敌意,因为他们正是来自那个让阳阳渴望又恐惧的未知世界的领路人。

《密林中》坚定地在后青春期与成人世界之间筑起了一条难以逾越的鸿沟，而所谓成功又是连接两个世界最清晰的通道。于是，当曾经的同路人毫不迟疑地跨入另一个世界时，留守者只能站在青春期的边缘向对面不断眺望。对面的景象当然复杂得多，充满诱惑、荣耀，又有那么多的言不由衷，就像阳阳在展览中看到的大澍——"他是什么时候学会这些的，与那些假模假式的人站在一起，轻松自如地交谈。他做出各种手势，不时地耸耸肩膀，连他的神态都是陌生的。他飞快地学会了他们的语言系统，无师自通，还是说，这原本就是他的天性"——"恶心"，这是她最直接最强烈的感受。这种感受来自被忽略、被抛弃的绝望，也来自某种下意识的自我保护。因此，"成功"在《密林中》扮演着一个很不光彩的角色，甚至常常与丑陋鄙俗联系在一起，它是去往成人世界最有保障的通道，却也是一个需要付出代价、被早已设定了边界的简单、热烈、坦诚、充满激情与自我满足的青春所不容或不屑的东西。它不一定是进入成人世界唯一的道路，毕竟谁也无法阻挡时间与生命的力量，但小说似乎在更用力地说明，"成功"也就意味着与青春的告别，它是情感、气质、欲望、人格以及能力的单行线，进入了成人世界便再无全身而退的可能。周嘉宁在很多地方都曾阐释过"密林"的意象，那些曾在平原携手并进的年轻伙伴终将进入密林，虽然看不到他们，但知道他们还在。这时候的周嘉宁显得自信满满，但阳阳此刻的处境却截然不同，她更像是被带入了密林，却很快发现别人都被密林中的野兽吞噬，只剩她一人叫天天不应叫地地不灵。所以抓狂，所以抗拒，所以封闭自己，情愿时间停止在"最美好的时光"。

这个"最美好的时光"可以是《荒芜城》里"我"还在咖啡馆打工的日子，跟朋友分享一切，肆无忌惮地闲聊，发呆，喝得烂醉然后放声大哭；热烈地享受爱情却也不必珍惜，反正还有大把的青春；不用因为没有学会"圆滑地与这个世界打交道"而羞耻，反而时刻感受着小世界的欢乐又不完全相信它会终结。"最美好的时光"

还可以是《苹果玛台风》里能光明正大顶着少年这个称呼去享受"青春残酷的黄金岁月",是《明天大厦在倒塌》里幻想出来的小远陪伴身边的时间,或者《超级玛里奥在哭泣》里那个可以偷偷恋着一个人的静悄悄的管道。然而,《密林中》却并未给"最美好的时光"留出多少空间,它其实已经把阳阳逼到了边缘,那些美好生活的记忆和想象只能变成现实里某种失效的安慰。或者说阳阳这时所期待的并不完全是那个"最美好的时光",她开始有了野心,开始产生"嫉妒",不想再躲在一个高大又安全的身影背后,"成为成功者本人,而不是他们身后的女人"。性别的冲突暂且搁置一边,但这种野心却往往是普遍的,父子之间,前辈与后辈,几乎是成长的必经之路。而阳阳的难题,也可以说《密林中》所要表达的,正是处在青春与成人世界夹缝中忧虑、迟疑、试探又野心勃勃的心境与生存状态。它被青春期"最美好的时光"牵绊,时刻警惕并抗拒着成人世界的游戏规则,却为成人世界的果实深深吸引。这不似青春时代不计后果大干一场的冲动,是因为隐藏着对一种确定的、被成人世界所认可的身份与结局的渴望。那么,阳阳与大澍又存在多大的区别?如果没有西蒙的出现和迅速成名,大澍会不会也同阳阳一样陷入纠结痛苦的境地?这大概只是时间的问题。所以,小说以一个大奖来了却了阳阳的心事,又让她在致辞中把这些年的矛盾与纠葛全盘托出——这当然是一个无解的难题——与其说周嘉宁不愿意拿出一个失败者的故事来继续摧残人心,不如说她更想站在成人世界的门槛上以这种方式来保全青春期最后的尊严。

二

性别的冲突终于在《密林中》被摆到了台面上。

其实在周嘉宁的创作里始终隐隐地存在着某种性别的焦虑,却因为被纳入了青春、成长的苦恼而变得不那么尖锐。《往南方岁月去》中的东部城市女孩们从青春期的禁忌中挣脱出来,拼命地消耗生命,染头发,交男朋友,逃课,似乎是要把中学时代错过的事情都重新经历。她们在异性或同性之间，轻松地进行某种基于尝试目的的体验。"我"决定跟忡忡在没有人的教室里接吻，嘴唇靠近就开始发笑，一直闹到日落时分。这如同女孩亲吻镜子里影像般的青春期实验，只是"迫不及待地想知道另一个嘴唇的滋味"。郊游中，本不相识的忡忡与安迪在夜里接吻、互相抚摸，只是因为"接吻令我平静"，而"抚摸总是令我高兴，也不感到陌生，好像回到在河堤上的日子，那是过去最值得记忆的时间"。"我"的第一次也给了马肯，虽然疼痛难忍，但还是不想有更多被推迟、被错过的第一次。"我"哭了，但是"内心充满了骄傲"，好像"那个由母亲陪着去内衣店里买胸罩的小女孩，充满期待地看着那些花边，那些蕾丝，在试衣间里羞涩而又雀跃地脱去衣服，再穿上那紧绷绷的小衣裳"。其实不论是面对马肯还是其他人，"我只是想尽早地变成女人"。

作家们曾经创作了大量有关"灵"与"肉"的作品，试图在"灵"与"肉"之间分出个你高我低，或者至少也要找出一个"灵"与"肉"的平衡点。女性主义的身体论认为，身体的意义和价值不仅在于其物质存在，更重要的是它与女性主体性建构的密切关系。而日常现实的尴尬之处在于，身体被普遍的权力关系所制约，成为权力关系中无法解脱的一环。于是，女性主义者力图通过揭示各种强加于女性身体的使之不能自由的权力关系和运作，以积极反抗的姿态与行动来争取身体的自由和对性别关系与性别政治的消解。因此，在一些明显带有女性主义倾向的文学创作中，身体成了反抗男性中心话语最直接的武器，它们通过对女性身体主体性的强调来实现对男性中心话语的质疑与颠覆，经由身体内在的意义和价值去寻求性别秩序中身体之外的话语和权利空间。但是，《往南方岁月去》中这些急匆匆的体验，情感与身体仿佛是分离的，甚至与欲望都失去了关联。它在"灵"与"肉"之外有着一个更紧急、更现实的诉求，那就是性别身份的认同感——"尽早地变成女人"。当然，这种诉求可能更多地表现为成长的渴望与急迫，但性别身份的不断确立也是这一过程中极其重要的环节。当这种心境在不断表达着青春期的躁动与成长中充满仪式感的告别时,我们也逐渐发现,那个懵懂地走南闯北体验生活的女孩子,也慢慢变成一个趋于完整的女人。为自己的爱情,为忡忡的爱情,也为自己与忡忡之间的情义,她做出了完全受控于自我的选择,毅然离开逃避爱情的 J 先生。对于一个才歪歪斜斜地踏出了人生最初几步的女孩子来说,这恐怕不仅仅是放弃一个"不配再得到爱"的男人那么简单,它是对女性真实自我的确认,需要的不光是反对一个生活中虚伪个体的力量,同时也是选择一种性别与生活主体性的开始。这时候,"我"已经不再是一个迷恋于生活不同面目的小女孩,而是在经历了女性特有的体验与挫伤之后,毫不妥协地抗拒虚假情爱,不再执着于细小的感受,不再受控于追逐与众不同或特立独行的姿态,开始领悟生命与友谊的重量,去追求"变成女人"之后的理想生活。

到了《密林中》,"女人"的身份已经无比明确,但困扰阳阳的恰恰就是这个"身份"。她渴望与这个世界直接对话——"单独地、直接地、以自己的名义"——却发现"男人才是天生与世界发生连接的性别群体,而女人呢,多少都是通过男人才能和这个世界发生联系的"。这无疑是一种宏观而抽象的描述,那么两性之间,或者具体地变成阳阳与大澍之间,他们的差异与冲突到底是怎么被描述的?"自私"好像成了大澍身上一个无法扯掉的标签,但在"自私"之外,还有"野心"和"世故"?小说证实了大澍的自私,他一次次地单方面做出决定,花掉他们的积蓄,以艺术的名义无视阳阳的需求和存在。但是,"野心"在大澍身上却成了一个很有意思的表述。你不能讲野心与他无关,却很难在他身上找到那些年轻艺术家对外部世界的热切渴望,"他是个浑然天成的异类,却又并非对于名利没有追求,他轻视财富,但是对这些也绝没有肤浅的仇视和敌意"。因此,"野心"在大澍那里的呈现显得颇为诡秘,它并非是为了获取某个结果的雄心壮志或缜密计划,倒更像是周嘉宁所形容的"我很牛,我要把世界都灭了"的姿态。我们很难为这种姿态找到一个情理上的缘由,却会发现它在小说里变成了一个人实实在在的行动力。大澍可以预先行动起来,并不清楚将要面对的是什么,就像他侵犯式的拍摄方式,但确信作为结果的成名"早晚会发生"。相比之下,阳阳对"成功"有着更直接的渴求,她要"成为成功者本人,而不是他们身后的女人",甚至无法接受与一个成功者生活在一起,无法面对另一个人的才华映照出自己的平庸。因此,差异与冲突产生于对身份的自我怀疑和行动力。她对自己的性别深深地失望,"好像是故意要把自己排除在女性这个群体之外",却无法摆脱身心祭奠式的自怜或者说"被困于一个女性的思维方式里"而不能狂热地行动起来。这种内在心灵与外在行动的撕扯让她陷入无可逃脱的绝境,"无法变成一个男人,却也无法感知普通女人所能够感知到的幸福"。不难发现,阳阳其实在内心深处无比坚定地接受并守卫着男性世界对于才华、成功乃至幸福的评价标准,这一方面是她无法抗拒的现实权力关系与游戏规则,一方面又是她主动追求、自我挑战又被拒之门外的悲剧理想。在此,阳阳或者说周嘉宁并不愿意变成煞有介事"认真讨论着身体和意义的女人",毕竟那些强调特殊性与另一套截然不同的行为与价值准则的对抗更像是某种逃避。她们即使做不到"正面强攻",也要以极其悲壮的方式把不可消解的冲突和痛苦呈现出来,因为这避免了另起炉灶的隔离,也因为其中或许蕴含着"翻越山丘的办法"。

从《往南方岁月去》到《密林中》,小说中的性别姿态与性别叙述发生了颇为激烈的转变。这本身就是一个成长的过程,似乎包含着围城式的尴尬与苦楚。如果说《往南方岁月去》是一个年轻女孩儿对成年女性未经世事的想象与渴望,那么《密林中》则显示着置身其中的左右为难。《密林中》对性别关系的描述和理解显然更为复杂,在《往南方岁月去》对内心诉求的表达之外,更多了一份向外的观照,它不仅仅局限于对女性经验与女性心理的描摹,还注视着男性与世界打交道的方式,逐渐发现性别关系这一普遍渗透于日常生活又隐秘地蕴藏着巨大威慑力和控制力的权力秩序所在。

而且,《密林中》在既有性别秩序中的为难更富有现实性,更贴近归属于日常经验的人情冷暖与世俗矛盾,这虽然可能引起某些激进的女性主义者的不满甚至讥讽,却丝毫不会带来由理论到阐释理论的僵硬面孔。周嘉宁在小说中始终秉持着一个作家的本分,由现世的经验导向某种心灵的困境,从不将其从具体的生活场域中抽离出来,使人们看到的永远是伴随着生命运动的情感难题与肌肤之痛,是枝叶茂盛有着无限可能和不解之谜的密林,而不是基于性别或成长的关系模型。与此同时,无论是《往南方岁月去》还是《密林中》都埋伏着与时间的对抗,这固然充满着人之自负和现实里无从下嘴的硬骨头,但那些来源于成长及身份的焦虑,那些心理、现实诉求与肉身和生活局限的冲突,必将获得一个突如其来的抒发渠道,就像阳阳最后貌似失控又带着前所未有的真诚的发言,它们从来都是个体与时代不致了无生机的强心剂,也是人的精神世界或文学想象突围于现实的号角。

三

有一个"我"总是游荡在周嘉宁的小说里,这甚至可以让人把她一段时期内的小说连成一体,仿佛一则没完没了周游世界的历险故事。也正是这个"我",与作家贴得太近,它在制造了某种身份的迷雾之后,还带来了复制、补充、丰富、引申出多个经验与叙述时空的契机。

很多时候,"我"来得如此实实在在,那是一个年轻、不安、简单又藏不住心乱如麻的女子,我们甚至可以由此在头脑中补全小说里从未交代的细节——素衣、帆布鞋、不常打理却又带着轻微洁癖气息的头发、习惯性地沉默又会突然滔滔不绝……这当然来自小说所提供的信息并以此来填满想象空间,却无法摆脱现实里某个切实存在的范本,抑或是周嘉宁本身。虽然有太多的作家钟情于"我",但周嘉宁小说里坦诚得近乎因掩饰拘谨羞涩而生出的冷漠的语调和有着广泛现实认同感的故事,让人不得不时而分裂时而整合地去面对两个人的话语。就像《密林中》在反复地考虑什么是才华什么是成功,《荒芜城》则在不断询问:"什么是爱呢?"这是一些直接戳在你面前的声音,没法让人分清到底是阳阳她们还是周嘉宁在发问,没法让人像听传奇故事一样置身事外,因为以这样的态度去面对周嘉宁如此坦诚的创作会显得过于残酷无情。于是,作家写作中强烈的代入感酝酿着读者的代入感,只要处于一个共同或相通的经验场,无一漏网。而此时,这个"我"又显得那么虚幻,它甚至成了一个待补的空缺,如铁打的营盘,迎来送去的是一茬又一茬警惕地盯着故事却又悄然观照内心的哨兵。同时,这又是一个极其封闭的"我",因为里面隐藏着太多心照不宣的言语,它潜在又颇为狭隘地仅去认同某类符号或表意方式,就像携带着一个异常隐蔽的标记,对视,沉默,不动声色地在人群中发现自己的救命稻草。诚然,几乎任何时代的小说都在关注自我之谜,无论是孤独的拷问还是把人抛入复杂的环境磨砺,但只要存在一个想象出的小说人物,就无法摆脱如何面对自我和如何把握自我的难题。但这对于周嘉宁来说似乎是极其自然的事情,她可以困惑于自我的问题本身,却从未在以小说来表达这种自我的困惑上显露丝毫的犹豫。周嘉宁的小说里常常套着"小说",作家也不时讲述"作家",它们之间的关系让小说呈现出一些微妙的氛围和逻辑。

《爱情》由"我"向小五讲述一篇恋人公路旅行的"小说"开始,它被伪装成一个无足轻重的花絮:"我想他并没认真听,我大概也只是随口说说。"但是,"小说"却在《爱情》里构成了一种参照,虽然有疲惫、绝望、恼人的指责和陈年旧账,可在"我"和小五的故事里,"没有什么可担心的,除了令人昏昏欲睡的无聊"。两次相去甚远的公路旅行构成了小说的想象和想象中的想象,周嘉宁以"我"的故事维系着作家与小说的关联,同时又用"我"读过的"小说"证明着二者的分裂。也许这并非是一次蓄谋已久的文学游戏,但在人们的行动和语言中,自我的存在常常偏离轨道,人们无法切实地认出自己,更难以通过行动或语言建立起某个理想形象。

于是，唯有从这些无法把握的行为和言语掉转方向，一头扎入摸不着的内心生活。事实上，《爱情》最终落入一个与"小说"相似的心境，无聊、绝望、"心里明明有过永不消退的爱"，可仅仅是有过，就像结尾面对干枯的河床，"感觉到了风正在某处酝酿，明明也闻到了咸腥的水流气味，可是眼前什么都没有，纹丝不动"。

在《密林中》，阳阳创作了一个分手的故事，一对年轻的夫妇坐在咖啡馆等待超市打折，而周嘉宁又恰恰写过这样一篇叫《荒岛》的小说。它极其日常，又富有寓言性。小说所有的情绪都处于酝酿而决不喷发的状态——丈夫不再说话，也没有真的离开；妻子装作若无其事却会在丈夫为了拿一根搅拌棒突然起身时恐慌地几乎落泪。这是周嘉宁小说里罕有的"夫妇"故事，其中自有作者试图想象并描述"成人世界"的野心，读来却让人发觉"等待打折"成了对夫妻关系最世俗化的丈量尺度。而在这个"世俗化"的标签之下，奔涌着的却是青春期恋人一样的热烈和决绝，毕竟谁也无法让信奉"永不消退的爱"的男女在一时间隐入"相安无事"的懒惰、世故与安逸。周嘉宁创作《荒岛》时的状态无从知晓，但阳阳的感受却分外清晰："这种自我怀疑的感觉真是太熟悉，而最糟糕的地方在于它是一个旧的对手，无法描述，无法倾诉。初次遭遇时的新鲜感和打败它的意志力现在都化为乌有。" 我们当然没必要因此就在周嘉宁与阳阳之间架设起一种生硬的关联，但阳阳的感受却印证着之前对《荒岛》的判断，它不是对外部世界一次异想天开的想象，而是作家对有着种种严苛限定的"我"的内心依依不舍的观望。它是分饰两角的"我"的对话和较量，"一会儿觉得自己是那个妻子，一会儿觉得自己是那个丈夫，但是那种被隐藏起来的伤痛感和沮丧感在临近结尾的时候却被削弱了"。这当然是一场没有胜负的战斗，因为一切都将在阳阳或周嘉宁那里得以化解，它们系出同门，有着一样的招式和软肋，整体地构成了"我"的内心，来自一个人有限的经验和想象。如果说周嘉宁以"我"的处境和"我"与这个世界的关系进行向外的眺望，那么对"我"本身的塑造和表达则构成了青春期与成人世界临界点上对内的省察。

　　周嘉宁的写作不可避免地包含着以小说的方式进行自我探究宿命般的结局，它总是以悖论式的不满告终。对作家来说，生命的焦虑和创作的焦虑同时存在，前者总是那么让人无能为力，而后者好像更为具体，更能通过想象得以解决，仿佛提供了某处栖身之地。但是，一个想象出的世界、一个想象出的人，或者一个实验性的自我，并不能完全超越小说和作家本身可能性的局限，它是作家与文本之间悲剧性的角力，就像人们总是热切地希望能从小说中发现一个不一样的自我，结果却如无法切出只有一面的硬币而永远沮丧地在镜子里撕扯下去。但是，我们又必须意识到，这种内心的观照并不完全是"私人"的，当置身于特定文学想象或生活现实中的"我"逐渐成为某种具有典型意义的存在，它便完成了从"私人"向"公共"的转化，即便是具有极大特殊性的个人经验，也会在被视为宏大叙事的政治、历史书写与隐秘的私人处境之间形成共通而微妙的心理运作机制。虽然在"公共"庞大而又虚幻的阴影下，"私人"总是负罪式地带有了自我嘲讽和消解的意味，但这往往是表达上的不自信或是所谓公共话语无形压制的结果。在这个寻求多元、细化、社会组织与权力关系逐渐变异的时代，个人本位无疑是迅速成长于社会关系缝隙中倔强又顽强的力量，而对个人有限经验的叙述与想象，时刻提示着大而无当或止于人类自负的价值、意义追求的威胁和脆弱之处，并对群体的分裂以及个人生活的未知与不安全不断重申。

一个保守主义者的冒险
——双雪涛论

不要激怒一个老实人——用这句话形容双雪涛的创作可能有些夸张,但大致不会错,因为我们已经看到一个默默写作的年轻人在不经意间带来的惊喜。他仿佛是老实的,却在那老实之中带着一丝狡黠、一股隐隐的凶悍,就像生活中的保守主义者走进赌场,种种可能都被打开。

一

双雪涛在小说里爱尽了轮回或是圆满,似乎不把故事编成一个完整的圈就会坐立难安。《聋哑时代》有一个看上去可有可无的"序曲",讲一条几乎被城市遗忘的艳粉街,讲艳粉街里那些被时代戏弄的人们。而对李默来说,这里最重要的是一个旧时的玩伴,他十一二岁就成了胡同里最好的木匠,他看他把猫按进水缸里,也坐在他的木板车上心甘情愿地人仰马翻。当李默为了心爱的姑娘被一群混混殴打,其中一个坐在摩托车上玩烟的少年将他拉起,拍拍身上的土,"序曲"的秘密便在瞬间发生了作用,一下把李默青春年代的开始和结尾捏合在了一起。而这个少年,连名字都没有。我们应该从这里就意识到双雪涛小说中那种吹毛求疵般的戏剧感和连贯性,他似乎无法承受一种残缺的结局,如果小说所有的元素不被全部调动起来就不能安心。穿着白衬衫的艾小男在小说里意味着时间的翻腾。李默在2011年的某天醒来,从一本日记中回到2000年的7月,"今天是我最悲伤的日子,毕业了,我爱的人走了,她甚至都没有看我一眼。"这个爱人就是艾小男,只有她才能让时间再次回到1997年,"一个特别的日子",因为她出现在他面前。于是,"我"和高杰的决裂,那张没有送出的贺卡,那块中空的让"我"折断了腿的石头,一张巴掌大的铅笔画,甚至是许可为"我"医治的青春之"病",都因为艾小男的出现而有了交代。我们很难说这个让李默神魂颠倒的女孩子是从什么时候出现的,虽然直到小说最后,艾小男才随着李默磕磕绊绊的回忆呈现出来,但这个女孩子似乎让我们感觉熟悉异常,她的身影一直在小说中摇晃,好像小说始终都在讲述她的故事。就像《聋哑时代》的"序曲"在接近尾声才发生作用,小说可以被看成是一个没有开始也没有结尾的循环——一切都是独立的,一切都是无序的,而一切都将在一个微小的节点被贯穿起来并开始疯狂地旋转。在这种恍惚朦胧的讲述中,在这些交错缠绕如同九连环一样的故事里,在这些没有因果又互为因果的关系里,双雪涛用一种满是留恋的方式讲述着他的青春,似乎只有这样,他的青春才不会结束,他所爱恋的人和事,才会不断在眼前上演。

《平原上的摩西》则在不同人物间不停切换,庄德增、蒋不凡、李斐、傅东心、庄树、孙天博、赵小东……没有谁是必不可少的,但少了任何一个,都不会成为双雪涛式的故事。这些零乱的、反复切换的人物让时间消化殆尽,一切都需要另外一个人来为之重新定义。那么,这些被重新定义的时间和因果,也就成了故事。从庄德增的恋爱,到庄树作为一个警察在湖心与李斐见面,其实是一个颇为艰难曲折的过程。其中的艰难不是时间的漫长或是关系的复杂,而是如何将这些纷扰的生活碎片简化、拼接,让原本无关的人和事迸发出命中注定的偶然。

到底从什么时候开始,我的记忆开始清晰可见,并且成为我后来生命的一部分呢？或者这些记忆多少是曾经真实发生过，而多少是我根据记忆的碎片拼凑起来，以自己的方式牢记的呢？已经成为谜案。父亲常常惊异于我对儿时生活的记忆，有时我说出一个片段，他早已忘却，经我提起，他才想起原来有这么回事，事情的细枝末节完全和事实一致，而以我当时的年龄，是不应当记得这么清楚的；有时他在闲谈中提起不久前发生的事情，可能就在一周前，而我已经完全忘记，没有任何印象，以至于他怀疑此事是否发生过，到底是谁的记忆出了问题，是谁正在老去。

这是李斐有关记忆的陈述。但是，一个没有母亲的孩子和她孤独的父亲怎么就成了一连串命案的嫌疑人，这需要解释。双雪涛给出的解释，是她们如何与庄树一家相遇，李斐如何成了傅东心的学生……在这些跨越性的关联中，一个紧张的核心渐渐浮现，而与此同时，一幅有关时代、有关阶层的社会图景也被不断编织出来。蒋不凡、赵小东就像《聋哑时代》中的小木匠或是那块中空的石头，他们孤零零地戳在那里，却如磁石一样将有关庄德增、李守廉、庄树和李斐的故事碎屑吸引到位，最终形成一个完整的磁场。

双雪涛在这里显示了不同于同代年轻作家的一面。他在小说中表现出绝对的强势，几乎不相信那些未知的或开放的结局，他要的是一种独有的、可靠的关联。他要用这些关联消解那些未知和可能，以此实现一个讲故事的人对过去和未来的掌控，更是对心中那份趋于传统、保守甚至是固执的故事性圆满的特殊交代。

二

"艳粉街"暴露了双雪涛的立场。也许在这个时代，在这些青年作家看来，立场可能是最缺乏说服力的东西。但是，一种基于"艳粉街"的立场却直接而深入地左右着小说讲述的视野和方式。

《聋哑时代》的"艳粉街"是贴在李默身上的标签,是他的出处,是他逃避不了的生命记号,而《平原上的摩西》把"艳粉街"藏在深处,那些人像、事件,不过是"艳粉街"对外的表征。"艳粉街"又不似苏童的"香椿树街",后者承载的是时间,是有关地域风物和一个时代的印迹,而"艳粉街"是有关阶层的修辞,更像是一种时代流转过后不可更改的结果。

　　《聋哑时代》中无法回避的是李默父母的处境。他们曾是一个国家最光荣自豪的阶级,在最好的年纪相遇在效益最好的厂子。但他们不会想到,赖以生存的工厂已经岌岌可危,工人们一批一批地被通知可以休一个没有尽头的长假,如若执意留下,薪水减半。父母们自然有他们的想法,但在李默或是双雪涛们看来,"那是一种被时代戏弄的苦闷,我从没问过他们,也许他们已经忘记了如何苦闷,从小到大被时代戏弄成性,到了那时候他们可能已经认命自己是麻木的蝼蚁,幻想着无论如何,国家也能给口饭吃"。这本身就是一种有异于"正史"的表述方式。面对那些曾经的荣光,面对那个作为领导阶级的社会群体,面对他们所坚信的自己之所以成为自己的信条、理想以及特别的政治色彩,一个青年作家以一种戏谑而满是遗憾的口吻将其讲述出来,它不仅仅是某个个体讲述历史和阶级的方式,同时也隐含着在另外一个时代里,一个新的阶层如何认识、看待一段逝去的岁月和一个曾经风光无限的群体。

　　当然,双雪涛在小说里把这种认识逐一细化,具体为个人、行动以及人生际遇。为了一个女孩子,李默决心考入108中。这对他父母来说完全是个意外,因为在他们的期待里,小学毕业上个技校然后进到父辈的工厂,"从仓库保管员开始,从清点每一个螺丝和轴承开始,一点点地成为一个合格的拖拉机厂工人,抱着铁饭碗,铁饭碗里盛着粗茶淡饭,但是从不会空"。这在某种程度上形成了一种深刻的反讽,我们需要特别注意这里的时间——这个时候正是大批国有工厂生意萧条工人频频下岗的日子——这对工人父母处境尴尬,一方面对上中学需要的九千学费胆战心惊,另一方面却依然沉浸在"铁饭碗"从来不会空的身份想象和阶级荣耀之中。结果当然是"上进总是好的",但一个时代与一个阶级的神话却被"砸锅卖铁也供你"震得粉碎。考试那天,李默自己骑着自行车到了108中,小说之所以如此强调,是因为"我是为数不多的几个没有父母陪同的孩子"。与考试对应的,是拖拉机厂减员增效的风潮终于波及了他的父母,"工厂来朝他们要剩下那一半的薪水了"。于是,108中以及那场震动全家的考试似乎只与李默有关,父母们所关心的只有厂里谁给谁送了烟酒,要不要送和怎么送的问题。结果到底是让父母为难,李默的成绩出人意料地超出分数线许多,于是也就没有了不上的借口。母亲骑着自行车跑遍所有的亲戚,终于凑够了学费。当九千块钱学费尴尬而充满讽刺地装在拖拉机厂发工资的信封里被送进学校财务处的时候,母亲才意识到"原来这个城市里有这么多富人,每个人都提着一塑料袋的钱,等着那些因为凑不足九千块钱的家长漏下的名额"。双雪涛以母亲细碎而微弱的声音表达出时代转折里一个阶级的变化,这种变化不是被赋予了某种积极的、前进的修饰,而是从一个个被牺牲的个体和家庭里提炼出的历史或时代的另一面。那么就在这个时候,"艳粉街"才真正被落实下来,也开始发挥出它在小说中的影响力。

  在李默的父亲继承了上辈的房产举家搬进市区之后,"艳粉街"的标牌如影随形,那套七十平方米的老楼房于李默家来说又有什么意义呢?工厂彻底倒闭,作为下岗大潮中的一员,他们除了拧螺丝之外别无所能,用婴儿车支起两口大锅去卖煮玉米则成了唯一的出路。那些让李默感到难为情的玉米实际上支撑起"艳粉街"的"卓越"和"前途",因为"我发现也许我是这个平庸家庭里唯一卓越的人","我将成为这个三口之家的唯一希望"。但是,从刘一达到许可这样的朋友,从安娜到艾小男这样令李默心动的女孩,他们在小说里的存在仿佛不断提醒着李默"艳粉街"的窘境。一个新生的社会群体在此后的时间里愈发显示出他们的虚弱和窘迫,而作为他们的子女和一个阶层的希望,正如中考后李默有关"希望"的思考，只是因为那时的"我"还没有体会到"希望"和"一切"是多么危险。

《平原上的摩西》破碎片段和线索的结点就在"艳粉街"："去艳粉街，姑娘肚子疼，那有个中医。""艳粉街"在小说中更像一种象征，是棚户区、贫民窟、城乡接合部。卷烟厂的庄德增和傅东心，拖拉机厂的李守廉，以及庄树、李斐、孙天博、蒋不凡等等，都在"艳粉街"的阴差阳错里重新排列组合。承包企业也好，开出租也好，下岗再就业既是故事的一个前提，又是拼接起两辈人、两个时代的关键。《大师》里因下岗失去仓库的管理员终于有了下棋的可能。下岗让他失去了收入甚至失去了自己的身份，住在老房子里靠着老街坊的帮衬过活，喝最便宜的酒，从地上捡烟蒂抽，但在路边的棋摊上，在一场又一场的棋局里，他反倒获得了前所未有的精神享受。经济制度的转型致使一个原本社会地位、生活水平相对稳定的阶级面临着生活基本保障的难题，双雪涛不仅习惯以这种社会转折作为文学叙事的大背景，而且将具体的人物直接与之对应，将他们的生活难题具体化、日常化。虽然我们很难说这是试图为一个新的社会阶层立像，但他对这一时代难题的特别关注和那种后代视野里既抽离又脱不了干系的独特表达，在构成一种留恋与嘲讽同在的"艳粉街"情结时，也为如何讲述时代转折与新兴阶层提供了一种有效的方式。

三

很多青年作家越来越喜欢面对世界表现出自己的残酷和决绝，仿佛只有这样才显得深刻和尖锐，好像只有这样才谈得上"文学性"。但双雪涛似乎有自己的一套道理，我们很难在小说中发现那种刻意制造出来的冷酷，反而总能找到某种保守的温度。这种保守，恰恰成全了双雪涛与一些快被遗忘了的文学精神的关联。

《大师》中的父亲是拖拉机厂的仓库保管员。仓库紧临监狱，于是就有了犯人们做工过后下棋休息的一幕。在这个简单而充满偶然的场景里，我们惊喜于双雪涛所赋予它的细碎的人情味。"政府，能下会儿棋不？狱警想了想说：下吧，下着玩行。谁要翻脸动手，我让他吃不了兜着走。"得到应允后，"带棋子的犯人执红，坐在他旁边的一个犯人把手在身上擦了擦，执黑"。仿佛狱警也不像狱警，倒像是一个大家长面对一群顽皮的孩子；犯人也不像犯人，至少双雪涛没让他们落入对犯人惯常的想象，"把手在身上擦了擦"分明生出一份孩童得了好玩意儿或好吃食的兴奋和腼腆。一盘棋就那么下了起来，原本在一旁抽烟的狱警也围上去。下到关键，一个狱警高叫："臭啊，马怎么能往死里跳？"伸手就把已经走出的棋子拿了回来。至此，就连狱警也将之前的矜持抛于脑后，十分欢乐地参与进来，于是，狱警与犯人这对充满紧张感的关系在双雪涛的讲述中渐渐演化，变得有如路边棋摊街坊邻居那般轻松无忌。

双雪涛不会让故事不完满，没下完的棋也不会沦为残局。十年之前仓库门口想同父亲下棋的犯人意外出现，让小说充满了宿命的味道。十年中发生了太多的事情：下岗大潮将父亲卷入其中，母亲也不知去向，"黑毛"早已在父亲的熏陶和调教下成为闻名城里的棋手。"把你爸叫来吧，十年前，他欠我一盘棋"——故事终于跨越十年与之前对接。父亲不但破了几年前不再下棋的承诺，而且破了自己从不"挂东西"的戒。父亲终于是输了，赌注其实也简单："我一辈子下棋，赌棋，没有个家，你输了，让你儿子管我叫一声爸吧。"双雪涛当然想让故事变得更加玄妙，但犯人是不是成了和尚并不重要，和尚从僧衣里掏出一个金色的十字架作赌注也不重要，重要的是两个在十年中同样落魄的男人如何在十年后依然挂念着那盘没有下成的棋。这也许可以成为一个高手过招独孤求败的故事，可双雪涛显然没有那种侠客之心，他更热衷于市井的世俗之情。那盘棋是个念想，也是了断，同样是圆满。我们很难说那盘棋到底是谁输了，因为在"黑毛"看来是盘和棋，可父亲到最后无子可走，输了棋的他眼睛闪着前所未有的亮光，对儿子说："叫一声吧。"虽然小说最后，"黑毛"相信那个没腿的和尚还会回来，但除了一种无凭无据延绵不绝的情义，和尚似乎已经没有了回来的道理。父亲已在那盘棋里成全了他——棋下过了，儿子也有了，和尚已经了无心愿。在一盘有输赢的棋里，双雪涛写出了没有输赢的人生：落寞也好，坎坷也罢，从地上捡烟头抽的父亲在他的棋里获得了心灵的超脱，而没了腿的和尚却在世俗的情义里了却凡尘。

乍看上去，《大路》可能是一则荒唐少年的青春逸事，但仔细读来，小说却隐藏着一种难得的力量。顽劣的"我"父母双亡，被送进工读学校，十六岁的时候已经学会了最顽强也最恶劣的生存方法。离开工读学校之后，"我"背着一把刀和简单的衣物，游走在火车站和一个别墅区，火车站是"我"的住所，别墅区让"我"有些财路。一天晚上，"我"抢劫了一个弱弱的女孩，她非但没有害怕，还不断送来钱和衣服，直到两人像朋友般坐在路边聊天。"我"知道了女孩的孤独和绝望，却在不久看到了她殡葬的灵幡。如果小说仅止于此，它便是青春的叛逆和伤痛，但"我"丢掉了刀子，只身前往漠河。"我在漠河铺路，铺了很多条，通向不同的地方。我谨慎地对待每一条路，虽然很多路我铺好了之后自己再没有走过……我看见很多人虽然做着正常的工作，实际上却和我过去一样，生活在乞讨和抢劫之间，而我则在专心铺路。"小说由此从绝望中杀出，在整个混沌而阴郁的氛围里放出坚忍而明亮的人性之光。当然，一切进行得细微而精妙，在"我"三十岁的时候，我抱着女孩的玩具熊钻进被窝，"不要把被子踢开，让被子包裹住我，明天暖气就会修好了吧"。如果说流行于文坛的冷酷和决绝是一种剑走偏锋的精明，那么双雪涛无疑是保守的，他更愿意从文字当中去发掘某种让生活成为生活的力量，他在自己的文学信条中笃定那个东西可能对现在的世界毫无意义，但其本身十分美好。于是，在尚新、尚怪、尚冷酷的文学场中，双雪涛的保守则成了一种赌博或是一场冒险。现在看来，这个人似乎是赢了。

时间的限度与现实之痛
——文珍小说集《气味之城》

"我们都不说话,因为没什么话可说,更怕一开口就破坏了这种完美的氛围。此时,此刻,两个和平时状态截然不同的人,好像被命运钦点了的两个悲剧演员,在灯光下彼此相认。"——《我们夜里在美术馆谈恋爱》的这番感慨犹如文珍的小说与读者的关系,那是一种沉默的沟通,是在特定氛围里的共鸣,小说中的故事映照着当下的我们却并不构成情感或道德上的负累,合上书,心潮涌动又两不相欠。这大概是一种颇为安逸的状态,或者是小说有所求又有所止的分寸感。

《气味之城》开始于房间里熟悉的气息,但这气息中又多了一丝破败与闷恹,"猫不知去向,连同她"。其实他也说不清她为什么会离开,以及什么时间离开。"只是闷"?这个理由似乎是他不能接受的,至少不那么充分。因为在他的意识里,好时光就在眼前,他骑着单车载她去上班,即便是炎热的夏天也会贴在他湿漉漉的背上;他们会在车水马龙的街头吃便宜的臭豆腐并视之为世间美味;会在雨后的庭园散步,在阳台上一起抽烟。好像一切都在继续,并没有什么变化,但他所不知道的,是女人心中涌动的逃离的决心和"像看一个路人"一样的眼神。时间在男人那里似乎停止了,停止在最好的时光,结婚之后的日子更多是歪在电视前,"只不过就是白天工作一天太累,回家后总觉无话可说"。但这种空洞并不对他形成困扰，反而带有了一些"理所应当"。但是，女人的时间还在继续，其中却少了另一个人的陪伴。她就像漫漫征途中眼睁睁看着同行者逐渐走失的旅人，除了"闷"，还要面对望不到头的路程和无法消磨又日益难熬的日子。于是，二人的时间完全错位，男人永远慵懒地徘徊在一个被终止了的记忆里，而对于女人，"生命太长也太闷了，当然也许你并不觉得"。

气味在小说里印证着时间的变化。它是当年的 KENZO（高田贤三在法国创立的品牌）一枝花，令他"十分怀念的一种花果甜香"，是"刚刚切割过的青草气"，是蛋炒饭"充满幸福的焦香"，但后来却变成"奇怪的米烂陈仓之气"。男人对气味的敏感在小说中呈现出某种奇妙的意味。他会对家中气息的变化忧心忡忡甚至坐立不安，会怀疑什么东西变质而检查家中的每一个角落。他能够发现饮水机后的大团猫毛，发现花盆底的蚯蚓，发现猫身上干燥后的口水，发现冰箱里冰冻三个月的鱼，却无法真正发现妻子内心的失落与孤独。嗅觉上的敏感不断映衬着情感上的愚钝，或者更确切地说是情感上的懒惰。七年里，他从一个周身散发着勤勉、热情、在黄昏中等待恋人下楼的男生变成了"一个让人生厌的中年男人"，不再有鲜花，极少一起散步，坐在沙发上对擦地的妻子无动于衷。懒惰让人常常把责任推给时间，认为是时间的打磨使感情渐渐消逝，因此文珍会在小说里突然严肃起来："某项调查说，婚姻生活里，女性会自然而然承担超过总量七成的劳动，每天付出大约 2.8 个小时在家务中，约为男性的二倍。"然而，这种严肃一闪即过，小说并没有变成对家庭义务或分工的枯燥追问，它不无讽刺地给了丈夫一个自省的结局，使这个结局依然停留在"当年"。当年的美好置于当下会显得残酷无比，"当年"的愉悦亦无法真正弥补这七年里的冷漠、空洞和绝望，而男人对"当年"的沉醉也似乎证明着他终将像一只围绕龟壳团团打转的猫，渴望又无从下嘴——未来的时间可能有所改观，却也不会变得太好，时间或象征着时间的气息可以把婚姻或现实的矛盾柔软地包裹起来，却并不能真正提供一个指向具体生活的解决办法。

时间的长度我们当然无从知晓，但我们清楚时间所承载的事件的边界，或者说只有当时间承载着某个与我们有关的故事才会产生意义。然而这些意义在文珍那里略显悲观与尴尬，抑或这本身就是她的创作所求。她在有限的时间里书写着无限的记忆与想象，或因它们的过分美好而映照着眼前的局促与乏味，或因它们的理想、道义、责任而映衬着当下的单薄、日常与卑怯。当然，文珍也绝非要在畅行无阻的时间里去衡量孰轻孰重或辨明是非，她在讲述着时间的限度，那是一个充满遗忘、漠然、无奈又同样存活着坚守、珍视与理想的空间，构成了需要以小说去展示其复杂与弹性的现实所在。

时间终将在现实中过去，而现实又常常将理想甚至是逃避之途残酷地粉碎。

《安翔路事件》并不算一个多么重要的"事件"，它可能每天都在发生，但对当事人来说却会成了一个生命中过不去的坎儿。外地来京的小玉和姐姐卖起麻辣烫，本来生意红火，姐妹俩也受人追捧，可这种忙碌又平静的生活却在"老胡灌饼"开张之后被打破。"老胡灌饼"的老板是小胡，说是老板，其实也是摊饼夹菜凭手艺挣饭的辛苦人。不知怎么，小玉开始在心理不断对自己说："张小玉，你完了，你是真的爱上这个灌饼胡啦。"之后当然是纠结、试探、矜持、从敞开心扉到皆大欢喜。小说把小玉和小胡情感的"启动"写得异常缓慢和艰难，小玉总是那么急，小胡总是那么闷，但不管怎么说，两人到底是明白了相互的心思。至此，小说其实仅仅完成了一个铺垫，而"事件"刚刚具备了发生的可能。安翔路的门店即将拆迁，小玉和小胡也就不能只停留在风花雪月里，而不得不面对现实的选择。小玉留恋着北京，小胡却圆不了她的梦。当分别在即，小玉必须接受现实却又心存不甘："我也想和你天长地久在一起，可我们会穷多久？胡，我们会一直这么穷下去吗？不管是你和我回去，还是我和你回去，我们都全一直这么穷下去吗？"小玉算不得爱慕虚荣的人,但"穷"却成了现实地梗在生活中的一根硬刺,在活下去面前,爱情常常虚弱无力。《安翔路事件》摆在我们面前的不是一道爱情还是面包的选择题,而是一种群体性的生存困境——他们拼命地生活,争取活路和尊严,但现实却连成全他们一段恋情的机会也没留下。

  面对感情与现实的冲突,有人选择逃离,《银河》因此铺开了一条私奔之路。但是,《银河》里的私奔丝毫没有激情澎湃或如释重负的解脱感,相反,"老黄收到条短信突然就情绪失控了"。私奔之路因此在小说里十分荒诞地变成了解密之路。在一系列的焦躁、猜忌、困惑和逃避之后,"一路上害怕的摊牌终于来了":老黄已经五个月没法还款,如此下去,房子就会被银行没收,以后也就再没有贷款买房的可能。其实"我"也藏着三条跟老黄一样的短信,"再次提醒您,如欠款超过六期,房产即将被银行冻结"。那个令人充满浪漫想象的帕米尔高原,那个"世界的尽头",在房子和贷款面前被无足轻重地打扫干净——"看完了咱们就回去吧。他说。回北京。"在小说刻意呈现出的扭曲的轻松语句中,仿佛现实根本没把情感这回事放在眼里,他们就像处于贷款、房产、工作这个世界食物链最底端的生物,银行吃房子,房子吃我们。即便是《我们夜里在美术馆谈恋爱》这样更具文艺范儿的小说,看似与世俗生活没太大关系,可"我"的去国离乡也不仅仅是为了"追你的梦去吧",它更多出于现实中的考量与挣扎,或者说是一个有知识的年轻人为改变命运所能进行的最大限度的努力:

> 我不愿意孩子长大以后上议价幼儿园,议价小学,议价初中,议价高中,甚至议价大学。我不愿意工作一辈子,甚至买不起一套安身立命的住房。在这个什么事情都可以议价的国度里,生命的意义似乎也变得游移不定,可堪商榷。你猜那些唐家湾的大学生们在读公费小学时会知道自己十年之后将得到一个名称叫蚁族吗?十三亿

人中我们其实都是蚁族。因为变幻莫测的大时代里无从掌握自己的命运。

无论是逃离还是驻守都离不开更大的"野心"——是的，寻求正常的生活已经成为一种狂妄的野心。但是，小说似乎在用力阻挠着这些野心的兑现，在他们与他们的"理想"之间，房产、贷款乃至种种意外无不加剧着他们现实中的窘迫。就像文珍新近的小说《张南山》，除了拼命，徒劳的拼命，还有什么出路？进入快递行业的张南山无论面对怎样的难题，依然想象自己是一颗能发芽的种子，要一点一点地扎进北京坚硬的土地里，要想方设法长出一棵苗来，"在北京城扎根"。张南山们最不缺的就是吃苦耐劳的本事，如果残酷的现实还不能让他们清醒，那么一个城里的姑娘足以用冰冷的拒绝让他们重新认识北京："钱钱钱钱钱。连谢玲珑这样的姑娘都缺钱，这就是北京城。"

这些小说丝毫不提供什么光明的尾巴或改观的可能，甚至无法在那个现实的规则中颁发一个并不解决实际问题的"安慰奖"。它们把无法跨越的城乡、阶层的鸿沟刀砍斧剁般地筑进故事里，塑出那些身处底层无望奔忙的人们，揭出这个时代难以克服的社会顽疾。小说给了那些想扎根城市或试图改变命运的人以最惨烈的答复，这不仅仅是文化或精神上的冲击，因为这一切在小说中或现实中都还是奢侈品，而是根本性地毁灭着他们活下去的条件。小说非但没让人生出对其偶然性的质疑，相反，那些形象的、坚实的、来自我们即在的现实中的细节和规则，逼迫我们更愿意把他们或许存在的现实生活中的出口理解为偶然。大概在这时候，我们的发问将更多地指向现实而不是作家的写作。

文珍的小说里更倾向于选择时间的断裂而不是延续，更愿意表达人们于即在时空里的尴尬处境而不是盲目追求史诗般宏大却往往无的放矢的传统。这无疑是一种富有时代性的言说方式，毕竟在现代社会及其审美体系中，时间、变化和基于当下的自觉日趋成为讲述与阐释的生长点。但是，文珍的小说又暗藏着某种与时间的断裂、当下或日常生活隐隐较上劲的东西，它伴随着作家对当下的编排不经意地流露出来，让小说在其时代氛围之外欲言又止。《我们夜里在美术馆谈恋爱》充满仪式感的告别里，"我"对于超越当下话语空间和现实价值的"历史"的不断追问，在一种时间的紧张感和历史话语失去言说权利的压迫感中完成了对历史与当下繁杂关系的呈现。《普通青年宋笑在大雨天决定去死》于普通到乏味以至生无可恋的生活中发现了一个普通青年的另一面，"他成了一个万众瞩目的英雄，一个没死就已经成了超级英雄的一辉，凤凰涅槃，浴火重生"。甚至在《银河》中，私奔所象征着的诗意和远方与房子、贷款所明确的现实直到最后还在"我"的心中进行着较量，北京终要面对，"但我此刻在塔县的赛马场"。因此，文珍对时间限度的把握要大于一个普遍的当下而又不至不着边际，对我们即在现实的书写不会充斥着个体的代入感而又绝不置身事外，它既是一种写作的分寸，也是某种无法克服又恰到好处的情感或心理悖论的自然流露。正如人们对积极乐观主义和活力的无限崇拜往往源自对自身或现实不可言说的沮丧与绝望，由此我们也可以反观这一情感逻辑，文珍在讲述时间限度与现实之痛中流露出的情绪，无形间构成了对虚无、断裂等当下精神症候与现实困境反向的牵引和警示，当这些情节、语言、氛围被组织成为文本的时候，即已实现了对自身的反叛，或者说这种写作本身就蕴藏着某种抗拒的、不安分的力量。

以"冰封者"打开记忆之城
——侯磊论

侯磊写北京,全然不见皇城根儿或部队大院的傲慢,小说中的人既无达官显贵,也无顽主老炮,甚至连近几年颇能博人眼球的冷门行当和老手艺人也不见,有的只是出门抬头随时都能碰到的那个。俄国文学曾有"多余的人",侯磊也写到一些身处窘境的小人物,但你很难讲一个出租车司机是"多余"的,因为他们的失语或无足轻重往往来自人们下意识的视而不见。侯磊说:"我不只想写冰上的北京,更想写冰下的北京。"所以,无论是抬头不见低头见的街道积极分子,还是长年累月为生计奔忙的出租车司机,或是一个班级、一条巷子里最不受待见的孩子,都在侯磊笔下成了默默见证不同时代的"冰封者"。

《积极分子》在一开头便毫无征兆地给了人物一个"冰封"的结局:"他们都知道东口的一个院子里有个白毛老太太,常年木然地站着,身后几间小破房都是挤着盖出来的。那院子破得连正经的门都没有,只有扇红色的大铁门,晚上用铁门闩插上,一拉动就发出轰隆的响声。"当然,这个结局让人很难与那个五六十年代香儿胡同的积极分子张雅娟联系起来。小说旁逸斜出地写到香儿胡同邻里间的琐事和向国家"献产"的大事,其中起主导作用的都是张雅娟——"她知道自己出身优越,知道什么叫工人阶级,懂得妇女能顶半边天","整条胡同就属她最忙活,她有使不完的力气"。这里的奇妙之处在于侯磊把更大的笔力倾注在如何呈现张雅娟在那个年代所具备的能量上：激起或调和家庭矛盾，左右某个人的工作调动，促成孙家"献产"改变出身……而这种在"剧透"式的前提下回顾那个白毛老太太当年风光的写作过程本身就构成了一种讽刺。石一枫曾有小说《特别能战斗》，其中苗秀华"战斗"的一生多少还是面对"不平"，但张雅娟却是实实在在的折腾，"什么事都爱掺和"。所以，张雅娟身份或命运的转换则是历史的必然，当那些如今看来莫名其妙的"重要任务"不复存在时，失语和被遗忘就成了一种无法抗拒的结局。小说由此还原了那个看似热火朝天实则通向虚无的时代氛围，而张雅娟则是那个时代所制造的无数"冰封者"中的一员。

也许这对于"女司机"来说也是一样。《女司机》有着很大的时间跨度，从20世纪70年代末主人公扛着行李从内蒙古建设兵团返回北京一直写到她开着出租车急急忙忙穿过世贸天阶、蓝色港湾、SOHO现代城。当我们为这个返城女知青回顾她的司机之路时便会发现其中艰涩。"她看不上开车的，开车只是为了不扫大街"；她之所以能忍着师傅的满嘴脏话学会开车，是因为心里清楚"真不能只卖一辈子票"；成为公交车司机后，公司的调度似乎总在与她为难，"早班接晚班，永远早出晚归"；后来开起小公共，挣得多，可糟心的事儿也多，"各种浑人五方杂陈，北京站的乘警轰他们，交警抓了就罚他们"，"每天像打仗一样"在北京站前抢客人；最后转去开出租也是因为"无法容忍每月都是死工资，没有外快，奖金只有几块钱，还根据这趟车卖票的收入分成，也不知是怎么算的"。好像有关开车的一切都是生计所迫的无奈之举，而此后的日趋窘迫似乎也就在意料之中了。小说写出了女司机的心有不甘，甚至为她设置了情人王觉这个特殊的情绪发泄渠道，但这依然无法改变她苦闷、劳碌、不断被职业病折磨的人生，就算没有最后那场结果未知的交通事故，继续日复一日地跑下去又能如何？

《女司机》所呈现的场景既熟悉又陌生，陌生在于它已经完全从我们的日常生活里消失，你可能不会轻易想起那些破旧的大公共和横冲直撞大喊揽客的小公共，而熟悉在于你一旦想起它，又好像是刚刚在昨天发生，仿佛一切都没变过。在此，我并不认为侯磊多么在意司机行业本身的变化，它更像是发现了一个开启记忆的契机，因为在这代人的记忆里，有太多的东西与小公共以及小公共的年代死死地绑在一起。《水下八关》所写的就是小公共的年代，更是红白机、魂斗罗的年代。这里暂且不提小说里的人物及其关系，单就游戏里三十条命的秘籍就让我着实纠结了一番，当年整日挂在嘴边彼此炫耀的东西如今怎么就拿不准了？还有那个"水下八关"，好像有点儿印象，却也记不清楚。但不管怎么说，它还是让我一下子回到了骑着自行车或跳上小公共去找同学换游戏卡的日子。小说中的跳大绳、踢毽、砍包；体育老师的做派和言语；在貌似严肃认真的课堂上幸灾乐祸地大笑；男生女生间那种总是别别扭扭的相处方式；"好学生"和"坏学生"在课上课下校内校外不断翻转的奇怪格局……构成了一代人学校生活的基本框架，而在这个框架之中予以填充的才是属于个体的童年记忆。所以在有些人那里，这篇小说也许很难被沉下心来阅读，因为它所提供的场景太实在也太具体，它太容易让一些从那个年代成长起来的孩子产生强烈的代入感，在小说情节与个人经验之间不断切换，看的是小说，想的却是自己的陈年旧事。而在《少年色晃儿》里又有了那时中学门口兜兜转转的校外人员，一方面他的出现是个麻烦，因为免不了有些敲诈勒索的事；但另一方面他往往又会成为一个传奇式的存在，尽管有些事儿在校内孩子们的口口相传中变得越来越邪乎，其实压根儿就不曾发生，但那些挂着一脸青春痘躁动在青春期里的半大小子却恨不得人人制造出一种可以与之称兄道弟的假象。与校外呼应，校内又常常会出现某个传奇式的高年级女生，"妖艳""放荡"各种恶毒又悄然流传的词语事实上只是证明着那个年纪朦胧又诡秘的口是心非。

《少年色晃儿》和《水下八关》在很多方面有着相通之处，

色晃儿和小雷在那个微缩景观式的少年世界中无疑处在金字塔底，他们的软弱以及由此带来的幻想与心灵扭曲更多地来自少年世界的"丛林法则"。这本身是个可大可小的事情，毕竟对少年儿童乃至成人心理状况的观照在那个年代尚未进入议事日程。但是，当侯磊以过来人的身份站在当下回望并重新构造那个年代的"童年逸事"时，我们便会惊讶于那些曾经再熟悉不过的生活竟是如此荒诞、扭曲、充满恃强凌弱和无助又无声的挣扎。《水下八关》中跳大绳的场景几乎构成了对那时校园生活的某种隐喻："摇绳的同学面无表情，他们不管数数，只管盯着跳，摇。他们是机器，连跳绳的、摇绳的、数数的、体育老师、班主任……都是机器。"侯磊为这两篇小说选定的叙述视角为我们呈现了一个与"阳光灿烂"截然不同的世界，它在带领读者一步步确认情况属实的同时又以此触发人们无可避免的联想与反思。就像《水下八关》的结尾，小雷只能在梦境中学会跳大绳以及与静琪相遇，那么这些失语者是否只有在离开现实世界的梦里才能得到应有的尊重和些许安宁？这些原本充满孩子气的个人于群体中的尴尬或精神创伤一旦被提出来，就会变得严肃，变得不可磨灭，因为那是我们正在继续的生活的前文本，也是一代人之所以成为一代人最有力又最令人恐惧的证词。

我无意于此对小说里的种种荒唐事进行什么评判，因为它早已脱离了具体的事情本身，成为一个人乃至一代人不可磨灭的精神烙印。其实侯磊在小说中只是象征性地引入了几个通行的"标识"作为重要的时代背景转而讲述故事，但它却在很大程度上决定了一个特别的阅读群体在情感上的代入与共鸣。从"学雷锋"到"做赖宁式的好少年"，从"街霸"到"魂斗罗"，从"一群大雁向南飞"到纷纷刻在课桌上的"早"字，从《妈妈再爱我一次》到《古惑仔》再到《大话西游》……所谓"80后"一代其实经历了极其复杂又纷乱的文化洗礼，它作为一个整体构成了一代人认知、交流、成长和自省的精神前提。当"80后"们纷纷步入中年，这些曾经的"标识"逐渐潜伏起来，但它会在某个不经意的瞬间或片段的触动下以牵一发而动全身的方式再次铺天盖地地袭来。虽然侯磊说"写北京，不过是为了自省，不要忘记自己是从哪条胡同里来的……我始终不会忘记故乡"，但那些杂七杂八的"水下八关"和并不十分明了的记忆又何尝不是另一种故乡？

　　侯磊的大部分小说都带着浓重的年代感，或为潜台词式的回望，或为不动声色的变迁。就像《积极分子》中送走父亲的孙旭揣着一颗空荡荡的心爬上自家房顶，看到了一个和记忆中完全不同的北京："他抬头，见屋顶没有鸽子飞过；低头，院子里没有了牵牛花。前两年节约粮食，有鸽子的人家都不养了，卖给了贩子贴补家用，也有外来的地痞偷人家鸽子吃。牵牛花在父亲嘴里叫喇叭花，自从关家搬过来，老爷子主动把喇叭花给扯了，怕长到人家的地方碍事，连花籽也没存下一包。"北京到底是个什么样子？这是侯磊在小说中试图回答的问题。但这本身又难以回答。即便我们顺着孙旭的目光，也很难说清那时候的北京或眼下的北京是个什么样，可这完全不妨碍那一刻站在房顶上的人实实在在地被那种恍如隔世的感觉击得头晕目眩。北京是首都，是车水马龙高楼林立，也是大院小院胡同巷子，又或仅仅是一个孩子打打闹闹磕磕绊绊一眨眼就长大了的地方。所以，与其说侯磊笔下的北京是一座城，不如说是他努力寻找的一个角度，因为由此望去，是他关心的和熟悉的人以及由他们参与构成的记忆。

市井即江湖
——常小琥论

一、手艺

手艺曾是一个时代的风景，但时过境迁，工业成品和流水线下的整齐划一让手艺逐渐走向萧条。当我们在享受着商品时代的快捷和便利时，手艺几乎成了某种怀旧情愫的替身。所以，对于常小琥的《琴腔》和《收山》来说，无论是写时代还是写规矩，无法逾越的首先是手艺。

《琴腔》讲梨园的事，当然不是只盯着角儿们台上的风光，它写的是坐在旁边的琴师，拉琴、帮腔、托保随带，是手艺也是本事。小说开始于剧团里的琴师选拔，看的当然是手上的功夫。准确地说，应该是听，因为琴师在幕后，主考的团长只听声不见人，全凭一双手和几对耳朵见分晓。秦学忠从一伙琴师里脱颖而出，整个过程有了些惊心动魄的味道。轮到秦学忠，有阵子没出动静，"台上台下，静如空寂"，就在这个当口，一阵急切的快板过门骤然从幕后蹿了出来。小说写秦学忠拉的《斩马谡》虽不复杂，"但简里有繁，就算看不到琴师的弓法，光是音准的严丝合缝，包括追求气氛时用劲够足，这就不像其他人那么发干，发涩"，而拉到结尾，"三弓三字，不揉弦，一股肃杀之气"。团长当然也识货，"这个行"，一双眼睛像刀片，"这人琴中有话，不光包得紧，还能透出诸葛亮悲鸣的心境，该阴之处，如虫潜行，该阳之时，也有拆琴之势"。

一呼一应，是手艺人间的懂与不懂，也是惺惺相惜和隐隐的较量。此时的常小琥也展示着他的手艺，把一则小小的片段讲得张弛有度，关键之处惜字如金，准且狠，像是合着"快将马谡正军法"的节奏。

等写到剧团里的角儿，年终大戏上云盛兰光彩夺目。小说在"我一剑能挡百万兵"上下足了功夫："'兵'字因是高切落音，力度强，她便在'百万'行腔时小心填铺，积聚力度，然后一举出'兵'，一吐为快。"之后的"大胆胡为你累亲娘，手执绳索将儿捆"，悲戚孤绝，"听得秦学忠汗毛倒立"。而新留团的倪燕虽然机敏，但到底是嫩了些，往云盛兰旁边一站就输了阵势。虽有琴师秦学忠尽力托带，但同台竞技，角儿们的手艺也高下立见。至于武旦如何踢枪，是用蛮力还是用巧劲儿；练鞭打出手是抓住再扔还是稳稳当当地拍回去，都是学问。可能懂戏的人也不比以往，但在一个外行看来，《琴腔》至少做出了一个把梨园的手艺都吃透了的样子。

新长篇《收山》改写勤行，万唐居的后厨。厨师自然全凭手艺来换得立足之地。屠国柱的师父杨越钧是万唐居的掌灶，既然火上的事都交给他，就是有本事，"托得住"；葛清只管鸭房，别人不许踏进半步，凭的就是宫廷烤鸭的手艺；大师兄冯炳阁脾气暴躁，但若论吊汤，谁也替不了他；二师兄陈其掌管冷荤，他休病假，餐厅考评的菜单就要有缺口；陈其的妻子外号"飞刀田"，一块里脊放在大腿上，片得薄如蝉翼；还有早年回民大师计安春的卤瓜氽羊肝；友谊宾馆面点组长十斤白糖捏出一米高的玲珑塔……小说处处都在讲手艺，讲得详细精到又不动声色，让人想单独挑出哪个来说都颇觉为难。但不管怎样，《收山》是用手艺串起的故事，里面的情义恩怨、方圆规矩、昨是今非，离了灶上的功夫全都无从谈起。通过手艺，人心才得以呈现，是老实厚道还是尽抖机灵，是凭着十年如一日的修炼走向传承还是把它当成垫脚石换得人生上位，这一切都在小说中进行着选择。时代变迁，一个行业也不得不面临着新的运作方式，那么作为行业基础的手艺又将何去何从？就像万唐居的鸭房最终被撤下改作仓房，统一供应的鸭子到了葛清手里还会不会是原来的样子？鲁菜衰败，加入粤菜甚至调味汁料都由新公司统一配送的万唐居还是不是万唐居？这些由手艺而生的问题盘旋在一代又一代厨师头上，经过一次次的抗拒、冲突、妥协，伴随着无奈和刺痛，最终还是要回到手艺上寻求解决。

常小琥小说里的手艺当然不仅仅是手艺，它完全可以被看作是一个时代的见证。无论是《琴腔》还是《收山》，它所触及的年代对于常小琥们来说几乎是陌生的，或者仅仅赶上一个尾巴。但是时间越久，年纪越大，那个出生的年代似乎在心里也变得越来越有分量，毕竟失去才知珍贵，那些陈年旧事也在一种特别的情怀里变得丰富而值得追忆。那么我们到哪里去寻找一个时代的证据？可能那些宏大的叙述都不能满足一代人与一个年代产生肌肤之亲的渴望，于是一个陈旧的物件儿，一个日常生活的细节，一门越来越难以发现的手艺，就成了抵达心中旧情的巧妙途径。就像常小琥在《收山》序言里所说，选择厨师的故事并没有太多为什么，"一开始这事儿就这么定了"。看上去很悬，但想想不过是因为这些人这些事曾经恰好在那里，我们好歹也算吃过见过。

二、传奇

工欲善其事，必先利其器，可秦学忠偏不，至少让外人看起来家伙事儿不怎么样。《琴腔》上来先写琴，份大的琴师琴也用得讲究，上等竹子打成担子，好看、声音透亮，更是一个琴师的脸面。秦学忠的京胡是自己做的，用竹一般，琴轴是偏的，还是枣木的料。选拔的时候，头把琴徐鹤文搭眼一看秦学忠手里的家伙，"意思不大"的判决就下来了。可就是这把没被看好的琴很快就发出铿锵的肃杀之音。如此还不够，这个惊了全场的琴师退场时面无表情，夹着琴箱左躲右闪，一双懒汉鞋蹭着地板，招呼也不打地仓皇逃走。老琴师们脸上都有些挂不住，徐鹤文更是认定了秦学忠没大出息。

可就是这么一个人,全团却没人再敢小瞧他的手艺。这时的秦学忠已不仅仅是一个琴师,因为他的独,因为他的破琴,因为他的技艺精湛,也就有了操着怪器的侠客之气,更成全了常小琥对于世外高手、流浪侠客或者体制外英雄的想象。

很快就有了二人台上台下的心斗。老徐也倔,仿佛跟坐在台下的秦学忠较着一股劲,硬是将一把不合手的新琴拉得浮夸躁动,"像一匹熬到殊死一搏的困狼",砸了自己的招牌。事后他托人给秦学忠带话:"戏台椽角,你我之命,相猜未相伴,拉琴即拉人。"便是英雄相惜的豁达和悲凉。常小琥在这里其实做着一个少年梦,秦学忠的存在仿佛成了少年英雄情结的寄托。琴师这个行当,以前不曾、现在也不能产生一个时代的英雄,而秦学忠却以他的轴、他的倔、他的孤傲以及他最后的"惨败",以一种不可能的方式满足了人们对于当下之外侠客或是英雄的渴望。当然,这种渴望并不是期待他进入现实肩担道义,这也不是一个琴师的分内之事,而是在一个记忆被不断拆除、粉碎的时代里,让繁杂情绪得以安置,种种遐想得以实现,让无趣的生活变得激荡起来的归属感。这时候,没人再去纠缠真实,就像每一个少年都做过侠客梦,人们大多不会拒绝传奇。

《收山》里的葛清也是如此。杨越钧是店里的掌灶,"不过有位爷,工资却比杨越钧还高出五块钱"。钱不在多少,在小说里却标识着葛清的分量。葛清也有他的独,在万唐居这样一家国营饭庄,他的鸭房别人从不敢插手,而从前那个不知天高地厚的公方经理,被葛清当着众人骂作"杂种操的"。派去鸭房的屠国柱被葛清一晾就是半个月,也就是在这半个月里,葛清的样子才从小说中浮现出来——店里配发的工装被随意搭在肩上,耳边总别着一根烟,还一定要皱巴巴的;一把破茶壶放在腿上,"像一只垂老的兀鹫"。貌似天大的事都与之无关的葛清也终于让屠国柱开了眼。坐在道林酒家的葛清不动声色,但张口两道菜就让领班犯了难,因为看的都是厨子的硬功夫。后来上的几道菜,老头筷子都没动就把盘子堆到一起。道理当然是有的，一行有一行的规矩，但其间多少让人读出了高手过招、人外有人的硝烟味和紧张感。也正是见识了如此场面，后来的屠国柱便少了此前的牢骚，因为打心眼儿里服。

想必常小琥也心知肚明，在侠客的世界里，没有什么比英雄末路更能打动人心。然而在"万金油"的世道中，作为侠客的秦学忠最终丢了头把琴的交椅，也只能无奈看着心爱的女人一时嫁作他人妇。虽然后来又有了儿子，但始终也没能习得父辈的手艺，或者说根本就没这个心思。于是，这个剧团里的世外高人也只能待在世外，不再演出，只是躲在家里修琴，成了剧团最多余的人。作为宫廷烤鸭传人的葛清最终也难抵一个行业经营方式的变换，眼睁睁看着鸭房被改作他用，只是在店里动工的时候，无奈又识趣地领着徒弟躲了出去。等到屠国柱独当一面成了万唐居的掌灶，新一轮的变革又让他出现在任何场合都显得不合时宜，索性躲回已成仓库的鸭房，不再过问店里的事。英雄末路证明着一个风云莫测的江湖，他们之前的光辉传奇和之后的悲壮凄凉合在一起才完成了常小琥讲述英雄的用意。在这两部小说中，一个行业的传奇只是一种美好的映衬和铺垫，而作者最想拿给人看的却是这种辉煌如何不可挽回地逝去，正如秦学忠、屠国柱以及常小琥们追不回的青春。

侠客或江湖让常小琥的小说有了别样的气质。它一定不是新的，如果斗胆将其接续到唐传奇，算来已有千年之久。但正是这种古老的讲述方式却在一个新的时期重新焕发生机。它不但没有暴露其局限，反而产生了另外一种可能，那就是在描绘某个人、某个行业、某个年代的时候，能够跳出现实的约束，而把笔力集中在如何让它的讲述变得更加浪漫，更能满足人们对英雄的想象和渴望，更能触动人心，更能给人以惊喜。

三、人伦

当他在灶上，一站就是几十年，想赴命，想还债，想替自己的两位师父找出答案时,他发现师父们未必不清楚答案是什么,但是此时已经没有谁在乎这个问题了。

因为人都不在了。

常小琥写在《收山》自序最后的话不可谓不悲凉。论手艺,论规矩,几代人的传承和守护,人没了,什么都无从谈起。小说归根结底还是在写人情,写人伦。其实有句话贯穿小说始终——"一个人收山的时候,不看他做过什么,而是看徒弟对他做过什么"——它无论是放在《收山》还是《琴腔》里都构成了激烈的反讽。

当年的葛清每每都被卷入运动中,挂起牌子接受批斗,跪在放了搓板的凳子上被用在马达上带钉子的角带抽打到不省人事。而动手的,都是他的徒弟。这也就让我们不难理解为什么到了万唐居的葛清对店里派到鸭房的学徒是那样地苛刻与戒备。对于葛清来说,当年的遭遇无疑是一道刺在心上无法愈合的伤口,而就在似乎得了一个不错的徒弟聊以安慰的时候,又被以"放火烧店"的罪名被派出所带走。事情当然清楚得很:"他每天都搬柴火,不然第二天拿什么点炉子。"屠国柱自是仁义,每周从店里骑车到大兴给关在看守所的师父送饭。可一个人的仁义又有什么用?店里的齐书记在葛清被遣返原籍时向屠国柱交代的是:"请神容易,送神难,要紧的是,别是让老头,节外生枝,就像上次写信的事。他一走,将来掌灶的位子,你师父还不是要留给你?功劳摆在这儿呢。"葛清的故事让人不禁想起多年前钱理群先生的《青春是可怕的》,但屠国柱的存在和葛清买给师父的鲜艳手套似乎讲述着青春之外更可怕的东西。小说虽然没有对此展开针锋相对的拷问,但从手艺的改变,规矩的遗失,人情的淡漠和人伦的衰败,那些老菜、老人和老理儿,无不对这个翻滚纠结变化的年代发出某种告诫的声音。这种声音被埋伏在那些怀旧的情愫中,常常在不经意间生生刺出来,让人在充满着烟火之气的市井琐事里不禁背后一凉。小说中有一个细节颇值得体味,讲大串联期间,干餐饮的谁也别想经营,成千上万的嘴在街上，小馆子烙饼，大饭庄捞米饭、蒸馒头，菜也炒不成便大批量地腌咸菜。如果说杨越钧、葛清、屠国柱等几代厨师守的是不变的手艺和规矩，那么对厨行冲击最大的莫过几十年前的那次。小说在有意无意间构成了一种隐秘的自问自答，所谓几代人的理想和传承在时代的动荡和异化的社会运行机制下只不过是螳臂当车的徒劳，在一个人说没就没了的世道里，还谈什么手艺、规矩，还讲什么人伦？

《琴腔》固然少涉及师徒之间的恩怨，却在秦学忠、云盛兰、岳少坤与秦绘、岳菲之间形成了一种更具普遍意义的人伦书写。自从秦绘自己把名字改成秦子恒，秦学忠们的时代似乎就结束了。大到一个国家经济体制变革所带来的社会氛围、人际关系和个人价值判断的变化，小到剧团经营方式、人事制度改革带来的个人生计和生活走向的具体问题，同时向几代人扑来。当秦子恒提出到南方去，秦学忠下意识的反应是"你的琴还算可以"，而云盛兰最关心的是新单位是否国营。两代人于时代变幻中的判断和选择终于在悄无声息里形成了一种无法破又没有解的矛盾。父辈们的担忧、顾虑以及藏在心底的不乐意对秦子恒来说完全不起作用，他主动从剧团拿走了人事关系，离开了父辈们熟悉的生活。于是，琴师的儿子做了深圳服装厂管理流水线的经理，成了"京剧小神童"的岳菲在春晚舞台上被一眼看出是假唱，两代人越离越远，当年那些想不明白的问题似乎再也没有解答的必要。

师徒也好，父子也罢，常小琥以一种带着江湖气的笔调讲述着时代风潮之中人情人伦或剧烈或微妙的变化。按理说，梨园与勤行都不是常小琥所在甚至是所熟悉的生活，但它催生的有距离的想象以及它本身所具备的市井气，反而让小说带出了一种特别的气质。它充满着情感、规则、价值上的怀旧，却藏不住一个基于当下的视野和立场；好像每一个细节都雕琢得细致又结实可靠，却无处不弥漫江湖和传奇的天马行空；那些返回到几十年前被娓娓道来的事件，应和的却是几十年后一个初感沧桑的青年最直接又最隐秘的情感需要；而看似琐碎、日常的手艺和行当，又折射出一个时代不可阻挡的突进与代价。所以，在常小琥的小说里，凡人与英雄没有界限，市井就是江湖，但江湖无常，有些东西再好也是要没的。

无处安放的肉身
——宋小词论

读宋小词的小说常常使我想起盛可以。盛可以让人见识了一个女作家笔下施放出的冷峻、凌厉和凶猛,相比之下,宋小词的小说少了盛可以刚硬到吝惜词句般的叙述,却在质朴的语言里透出某种虎狼之气。无论是字里行间,还是小说中的人物,你都可以读出盛可以骨子里流露出的高傲,而在宋小词那里更多的是坚忍,一种长路跋涉满嘴沙土却要硬着头皮走下去、咽下去的艰难和决绝。

一

"她忽然感到羞耻,觉得自己像周午马的一只夜壶。"《直立行走》中杨双福的羞耻里隐藏着一个秘密,那就是要牢牢地抓住周午马。其实抓住其他什么人也一样,关键是"武汉本地的","起码房子不用愁吧,这就比我们少奋斗二十年,二十年啊,人生最值钱的二十年啊"。也许这种断章取义的解读或多或少地构成了对杨双福的侮辱,毕竟除了房子她还渴望爱情,"想体会被人搀扶的滋味,想感受人与人相偎着的暖意"。可谁又不想呢?但她所能做的却只是在周午马"饱餐"之后的冷落中手足无措地等待一条回复的消息。宋小词在小说里非常细致地拿捏着杨双福的心理,那些被冷落之后的焦虑与期待,那些可怜的自尊与被克制的殷勤,那些外在的故作轻松与自我开解的坚强和内在的虚弱、敏感,都聚缩在一条唯恐只有文字太冰冷还必须加个笑脸的微信里。在这个看上去并不起眼却藏下千般滋味的细节中，是一个女人"如身陷一场泥泞"般的处境。杨双福显然不是那种只活在当下的"新女性"，或者说根本没有"活在当下"的资本，她不可避免地与身边那些同事一样，"觉得男人许给女人婚姻比男人本身还要可靠"，更何况她跟周午马已经相处了那么久，却只是依靠简单的餐食和钟点房维持着关系。事实上，我们很难清楚地区分杨双福的爱情与婚姻或情感与目的，因为它们在逼仄的现实中被搅成一团，紧紧地挤到一处，没有任何舒展与条分缕析的可能。真实的生活状况令她无法把不断为之付出且相处已久的男人与农村姑娘在城市中生存所需的一个容身之处剥离开来——"爱情是她的青山"，青山有柴，但柴就是婚姻，就是房子——这种关系或处境构成了《直立行走》情节展开的前提，也是宋小词介入城乡关系的一个重要角度。

《开屏》始于来自秦玉朵老家的一个电话，独居的母亲意外骨折，这让她倍感为难。新上任的局长还摸不清脾气，受伤的母亲又无人照料，但秦玉朵心里那条万全之计，又让她不得不去面对婆婆和丈夫的沉默。其实这种沉默，更准确地说是对秦玉朵的轻视，从她与南翔恋爱时就开始了。南翔的父亲是副区长，母亲是国家一级演员，这让南公馆与来自农村的秦玉朵之间竖起了一道高高的门槛。面对孤身一人省吃俭用供其读书的母亲，面对毕业后不知着落的工作，秦玉朵早早就懂得了如何充分利用自己的美貌："成为南翔的女朋友继而成为他的妻子，把根扎在这个繁华的都市里，彻底告别农民身份，这就是她的'青云之志'。"她明白隐忍的力量，也明白如何把南翔变成自己手中的"利器"，"两军对垒之际，她更得使出浑身解数将这个能左右乾坤的棋子揽在怀中，为了能拴住他，她到医院还做了上环手术，免去了他戴套之苦"。相比《直立行走》中杨双福并不那么清晰的"动机"，《开屏》在小说伊始就明确了秦玉朵的"青云之志"。在改变农民身份的过程里，杨双福似乎有些被动，她更像是被生存处境或身边那帮"像背负着血海深仇一样从乡野进入到城市"的同事们推着走,而秦玉朵则显得心机重重,她将男友视为棋子,把嫁入南公馆视为一场志在必得的战争。但不管怎样,宋小词在这里特别强化了身体之于这些试图改变命运的乡村女子的意义,正如杨双福要默默承受像一只夜壶的屈辱,秦玉朵不仅在婚前让自己的"资本"得到充分利用,而且在婚后有求于丈夫时也要"用性事来铺垫",后来更是因为"市编办"三个字与局长发生了关系。当然,"青云之志"也并不是总能掩盖羞耻,秦玉朵时常觉得"自己就是个婊子",这也就让她与杨双福在现实处境以及改变这种处境所能实施的办法上并无二致。也许有人会在这里提到爱情以及种种奋不顾身的事例,但这些美好的东西到了杨双福或秦玉朵那里却往往会变成无疾而终的痛苦记忆,因为她们的出身、现实的生存困境加上对此心存不甘的挣扎使其爱情本身就意味着"爱情"还是"面包"的艰难抉择。或许宋小词于此也正在以一种极其残酷又极其现实的方式审视着那些过于理想化的抒情故事,至少在她所提供的场景中,"飞蛾扑火"也需要一定的资本或是一条可靠的退路。

　　曾有人将这种状况视为女性的生存困境,并搬出一套相关的理论来阐释既有性别权力关系如何将女性逼进了一个狭窄阴暗的角落。这个道理当然没错,但宋小词却不见得这么专注或狭隘。《直立行走》为我们提供了一个更加广阔的视域,其中杨双福一心想要嫁给周午马已是十分明了的,但周午马为什么一定要娶?用小说里的话讲,"这样的男人哪怕当众擤个鼻涕吐口绿痰都是帅的",而杨双福一个农村姑娘,相貌平平,又不懂得穿着打扮,他们的关系"让许多女人恨得牙根痒痒"。绕来绕去,问题的关键还是贫穷。当婚姻在杨双福那里意味着一个城市里的立足之地,那么它对周午马来说也是落实在家庭人口之上的三十平方米拆迁补偿。至于周午马在得了补偿款之后如何借机踢开了杨双福那是后话,可这与他们结婚的动机密切相关,甚至成了一个难以避免的结果。而在《路遥遥的心事》里,宋小词直接让杨双福或秦玉朵变成了柳玉章,至少在结婚时，这个来自山区的青年对岳父拍出的房子首付一脸的感恩戴德。所以，在宋小词的小说里，婚姻不是什么爱情的坟墓，也与有情人终成眷属无关，它是首付款，是一个有编制的岗位，是三十平方米的拆迁补偿。宋小词写下了一个群体被出身以及经济状况所激发出的圆滑、隐忍、诡诈和屈辱，但他们并没有什么机会去考虑人格或尊严，因为现实逼迫他们必须寻得一个实实在在的生存之道。是同情还是鄙夷人们心中自有论断，更重要的是它已然构成了小说之外一种不可回避的现实。

二

宋小词曾有长篇《所有的梦想都开花》，小说里的人物纷纷从青春校园走入生活的波折，虽不如意，却依然带着青春的情怀和"开花"的想象。参照这部小说，我们便会发现宋小词后来的创作所呈现出的某种颇为突兀的转变——从青春到生死，从希望到无望，从诗和远方到眼前的苟且。

《天使的颜色》写记者南音突然接到父亲进城检查身体的电话，而检查报告证实了她所有不好的预感。"能活多久"成了小说里不断跳出的提示音，它在反复敲打、摧残着南音等人的同时，也推动故事走向了一个早成定局却依旧让人不愿面对的尾声。小说把父女间的脉脉温情与不可更改的生死宿命捏合在一起，而将之连接并以障碍的方式使二者不断升华的却是一个颇为世俗的"钱"字。对南音百依百顺的父亲最牵挂的便是女儿的婚事，原先不嫁便不嫁，但到了这个时节，正如小说里父亲的感叹："早知道这样，就不该留你，把你处理好后，我就无牵无挂了。"然而，舐犊情深却改变不了每月动辄成千上万的医疗开销，再加上母亲意外骨折，这才让南音真实体会到了一分钱难倒英雄汉的艰辛。小说中一个颇值得回味的片段却让现实的窘迫带上一些令人哭笑不得的味道。一则抗癌宁的电视购物广告让父亲动了心，南音不愿上当，却分明感受到父母对自己的冷淡。母亲说："音子，你爸爸对你可没有半点私心呢。"于是例数二胎罚款到父亲如何深夜抱着南音打针的种种往事，直至"南音把两千七百元人民币一张一张数给收银员时，她感觉自己就像屠刀下的羔羊，伸着脑袋任人宰割"。母亲的理由让人无法拒绝："他现在就想吃那个药，你怎么就不能顺他的意呢。"道理固然没错，但母亲所不知的是这钱来自儿子北华在地下室天天啃馒头的积攒，而父亲"没有半点私心"的证据也是在二胎罚款上兜兜转转。这不是将心比心，倒有了些将钱比钱的味道。这些让人读来很不是滋味的细节却不动声色地制造出两对矛盾，一是明知上当也应顺意的体谅，一是因为生活拮据所有的情感与关怀最终还是要落实在钱上。其实这两对矛盾在小说里完全可以被引申为某种贯穿性的自我辩论，前者就像父亲刚刚确诊时南音和北华的对话，"人财两空都要治"，而后者则最终成为令人窘迫的治疗后父亲遗物中那张三万块钱的存折。"人财两空都要治"当然是"对生命的尊重"，但它却因为钱的问题而使这种尊重来得分外艰难；父亲留钱给女儿出嫁也自然包含着父女情深，但它却在小说具体的环境里因为钱的问题让那温情多了一份酸楚。在日常生活中，人们往往羞于谈钱，仿佛它跟庸俗、市侩自然地联系在一起。但是，宋小词偏偏就要把这种现实生活里维系生老病死的事物以极其直白的方式摆到台面上来，就像印在小说集《呐喊的尘埃》封面上的那句"撕破体面与虚伪"——"虚伪"暂且不论，单就"体面"而言，请原谅我将如宋小词一样直白，它是需要钱来装点的。试想如果不是钱的短缺，南音、北华以及他们的父母将以什么样的姿态度过最后这段相互偎依的时光？又或《直立行走》里，但凡不是为钱所困，有谁会将自己逝去的父亲或丈夫藏在房间挂起腊肉香肠以掩盖尸体腐烂的味道？宋小词不似同代作家那样或多或少带着些文艺腔，也不想把现实变成动人的情怀或暗藏优越感的所谓精神高度，她极其坦率地要人看到日常生活里那些美好的东西是如何被金钱绊住，生老病死，事与愿违。

在小说《呐喊的尘埃》中，疾病毫无保留地肢解了一个家庭。

虽然小节一家在村子里背着不太好的名声，却也会在夏日摆起方桌，摆上吃食，老老少少自得其乐。但是，父亲的尿毒症不仅花光了家里的积蓄，让他们求遍了村邻和亲戚，还逼得二叔杀人抢劫被判死刑。毒死太太的农药是不是爷爷给的谁也说不清楚，但家里确实少了一张开口吃饭的嘴。母亲外出打工，而"我"和小姑也为"弄钱"到了广州，真的成了村民们想象中的那种女人。《呐喊的尘埃》显然比《天使的颜色》来得更加决绝，这不光体现在人物命运或故事情节的走向，还内化为一种暗无天日的情绪。在治与不治的问题上，《天使的颜色》从未出现过摇摆，但在《呐喊的尘埃》里，却以十足的代价、挣扎、犹豫、动摇显示着"治"的艰难和无可选择：二叔被捕以后，奶奶说"那就治吧……我两个儿子总得留一个啊"，其间暗含着曾经不打算治了的犹豫；二叔出现在家人面前的最后一次，眼中对父亲生出了鄙夷，"病医不好了就不要拖累家里，不要弄得人财两空"；奶奶面对痛苦地叫喊寻死的父亲平静得怕人，"儿啊，莫说这种没用的话，若真心想死，大堰没有盖锅盖，绳子没有上锁"。当一了百了成了全家人的解脱，几乎谁的心里都藏了一句不敢或不愿说出的话。《呐喊的尘埃》无意在治与不治之间去寻求一种伦理的或道德上的答案，甚至也不像《天使的颜色》一样包含着那么明确的温情和坚忍，它只是要把一个无解或越搞越糟的局面呈现出来，而这个局面却不知与多少家庭悄无声息地联结在一起。

《红楼梦》里那首《好了歌》讲的是现世的虚无，功名利禄娇妻儿孙在生死轮回间不过是过眼烟云，其中有"得大自在"的超脱和圆满，也提示着人们于尘世中的不舍。然而，那些不舍更像是王公贵胄巨富商贾的不舍，它对杨双福、秦玉朵们或许还充满着诱惑，可对《呐喊的尘埃》里小节一家则显得十分遥远。尘归尘，土归土，原本就是一粒尘埃，它的不舍又在何处？如果有，那就是继续做一粒尘埃，就像小节他们一样，已然没有什么可以断舍离，只想活下去。所以，生老病死在宋小词的小说中不是一个形而上的问题，它是能够把一家人彻底吞噬的无底洞，它无解、无望，甚至单纯地指向生物性。如果我们一定要在此处为宋小词的写作寻找一个向外的、更复杂或更具社会性的关联，那就是他们为什么变成了这样。

三

宋小词的新作《柑橘》又重现了她在《血盆经》里的一个心结。村里的老光棍苟大捡到一个傻女，不知姓名，不知来路，思量再三也下不了狠心将其重新丢在街上，也就只好让她跟着自己过活。然而，孤男寡女共处一室，也就让村里多了些闲话，更要命的是，总有人趁苟大不备，对傻女行猥琐之事。而在《血盆经》里，孤儿何旺子被大伯送去学道士，这个原本学什么都不成的傻孩子意外被祖师父赏了饭，不仅经唱得有滋有味，而且很快就替师父撑起了场子，但翠儿的出现却成了何旺子命中一劫。两篇小说中，宋小词念念不忘的是那些处于乡村最底层、身体或头脑存在某种缺陷、时常被侮辱、嘲讽甚至被卖来卖去的可怜人。我们很难分辨傻女糖水和傻女翠儿到底谁更可怜，一个被人强暴死于难产，一个干脆沦为了村里残疾憨头们的生育工具。然而，正是这些痴傻之人的存在，映衬着那些隐藏于阳光、原始、质朴、强壮之下的龌龊。只求死后有人收尸的苟大认定傻女就是自己未曾出生的女儿糖水转世，为此面对的却是村里人"泼猪粪、割麦穗、绝渔路，招招阴狠毒辣"；嘴上说要为六儿寻一门亲事的六儿大伯在夜里先将买来的翠儿按倒在茶园，后来更是绑了六儿，每次收费三十元把村里那些老头往翠儿房里引——作者当然不只是要以此写出乡村痴傻之人的可怜，更是要把他们可能遭遇的侮辱与暴行晾晒在光天化日之下。

因遭受种种不公破罐破摔的苟大为了糖水决心一搏；肉铺的雷师傅时常帮衬还答应收养糖水的孩子；曾被村主任要挟的妇女主任在糖水难产时良心发现；何旺子和六儿终于在惊恐之中把六儿大伯捶得倒在地上；还有师父、师娘、曾大夫、赤脚医生……宋小词设置了一系列向善的力量来抵御小说里那种阴晦之气和人性之恶，可这又有什么用呢？苟大最终抱着糖水的尸体坐在柴堆上点燃了打火机,而《血盆经》里似乎通透起来的何旺子也只能依次在爹娘、左胜、瞎子、翠儿坟前各点上一支蜡烛。小说虽于善恶之间酝酿出一种饱满的张力,但我们依然能够发现在此之下隐含着的那份于事无补的悲观和绝望,以致宋小词只得将缥缈的希冀与安慰寄托在还魂的凤儿和投胎转世上,让那个抛弃了苟大与糖水的柑橘山在他梦里变得"金光灿灿";也寄托在"血盆经"里,"在生念了无疾病,死后念了度娘亲",为在地狱里煎熬的魂灵解罪,让那些没有亮光的坟头都燃起蜡烛,"这些人生前活着时没有多少亮,不能死后也没有亮"。事实上,这是一个坦诚面对现实的作家无法回避的难题。小说需要虚构,也需要感知晦暗的时空中无法抵达的光,但问题在于如何使二者之间建立起一种可靠的关联,令基于现实的虚构不致走向无谓的绝望与虚无,也不因过于理想化的抬升扭转丧失了现实的痛感而带上某种自欺欺人的轻佻。但不管怎么说,这都是一个艰难的过程,也存在着种种不尽相同的书写途径,或许《柑橘》和《血盆经》里略带回避的方式从另外一个角度显示着作者的真诚。

  宋小词在她的小说创作中显示出了难得的踏实与本分,这不是文学想象与叙述上的克制,而表现为对其所在现实与自我经验的忠诚。她没有追随潮流或某种情趣化的文学时尚去虚构城里人或所谓现代人的精神困境与危机。或许在她看来,自己熟悉并关心的那个群体还远没安逸到为肉身之外的东西所困扰,他们亟待解决的依然是切实的生存难题。因此,她讲述的是需要一分一厘来计算的生老病死,是那些处于乡村底层或藏着背水一战的决心试图扎根城市的人无可选择的隐忍、绝望、殊死一搏和斯文扫地。其中没有造作的文艺腔,没有充满先锋性的形式实验,反倒像带着当家才知柴米贵的内敛与沧桑写下肉身的滞重和生活之难。与一些作家所建构的质朴、悠然、田园牧歌式的乡村乌托邦不同,宋小词并没有陷入那种仅供自我原宥和慰藉的诗意想象,她写出了一个虚伪、晦暗乃至不可救药之地。她没有秉持着盲目的身份认同将承载生命与情感的地方理想化地变成一处颇值得留恋的世外桃源,反而带着遗憾甚至是痛心疾首的样子写下那里的人、那里的事。正是因为乡村生活的不可救药才有了《柑橘》和《血盆经》，它让苟大、糖水、翠儿、何旺子在乡村如蝼蚁般寻找活路；也正是因为乡村生活的不值得留恋和城市生活的艰难，才有了《开屏》《直立行走》里秦玉朵、杨双福式的隐忍和不惜一切代价在城市中寻一处立足之地的"青云之志"。这在很大程度上构成了宋小词写作的内在动因，她无意在城市和乡村之间刻意制造某种不可调和的冲突，而是要写下那些无辜者的左右为难，就像她在一则访谈中所说："我不过是居住在城里的乡下人而已……而对于我个人来说，乡村的生活并无诗意，城市的生活也没有多少荣光，我处于尴尬的夹缝中。"

谁是沈东武？
——读魏思孝《沈东武》

走在大街上，随意拉住一个人，问他：沈东武是谁？这可能会让人莫名其妙，甚至送上一个白眼，因为这不符合人们接受一个人的规则。可是沈东武偏偏就以这种方式进入了王东的生活——怪异、无礼、莫名其妙、非同寻常，好像他压根就没把王东放在眼里，当然也没把自己当回事儿。

魏思孝的小说《沈东武》开始于一场漫无边际的回忆："那时我二十出头，正处在人生少见的艰难时刻。如今我是这么看待生活的，总有一段难熬的日子，让你自我怀疑。不过当你再经历多一点，会发现，那只是生活的常态。"这段话对于王东或沈东武来说都很适用，一个是正在文学路上艰难挣扎的青年作家，一个是过了今天没明天的无业游民，好像他们的生活变得好起来就可以被称作奇迹，而继续艰难下去才是理所当然，才是"常态"。魏思孝显然不是一个写励志鸡汤的文艺青年，他写的是那些注定要人们被遗忘的社会烟尘，所以到最后也只能看着沈东武们因为宿醉或肉体的垮塌而步履蹒跚地消失在我们的视野中。

在沈东武的生活里，死亡大概是一件稀松平常的事。沈东武在农村长大，出生之前还有两个姐姐。之所以强调出生之前，是因为等到沈东武出生，大姐已经夭折，二姐也被送人。七岁那年，一个叫张超的孩子因为溺水死在他面前。也许年幼的沈东武并不清楚死是怎么一回事，也许死亡或者生命中的人就那么莫名其妙地消失了对于沈东武来说已是司空见惯，反正十几岁时母亲的离世让他清楚再也没人关心他了，仅此而已。以致后来父亲失踪，沈东武没去报案，因为在他看来，"能不能活着回来，他人无能为力，要看沈胜利自己的造化"，这不是别人能掌控的事，更不用说他沈东武了。沈东武的生活就那么一点点溃败下去，不能说更糟，因为本来也没好到哪里去。他似乎有过朋友，但既不敢拔刀相助，又不敢一块挨揍。可是对于青春期的少年，尤其是沈东武这样的，除了义气之外还能给予别人什么呢？所以，朋友也渐行渐远。等他进了高中，情况貌似有所改善，至少他和一群来自农村的同学可以通过武力来挽救可怜的自尊。当然，武力也换来了在异性上更大的选择权，只不过这种选择被老师发现，也就很快结束了沈东武的学生时代。于是，游荡在社会中百无聊赖的沈东武才能在某个深夜与王东相遇，才能让王东觉得尴尬又感激，才能让王东羡慕，羡慕他的不腐朽和直白地写明喜怒哀乐的脸。可是，这又能怎样呢？

是的，这又能怎样呢？

这几乎是魏思孝所有的小说抛给我们的问题。当然，这个问题也许只是读者的问题，因为它对于魏思孝、王东或沈东武来说并没有什么意义。它真的就像曹寇在《小镇忧郁青年的十八种死法》的序中所说的那样，像啐一口痰。痰当然不能咽下去，那过于体面，过于像距离沈东武十万八千里的成功人士，它必须要被响亮地啐出，并在这一过程中获得某种邪恶的快感。这很重要，因为他们需要以此来对抗空洞的生活，来掩盖一个人面对自己刺骨的绝望，来让自己显得更加不可救药以换取心里短暂的舒展，就像一个醉鬼在夜里摔碎一只空酒瓶，这种行为完全无用却能让他欣慰地相信自己成就了某种传奇。但是魏思孝清楚这没有意义，这就让事情变得更加残酷。当一种永无指望的生活被如此平淡地叙述，甚至在讲述中流露出一丝自我嘲讽的得意，这就像沈东武面对张超的死并没有什么深刻印象，连他的脸都记不起来了。那么，还有比这更加廉价更加无聊的生死或生活吗？小说在此显出一种奇妙的双重逻辑，一是小说本身的故事，故事里那些以无聊和无感打发绝望的人们在各自动作着，显现出一种现实生活的艰难；一是小说的叙述，它呈现出的淡然、习以为常让故事不断发酵，这不是面对生活的大惊小怪或极尽阐释，而是作者把自己置身其中的某种更加凄凉的对痛感的无奈、习惯和充满绝望的不以为然。那么，这两个层面的痛楚扭合在一起，制造出一种有着强烈代入感的底层青年的悲剧现实和精神世界。

当然，还要说王东。没有王东，沈东武的故事也就不复存在。王东在小说里扮演着十分复杂的角色。他一方面参与了沈东武的生活，一方面又成为为沈东武著书立传的人。可是，"沈东武，他压根不是一个值得你去铭记的人，时间流逝，他曾带给我的些许感动，也变得不值一提……我将现在为沈东武著书立传归结为命运的捉弄"。即使此时"我对小说也有了不同以往的认识，每个生命个体都值得记录，故事要让位于人"，那么王东成为沈东武的"代言人"，也决非是简单的巧合或是"命运的捉弄"。

小说似乎在用力地制造某种偶然，以便使王东和沈东武保持一定的距离，但是，仅仅从最开始的一幕，王东和沈东武就注定要被绑在一起。不管是王东小说里那个因交不起房租被女朋友逼迫出来抢劫的沈东武，还是那晚被王东打断了排便从黑影中跳出来的沈东武，最终都要跟着王东回到住处。小说很好地呈现从拒斥到认同的关系——面对沈东武想去王东的住处上厕所的要求，他先是婉拒，然后是进一步的确认"对，没人会同意"，但在离开后的一转身，"看到漆黑的角落里，烟头在闪烁"，这个人又变得无法拒绝。此时的王东到底在想什么？同情？吸引？还是看到了一个蹲在漆黑的角落里抽烟的自己？因此，不管王东在心里或口头怎样表达着对沈东武的厌恶，但他让我们看到的却是二人隐秘的灵魂共鸣。那些被摆在纸面上的性格差异，那些不一样的行事做派，包括王东自己的辩解"我对他这个人一点深入了解的兴趣都没有"，都无法实现王东内心深处和行动上对沈东武的拒绝。当我们确信沈东武身上并不存在某种十足的吸引力时，那么唯一的可能就是一种来自身份与处境上的认同感。这种认同感也许被王东或沈东武下意识地拒斥，因为他们也不愿意承认自己和站在对面令人厌恶和莫名其妙的人有着相同的嘴脸。可是现实就是如此奇妙与令人尴尬，王东带着陌生的沈东武回到住处，而沈东武又二话不说搬起王东的家当就让他住到自己更宽敞的房子里——当我们还在魏思孝"莫名其妙"的说辞中恍恍惚惚的时候，王东和沈东武却以类似多年老友过命兄弟式的方式相处起来。

于是，我们看到了王东和沈东武相似的人生——在空虚无聊的夜晚自我麻醉地找乐子；都有女朋友无情离去的失败感情；伴随着沈东武斗殴后的逃亡，王东也决定去外地碰碰运气；他们的父亲相继离世；打过几份工，但也无法长久……直到他们几年后又在青岛相遇。对于这几年，小说写道："一个年轻人该有的困境，都能在沈东武身上找到。这并不是短时间内的运气不佳，而是持续如此，让一个正处于人生最美好时光的小伙，毫无招架之力。沈东武不无绝望地想到，他的余生也会在这样的状况下度过，甚至还要糟糕。可是对照现实，还能糟糕到哪里去了。过了一阵子，沈东武发现他的人生的确还有下降的空间。"话虽然说得俏皮，但里面又藏着多少残酷和绝望？更重要的是，这样的人生并不仅仅属于沈东武，王东的日子又能好到哪里去呢？或者也可以这样说，王东又何尝不是另一个沈东武？

经由王东之口，魏思孝在小说里表达了不少对于小说创作的理解，比如"每个生命个体都值得记录，故事要让位于人"，比如自己熟悉和感兴趣的人和事让写作更加旺盛——这一切都在《沈东武》中得以体现。从《小镇忧郁青年的十八种死法》里的十八个短篇到《沈东武》，就像王东为沈东武立传，魏思孝所进行的不也正是同样的事情吗？他为一个又一个的沈东武立传，慢慢地呈现出底层青年群体性的生活细节。其中没有浮夸的、按捺不住的愤怒，没有马后炮式的同情和怜悯，既无为某个阶层代言的野心，也不是为了颠覆某些看上去更加光明和正确的价值观。他只是要写下那些熟悉和有意思的人，写下他们并不如意的生活，记录下那些转眼就可能被人们遗忘的沈东武们。

后 记

"80后"批评家有能力对当代文学发声了

周明全　李振

两年前在《南方文坛》看到李振写阿乙的评论，甚是喜欢，而且，也为我写阿乙的评论提供了全新的视角。今年4月，在北京结识李振，喝了几场酒，聊了什么却早已忘记，但直觉，李振是可以当一辈子处的好兄弟。大概5月，李振从长春飞到北京，请王晴飞喝酒，我也跑去蹭酒喝，酒桌上得知，他此次到北京，没别的事，就是想念在鲁院上学的兄弟晴飞，来京就为约晴飞和晴飞的朋友一起喝顿酒，醉了一场，次日又飞回了长春。同时参加那个局的一位广州朋友感慨万千地说，从这件小事上，可看出李振的厚道。我赞同这个说法，我一直觉得，有情有义方为大丈夫，大丈夫才能写出大文章。

"别人一眼就能看出我是野路子"

周明全：据说，你父亲是学界有影响的学者，你家学一定很深厚吧。你选择走上文学批评之路，和你父亲的教导有关吗？或者说，你父亲是否有意识地培养你成为批评家？

李　振：哈哈，这是一个经常被问到的问题。他对我向来放任自流，很少告诉我去做什么，也不会有意识地引导和培养。但影响一定是有的，家里朋友、学生来来往往，即便躲进屋里也总能听到一些他们谈论的问题。至于做文学批评，可能是他很不想让我干的事情，这里大概有一种偏见,那就是文学批评总是和虚无、空洞、无的放矢联系在一起,很难严肃起来,不如扎扎实实地搞些史料或者学点手艺做个木匠什么的。

周明全: 在你从事文学批评之初,那些书,或者那些人对你产生了重大影响?或者说,因为那些人,那些书的影响,让你从事了文学批评?

李 振: 这个问题让我很惭愧,因为相比年轻同行们的敬业,我的阅读是非常杂乱的。早些年秦晖、徐友渔、谢泳等几位先生的书对我影响很大,当一些问题一知半解的时候进了中文系,结果却一头扎进经济学和法哲学,扎到哈耶克、科斯、阿伦特、罗尔斯他们那里去了。所以一直处于不务正业的状态,对文学理论方面的阅读始终是欠缺的,读过也不太相信这东西,别人一眼就能看出我是野路子。当然之前的阅读至今也在发生着作用,在文学批评中它可能让你面对一个更广阔的世界,但也会不时跑出来捣乱,让人怀疑文学的单薄和乏力。

周明全: 我个人在做"80后"批评家访谈时,总是从批评家的成长经历谈起,我觉得,好的批评家,从其求学经历中,或许可以看出其个人的发展脉络,这也是我个人提倡"人的批评"的一个路数吧。请兄简单介绍一下你的求学经历?

李 振: 我是2001年开始在吉林大学中文系读本科,2005年到南开大学读硕士和博士,师从乔以钢教授,一直都在现当代文学专业。

周明全: 2005年至2010年你在南开大学中国现当代文学专业取得硕士、博士学位,师从乔以钢教授,能谈谈乔以钢教授对你为人为文的影响吗?

李 振: 乔老师对我的影响是非常大的,她的严谨和细致让我受益匪浅。我是个不太守规矩的人,想一出是一出,记得入学第一次把文章拿给乔老师,就受到严厉的"规训",从格式到标点,迎来了我入学后的第一课。毕业之后可能又撒了欢儿,这个需要反省,但如何认真细致负责地去做每一件事情,是乔老师给予我最好的教导。

周明全：你入选中国现代文学馆第三批客座研究员，期间，你和其他11位中青年批评家相互交流学习，文学馆召开了数十次高质量的专题研讨会，入选这一年，对你的成长帮助大吗？你如何看待当下如中国现代文学馆这样对青年批评家的培养方式？你认为，应该如何培养年轻批评家？

李 振：这一年确实收获很大，12个人来自不同的地方，有着不同的知识结构和教育背景，这其实为我，也为我们打开了一个非常宽阔的视野，而且这种亲密的关系让我们更方便地了解别人在想什么，怎么想，做什么，又怎么做。对于我们这些年轻人来说，它无疑是一个再教育的过程，我们不可能到那么多学校，跟随那么多的导师，但是客座研究员让它变得可能，我们可以由此了解各种不同的考虑方式，各种看问题的角度，各种知识和理论来源，在这个过程中，别人比自己重要得多。所以在这里要特别感谢中国现代文学馆为我们提供了这样一次难得的机会。

文学要撇开政治是天方夜谭

周明全：我看乔以钢教授主要以研究性别为主，你博士期间主要研究方向为性别研究和延安文艺研究，博士论文《延安〈解放日报〉中的性别与文学》，这和你导师的引导有关还是你自觉地选择？

李 振：这应该是两方面合力的一个结果。南开大学在导师和学生研究方向的一致性上还是有一些传统或者规矩。乔老师的性别研究为我提供了一种进入论文写作的角度和方法，而研究对象则是自己的选择。

周明全：我们今天回过头来看延安时期的文艺，似乎觉得，当时的文艺和政治贴得太近，不少作品沦为政治宣传的材料，没有文学性，也有不少作品、作家到现在，除了专业领域的研究，大众基本已经将他们遗忘了，你如何看待那一时期的文艺？

李　振：我觉得延安时期的文艺对于理解 1949 年后中国大陆的文艺状况至关重要，其实不仅仅是延安文艺，之前的苏区文艺、红军文艺也有着同样的性质和作用。对于这一类文学样式来说，文学性可能是最不重要的属性，但除此之外它们所能提供的资源是超乎想象的。现在有很多人，甚至不少学者，一说起延安文艺就显示出种种偏见，认为这些政治宣传式的文艺是不值一提的，但你很快就会发现他们并没有真正进入其中，或者说把文艺狭隘化了。而且很重要的是，除了文学性之外，文学能够给我们提供太多的东西。我始终认为，一个时代、一个国家乃至一个政党，如何对待文艺便会如何对待市场、对待法律、对待民众等等，它们之间是相通的。如果我们仅仅因为文学性的问题而把某一时期的文艺做简单化的理解，这是非常可惜的事情。从红军文艺到延安文艺，可以说全面地展示了所谓当代文学范式的生成过程，那时候的经验可以成为今天的经验，那时候隐藏的问题，今天可能全面地爆发出来，虽然相隔近百年，但依然可以顺利对接，甚至不断重复，在这种情况下，对教训的清理是非常必要的。当然这一时期的文学性也是很有意思的一个话题。当我们去阅读那时候的一些小说、戏剧时，常常会感到惊讶，它可能是很有文学性的，那种质朴，那种传统的讲述方式，那些来自于文化不高的文人甚至是军人、农民的创作，会让我们看到一种粗糙而单纯的俏皮，不但它本身值得去品味，而且对于我们当下文学创作中的文艺腔，也能够形成一种参考。

周明全：研究那一时期的文艺，对当下的文学有何现实意义？

李　振：有些时候，时期可能只是让我们对文学对社会易于辨析的一个说辞，它们之间可能并不存在想象中那么强烈的转折或分裂，这种跳动的连贯可以让很多问题放在一起作答。而且我始终觉得，对任何问题的研究如果不指向当下，它都是要打折扣的。延安时期的重要性自然不必说，即便是晚清和北洋又何尝不在轮回之中。当下文学的状况看上去与延安时期、与十七年等有很大不同，但如果剥开那些外在的掩饰，它们可能会有非常相似的骨架露出来。而且，那些外在的形式、面貌，如何成了今天这个样子，它是可以不断向前追问的。延安时期提出了一些很重要的东西，比如文艺与政治的关系，文艺为谁，这些问题在当今依然有效，依然是当下的作家和研究者需要面对的，这里不管是经验还是教训，都在产生着作用。

周明全： 你研究延安时期的文艺，对延安文艺座谈会很有研究，那么，延安文艺座谈会讲话和习近平文艺座谈会讲话的异同是什么？

李 振： 两次讲话都是文艺政策的表达，同样关系到接下来的文艺走向问题。而在新的历史语境下，会有新的问题和新的处理方式，会针对新的文艺状况，比如文艺和市场的关系等等就不会是延安文艺座谈会要考虑的。

周明全： 性别与文学有那么强的分野吗？

李 振： 性别和文学更多是一种交叉的关系吧，它们都是介入社会、介入现实的一种角度。文学、艺术、政治、历史与性别、阶级、种族、宗教等等，它们互相分裂又互相侵染，在纵向划分和横向划分的过程中总会有重合之处，这些重合之处让事情呈现出多面性和丰富性，也往往成为我们研究中最好说也最容易说的地方，因为它就像一个路口，往哪个方向走都可以，区别仅在于选择。

周明全： 我好奇的是，男性研究女性主义，你觉得，身为男性，为你研究女性主义提供了什么别样的视角了吗？

李 振： 这个事情说起来会很好玩。我大概是乔老师最不合格的学生了吧，这一方面是乔老师在性别研究中温和的态度和开放的视野，一方面也是她对我的格外包容。记得上学的时候，讨论课上常常会跟师姐师妹们发生争执，因为女性主义和性别研究的书读了一大堆，似乎对我都是无效的，总是能找到一些借口绕回自己的角度，然后说，你看，这事儿不是她说的这样吧？这常常让我羞于说起自己搞过五年的性别研究，因为很多时候一张嘴，那些种马的傲慢就会不由自主地流露出来。当然这也让我不断去思考这些事情，除了我自身的顽固不化之外，中国当前的性别研究可能也存在不少问题。比如性别研究、女性主义的那套话语都是直接从国外搬过来，它是不是能够在中国产生同样的效用是很值得去考虑的。性别问题在中国一定是个真问题、大问题，但我们看到不少文章却是把真现实做成了假命题，这是很要命的，它对性别研究的进行和女性主义的流转可以说是致命的伤害。再比如很多搞女性主义的学者们所持有的态度，那种尖锐、那种攻击性非常容易让一种有效的研究方法变成一个狭小的圈子，她们在圈子里自说自话，以一种话语权威代替另一种话语权威，而别人对此视而不见，或者有意见也不愿意去说，毕竟遭遇围攻是一件很尴尬的事。所以对我来说，常常是很识趣地避开这些问题，在这个领域里，好像很清楚自己是个改造不好的分子，也就破罐子破摔了。

周明全：你觉得，作家应该和现实政治保持一种什么样的关系？

李　振：这个问题很难讲，因为每个人都在现实政治之中，至少要脱离开是不可能的。这里大概更多的是作者如何表达的问题，正如"去政治化"本身就是最大的政治一样，一个作家选择什么样的方式去讲述现实，这本身就是对现实政治的一种切实态度。我从来不相信什么作家或什么文学能够脱离意识形态、脱离政治，而我们近百年的文学其实也在这个问题上不断地纠结着，但更多的时候，作家也好，批评家也好，只是用文学与政治来说自己的事儿。从梁启超讲欲新民、欲新道德、欲新政治、欲新宗教等等若干都要自新小说始，中国文学就变得异常沉重，我们一百多年的文学创作和文学研究都没跳出这个路子。问题是小说或者文学何德何能就能担起这么大责任，这一点我是怀疑的，但要说文学可以把这些东西全部撇开，这又是天方夜谭，根本做不到，所以我们也就只能在这里继续纠结下去，让文学与政治或者是作家与现实继续暧昧下去，可能这也就是他们最好的存在方式。

周明全：政治正确和文学本身之维度之间是否会有抵触？要如何克服？

李　振：我想要求政治正确的政治一定不怎么正确。我们可以跳出文学和政治的关系不说,就想一帮文人作家能搞出多大事情?天塌不下来。在这里我是要偏心的,文学状况的好坏和文学空间的大小可以成正比,由它生长也许是更明智的选择。

代际是一种阶段性的划分

周明全:作为"80后"批评家,你认为,"80后"批评家的整体实力如何?他们的优势和劣势主要体现在哪些方面?

李　振:我感觉这个群体整体的力量还是蛮强的,有着非常好的学术训练,而且眼界和思维都很开阔,尽管在知识背景、立场、方法上各有取舍,但无论文章还是发言,都显示出"正规军"的面貌。这一点当然是会越来越好,毕竟我们的高等教育、学院教育真正缓过来也不过那么几十年。这代人在进入批评、研究领域之初就有把最好、最新的资源拿过来、用起来的可能,这在之前是很困难的,因为前辈学人大多都有一个补课的过程,在这个过程里就会出现纠缠和消化不良,出现不同系统的套用。如果说劣势,可能最大的问题就在于这种顺畅,这代人很少能够把自己之前相信的东西推倒然后重来,因为最初就在不同的资源面前进行了选择,而之后又很难有一个催生足够自省力的契机,于是我们的优势就可能变成劣势,而前辈学人那种来自于自我的交锋就会成为一个不可多得的思想生长点。再有一个就是对"新"和"后"的偏好,可能因为是年轻人,对新的东西总是格外偏爱。但是我们需要对"历史的必然"给予足够的警惕,新的东西不一定就是好的,不一定就是有效的,当它脱离了某种语境被换到别处,可能会帮倒忙,所以在"新"和"后"的问题上我可能是比较保守的那一拨。

周明全:以"80后"批评家的阅历和见识,是否已经有能力对当代文学发声了?

李　振:能力我想已经是有了,可能更多的是态度方面的事。有一种说法是30岁前只读书不动笔,这当然是很理想化的事,在今天根本不可能，我不可能因为我不到30岁就不写学位论文不参加答辩，这会闹笑话。所以在这种情况下发声就要有一个谨慎的态度，一方面是初生牛犊不怕虎，另一方面又要胆战心惊小心翼翼。但如果换个角度来说，一个开放的社会应该允许所有的人发声，那么无论是"80后"还是"90后"，任何程度的发声都是没有问题的。

周明全：你如何看待以代际来划分批评家和作家群体？

李　振：这也是不得已而为之吧。代际的划分当然存在很大的问题，1979年和1980年到底有多大不同这样的事我们不去说，就是在同一代际之中，个体的差异也是巨大的，这些区别都被掩盖了。可除此之外好像也没有什么更妥当的办法。就像1990年代末一批年轻作家出现在文坛之后，有了很多词来为之命名，像"新生代"等等，但是我们很快发现，这些作家越来越多，之间的差异越来越大，之前的那些命名不够用了，形同虚设。于是一个很简单的办法就是数字，"80后""70后""60后"，不管你差异有多大，这个年月的框框是确定的，这就让很多事变得非常简单，很多话说起来更容易。当然这也只是一种阶段性的划分，当这些作家、批评家足够成熟，特点足够鲜明的时候，这种划分自然也就完成了它的使命。

周明全：我同意兄的看法，文学只有好坏之别，没有必要说是哪一个代际的人写的，就我自己之所以强调代际，是因为这一代还处于成长期，需要整体地发声，尤其是策划图书，没有更好的命名方式前，只能以代际来界定。代际在一定程度上，能对这一拨年轻人的成长提供一些广阔的机遇。

经过几年的观察，我发现"80后"批评家之所以备受关注、推崇，有大时代的因素夹杂其间，并非是我们做得足够好了被认可，但我亦发现，不少"80后"批评家可能被抬得太高了，有点忘乎所以，你认为，这种过度对"80后"批评家的推崇，会不会导致他们最终失去自我，无法坚持真正的书写？

李　振：相比对"80后"作家的推崇，"80后"批评家所受到的关注和推崇可能不是那么的强烈。就像明全兄你在做"'80后'批评家文丛"之前,这样的文集或是这样大规模的集体亮相是没有的。当年王彬彬、郜元宝、张新颖等几位老师以"火凤凰批评文丛"集体亮相也就是现在"80后"这个年纪,甚至还要年轻一些。所以新一代批评家不是出现得太早而是来得有些晚了。至于从中显示出的浮躁,这也是年轻人在所难免的,少年老成是一件很可怕的事,所以这时候倒真的需要一些宽容之心。当然,这种关注可能会助长这些浮躁,但如果仅仅为此就失去了自我,失去批评的主体性,那我觉得他本身就很难成为一个合格的批评家。

周明全:我们一直都在谈作家和时代的关系,我觉得,我们忽视了批评家与时代的关系,你觉得,批评家和时代应该保持什么样的关系?

李 振:这个事很难笼统地去说,我想这跟个人的选择有很大的关系。批评家与时代的关系跟作家与时代的关系大概不会有太大的差异,就像有的作家不停地变换面孔,有的作家可能紧贴着时代,当我们把这些作品放在一起,真的可以从中看到时代、社会一种线性的变化过程。但也不能忽视另外一些作家,比如张炜,从他出现于文坛,几十年中都没怎么变过,时代的变化反而不断地在强化他最初信守的那些东西,从某种角度来想这依然是可敬的。批评家也是一样,是追随这个时代,还是面对这个时代,是以时代作为圆心来绕着奔忙,还是以自我作为圆心"守株待兔",这跟一个批评家的选择和心态是分不开的。如果问我自己的选择,可能会懒惰一些,因为这个时代几乎每天都在变化,一直跟着跑太累了。

周明全:批评家和作家应该保持什么样的关系呢?

李 振:这个关系应该比较暧昧吧,近了不成,远了就生疏,说不清道不明最好。

好的批评家要有一个内在的尺度

周明全： 90年代文学批评的主体力量从作家协会系统逐渐转移到高校学院，时至今日，文学批评的主流话语权依旧掌握在高校，而高校重视文学研究，轻视文学批评，这是目前文学批评总被指责说批评失语、批评失效的主要原因所在。身在高校，你如何看待文学批评转入高校后的尴尬的？批评失语了吗？失效了吗？

李　振： 这种批评失语、失效的说法本身就很可疑，如果批评的有效是建立在以前那种"打棒子"甚至直接影响到作家生活之上，我宁愿批评是失效的。从这个角度看，文学批评转入高校也不见得是坏事，毕竟和作家们的距离远了，当然也没有什么操控力，它可以更积极地"失效"，也可以被动地有效。至于像有些人说的批评进入高校之后就越来越不能看，那是因为文章没有写好，跟批评家的位置没有太多的关系。

周明全： 兄说得好，我个人也觉得，不是说学院批评不好，而是说我们身居学院的大多数批评家没做好，你看身居学院的张莉等人，无论批评文风，还是对当下文学的敏锐介入，都显示出有效性。批评做得好不好，和批评家身处的位置没有本质关系，这个判断是准确的，我赞同。

听很多高校的老师说，要评职称，就必须申报课题，而将大量的时间花费在故纸堆里，自然就对当下的文学关注少了。另外，高校考核体系中，重古典文学、现代文学的研究，而对当代文学缺乏研究热情，这也是当下批评为何无法深入研究当下文学的一个原因吧？作为高校教师，你如何看待课题对文学批评的利与弊？

李　振： 这种现象应该是存在的吧，我曾开玩笑说这是文学史的傲慢。不过想想你一晚上就写一篇评论，人家大半年才搞出一篇，如果从现在很多高校的量化标准来看，做文学批评反而比较占便宜。课题和文学批评好像也没有什么直接的利害关系，课题、项目本身就是一个约束性、导向性的东西，你理它它就是个事儿，不理它也就那样。

周明全：作为老师，你如何看待当下的文学教育？它存在什么样的问题？我们当下的文学教育，应该如何做，才能真正起到作用？

李　振：文学教育这个事比较含糊，现在高校里确实有了一些创作班、作家班，但在很长时间里中文系是不培养作家的。但不管是培养作家还是培养研究者，现在很大的问题是学生时间太少，老是在上这样那样的课，不得不申请大项目什么的，我对这个非常反感，搞得学生们连认真读书的时间都很有限。不光是中文系，整个人文学科都应该给学生们充分的自由和空间，多读书，乱读书。

周明全：纸媒日益边缘化，学术刊物、评论刊物更甚，如何让批评重新建立与这片土地和社会现实之间的血肉关联？

李　振：边缘化其实并不可怕，那种一呼百应群情激奋反而更吓人。很多批评和创作让人感到与现实的隔膜或是读起来意犹未尽，一种是真的隔，理论套作品，不隔才怪，另一种则是受到种种限制，话说到一定份儿上没法再说了，这当然是批评之外的事情了。

周明全：近百年来，中国文学一直是在模仿西方的基础上建立起来的，对于文学批评，批评家使用的批评武器也全部来自西方，现在我们大谈要构建中国文学的世界地位，但问题是连评价标准都是人家西方的，连自己的批判体系都无法建立，如何确立自己的世界地位啊？！当下，我们应该如何激活传统文学批评的资源？

李　振：这一点我大概和明全兄有不一样的想法，所谓世界地位本身就隐藏着一种霸权。我们可能没必要在中国与西方之间过分强化这种对立，政治上的冷战思维在逐渐淡化，文化上、文学上的冷战思维同样要不得。所以不管是西方的批评武器，还是中国传统的批评资源，它们在深层很多是相通的，只要用起来有效就好。而且真正被消化了的、有效的资源，你很难发现它贴着什么标签，它会变成一个批评家个人的色彩。

周明全：你认为好的文学批评应该具备什么样的品质？

李 振：它应该敏锐而富有强大的阐释力，是往前再推进一公里的创作。

周明全：一个好的批评家应该具备什么样的素质？

李 振：好的批评家要有一个内在的尺度，这个尺度可能很高很严格，但同时要伴随着足够的宽容，要分得清什么是伟大的传统和时代的尴尬。